SYLVIA DAY
Für dich entbrannt

SYLVIA DAY

FÜR DICH ENTBRANNT

Ins Deutsche übertragen von
Kerstin Fricke

LYX
EGMONT

Die Originalausgabe von »So heiß wie deine Liebe« erschien 2011
unter dem Titel »Razor's Edge« in der Anthologie
The Promise of Love bei Berkley Sensation.
Die Originalausgabe von »Heißes Begehren« erschien 2011
unter dem Titel »Taking the Heat« in der Anthologie
Men Out of Uniform bei Berkley Sensation.
Die Originalausgabe von »Gefährlich heiß« erschien 2012
unter dem Titel »On Fire« in der Anthologie
Hot in Handcuffs bei Berkley Sensation.

Deutschsprachige Erstausgabe Oktober 2014 bei LYX
verlegt durch EGMONT Verlagsgesellschaften mbH,
Gertrudenstraße 30–36, 50667 Köln
»Razor's Edge« copyright © 2011 by Sylvia Day
»Taking the Heat« copyright © 2011 by Sylvia Day
»On Fire« copyright © 2012 by Sylvia Day

1. Auflage
Redaktion: Johanna Steinbach
Satz: Greiner & Reichel, Köln
Printed in Germany (670421)
ISBN 978-3-8025-9541-7

www.egmont-lyx.de

Die EGMONT Verlagsgesellschaften gehören als Teil der EGMONT-Gruppe zur
EGMONT Foundation – einer gemeinnützigen Stiftung, deren Ziel es ist, die sozialen,
kulturellen und gesundheitlichen Lebensumstände von Kindern und Jugendlichen zu
verbessern. Weitere ausführliche Informationen zur EGMONT Foundation unter:
www.egmont.com

Inhalt

So heiß wie deine Liebe

Dies ist den Männern und Frauen
des US-Marshals-Service zugedacht. Danke!

Und den Kindern auf der One Way Farm:
»Möge dir der Weg leicht werden. Mögest du immer
Rückenwind haben. Möge Gott stets bei dir sein und dich
segnen. Mögest du von diesem Tage an immer glücklich sein.«
(Irischer Segensspruch)

1

Wenn Jack Killigrews Telefon klingelte, bedeutete das normalerweise, dass jemand in Lebensgefahr schwebte. Da er sich in seinem Büro des US-Marshals-Service in Albuquerque Urlaub genommen hatte, wurde er momentan nur in seiner Eigenschaft als stellvertretender Leiter der Gruppe für Spezialoperationen angerufen, abgekürzt SOG. Er galt als letzte Hoffnung und war rund um die Uhr erreichbar. Seine aus zwölf Mann bestehende Einsatztruppe wurde immer erst eingeschaltet, wenn die Lage schon mehr als brenzlig war.

Jack hatte normalerweise die unterschiedlichsten Gefühle, wenn man ihn rief – Erleichterung gehörte allerdings nicht dazu. In diesem Moment hätte er jedoch alles dafür gegeben, eine Ausrede parat zu haben und in die Gegenrichtung umkehren zu können.

Seine Kollegen hätten sich schiefgelacht, wenn sie gewusst hätten, dass er mit jedem gefahrenen Kilometer nervöser wurde. Als Deputy Marshal des SOG, auch Shadow Stalker genannt, hatte er es im Allgemeinen mit den härtesten Verbrechern und Selbstmordattentätern zu tun. Er jagte und fasste die meistgesuchten Flüchtlinge des Landes und erledigte seinen Job mit mechanischer Präzision und ohne in Schweiß auszubrechen. Als Mann, der vor nichts zurückschreckte, wurde er »Iron Jack« genannt. Er sah dem Tod ins Auge, als hätte er nichts zu verlieren und als wäre ihm sein Leben unwichtig.

Und trotzdem erfüllte ihn die Aussicht, sich mit Rachel Tse zu treffen, mit Panik.

»Killigrew«, meldete er sich am Handy, das er per Bluetooth über das Lenkrad bedienen konnte. Er hatte bereits registriert, dass die zweispurige Straße hier keinen Standstreifen mehr hatte. Da sich zu beiden Seiten Felder erstreckten, würde es nicht gerade einfach sein, seinen langen Chevy Silverado hier zu wenden.

»Jack.«

Großer Gott. Die Stimme, die er da hörte, rollte durch seinen Körper wie ein Kanonenschuss.

»Rachel«, antwortete er schroff und erholte sich langsam vom rauen Klang ihrer Stimme. »Ist alles okay?«

»Ja.« Sie hauchte das Wort beinahe, und ein weiterer Schauer durchlief seinen Körper. »Ich hatte mich gefragt, ob wir uns wohl zum Mittagessen treffen könnten.«

»Zum Mittagessen?« Das war ja wohl das Letzte – die Witwe seines besten Freundes gab sich die größte Mühe, eine Geburtstagsparty für seinen achtjährigen Patensohn zu organisieren – und er bekam eine Erektion.

Er hatte sie seit zwei Jahren nicht mehr gesehen, aber die Zeit heilte offenbar doch nicht alles. Nachdem er versucht hatte, ihr Wiedersehen so lange wie möglich hinauszuzögern, musste er sich jetzt damit befassen. Steves letzter Wunsch machte ihm schon seit viel zu langer Zeit zu schaffen. Jack durfte nicht zulassen, dass seine persönlichen Probleme sein Team noch mehr in Gefahr brachten, als sie es ohnehin schon taten.

»Jack? Hörst du mich noch?«

»Ich bin noch da. Ich hatte nur gerade überlegt, ob ich es wohl zum Mittagessen schaffe, aber ich bezweifle es.«

Sie schwieg, als hätte sie ihn durchschaut und wüsste, dass er log.

Er hasste es zu lügen, aber er konnte sie heute beim besten Willen nicht treffen. Zuerst musste er wieder einen klaren Kopf bekommen. Er hatte seit Jahren keinen Urlaub mehr gemacht, und da ihn die Arbeit jetzt nicht mehr ablenkte, dachte er viel zu oft an sie. Vor seinem inneren Auge hatte er Bilder, wie er seine Hände in ihr blondes Haar schob … wie sich ihre steifen, süßen Brustwarzen gegen seine Zunge drückten … wie sie ihre langen, schlanken Beine einladend für ihn öffnete …

Es war nicht zu leugnen, dass er besessen von ihr war, und er musste erst einmal mit sich selbst ins Reine kommen, wenn er sie davon überzeugen wollte, dass sie von ihm nichts zu befürchten hatte. Bis jetzt haderte er noch mit Steves Bitte, sich um sie zu kümmern, falls sie je auf sich allein gestellt sein sollte. Jack war klar, dass sein Freund über seine Gefühle Bescheid gewusst haben musste. Er hatte zwar immer versucht, sie zu verbergen, aber irgendetwas hatte ihn anscheinend verraten.

Und das hatte ihn fertiggemacht. Kein Mann sollte mit dem Wissen leben müssen, dass sein bester Freund in seine Frau verliebt war.

»Wo bist du?«, wollte sie wissen.

»Ich habe noch nicht einmal King City erreicht.« Jack war schon vor einiger Zeit an King City vorbeigefahren und nur noch etwa zwanzig Minuten von Monterey entfernt. Er wollte die Schlüssel für das Cottage in Carmel in dem Büro abholen, bei dem er es gemietet hatte, einen Sixpack Bier besorgen und sich damit einen gemütlichen Abend machen. Wenn er sich dann wieder beruhigt hatte, war er vielleicht dazu in der Lage, sich morgen mit ihr zu treffen.

»Dann machen wir halt ein Abendessen draus. Riley schläft heute bei einem Freund, und ich kann in Ruhe seine Geschenke einpacken. Wir wären also unter uns und könnten uns ungestört unterhalten.«

Nur sie beide. Abend. Da Riley die ganze Nacht wegblieb. Ja, klar. Jack konnte sich das Chaos, das gerade in Rachels Kopf herrschte, lebhaft vorstellen. Sie war verrückt nach Steve gewesen und hatte ihn geliebt. Wenn sie glaubte, Steve habe gewollt, dass sie mit Jack zusammenkam, dann würde sie seinem Wunsch Folge leisten, obwohl er ihr eine Heidenangst einjagte. Zu seinem Job gehörte auch, dass er sich in andere Menschen hineinversetzen konnte, und da sich seine Instinkte ohnehin auf sie eingestellt hatten, entging ihm nichts. Wenn er in einen Raum kam, wurde sie nervös, ihre Nasenflügel flatterten, ihre Augen weiteten sich, und ihr Körper war immer in Bewegung. Ihre Reaktion aktivierte jeden seiner Raubtiersinne, machte ihn unruhig und stachelte seine Begierde nur noch weiter an.

»Wie wäre es, wenn ich euch beide morgen früh zum Frühstück einlade?« Seine Stimme war vor Erregung ganz heiser. »Danach könnte ich dir bei den Partyvorbereitungen helfen.«

»In Ordnung. Aber ruf mich an, wenn du doch früher in der Stadt bist. Und fahr vorsichtig.«

Diese Warnung war von Rachel nicht nur so dahingesagt. Steve war eines Abends auf dem Heimweg von der Arbeit bei einem von einem alkoholisierten Fahrer verursachten Unfall getötet worden, und danach hatte sich ihr Leben für immer verändert.

Jack legte auf. Er rutschte auf dem Sitz herum, weil ihm seine Jeans auf einmal viel zu eng geworden war. Der Weg ins Verhängnis lag vor ihm. Er schlängelte sich gerade durch die Kleinstadt Spreckles.

Er hatte eine lange Woche vor sich.

2

Jack öffnete sein viertes Bier und warf die Metallkappe in den Mülleimer. Danach ging er durch die offen stehende Glastür wieder in den kleinen, umzäunten Garten. Seine nackten Füße versanken im Sand, und er trank einen großen Schluck und bewunderte abwesend den orange und rosa gefärbten Himmel. Als die Sonne am Horizont unterging, wurde es frischer. Es war hier deutlich kühler als in Albuquerque, aber die Gedanken an Rachel hielten ihn warm genug, sodass er sich noch kein Hemd anziehen musste.

Allerdings hatte er zunehmend das Gefühl, dass es eine schlechte Idee gewesen war, Bier zu trinken. Der Alkohol konnte seine Erregung jedenfalls in keiner Weise abschwächen. Vielmehr war er sich überdeutlich der Tatsache bewusst, dass Rachel im Moment ganz alleine zu Hause war und dass er in kürzester Zeit bei ihr sein konnte. Wenn er jetzt losfuhr, wäre er in nicht einmal dreißig Minuten da. Er zweifelte nicht daran, dass es ihm gelingen könnte, sie zu verführen. Aber er war sich ebenso sicher, dass sie es bereits am nächsten Morgen bereuen würde.

Es war nicht ihre Schuld, dass er sich derart nach ihr verzehrte. Sie hatte ihm nie irgendwelche Hoffnungen gemacht oder mit ihm geflirtet. Rachel war scheu und still, wenn sie nicht von Menschen umgeben war, bei denen sie sich wohlfühlte, was vermutlich daran lag, dass sie bei einer Tante aufgewachsen war, die ihr immer wieder aufs Neue vorgeworfen hatte, nichts als eine Last zu sein. Hatte er sich als Kind unsichtbar gemacht, dann hatte man ihn in Ruhe gelassen. Sie hingegen war ständig verbal angegriffen und gequält worden.

Sein Handy klingelte, und er zog es fluchend aus der Tasche. Die Nummer auf dem Display gehörte Brian Simmons, einem Kollegen, der Jack schon mehr als einmal aus der Bredouille gerettet hatte.

»Killigrew«, meldete er sich.

»Und, hast du sie schon gesehen?«

»Nein.«

»Mann, ich wäre an deiner Stelle sofort zu ihr gefahren. Ihr gehört ein Kuchengeschäft. Vielleicht ist sie inzwischen kugel-rund, dann wäre dein Problem gelöst.«

»Riley hat mir per E-Mail Fotos geschickt, die etwas anderes sagen.« Außerdem bezweifelte Jack, dass es für ihn einen Unterschied machen würde, wenn sie jetzt dick wäre. Er fand alles an ihr attraktiv, nicht nur ihr Aussehen. Und hatte sie erst einmal ein paar Wochen mit ihm das Bett geteilt, dann wären die Extrapfunde schnell dahingeschmolzen.

»Tja, dann solltest du dir vielleicht mal vor Augen halten, was du da leichtsinnig aufs Spiel setzt. Erstens solltest du ihre Cupcakes bedenken. Wenn sie dir keine mehr schickt, werden dir die Jungs vermutlich eine ordentliche Abreibung verpassen. Zweitens würde ich alles darum geben, jetzt bei Layla sein zu können. Es bringt mich fast um zu wissen, dass sie jetzt irgendwo in WitSec ist, mich hoffentlich noch immer liebt, und dass ich sie nicht haben kann. Du hast dieses Problem nicht, du hast sogar die Erlaubnis, sie dir zu schnappen. Und obwohl ich noch nicht viel davon zu Gesicht bekommen habe, musst auch du irgendeinen Charme besitzen, den du bei ihr spielen lassen kannst. Dann wirst du ja sehen, was passiert.«

Jack wusste, dass er nicht der Mann war, den Rachel brauchte. Er konnte ihr nichts bieten. Steve hatte eine große Familie, die sie mit offenen Armen bei sich aufgenommen hatte, aber Jack hatte nur seinen Job, sie und Riley. Steve war der Beständige und Verlässliche gewesen, ein Chiropraktiker, der jeden Abend zum Essen zu Hause war und erst nach dem Frühstück wieder wegging. Jack wusste nie, wann er aufbrechen oder wann er heimkehren würde. Rachel hatte schon als Kind genug Ablehnung und Einsamkeit erfahren müssen. Sie brauchte als Erwachsene nicht noch mehr davon.

»Sie hat etwas Besseres als mich verdient«, sagte Jack.

»Ja, da hast du recht.«

Obwohl er eigentlich entschlossen war, schlechte Laune zu haben, zogen sich Jacks Mundwinkel nach oben. »Mistkerl.«

»Ruf mich an, wenn du etwas brauchst.«

»Dito.« Jack steckte das Handy wieder in die Tasche und wollte gerade die Bierflasche an die Lippen setzen, als er das Geräusch einer zuschlagenden Wagentür hörte, das von seiner Auffahrt her zu kommen schien.

Er drehte sich um und sah auf den öffentlich zugänglichen Strand hinaus, der direkt hinter dem Lattenzaun begann. Neben dem Haus tauchte ein knallrotes Kleid auf. Der schlanke Körper, der darin steckte, fesselte seinen Blick und ließ ihn nicht mehr los.

»Wusste ich's doch, dass du hier bist«, sagte Rachel und winkte. Sie ging auf das Tor zu und hielt eine eckige Kuchenform in der Hand.

Jack wollte eigentlich den Gentleman spielen und ihr das Tor öffnen, aber er konnte sich nicht bewegen. Sie trug jetzt eine Kurzhaarfrisur, und die Locken endeten oberhalb ihres schmalen Halses und betonten ihr zartes Gesicht. Als sie an ihm vorbeiging, sah er, dass ihr Kleid am Rücken sehr tief ausgeschnitten war. Es wurde nur von zwei dünnen Trägern über der Schulter gehalten, und der Ausschnitt reichte fast bis zum

Rückenende hinunter und enthüllte auch, dass sie keinen BH trug.

Großer Gott. Sie musste den Verstand verloren haben, dass sie ihn in einem solchen Kleid aufsuchte.

»Was machst du denn hier?«, fragte er freiheraus, während ihm sein Verlangen die Luft abschnürte. Er rieb sich mit der Bierflasche über die Brust, aber das half auch nicht.

»Du wolltest weder Mittag- noch Abendessen, hast aber nichts von einem Nachtisch gesagt.«

Sie kam durch das Tor, und ihre langen Beine waren dank des kurzen Rocks und des sechs Zentimeter langen Schlitzes an der rechten Seite gut zu erkennen. Beim Näherkommen zögerte sie keine Sekunde, und das änderte alles. Bisher war sie ihm zwar nie aus dem Weg gegangen, sie hatte aber stets darauf geachtet, ihm nicht zu nahe zu kommen.

Nun stellte sie sich auf die Zehenspitzen, legte ihm die Hand auf die Brust und küsste ihn auf die Wange. »Du siehst großartig aus, Jack«, murmelte sie. »Es ist wirklich schön, dich wiederzusehen.«

Jack fragte sich, ob ihr überhaupt bewusst war, wie einladend ihre Worte klangen und dass sein Herz unter ihrer Berührung schneller schlug. Er wollte nicht, dass sie sich zu irgendetwas verpflichtet fühlte. Er wollte nicht der Mühlstein an ihrem Hals sein, der sie an ihre Vergangenheit mit Steve erinnerte. Und er wollte ganz bestimmt nicht, dass sie in seinem Bett zur Märtyrerin wurde.

»Aber ich bin mir nicht sicher, ob du dich auch freust, mich zu sehen«, meinte sie und machte einen Schritt nach hinten.

Er nutzte die Gelegenheit, um tief Luft zu holen und dank der salzgeschwängerten Luft wieder einen klaren Kopf zu bekommen. »Ich bin nur überrascht, aber auf sehr angenehme Weise.«

Rachel lächelte. Ihre Fingerspitzen glitten an seinem Arm hinunter bis zum Handgelenk und legten sich dann um seine Bierflasche. Sie nahm sie ihm aus der Hand, legte ihre Lippen um die Öffnung und trank sie leer.

Woraufhin sein Verstand die Arbeit einstellte.

Er drehte sich um, als sie ins Haus ging. Bisher hatte er noch keine Beleuchtung eingeschaltet, und sie tat es ebenfalls nicht, sondern ging im Licht der untergehenden Sonne zur Kücheninsel. Einen Augenblick später zündete sie eine Kerze an. Die Einrichtung des Hauses war im nautischen Stil gehalten, und passend dazu standen überall mit Muscheln besetzte Kerzenleuchter herum.

»Ich hatte ganz vergessen, wie schön es hier ist«, rief sie ihm zu.

Jack überlegte noch, ob es wirklich klug wäre, zu ihr ins Haus zu gehen, da er seine Gier nach ihr schon jetzt kaum zügeln konnte. »Damit habe ich nichts zu tun. Das ist alles nur dazu da, damit es den Leuten, die hier Urlaub machen, gefällt.«

»Ich wünschte, du wärst öfter hier.« Sie zündete eine weitere Kerze an. »Wir würden dich wirklich gern häufiger sehen.«

»Ich werde es mir überlegen.« Da es langsam lächerlich wurde, sich so anzuschreien, ging Jack ins Wohnzimmer. »Jetzt, da Riley älter ist, würde ich gern mehr Zeit mit ihm verbringen.«

»Das würde ihm sicher sehr gefallen.« Sie hatte ihm den Rücken zugewandt und die Türen des Geschirrschrankes geöffnet.

»Die Teller sind links neben dem Kühlschrank«, half er ihr aus. Als sie die Arme nach oben ausstreckte, stellte er fest, dass ihr Rock noch einige quälende Zentimeter mehr von ihren Beinen freigab. Da er sich wie ein Lustmolch vorkam, wandte er den Blick ab, musste dann aber doch wieder hinsehen. »Was hast du mir mitgebracht?«

Sie sah ihn über die Schulter lächelnd an. »›Besser als Sex‹-Kuchen.«

Jack versuchte, einen Hinweis darauf zu finden, dass das ein Witz gewesen war. »Wer hat sich denn den Namen einfallen lassen? Der kommt wohl nicht oft vor die Tür.«

Ihr Lachen traf ihn wie ein Schlag in die Magengrube. Er hatte es schon immer geliebt, und es sagte so viel über sie aus. Sie hatte ihm per E-Mail häufiger Geschichten über seltsame Vorfälle mit ihren Kunden geschickt und ihn so auch zum Lachen gebracht. Nicht nur einmal hatte er seine Kollegen dadurch erschreckt, dass er wegen etwas, das sie ihm geschrieben hatte, laut auflachen musste. Sie brachte Licht in sein Leben, was ihm nur umso deutlicher bewusst machte, welche Dunkelheit er in *ihr* Leben bringen konnte.

Irgendwie war es typisch für ihn, dass er sich in eine Frau verliebt hatte, die überhaupt nicht zu ihm passte.

Sie zog ihre Sandalen aus und kam mit einem Teller in der Hand auf ihn zu. »Ich habe eine kleine Version davon im Laden. Das ist einer meiner beliebtesten Cupcakes.«

»Alles, was du machst, ist beliebt. Du bist eine hervorragende Köchin.«

»Danke. Aber ich kann nicht grillen, darum musst du dich morgen um die Hotdogs und Hamburger kümmern.«

»Sag mir einfach, was ich machen soll. Das ist einer der Gründe, warum ich hier bin.«

Sie zog eine dunkelblonde Augenbraue hoch und sah ihn keck an. »Aber beschwer dich hinterher nicht, wenn ich dich beim Wort nehme.«

Da war wieder dieser vielsagende Unterton in ihrer Stimme. Er zwang sich, den Blick abzuwenden und den Kuchen anzuschauen, der mit Karamellsirup beträufelt zu sein schien. Am liebsten hätte er ihren ganzen Körper mit Karamellsirup über-

gossen, um ihn dann langsam abzulecken. Sie endlos zu lieb-
kosen und zu guter Letzt zwischen ihren Schenkeln zu landen.

»Probier mal.« Sie stach mit der Gabel ein Stück Kuchen ab
und hielt es ihm an die Lippen.

Er machte den Mund auf. Der Kuchen war zwar ziemlich
mächtig, aber sehr lecker. »Sehr gut«, lobte er und freute sich,
als sie rot wurde. »Aber er ist nicht besser als Sex.«

Jetzt funkelten ihre blauen Augen amüsiert. »Beweise es.«

3

Die Anspannung, die Jack bei ihrer mutigen Herausforderung überkommen hatte, war fast greifbar. Rachel wartete mit angehaltenem Atem, und ihr Herz setzte beinahe aus, als er sie mit den Augen verschlang. Diese scharfe, konzentrierte Intensität hatte sie früher nie aushalten können.

Allmächtiger … Er war so hinreißend. Unglaublich sexy, wie er da nur mit seiner Jeans, deren oberster Knopf geöffnet war, vor ihr stand. Er war schlanker, als sie ihn in Erinnerung hatte, und seine Gesichtszüge wirkten kantiger. Sie vermutete, dass er nicht gut auf sich aufpasste. Wahrscheinlich arbeitete er zu viel und aß nicht genug. Er schien nicht ein Gramm Fett zu viel an seinem Körper zu haben. Jeder Muskel an seinen Armen, seiner Brust und seinem Bauch war deutlich sichtbar.

Er konnte eine Frau verrückt machen, vor allem, da ihn stets ein Hauch von Gefahr umgab. Wenn man ihn nur ansah, wusste man schon, dass es nur wenig gab, wovor er im Notfall zurückschreckte. Er hatte am ganzen Körper Narben, eine von einer Schusswunde an der Schulter, einige von Stichwunden auf dem Bauch, eine alte Brandwunde am Unterarm und noch viele mehr.

Seitdem Rachel ihn kannte, lebte er ein Leben auf Messers Schneide, zuerst als U.S. Army Ranger und jetzt als Deputy Marshal. Eine Frau, die ihn liebte, musste damit leben, dass sein Job gefährlich war und immer im Vordergrund stehen würde. Er würde ihn mitten in der Nacht aus dem Bett seiner Frau wegholen und in tödliche Gefahr bringen, während der Duft ihres Liebesspiels noch auf ihrer Haut lag.

Rachel hätte nie gedacht, dass sie sich je für einen Mann wie ihn interessieren würde, aber sie hatte ihre Fähigkeit, zu wachsen und sich zu verändern, unterschätzt. Nach ihrer ersten Begegnung hatte sie eine wunderbare, acht Jahre andauernde Ehe geführt. Sie hatte eine Bauchhöhlenschwangerschaft und den Tod ihrer Mutter und ihres geliebten Mannes überstanden, ein kleines Geschäft eröffnet und auf harte Weise lernen müssen, wie man sich als alleinerziehende Mutter durchschlägt.

Sie war nicht mehr die Frau, die Steve Tse geheiratet hatte. Jetzt war sie die Frau, die ihn überlebt hatte, und diese beiden unterschieden sich stark voneinander.

Die Frau, die sie heute war, konnte es mit einer Herausforderung wie Jack Killigrew aufnehmen. Und genau das hatte sie auch vor.

Endlich brachte er wieder einen Ton heraus. »Was hast du gerade gesagt?«

Rachel fragte sich, ob ihm überhaupt bewusst war, wie seine tiefe, rauchige Stimme auf Frauen wirkte. »Mein letztes Mal ist verdammt lange her, Jack.«

»Großer Gott.« Er machte einen Schritt nach hinten. Dann fuhr er sich mit den Händen durch sein kurzes dunkles Haar und wandte ihr den Rücken zu. »Du hättest das Bier nicht trinken sollen.«

Allmächtiger. Seine Bewegungen und seine Art zu sprechen waren unfassbar sinnlich. Sie fand es schon erotisch, wie er die Muskeln anspannte.

Jetzt, da sich seine ganze Männlichkeit auf sie konzentrierte, war sie umso entschlossener. »Ich muss mir keinen Mut antrinken, um mit dir zu flirten.«

Er sah sie über die Schulter hinweg an. »So bist du doch gar nicht.«

»Jetzt schon. Wir haben uns zwei Jahre nicht gesehen. In dieser Zeit hat sich einiges geändert.«

Daraufhin drehte er sich wieder zu ihr um. »Ich dachte, die Tses hätten sich nach Steves Tod um dich gekümmert, daher habe ich mich lieber von dir ferngehalten.«

Rachel legte Teller und Gabel beiseite. »Dann weiß ich ja endlich, warum du so auf Distanz geblieben bist. Ich dachte schon, es läge an mir.«

Er spannte den Kiefer an, und sie wusste, dass sie ins Schwarze getroffen hatte. Diese Bestätigung schmerzte mehr, als sie vermutet hatte.

»Ich hätte dich ganz sicher hergebeten«, fuhr sie fort, »wenn ich dich gebraucht hätte. Das wäre kein Problem für mich gewesen. Ich wusste schon früher, schon vor Steves Tod, dass ich mich immer auf dich verlassen kann.«

Er schnaubte. »Du hast dich doch nie wirklich an mich gewöhnt.«

»Du bist auch überlebensgroß, Jack. Ich habe noch nie einen Menschen wie dich kennengelernt.« Sie verschränkte die Arme vor der Brust. Seine Anziehungskraft und seine unglaubliche Sinnlichkeit, die einst zu viel für sie gewesen waren, ließen nun ihre Lust aufleben. Erst seitdem sie wieder mit Männern ausging, war ihr aufgefallen, dass sie sie immer mit Jack verglich und dass ihm keiner das Wasser reichen konnte. »Du scheinst dich in meiner Gegenwart ja auch nicht gerade wohlzufühlen«, schoss sie zurück.

»Warum tust du es dann? Warum bittest du mich um so etwas?«

Rachel war verwirrt. Seine Blicke ließen vermuten, dass er sie am liebsten an Ort und Stelle genommen hätte, aber seine

Stimme klang, als wäre Sex mit ihr das Letzte, was ihn interessierte. »Hast du in letzter Zeit mal in einen Spiegel gesehen? Hörst du den Klang deiner Stimme, die so unglaublich rau und sexy ist? Ist dir überhaupt klar, was für eine Ausstrahlung du hast? Ich bin jedenfalls weder blind noch taub.«

Jacks Blick war messerscharf. Er zog die Brauen zusammen und starrte sie finster an, aber sie ließ sich nicht einschüchtern. Sie hatte schon öfter bemerkt, dass er grimmig wurde, wenn er kurz davor war, die Fassung zu verlieren. Was wiederum bedeutete, dass sie ihm auf irgendeine Weise unter die Haut ging.

»Du fühlst dich zu mir hingezogen«, stellte sie fest und forderte ihn mit einem kecken Blick auf, ihr doch zu widersprechen. »Wo ist dann das Problem?«

Er ahmte ihre Pose nach, verschränkte ebenfalls die Arme und stellte so seinen imposanten Bizeps zur Schau. »Ich fühle mich geschmeichelt, aber wir schleppen einfach zu viel Ballast mit uns herum, und wir müssen uns um Riley kümmern. Gelegenheitssex ist nichts für uns.«

Warum sollte Gelegenheitssex etwas mit Ballast zu tun haben?

Sie wandte den Blick ab und versuchte, ihn nicht merken zu lassen, dass sie Hoffnung schöpfte. Jack wusste ganz genau, dass die sexuelle Anspannung zwischen ihnen etwas Dauerhaftes war, und das löste Angst in ihm aus. Natürlich war er nicht der erste gut aussehende Mann, der mit Bindungsängsten zu kämpfen hatte. In all den Jahren, die sie ihn kannte, hatte er nicht eine einzige feste Beziehung gehabt. Wenn er für eine Veranstaltung eine Begleiterin brauchte, dann brachte er eine mit, aber Rachel hatte ihn nie zweimal mit derselben Frau gesehen.

Da sie nachdenken musste, brachte sie den Teller in die Küche. Sie aß etwas Kuchen und überlegte, was sie als Nächstes tun sollte. Das war das erste Mal in ihrem Leben, dass sie versuchte, einen Mann zu verführen, und sie hatte keinen Plan B. Aber Aufgeben war auf keinen Fall eine Option.

»Rachel?«, fragte Jack mit sanfter Stimme.

Sie aß noch einen Bissen. »Hm?«

»Du bist so still.«

»Ich denke nach.«

Er stieß die Luft aus und legte den Kopf in den Nacken, sodass er die weiße Holzdecke vor sich hatte. »Wenn du mal mit einigen Männern ausgehen würdest, lernst du bestimmt einen kennen, den du magst.«

»Ich mag aber dich«, sagte sie mit vollem Mund. Sie hatte seine unerschütterliche Loyalität schon immer bewundert, aber in den zwei Jahren nach Steves Tod hatte sie Jack viel besser kennengelernt, da er Rileys Patenonkel war. Er telefonierte mit ihrem Sohn und schrieb ihm E-Mails, und auf diese Weise hatte sie herausgefunden, dass Jack durchaus dazu fähig war, jemanden zu lieben, dass er Geduld aufbrachte und dass er aufgeschlossen und unvoreingenommen war. Außerdem konnte sie gar nicht in Worte fassen, wie sie allein der Klang seiner Stimme erregte. »Und im Übrigen bin ich schon mit anderen Männern ausgegangen.«

Sein Kopf schnellte herum. »Mit wem? Kenne ich diese Kerle?«

»Interessiert dich das etwa?«

»Natürlich interessiert mich das. Ich möchte, dass es dir und Riley gut geht.«

Rachel sah ihm direkt in die Augen. »Ich würde Riley nie in Gefahr bringen.«

»So habe ich das auch nicht gemeint.«

Sie musterte ihn skeptisch und bemerkte, dass er angespannt wirkte, während sie selbst erstaunlich ruhig war. Bei ihm fühlte sie sich sicher genug, um mutig zu sein. Noch wusste er nicht, wie wichtig das für sie war, aber sie hatte vor, es ihm zu zeigen.

Jack ging auf die offene Verandatür zu. »Das, was Steve und du hattet, das war etwas Besonderes.«

»Es war einmalig«, stimmte sie ihm zu. Sie waren zu dieser Zeit füreinander bestimmt gewesen. Und genau so dachte sie jetzt über Jack. Sie war davon überzeugt, dass sie beide den jeweils anderen brauchten, daran bestand für sie überhaupt kein Zweifel. Wenn er ihr nur eine Chance gäbe, dann erkannte er vielleicht, was in seinem Leben noch fehlte. Falls es darauf hinauslief, dass sie in der Beziehung die Person war, die den anderen mehr liebte, dann würde sie schon irgendwie damit klarkommen.

»Du musst dir einfach Zeit lassen und mit offenen Augen durchs Leben gehen.«

»Du lieber Himmel.« Sie legte die Gabel auf den Tisch. »Gibst du mir hier tatsächlich gerade Tipps für die Suche nach dem richtigen Partner? Nichts für ungut, aber was weißt du denn schon über feste Beziehungen?«

Jack lehnte sich mit dem Rücken gegen den Türrahmen und steckte die Hände in die Hosentaschen, sodass sie seine langen Beine und festen Brustmuskeln bewundern konnte. »Nicht das Geringste. Ich weiß nur, dass jeder Mann es nach Steve schwer haben muss. Du wirst Kompromisse eingehen müssen, um wieder glücklich zu werden, aber du kannst einen Mann finden, der gut zu dir passt.«

»Willst du damit sagen, ich müsste mich mit weniger zufriedengeben?« Sie streckte sich, schob den Teller zurück und unterdrückte den Drang, ihn wegzuräumen. Wenn sie gewinnen wollte, dann musste sie auch schmutzige Tricks einsetzen. »Ich habe mich in meinem ganzen Leben noch nie mit dem falschen

Mann zufriedengegeben, und ich werde jetzt ganz bestimmt nicht damit anfangen.«

»Was zum Teufel machst du dann hier?«, fragte er kalt.

»Offensichtlich mit fliegenden Fahnen untergehen.« Sie griff gleichzeitig nach beiden Spaghettiträgern ihres Kleides. Wenn er glauben wollte, dass sie mit einem belanglosen One-Night-Stand fertig wurde, dann würde sie ihn in diesem Glauben lassen. Danach konnte sie ihn immer noch weiter bearbeiten. Aber sie musste irgendwo anfangen, und wenn sie sich nur auf den entgegengesetzten Seiten eines Zimmers gegenüberstanden, erreichte sie gar nichts. »Aber wenn es so enden soll, dann will ich hinterher wenigstens sagen können, dass ich alles versucht habe.«

Rachel ließ die dünnen Träger hinunterrutschen und hielt den Atem an. Ihr Kleid glitt über ihre Haut und fiel zu Boden.

4

Jack erstarrte, als Rachel ihr Kleid fallen ließ. Er fluchte. Er bekam weiche Knie, war betäubt und voller Sehnsucht. Und er war dankbar, dass er am Türrahmen lehnte. Sie stand splitternackt vor ihm. Sie trug keinen BH, was er ja geahnt hatte, und auch keinen Slip, der ihren enthaarten Venushügel bedeckt hätte. Er war froh, dass er das erst jetzt wusste, sonst hätte er sie schon längst auf dem kürzesten Weg ins Schlafzimmer befördert.

Während er nach Luft schnappte, als wäre er kilometerweit gerannt, verschlang er jeden Zentimeter ihres blassen Körpers mit seinen gierigen Blicken: die zarten Knochen an den Wangen und Schultern, ihre kleinen, aber prallen Brüste, ihren flachen Bauch und ihre endlosen Beine. Sie drehte sich mit ausgestreckten Armen um sich selbst und zeigte ihm ihren elegant geschwungenen Rücken und ihr kleines, wohlproportioniertes Hinterteil.

»Deine letzte Gelegenheit«, sagte sie, als sie ihn wieder anschaute. »Wenn das nicht dein Interesse weckt, dann gehe ich. Den Kuchen kannst du behalten.«

Himmel, sie war keck und mutig. Jack hatte keine Ahnung, wer die Frau war, die da vor ihm stand. Es war auf jeden Fall nicht die Rachel, an die er sich erinnerte, die Frau, die wegen ihrer gemeinen Tante abends so lange wie möglich von zu Hause wegblieb und aus diesem Grund mit sechzehn überfallen worden war. Steve hatte sich hierzu nie näher geäußert, und Jack hatte nie nachgefragt. Dieses wenige Wissen hatte ihm aber schon gereicht.

Die Wände schienen auf ihn zuzukommen. Er schwitzte, und der Knoten in seinem Magen zog sich schmerzhaft zusammen. Zu der alten Rachel hätte er Nein sagen können, aber dieser neuen gegenüber war er machtlos.

Diese Verführung war die schlimmste Form der Folter. Er hatte eine Heidenangst, alles zu vermasseln und dadurch Rachel und Riley vor den Kopf zu stoßen, die einzigen Menschen, die er wirklich als seine Familie ansah. Die er zu Feiertagen anrief und denen er Geschenke schickte. An die er dachte, wenn es hart auf hart ging und er einen Grund brauchte, um seinen Kopf noch einmal aus der Schlinge zu ziehen. Wenn er sie verlor, dann hatte er gar nichts mehr. Er würde sich ewig Sorgen machen, dass sie in Schwierigkeiten stecken oder etwas brauchen könnten, seine Hilfe jedoch ablehnen würden.

»Du bringst mich um den Verstand«, stieß er hervor.

»Tja, das ist nur fair.« Sie ließ die Arme sinken. »Ich bin verrückt nach dir.«

Er richtete sich auf. Er würde sie einfach fragen, warum sie hier war, und wenn Steves Name fiel, dann würde er zum Strand gehen und erst wieder stehen bleiben, wenn die Sonne aufging. Wenn sie ihn jedoch nicht erwähnte … Dann konnte er sie nicht wegschicken. Er würde mit ihr ins Bett gehen und versuchen, es gut über die Bühne zu bringen. Dabei würde er so wenig wie möglich sagen, tun, was er tun konnte, und irgendwie einen Weg finden, wie sie am nächsten Morgen so miteinander umgehen konnten, als hätte sich zwischen ihnen nichts geändert. Er konnte nur hoffen, dass ihr Umgang in Zukunft dann weiterhin unbeschwert sein würde. Außerdem wusste er dann endlich, dass sie ihre Vergangenheit mit Steve hinter sich gelassen hatte und unbeschwert in die Zukunft blickte. Damit konnte er leben, solange er nichts darüber erfahren musste.

»Warum ich?«, stieß er hervor.

Sie sah ihm fest in die Augen. »Weil ich mit jemandem zusammen sein möchte, dem ich mich verbunden fühle. Jemandem, der nicht nur große Töne spuckt und mich am Ende hängen lässt. Mit einem Mann, der mit dem Körper einer Frau umzugehen weiß und dem ich nicht erst sagen muss, was ich will.«

Das war es. Diese Worte gaben ihm den Rest.

Jack näherte sich Rachel langsam und wandte den Blick nicht von ihr ab. Ihm war nur zu deutlich bewusst, wie wenig Zeit ihm mit ihr zur Verfügung stand. Der Rest seines Lebens hätte nicht ausgereicht, aber er bekam gerade einmal ein paar Stunden mit ihr.

Als er vor ihr stand, bemerkte er, dass sie zitterte, aber sie sah ihn weiterhin fest an. Er umfing ihre Taille und hob sie hoch, woraufhin sie erschrocken aufkeuchte, aber sie wehrte sich nicht. Stattdessen legte sie die Arme um seinen Hals und vergrub ihr Gesicht an seiner Schulter. Seine Haut war schweißbedeckt, aber das schien sie nicht zu stören. Sie drückte sich an ihn und leckte über seine Kehle. Erstaunt stellte er fest, dass sein Schwanz noch steifer zu werden schien. Er war so hart, dass es schon wehtat, und pochte in seiner Hose und flehte um Erlösung.

Jack ging durch den Flur in Richtung Schlafzimmer und hielt sie ein wenig auf Abstand, damit er es überhaupt noch bis dahin schaffen konnte.

Aber Rachel schien andere Pläne zu haben. Sie stützte sich mit den Armen ab und schlang die Beine um seine Taille. Als ihre seidenweiche Scham seinen Bauch berührte, geriet Jack ins Wanken. Er steuerte auf die nächstbeste Wand zu und streckte die Hand aus, um Rachel nicht direkt dagegenzudrücken.

»Oh Gott«, hauchte sie in sein Ohr. »Du machst mich so heiß.«

»Rachel!« Er drückte seine Schläfe an ihre und schloss die Augen, während er verzweifelt versuchte, nicht die Kontrolle zu verlieren. Seine Brust hob und senkte sich schnell, wodurch ihm nur umso deutlicher bewusst wurde, dass sie ihre Brüste dagegenpresste.

Sie fuhr ihm mit den Fingern durchs Haar und zog daran, bis er den Kopf hob. Dann drückte sie ihren weichen Mund auf seinen und hielt ihn so fest. Als er die Lippen öffnete, um nach Luft zu schnappen, nutzte sie dies zu ihrem Vorteil und ließ ihre Zunge in seinen Mund schnellen, um ihren Kuss zu intensivieren.

Jack stöhnte und gab jegliche Zurückhaltung auf. Sie gab alles, spannte die Beine an seinen Hüften an und drückte den Oberkörper gegen seine Brust. Wenn er sie nicht so sehr begehrt hätte, wäre es sexuelle Belästigung gewesen. Oder gar Misshandlung. Aber ihre Leidenschaft erregte ihn so sehr, dass er beinahe in der Hose kam. Dass sie ihm nach allem, was sie in ihrer Jugend erlebt hatte, genug vertraute, um so offen und fordernd zu sein, erweckte seinen Beschützerinstinkt. Er hatte sie zwar schon vorher geliebt, aber das war nichts im Vergleich zu dem, was er jetzt für sie empfand.

Er entzog ihr seinen Mund. »Rachel … Süße … Langsamer. Lass mich kurz Luft holen.«

»Nein«, stieß sie stöhnend aus und küsste sein mit Bartstoppeln bedecktes Gesicht, bis sie ihm ins Ohr raunte: »Beeil dich. Wenn du nicht bald in mir bist, gehe ich noch in Flammen auf. Oder komme ohne dich. Diese Neandertalernummer ist so unglaublich sexy.«

Er hätte gelacht, wenn er es gekonnt hätte. Sie hatte ja keine Ahnung, was sie da von ihm verlangte, aber sie würde es gleich zu spüren bekommen.

Rachel biss Jack ins Ohrläppchen und zog an seinen Haaren.

Der dunkle, exotische Geruch seiner warmen Haut machte sie wild und hemmungslos. Und seine angestrengte Stimme, die Beherrschung, die sich darin widerspiegelte, und die Angespanntheit seines Körpers stachelten sie dazu an, ihn bis zum Äußersten zu treiben.

So weit er zu gehen bereit war, und noch ein Stück weiter …

Sie war sich durchaus der offen stehenden Verandatür und des öffentlichen Strandes dahinter bewusst. In der Ferne konnte sie Stimmen und Musik hören. Wären die Lampen im Haus an gewesen, dann hätte man Jack und sie deutlich erkennen können. Doch so verbarg sie die Dunkelheit, während draußen ein blasser Mond aufging. Dennoch war die Gefahr einer möglichen Entdeckung überaus aufregend.

Jack stützte sich mit einem Knie an der Wand ab, um das Gewicht ihrer ineinander verschlungenen Körper abzufangen. Er strich Rachel mit einer Hand über das Hinterteil und drückte und knetete es, sodass sie heilfroh war, als Vorbereitung auf diese Nacht viel trainiert zu haben. Sie hatte sich darauf wie auf einen Marathon vorbereitet, da sie schon vermutet hatte, dass eine Nacht in Jacks Bett ähnlich anstrengend sein würde.

Himmel, sie konnte es kaum noch erwarten, war jedoch auch ein wenig verunsichert. Es war zwölf Jahre her, dass sie mit einem anderen Mann als Steve geschlafen hatte, und Jack war so völlig anders als er. Seine Berührung hatte nichts Beruhigendes oder Vertrautes an sich, und doch war sie genau das, wonach Rachel es jetzt verlangte. Das, was sie wollte. Sie hatte das Gefühl, dass seine Hände genau da hingehörten, wo sie sich befanden. Und zwar nicht, weil er so selbstsicher auftrat, sondern weil es einfach das Richtige war.

Als die eine Hand tiefer glitt, erstarrte sie und spannte jeden Muskel an, weil sie wusste, dass er sie gleich dort berühren würde, wo sie sich am meisten nach seiner Berührung sehnte.

Alles geschah so schnell, aber auch wieder nicht schnell genug.

»Schsch«, beruhigte er sie und küsste sie hinter das Ohr. Er spreizte die Finger und griff ihr von hinten zwischen die gespreizten Beine.

Rachel spürte, wie sich etwas in ihm veränderte. Es war wie die Ruhe vor dem Sturm, wenn die Temperatur anstieg, der Wind sich legte und die Luft zum Schneiden dick wurde. Sie erschauerte, da sie derart erregt war, dass sie befürchtete, bei der kleinsten Berührung zu kommen. Ihre Haut fühlte sich an, als wäre sie ihr zu eng geworden, und brannte, und ihre Brust schien sich zusammenzuschnüren.

Er lehnte den Kopf nach hinten und sah sie unter schweren Augenlidern unverwandt an. Dann schob er zwei Finger in sie hinein.

Ein begieriges Stöhnen drang über ihre Lippen. Ihre innersten Muskeln zogen sich zusammen und saugten seine beiden kräftigen Finger bis zu den Knöcheln ein. Die Anspannung war kaum noch zu ertragen, und sie erschlaffte, als die Lust durch ihren Körper strömte.

»Du bist so eng.« Seine Stimme war rau wie Sandpapier. Er zog die Finger wieder heraus, nur um sie im nächsten Moment tief in sie hineinzustoßen. Ihre zitternden Oberschenkel verloren den Halt auf seinen Hüften.

Sofort ließ Jack von ihrer bebenden Spalte ab und umfing ihre Beine, um sich dann vorzubeugen, damit sie sich vor ihn stellen konnte. Sie drückte den Rücken mit geschlossenen Augen an die Wand, stemmte die Handflächen gegen die Holzvertäfelung und atmete schwer.

Er umfing ihr Gesicht mit beiden Händen und küsste sie, eroberte ihren Mund mit einer Wildheit, die er zuvor noch gezügelt hatte. Jeder Widerstand in ihm schien sich in nichts aufgelöst zu haben, und an seine Stelle trat eine hochkonzentrierte Entschlossenheit, bei der ihr Herz noch schneller schlug.

Sie hatte sich geirrt. Auf das hier hätte sie sich unmöglich vorbereiten können. Als sein Mund über ihre Wange und zu ihrer Kehle wanderte, an ihrer zarten Haut saugte und knabberte, hatte sie das Gefühl, sich aufzulösen. All die Stabilität und Kraft, die sie aufgebracht hatte, schmolzen unter der sengenden Hitze von Jacks zielstrebigem Verlangen dahin. Er zögerte nicht, legte keine Zaghaftigkeit an den Tag und eroberte ihren Körper mit hemmungsloser Begierde.

Seine Hände wanderten auf ihre Schultern und über ihre Arme. Während sein heißer Mund eine pralle, bebende Brustwarze umfing, zog er sie an sich, wobei er sie nach hinten drückte, sodass sich ihm ihre Brüste wie ein Geschenk darboten.

Sie riss die Augen auf und starrte zur Decke hinauf. Das Gefühl, Jacks Zunge auf ihrer Brust zu spüren, war so wunderbar, dass sie schon glaubte, ihrem Höhepunkt ganz nah zu sein. Ihr Bauch bebte, und ihre Hüften zuckten. Ihre Klitoris pulsierte vor Verlangen.

»Saug daran«, flehte sie ihn an, da sie den Orgasmus brauchte, um ihre Lust etwas unter Kontrolle zu bekommen.

Er tat, wonach sie verlangt hatte, aber nicht so, wie sie es haben wollte. Nicht schnell und nicht zärtlich. Jedes heiße Saugen schien sich in ihrem Körper nach unten auszubreiten und die Gier, die sie umfangen hielt, nur noch weiter anzustacheln. Das Kribbeln ihrer Brüste setzte sich in ihrem Unterleib fort, der sich schnell und rhythmisch zusammenzog. Das steigerte ihren Drang zu kommen nur noch weiter und machte sie fast verrückt.

»Schneller.«

Sein Mund wanderte auf die andere Seite, wo er mit den Zähnen über die Brustspitze schabte und dann die Zunge darüberschnellen ließ.

»Jack. Bitte.« Ihr Kopf fiel zur Seite, und sie drückte ihre erhitzte Wange an die kühle Wand. »Mehr.«

»Wunderschön«, murmelte er. »Süß und weich. Zu süß, um sie zu schnell zu kosten.«

»Ich weiß, dass du auf größere Brüste stehst«, keuchte sie.

Daraufhin saugte er so fest, dass die Lust schon fast an Schmerz grenzte. Rachel wimmerte und bohrte sich die Fingernägel in die Handflächen. Er saugte ein weiteres Mal fest an ihr und linderte das Pochen dann, indem er sanft darüberleckte.

»Ich stehe nur auf dich.« Er bewegte die Hände im Gegensatz zu seinem immer wilder werdenden Mund sanft und zärtlich unter ihren Brüsten. Auf diese Weise offenbarten sich ihr zwei Seiten desselben Mannes: die eine vorsichtig und ehrfürchtig, die andere rau und wild. »Auf jeden Zentimeter deines Körpers.«

Er drückte sie gegen die Wand und ließ die Hände auf ihre Hüften gleiten, während er in die Knie ging und sie zwischen ihre Brüste küsste. »Insbesondere auf diese hier.«

Sein Mund bewegte sich weiter nach unten, er leckte über ihren Bauch, um die Zunge in ihren Bauchnabel zu stoßen. »Und diesen hier.«

Dann nahm er ihre Pobacken in die Hände und zog ihre Hüften nach vorne, woraufhin ein Stromstoß durch ihren Körper zu jagen schien. Er drückte den Mund gegen ihren Venushügel. »Und vor allem auf den hier.«

»Jack …« Sie wusste nicht, wie sie es überstehen sollte, wenn er sie dort mit dem Mund berührte, aber wenn er es nicht tat, würde sie ebenso vergehen.

»Spreiz deine Schamlippen«, ordnete er mit heiserer Stimme an. »Lass mich dich sehen.«

Sie sah ihm in die Augen. Sein Tonfall war zwar gebieterisch, aber sein Blick war umso zärtlicher und verhinderte, dass sie schüchtern wurde oder auch nur darüber nachdachte, was er verlangte. Sie holte tief Luft und entblößte ihre Vulva vor ihm … und damit viel mehr von sich, als er hätte ahnen können.

5

»So schön.«

Die Bewunderung in Jacks Stimme ließ eine wohlige Wärme in Rachel aufsteigen. Als sie seinen warmen, zärtlichen Atem spürte, wimmerte sie leise.

»Und so empfindlich«, murmelte er. »Deine Klit steht schon vor, dieses freche kleine Ding.«

»Hör auf, mich zu quälen«, erwiderte sie.

»Keine Sorge, ich lasse gleich Taten folgen.« Er fuhr sich mit der Zunge über die Lippen und beugte sich vor. »Ich werde dich dazu bringen, so laut zu kommen, dass die Nachbarn dich hören.«

Eine endlose Sekunde lang hockte er da und ließ sie warten. Als sie schon kurz davor war, laut loszuschreien, strich er mit der Zunge über ihre Spalte. Rachel unterdrückte einen Schrei und konnte nur noch mit Mühe aufrecht stehen bleiben. Ihre Hände zitterten, als sie weiterhin die Schamlippen spreizte, und ihre Knie drohten nachzugeben.

»Öffne dich mir weiterhin so schön«, verlangte er und tauchte zwischen ihre Schenkel.

Mit der Zungenspitze umkreiste Jack ihre geschwollene Klitoris und züngelte leicht darüber. Rachel kam. Sofort. Mit leisem Stöhnen, und der Orgasmus flutete mit einer Gewalt durch ihren Körper, wie sie es noch nie zuvor erlebt hatte. Sie erschauerte heftig und krümmte die Zehen auf dem festen Holzboden.

Doch er ließ nicht von ihr ab. Stattdessen legte er die Hände nur noch fester um ihr Gesäß und bewegte die Zunge wie ein Besessener, während sein hungriges Stöhnen sie direkt und ohne Umschweife zum nächsten Höhepunkt brachte. Angestachelt von seiner Wildheit packte sie seine schweißnassen Haare und ritt seinen wilden Mund. Sie nahm sich, was sie brauchte, und wand sich auf seiner geschickten Zunge. In ihrem Verlangen verlor sie jegliche Scham, und es war ihr egal, wer sie hören oder sehen konnte. Wichtig waren nur Jack und das, was er mit ihr machte.

Als die Erregung verflog, schien auch ihre Kraft zu schwinden. Sie sackte gegen die Wand, rang nach Luft und zitterte am ganzen Körper.

Jack stand auf, hob sie hoch und trug sie zur Couch. Wenn sie endlich wieder einen Ton herausbringen konnte, dann musste sie ihm sagen, wie seine Neandertalerart sie anmachte. Oder vielleicht zeigte sie es ihm gleich …

Er setzte sie auf der Armlehne ab und stellte sich zwischen ihre Knie. Während er sie mit einer Hand am Kopf stützte, ließ er sie langsam nach hinten sinken, bis ihr Oberkörper über den Kissen schwebte.

Rachel war völlig ermattet und konnte nur willenlos das hinnehmen, was er ihr gab, wie seine Zunge neckend über ihre Schamlippen strich … wie er an ihrem Kinn knabberte … wie seine Finger sie vorsichtig spreizten und sich in ihre überempfindliche Spalte schoben …

»Jack.« Rachel packte die Gürtelschlaufen seiner Jeans und zuckte hilflos in seinen Armen.

Er krümmte die Finger in ihr, streichelte, suchte. Sie wand sich und hatte die Bauchmuskeln so stark angespannt, dass sie sich verkrampften. Es war schon qualvoll für sie, auf das zu warten, was gleich kommen würde, und auch die Gewissheit, dass sie jeder sehen konnte, kam ihr wieder zu Bewusstsein. Die Couch stand direkt vor der Glastür, und man hatte von dort einen guten Blick auf das Meer. Das Mondlicht fiel bis an die Kante der Sitzfläche und war nur wenige Zentimeter von der Stelle entfernt, an der Jack sie mit den Fingern eroberte.

»Da ist er ja.« Er lächelte, als er ihren G-Punkt gefunden hatte. »Ich bin gespannt, was zuerst passiert: Kommst du noch einmal, oder ziehst du mir die Hose aus?«

Rachel wollte diesen Wettstreit gewinnen. Sie musste wissen, wie er aussah, wie er sich anfühlte. Aber sie war emotional und körperlich völlig aufgewühlt, und er hatte den entscheidenden Vorteil, dass er sie schon nackt und bereit vor sich hatte. Sie nestelte an seiner Hose herum, während er sie mit seinen rauen Fingerspitzen streichelte und liebkoste. Diese Fingerspitzen, die sein ganzes Gewicht beim Klettern halten konnten, waren dennoch unglaublich sanft, wenn sie Rachel berührten.

Sie hatte seinen Schwanz gerade erst aus der Jeans befreit, als sie ein weiteres Mal kam. Stöhnend versuchte sie instinktiv, sich von der übermächtigen Woge der Empfindungen nicht mitreißen zu lassen, aber er hielt sie fest und zwang sie, sie zu ertragen. Während sie am ganzen Körper bebte, beugte er sich über sie und flüsterte ihr sanfte Worte ins Ohr, die sie kaum verstehen konnte, da ihr das Blut in den Adern rauschte. *Lass dich gehen … Ich halte dich fest … Bei mir bist du sicher …* Seine Hand zuckte und rieb zwischen ihren Beinen, und ihre Gnadenlosigkeit bildete einen starken Kontrast zu seinem zärtlichen Gemurmel. Es kam ihr fast so vor wie eine wilde Form der Eroberung, als würde er ihr sein Zeichen aufdrücken und fordern, dass sie sich ihm völlig unterwarf.

Dieser Mann wird sich nie mit weniger als einhundert Prozent der Seele einer Frau zufriedengeben, hatte ihre sehr viel weisere Schwiegermutter einmal gesagt. Rachel hatte sich immer gefragt, wie eine Frau so stark sein konnte, derart viel von sich preiszugeben, wie sie es gerade getan hatte. Jetzt wusste sie es. Sie erschlaffte in seinen Armen, schwankte nicht in ihrem neu gewonnenen Mut und überließ sich ganz Jacks leidenschaftlicher Seite, wie sie es sich erträumt hatte.

»Rachel«, murmelte er und sprach dieses Wort unglaublich zärtlich aus, während er langsam die Finger aus ihr herauszog.

Sie stieß hörbar die Luft aus. »Ich will dich in mir spüren.«

»Ich habe keine Kondome da.«

»Das ist schon okay. Ich nehme seit zwei Monaten wieder die Pille. Seit dem Tag, an dem du gesagt hast, dass du herkommen würdest.«

Er schnaufte.

Rachel legte ihm eine Hand an die Wange. »Du hattest nie eine Chance.«

Daraufhin küsste er sie so wild und leidenschaftlich, und in diesem Kuss lag weitaus mehr als nur Lust und Begierde. Sie klammerte sich an ihn und saugte diesen Schwall an Emotionen auf, den man bei einem derart reservierten und ernsten Mann kaum erwartet hätte. Aus genau diesem Grund konnte sie um seinetwillen über sich hinauswachsen, furchtlos und verwegen sein. Auf gewisse Weise waren sie sich sehr ähnlich, da sie beide weitaus tiefgründiger waren als viele andere Menschen.

Schwer atmend löste Jack die Lippen von ihren. Mit zitternden Händen drehte er sie um, sodass sie wie hingegossen auf der Armlehne lag und ihm den Rücken zuwandte.

Nie zuvor in ihrem Leben hatte sie sich emotional so aufgewühlt und so verletzlich gefühlt. Als sie hörte, wie er die Jeans hinunterschob, ballte sie die Fäuste neben ihrem Kopf. Sie starrte zur offen stehenden Verandatür, ohne wirklich etwas zu erkennen, und spürte, wie die kühle Abendluft über ihre schweißnasse Haut strich. In ihr war keine Anspannung mehr, kein Widerstand, keine Wildheit. Jack legte die Hände an die Innenseiten ihrer Oberschenkel, und sie spreizte von sich aus die Beine und sehnte sich nach einer tieferen Vereinigung mit ihm.

Er fuhr ihr sanft mit der Hand über den Rücken. »Alles okay?«

Rachel nickte benommen.

Dann strich er ihr das verschwitzte Haar aus der Stirn und küsste ihre Schulter. »Kannst du noch?«

Sie streckte eine Hand nach hinten aus, um sein Bein zu sich heranzuziehen. Als sie den Jeansstoff spürte, begriff sie, dass er die Hose gerade mal so weit nach unten geschoben hatte, wie es unbedingt erforderlich war, um das zu tun, was er vorhatte. Vor ihrem inneren Auge sah sie es förmlich vor sich, wie sie willenlos und nackt auf dem Sofa lag und er angespannt und noch halb angezogen hinter ihr stand, und dieses Bild ließ ihre Erregung erneut auflodern. »Ja.«

Jack richtete sich auf, und nur einen Herzschlag später spürte sie, wie er die breite, glatte Eichel zwischen ihre Schamlippen schob. Er war so heiß und hart wie Stahl. Als sie ihn endlich fühlte, biss sie sich auf die Lippen, und beim ersten Stoß krallte sie ihre Finger in den weißen Sofabezug.

»Ganz ruhig.« Er legte die Hände fest, aber zugleich zärtlich um ihre Hüften. »Entspann dich einfach. Lass es geschehen.«

Er hatte ja keine Ahnung, was er da von ihr verlangte. Als er sich langsam immer weiter in sie hineinschob, wurde sie von dem intensiven Gefühl überwältigt, dass er sie gerade in Besitz nahm.

»Oh Gott …«, stieß sie hervor, und jedes Nervenende schien durch seine sanften Stöße, mit denen er tiefer und immer tiefer in sie eindrang, in Flammen aufzugehen.

Rachel bezweifelte, dass sie es ertragen hätte, wenn sie nicht derart ermattet gewesen wäre. Er dehnte sie derart stark aus, dass sie beinahe glaubte, jede Sehne und jede Ader ebenso sehr wie seinen Herzschlag zu spüren. So etwas hatte sie noch nie zuvor erlebt. Sie war froh darüber, ihn nicht ansehen zu müssen und die ungefilterten Emotionen, die sich auf ihrem Gesicht abzeichnen mussten, so vor ihm verbergen zu können. Sie durfte ihn jetzt nicht verschrecken. Nicht nach all dem, was bereits passiert war.

Jack ging ein wenig in die Knie und schob sich die letzten Zentimeter in sie hinein. Sie vergrub ihr Gesicht in den Sofakissen und unterdrückte ihr klagendes Stöhnen. Er war so dick und hart. Mit jedem zitternden Atemzug spürte sie, wie tief er in sie eingedrungen war.

Dann spürte sie seine Zunge auf ihrem Rücken, und er biss sie besitzergreifend in die Schulter.

»Rachel«, flüsterte er und umfing ihre Brüste mit seinen großen Händen. Er presste sie an seine breite Brust und begann sich zu bewegen. Er zog sich langsam aus ihr heraus, nur um dann wieder zuzustoßen. Dabei war er viel zu vorsichtig, als ob sie zerbrechlich wäre. Sie hatte zwar das Gefühl, gleich zu zerspringen, aber sie wollte nicht, dass er sich zurückhielt. Nicht, wenn sie seit seiner ersten Berührung ständig kurz davor gewesen war, in tausend kleine Stücke zu zerspringen.

Sie stieß das Becken nach hinten. »Komm schon, Jack. Hör auf herumzuspielen.«

Jack erstarrte, und nun konnte sie spüren, dass seine Hände und Oberschenkel leicht zitterten. Er hatte entschlossen gewirkt, doch sein Körper verriet ihn und enthüllte, dass er sich nur mit Mühe zurückhalten konnte.

Sie zog ihre Scheidenmuskeln um seinen prallen Schwanz zusammen, der in ihr pochte.

Jack fluchte und packte fester zu. »Rachel … Verdammt!«

»Los!«

Er beugte sich über sie, bewegte die Hüften nach hinten und rammte sich fest in sie hinein. Seine schweren Hoden prallten gegen ihre Klitoris und ließen eine heiße, lustvolle Woge über ihre Haut rasen.

»Ist es das, was du willst?« Er spannte sich in ihr an und berührte Nervenenden, von deren Existenz sie bisher nicht einmal etwas geahnt hatte. »Wie hart willst du es?«

»So, ja …«

Er tat, was sie verlangt hatte, bevor sie weitersprechen konnte. Seine Hüften stießen ruckartig vor, und er trieb sich mit festen, harten Stößen wieder und wieder in sie hinein.

Als sie kam, legte er die Arme um sie und hielt sie fest, während sie vor Lust schluchzte. Er stöhnte, als sie sich um ihn herum zusammenzog, und erreichte dann ebenfalls den Höhepunkt, wobei er bei jedem heißen Verströmen heftig zuckte. Seine Wange drückte sich sanft an ihre Schläfe, und sein Geruch umgab sie und erfüllte ihren Geist, während er ihren Namen hauchte.

Als er in ihr kam, wiederholte er ihren Namen in einer nie enden wollenden Litanei, und seine Stimme klang derart ekstatisch, dass sie etwas empfand, das weit über Verzückung hinausging.

Irgendwie war es ihr gelungen, ihm unter die Haut zu gehen. Und sie hatte vor, dort auch zu bleiben.

6

Jack legte den Kopf auf den angewinkelten Arm und sah zu, wie die Zimmerdecke im Licht der aufgehenden Sonne immer heller wurde. Rachel lag schlafend neben ihm im Bett, und die weiße Bettdecke bauschte sich um ihren Körper. Sie hatte den Mund leicht geöffnet, wie um einen Kuss zu empfangen, und er kämpfte gegen den Drang an, sie zu wecken und erneut zu nehmen.

Er wusste nicht genau, wann sie aufstehen musste, damit sie Rileys Geburtstagsparty vorbereiten konnten, aber es war gerade mal sechs, und er vermutete, dass sie noch ein paar Stunden schlafen konnte. Sie brauchte den Schlaf. Unter ihren Augen zeichneten sich dunkle Ringe ab. Ihre Brüste waren gerötet, da seine Bartstoppeln dort ihre Spuren hinterlassen hatten. Als sie sich an seine Seite schmiegte, konnte er den schwachen Abdruck seiner Zähne auf ihrer Schulter erkennen.

Verdammt! Sie war zu zart und sanft, als dass er bei ihr die Kontrolle verlieren durfte, und zwar weder emotional noch körperlich. Jack strich sich mit der Hand über das Gesicht, während ihm klar wurde, dass er sich gewaltig geirrt hatte. Inzwischen war er längst nicht mehr bereit, die Sache als One-Night-Stand abzutun.

Sie hatte seit Monaten geplant, mit ihm zu schlafen …

Verdammt noch mal. Allein die Vorstellung brachte ihn um den Verstand.

Ja, Rachel hatte etwas Besseres als ihn verdient, aber er konnte sich anpassen und Opfer bringen, lernen, was sie brauchte, und mit aller Kraft versuchen, es ihr zu geben. Er konnte ihr zeigen, dass er sie langsam und zärtlich lieben konnte. Sich Zeit nehmen. Sie das Tempo bestimmen lassen. Ihm blieb nichts anderes übrig, als es zu versuchen. Er konnte unmöglich so tun, als hätte es die letzte Nacht nicht gegeben. Vielleicht war sie nur hergekommen, weil Steve es von ihr verlangt hatte, aber er konnte ihr etwas geben, damit sie bei ihm blieb.

Da er zu aufgewühlt war, um wieder einzuschlafen, stand Jack leise auf und zog sich an. Er ging zum Strand und lief los, um wieder einen klaren Kopf zu bekommen.

Bisher war er nie ein Mann großer Worte gewesen.

Aber jetzt würde er die richtigen Worte finden müssen, weil sie Auswirkungen auf sein ganzes Leben haben würden.

Rachel erwachte, als sie die Dusche hörte. Sie roch Kaffeeduft und lächelte, da sie sich darauf freute, den Morgen mit einem anderen Erwachsenen zu verbringen. Auf der Suche nach einer Uhr drehte sie sich auf die Seite und entdeckte eine auf Jacks Nachttisch. Sie stand mit den Zeigern zur Wand, also kroch sie über das Bett und drehte sie um. Es war sieben Uhr fünfundvierzig.

Neben der Uhr lagen Jacks Dienstmarke und seine Brieftasche. Sie starrte den silbernen Stern an und empfand sowohl Stolz als auch Respekt. Er war ein Shadow Stalker. Ein Mitglied der Eliteeinheit des US-Marshals-Service SOG, der Gruppe für Spezialoperationen. Er hatte ihr einmal erklärt, wie der Spitzname entstanden war: Die Shadow Stalker jagten gefährliche Flüchtlinge, auch »Schatten« genannt, und warteten im Schatten der Bundesgerichte bei wichtigen Prozessen, die im Fokus der Öffentlichkeit standen. Dieser Job passte so gut zu ihm, und sie konnte sich beim besten Willen keinen anderen bei ihm vorstellen. Sie würde ihn auf keinen Fall darum bitten, ihn aufzugeben, obwohl sie große Angst davor hatte, ihn aufgrund seiner Tätigkeit zu verlieren.

Als sie nach dem Abzeichen griff, stieß sie versehentlich seine Brieftasche herunter. Sie landete aufgeklappt auf dem Boden, und ihr eigenes lächelndes Gesicht sah sie an.

Rachel stieg aus dem Bett und hob die Brieftasche wieder auf. Es kam ihr falsch vor, darin herumzuschnüffeln, aber sie konnte nicht widerstehen. Wessen Foto hatte er noch bei sich? Wer waren die wichtigen Menschen in seinem Leben?

Langsam drehte sie die Plastikhüllen mit den Fotos um und stellte gerührt fest, dass neben ihrem auch Bilder von Steve und Riley in seiner Brieftasche waren. Aber als sie am Ende angekommen war und nur ein Foto entdeckt hatte, das nicht ihre Familie zeigte, sondern mehrere Männer mit kugelsicheren Westen und Sonnenbrillen, da runzelte sie die Stirn. Es waren keine Fotos von seinen Eltern oder Geschwistern, von seinen Nichten oder Neffen dabei. Kein Bild von ihm selbst – zusammen mit jemand anderem.

Ihr Herz zog sich schmerzhaft zusammen. »Jack«, flüsterte sie und fragte sich, ob er sich wirklich so einsam fühlte, wie er ihr gerade vorkam.

Sie hatte gewusst, dass er bei einer Pflegefamilie aufgewachsen war, aber sie war davon ausgegangen, dass er darüber hinaus andere Beziehungen hatte. Mit irgendjemandem. Es konnte doch nicht sein, dass er niemanden hatte?

Wenn sie und Riley seine ganze Familie darstellten, dann war es kein Wunder, dass er so vorsichtig und zurückhaltend war. Es lag wirklich nicht daran, dass er sie nicht begehrte.

Sie ging zum Badezimmer, klopfte an und drückte dann langsam die Türklinke hinunter. »Hey.«

»Guten Morgen.«

Seine Stimme klang warm und zufrieden. Die Dusche war mit Milchglas umgeben, durch das sie genug von seinem perfekten Körper erahnen konnte, um sofort auf andere Gedanken zu kommen. An diesen Anblick könnte sie sich gewöhnen, dachte sie.

»Der Kaffee ist fertig«, sagte er. »Ich habe diese zuckerfreie Haselnussmilch besorgt, die du so magst.«

Auf dem Boden lagen eine Jogginghose und ein benutztes T-Shirt. Sie konnte es nicht fassen, dass er nach der anstrengenden Nacht schon trainiert hatte. Dagegen kam sie sich ziemlich faul vor. Sie fühlte sich aber auch geliebt und umsorgt.

Jack kümmerte sich um sie und registrierte viele Dinge auf eine Art und Weise, die sie seit Steves Tod nicht mehr zu schätzen gewusst hatte. Er schickte ihr jede Woche Blumen, und zwar entweder Callas, Lilien oder Tulpen – ihre Lieblingsblumen. Woher wusste er das eigentlich? Vielleicht hatte Steve es ihm erzählt. Aber dass er auch ihren Lieblings-Zichorienkaffee Luzianne bestellte? Oder ihre Lieblingshandcreme mit japanischen Kirschblüten, Sheabutter und Kaschmir, deren Duft normalerweise von ihrem Parfum überdeckt wurde? Selbst Steve, ihr Mann, der sie besser gekannt hatte als jeder andere, hatte sich das nicht merken können.

Vielleicht achtete Jack so genau auf Details, weil es ein Teil von ihm und seinem Job war. Schließlich war der US-Marshals-Service auch für das Zeugenschutzprogramm verantwortlich. Möglicherweise waren die kleinen Dinge, die ihm an ihr auffielen, Sachen, die er bei jedem Menschen bemerkte und die er verändern musste, wenn er die Identität einer Person löschte und ihre Gewohnheiten, an denen man sie erkennen konnte, verändern musste. Es war aber auch möglich, dass es weitaus persönlichere Gründe dafür gab. Sie hoffte es zumindest, denn diese Geschenke und die Empfindungen, die sie bei ihr auslösten, hatten bewirkt, dass sie sich in ihn verliebt hatte. Nachdem jahrelang alles, was sie liebte, von ihrer Tante verunglimpft und heruntergemacht worden war, hatte sie an nichts mehr Freude gehabt. Doch Jack lehrte sie wieder, sich an den Dingen zu erfreuen, die sie glücklich machten.

Lächelnd hob sie seine Kleidungsstücke auf und brachte sie zum Wäschekorb im Schlafzimmer. Im Allgemeinen tat sie so etwas nicht gerne, aber sie bekam zunehmend den Eindruck, dass Jack jemanden brauchte, der sich um ihn kümmerte. Außerdem hatte er Kaffee gekocht. Sie war durchaus bereit, ihren Beitrag zu leisten, wenn ihr dafür schon beim Aufwachen der Duft frisch gekochten Kaffees in die Nase stieg.

»Bist du einverstanden damit, dass ich deine Zahnbürste benutze?«, fragte sie, als sie ins Badezimmer zurückgekehrt war.

»Nur zu.«

Rachel spülte sich gerade den Mund aus, als Jack die Dusche abstellte. Sie richtete sich auf und drehte sich um, da sie ihn unbedingt sehen wollte. Er schob die Tür zur Seite, und dann stand der tropfnasse und herrlich nackte Jack vor ihr. Sie stieß einen bewundernden Pfiff aus. Er schien von Kopf bis Fuß perfekt zu sein. Und der Teil in der Mitte, der schon halb erregt sehr beeindruckend war, ließ ihre Lust sofort wieder aufleben. Oh ja, daran könnte sie sich auf jeden Fall gewöhnen.

Er verzog amüsiert die Lippen und griff nach dem Handtuch, das an der Wand hing. Da er sich rasiert hatte, sah er jetzt weniger wie ein harter Krieger, als vielmehr wie ein Model aus der *GQ* aus. Ihr gefiel beides gleich gut.

»Warte.« Sie trat an ihn heran und fuhr sich mit der Zunge über die Lippen.

In Jacks Augen war eine Wärme zu erkennen, die sie erröten ließ. Er ließ den Arm sinken. »Ich gehöre ganz dir.«

Jack hielt die Stellung, auch wenn es um ihn herum nur so brodelte.

Rachel, die seine Unruhe gespürt zu haben schien, hatte ihm vor einiger Zeit ein Bier gebracht, das vor den Blicken der Minderjährigen durch einen Flaschenüberzug verborgen wurde. Aber er rührte es nicht an, da er aus Erfahrung wusste, dass man immer wachsam bleiben musste, wenn man sich inmitten von Unbekannten aufhielt.

Er stand vor dem Grill und musterte das gute Dutzend Achtjähriger, die auf der Veranda von Rachels kleinem, zweistöckigen Haus herumtobten. Es herrschte ein ziemliches Chaos, aber er fühlte sich bei Weitem nicht so fehl am Platz, wie er befürchtet hatte. Das lag vor allem an Rachel, die ihn oft anlächelte und mit einzubeziehen versuchte.

»Jack.«

Er drehte den Kopf und blickte Riley lächelnd an, der seinem Dad sehr ähnlich sah. Riley hatte dieselben dunklen Augen und das fröhliche Lächeln, dasselbe laute Lachen und das Verlangen, anderen zu helfen. »Hey, Sportsfreund. Amüsierst du dich?«

»Ja, klar. Aber ich muss dich was fragen.«

»Schieß los.«

»Tante Stella sagt, du magst meine Mom.«

Er sah zu dem Gartentisch hinüber, an dem der Großteil der Tse-Familie saß. »Das tue ich auch.«

»Aber so wie eine Freundin. Du weißt schon, mit Küssen und all dem Kram.«

»Ach ja?« Jack blickte konzentriert auf die Burger und Hotdog-Würstchen, die vor ihm auf dem Grill lagen.

»Sie sagt, ein Mann würde nur darauf achten, was für einen Kaffeeweißer eine Frau bevorzugt, wenn sie seine Freundin ist.«

Da er nicht wusste, was er darauf erwidern sollte, nickte Jack bloß und warf Rachel einen kurzen Blick zu. Sie sprach mit den Tses über ihn. Hoffentlich erzählte sie nur Gutes.

»Dann ist es also wahr?«, hakte Riley nach. »Ist meine Mom deine Freundin?«

»Äh …« Jack stieß die Luft aus. »Wie würde dir das denn gefallen? Würde dich das stören?«

»Nein. Kommst du dann öfter vorbei? Ich finde, du solltest uns viel öfter besuchen kommen.«

»Daran muss ich wohl arbeiten. Ich würde gern mehr Zeit mit dir verbringen. Es gibt da einiges, das ich früher immer mit deinem Dad gemacht habe … angeln gehen, Golf spielen, mit einem Jetski nach Havasu rausfahren … Ich glaube, das alles würde dir auch Spaß machen.«

»Jetski fahren?« Rileys Augen strahlten. »Wirklich? Das wäre so cool!«

»Dann müssen wir das wohl bald mal machen.«

Riley rannte los und rief seinen Freunden etwas zu, blieb nach einigen Schritten jedoch stehen und kam zu Jack zurück. »Nimm dich vor Tante Stella in Acht«, flüsterte er ihm zu. »Sie hat gesagt, wenn Mom nicht schnell genug ist, dann schnappt sie sich dich. Sie ist cool, aber … na ja.«

»Hab verstanden.« Irgendwie gelang es Jack, nicht das Gesicht zu verziehen. »Danke für den Tipp.«

Während er seinem Patensohn nachsah, stieg Hoffnung in Jack auf. Wenn die Tses auf seiner Seite waren, dann war das seine Chance. Und er hatte vor, sie zu nutzen.

Als sein Handy klingelte, war seine gute Laune im Nu verflogen. Er zog es aus der Hosentasche. »Killigrew.«

»Hey, Jack.« Gary Lancets angespannte Stimme hatte dieselbe Wirkung wie eine kalte Dusche. »Tut mir leid, dass ich dich im Urlaub stören muss, aber ich weiß, dass du mir nach deiner Rückkehr die Hölle heiß machen würdest, wenn ich es nicht getan hätte.«

Jack legte die Grillzange beiseite, mit der er die Würstchen gewendet hatte. »Was gibt's?«

»Einer von Teddys ehemaligen ›Kunden‹ ist in seinem Haus aufgetaucht. Er hat ein heilloses Chaos angerichtet und den Hund umgebracht. Callie ist mit den Nerven völlig am Ende.«

»Großer Gott. Geht es ihr und den Kindern gut?«

»Ja, sie sind zwar sehr aufgeregt, aber ihnen ist nichts passiert. Es ist ein Wunder, dass sie nicht zu Hause waren. Ihr Wagen ist liegen geblieben, als sie gerade die Kinder von der Schule abgeholt hat. Wenn das nicht gewesen wäre … Dann wäre die Sache weitaus schlimmer ausgegangen.«

Jack musterte Rachel und die Geburtstagsgesellschaft um sich herum und hatte auf einmal das Gefühl, nicht hierher zu gehören. Er hätte es schon viel früher merken müssen. Er passte hier einfach nicht her. Eine Zeit lang hatte er es vergessen können, aber er war gerade noch rechtzeitig in die harte Wirklichkeit zurückgekehrt. Noch hatte er ihr sein Herz nicht geöffnet, und ihm war klar, dass es ihm nur umso schwerer fallen würde zu gehen, je länger er blieb. »Werde ich gebraucht?«

»Wir haben alles unter Kontrolle. Ich wollte nur, dass du Bescheid weißt.«

»Okay. Sag Terry, er soll mich anrufen, wenn ich helfen kann. Ich muss hier noch einiges erledigen, aber das kann auch warten.«

»Ich halte dich auf dem Laufenden.«

Jack legte auf und starrte das Handy noch einige Sekunden lang an. Als ihm klar wurde, was Terry gerade durchmachen musste, zog sich sein Herz zusammen. Allein bei der Vorstellung, dass Riley und Rachel etwas Ähnliches zustoßen könnte, brach er beinahe zusammen. Obwohl es hier im nördlichen

Kalifornien kühl war, stand ihm auf einmal der Schweiß auf der Stirn. Er rieb sich die Brust, um die Beklommenheit loszuwerden. »Mist.«

»Ist alles in Ordnung?«, fragte Rachel, die jetzt hinter ihm aufgetaucht war.

Er drehte sich zu ihr um und war froh, dass er eine Sonnenbrille trug. »Zu Hause ist etwas vorgefallen.«

»Oh.« Sie biss sich auf die Unterlippe. »Musst du los?«

Ihr enttäuschtes Gesicht stärkte nur seine Entschlossenheit, nicht so verdammt egoistisch zu sein. Er musste zuallererst an sie denken. »Noch nicht.«

Sie reckte das Kinn vor. »Ich würde es verstehen, wenn du weg musst, und Riley auch.«

»Du solltest es aber nicht verstehen müssen.«

Sie sah ihn irritiert an. »Ach ja? Wer sagt das?«

»Lass uns das nicht jetzt besprechen.«

»Gut, dann eben später. Sobald das hier vorbei ist.«

Es war bereits vorbei. Eigentlich hatten sie nie eine Chance gehabt.

Rachel hob das letzte Stück Geschenkpapier auf, das unter den Gartentisch geweht worden war. Ihr Haus sah fast wieder so aus wie immer … mit Ausnahme des vor sich hin brütenden Deputys, der ihrem Gasgrill mit einer Stahlbürste zu Leibe rückte.

Jack war ungewöhnlich schweigsam geworden, nachdem er vor einigen Stunden diesen Anruf bekommen hatte. Für Riley hatte er natürlich immer noch ein Lächeln übrig. Der Junge hatte sich riesig über die vielen (viel zu vielen!) Geschenke gefreut, die er von Jack bekommen hatte, die Bausätze, Experimentierkästen und Modelle. Dinge, die lehrreich waren oder zusammengebaut werden konnten. Rachel war aufgefallen, dass der Mann, dessen Job mit Tod und Zerstörung zu tun hatte, in ihrem Sohn eine Liebe dazu geweckt hatte, Dinge zu entdecken und zu erschaffen. Aber Jack schien sie nicht mehr anlächeln zu können. Wenn sie sich ansahen, wirkte er vielmehr … aufgewühlt.

Sie warf den Abfall in einen Müllsack und zog ihn zu. Danach ging sie zu Jack hinüber, näherte sich ihm von hinten und legte ihm die Arme um die Taille. Obwohl er sie gesehen haben musste, versteifte er sich, als sie ihn berührte. Sie war dankbar dafür, dass ihre Schwiegermutter und Stella mit Riley losgefahren waren, damit er die Gutscheine, die er geschenkt bekommen hatte, einlösen konnte. So hatte sie die Gelegenheit, sich in Ruhe mit Jack zu unterhalten.

Ihre Hände wanderten unter den Saum seines Shirts und strichen über seinen Waschbrettbauch. »Stella hat gesagt, ich soll dich hierbehalten und deine Grillkünste ausbeuten.«

Er legte eine Hand auf ihre, sodass sie stillhalten musste. »Ich kann meine Fehler nicht wiedergutmachen, indem ich ein paar Burger brate.«

»Was, du hast Fehler? Jetzt bin ich aber erleichtert! Ich dachte schon, du wärst perfekt.«

Jack legte die Bürste weg und drehte sich zu ihr um. »Rachel.«

Sie nahm ihm die Sonnenbrille ab, damit sie ihm in die Augen sehen konnte, die verhangen wirkten. »Worum ging es bei dem Anruf?«

»Um nichts, das dir Sorgen machen müsste.«

»Blödsinn. Was immer du da erfahren hast, hat dafür gesorgt, dass du dich von mir zurückziehst. Also verrate mir wenigstens den Grund dafür.«

Er seufzte und steckte sich die Sonnenbrille in den Ausschnitt seines T-Shirts. »Einem der Jungs aus dem Team wurde heute ein Schrecken eingejagt.«

Rachel hörte gebannt zu, als er ihr berichtete, was passiert war. Er tat es mit knappen Worten und wirkte angespannt. Jemand, einer der wenigen Menschen, die ihm am Herzen lagen, war angegriffen worden, und das schmerzte Jack.

»Du weißt, dass du mit mir über alles reden kannst?« Sie streichelte seinen Nacken sanft mit den Fingern. »Über wirklich alles. Es hilft, sich Dinge von der Seele zu reden.«

»Ich will dich in solche Dinge nicht mit reinziehen.«

»Ich stecke bereits mit drin.«

»Dieser Mist wäre wirklich das Letzte, was du brauchen könntest«, stieß er mit rauer Stimme hervor. »Und Riley auch.«

»Wir brauchen dich aber«, entgegnete sie, »und dazu gehört eben nun mal auch dein Job.«

»Ich bin doch da.« Er sah sie mit aufgewühlten Blicken an. »Ich werde immer für euch da sein, so wie ich es immer gewesen bin. Wir müssen es nur nicht komplizierter machen, als es ist.«

Das war doch lächerlich. Das, was sie hatten, war ausgesprochen kompliziert. Er war kompliziert, und er war daran gewöhnt, nur wenige enge Freunde zu haben. Rachel ging davon aus, dass er eine Heidenangst davor hatte, sie an sich heranzulassen, was ihm vielleicht nicht einmal selbst bewusst war. Schließlich konnte er sie auf die eine oder andere Art und Weise verlieren.

Aber er würde schon sehr bald herausfinden, dass sie überhaupt nicht die Absicht hatte, verloren zu gehen.

7

»Nicht komplizierter machen?« Rachel drehte auf dem Absatz um und stürmte ins Haus. Sie brauchte ein Bier. Vielleicht auch zwei. »Nicht komplizierter, als in derselben Stadt zu leben?«

Jack lief ihr nach. »Nicht komplizierter als das, was wir vor letzter Nacht hatten.«

Sie fragte sich, ob er überhaupt merkte, wie schroff und abweisend er klang.

Sie holte zwei Bierflaschen aus dem Kühlschrank und reichte ihm eine davon. Dann warfen sie einander über den Küchentisch hinweg ebenso vorsichtige wie prüfende Blicke zu.

»Diese Entscheidung musst du schon selbst treffen, Jack.« Sie schraubte den Deckel ab und trank einen Schluck.

Er verengte die Augen. Jetzt hatte er seine professionelle Miene aufgesetzt, die gefährlich und undurchschaubar war. »Ich werde mich immer so entscheiden, dass du in Sicherheit bist.«

»Ich glaube eher, dass du hier derjenige bist, den du schützen willst.« Sie deutete mit der Flasche auf ihn. »Du hast Angst vor mir.«

»Ich habe vielmehr Angst vor dem, was dir zustoßen könnte.« Er nahm einige Schlucke, ließ sie dabei jedoch nicht aus den Augen.

»Dann reitest du also in den Sonnenuntergang, damit ich hier sicher und geborgen bin ... bis ich an der Tankstelle entführt oder im Supermarkt ausgeraubt werde.«

»Das ist nicht dasselbe«, entgegnete er. »Du bist in weitaus größerer Gefahr, wenn du mit mir zusammen bist.«

»Sollte ich mir nicht viel eher größere Sorgen machen, dass du einmal nicht nach Hause kommst?«

»Ich weiß, worauf ich mich einlasse, wenn ich zur Arbeit gehe. Aber du hast dich nicht für dieses Leben entschieden.« Jack fuhr sich mit den Fingern durchs Haar. »Ich will auf gar keinen Fall, dass dein Leben noch komplizierter wird. Riley und du, ihr braucht jemanden, der jeden Abend nach Hause kommt. Jemanden, der seine Arbeit im Büro lässt. Jemanden …«

»Wie Steve?«, unterbrach sie ihn. »Einen Mann, in dessen Leben keinerlei Bewegung war? Der nicht einmal zu schnell gefahren ist? Der sich immer angeschnallt hat? Wer hätte gedacht, dass er einmal bei einem Autounfall ums Leben kommen würde? Niemand wäre auch nur auf die Idee gekommen. Jeden Tag stößt irgendjemandem etwas zu. Das gehört zum Leben dazu, Jack. Man kann nie alle Risiken ausschließen.«

»Ich werde den ganzen Mist aus meinem Job nicht bei euch abladen, so viel steht fest.«

Rachel tippte mit dem Fuß auf den gefliesten Boden. »Glaubst du, ich hätte nicht gewusst, worauf ich mich einlasse, als ich dich verführt habe? Ich bin eine erwachsene Frau und habe ein Kind, um das ich mich kümmern muss. Ich bin nicht einfach so ins kalte Wasser gesprungen. Du scheinst vergessen zu haben, wie gut und wie lange wir uns kennen.«

»Steve kannte nicht jede Einzelheit über meinen Job, sonst hätte er zu verhindern versucht, dich in meine Nähe zu lassen.«

Ihr Blick wanderte zu dem Foto von Steve und Jack, das im Nachbarzimmer schräg vor ihr auf dem Kaminsims stand. Sie konnte die Details kaum erkennen, aber das Bild hatte sich längst in ihr Gedächtnis eingebrannt, und sie konnte es vor ihrem inneren Auge sehen. Beide Männer hatten dunkle Haare und braune Augen. Beide waren groß und sportlich. Aber da endeten die Gemeinsamkeiten auch schon. In Steves attraktiven asiatischen Gesichtszügen spiegelten sich seine Freude und sein lässiger Charme wider, während Jacks Blick umwölkt und sein Lächeln verhalten war. Steve hatte sich wie sie mit den einfachen Dingen im Leben zufriedengegeben. Er war kontaktfreudig und spontan gewesen, und jeder kannte und mochte ihn. Jack war schwer zu durchschauen und noch schwerer zu begreifen.

Und doch liebte sie beide Männer hingebungsvoll.

Rachel sah Jack in die Augen. »Du warst für Steve wie ein Bruder. Er hätte dir sein Leben anvertraut. Aber ich treffe meine Entscheidungen nicht, indem ich mir überlege, was mein verstorbener Ehemann für mich gewollt hätte.«

»Ach nein?«, konterte er mit sanfter Stimme, während seine Augen so dunkel aussahen, dass sie fast schwarz zu sein schienen. »Sag mir, dass Steve nicht der Grund dafür war, dass du gestern Abend zu mir gekommen bist.«

»Steve war nicht der Grund dafür, dass ich gestern zu dir gekommen bin.« Sie reckte das Kinn vor. »Ich habe meinen Mann geliebt. Ich hätte ihn nicht mehr lieben können. Er war alles für mich, und wenn er jetzt noch lebte, wäre das, was letzte Nacht geschehen ist, nie passiert. Aber er ist gestorben, und ich habe mich damit abgefunden. Ich habe mich verändert. Meine Bedürfnisse und Wünsche haben sich geändert. Und wenn ich dich jetzt ansehe, dann denke ich nicht an ihn. Ich kann an dich denken, ohne die Verbindung zu ihm herzustellen. Die meiste Zeit denke ich aber gar nicht, sondern genieße eher das, was ich vor mir sehe. Wenn das letzte Nacht von deiner Seite aus freundschaftlicher Mitleidssex gewesen ist, dann muss ich dir das glauben. Aber komm nicht auf den Gedanken, dass es für mich auch nur ansatzweise das gewesen ist.«

Jack war erschreckend still … wenn man einmal davon absah, dass er schwer atmete und dass seine Augen fiebrig glänzten, wodurch sich seine in ihm tosenden Gefühle verrieten.

Rachel runzelte die Stirn und hatte das Gefühl, dass ihr irgendetwas entging. Sie konnte nicht glauben, dass er sie nur geliebt hatte, weil ihm gerade danach gewesen war, sondern gewann zunehmend den Eindruck, dass seine Gründe den ihren ähnelten. »Was denkst du gerade?«

»Das ist unwichtig. Ich habe mich geirrt.« Er sah auf seine Flasche hinab, die er auf dem Tisch herumdrehte. Seine Gesichtszüge waren so sanft geworden, dass sich in ihr alles zusammenzog.

»Insbesondere wenn du geglaubt hast, du könntest jetzt auf die Bremse treten und den Rückwärtsgang einlegen.« Sie beugte sich ein wenig vor, um ihm in die Augen sehen zu können. »Wir können nur nach vorne blicken, Jack. Alles andere habe ich schon vor einer Weile aufgegeben.«

Jack starrte die lebensbejahende Frau an, die ihn auf eine Art musterte, von der er nie zu träumen gewagt hätte, und wusste, dass er verloren war. Er würde ihr nie etwas verwehren können. Nicht jetzt. Auch nicht in Zukunft. Er wollte ihr alles geben, sie glücklich machen und dafür sorgen, dass sie in Sicherheit war.

Als hätte sie seine Gedankengänge geahnt, sagte sie: »Der sicherste Platz, den ich mir vorstellen kann, ist der Platz an deiner Seite.«

»Nicht, wenn ich der Grund dafür bin, dass du überhaupt in Gefahr gerätst.«

»Dann musst du mir in deiner Freizeit eben beibringen, wie man eine Waffe abfeuert, damit ich mich verteidigen kann. Und mir dabei helfen, eine unfassbar teure und ausgeklügelte Alarmanlage für das Haus anzuschaffen.«

»Welches Haus?«

»Beide. Vorerst zumindest.« Sie schenkte ihm ein Lächeln. »Und du musst immer eine kugelsichere Weste tragen. Die Zeit, in der du den Helden spielen durftest, ist vorbei.«

»Für immer?«

»Die einzige Ausnahme ist die, wenn ich dich nackt sehen will.«

Seine Mundwinkel zuckten. »Ich hatte gehofft, dass das immer geschehen würde.«

»Nach letzter Nacht ist das durchaus möglich.«

»Dann werde ich meinen Körperschutz vermutlich nur selten tragen.«

»Wenn du nicht willst, dass ich dich zur Hölle schicke und den Sex verweigere.«

Jack hob die Bierflasche an den Mund, um sein Lächeln zu verbergen. Es war unangebracht, da sie gerade eine ernsthafte Unterhaltung führten, aber Rachel hatte schon immer diese Wirkung auf ihn gehabt. Sie machte ihn glücklich, ganz egal, wie es um ihn bestellt war.

»Du kannst mit mir über alles reden«, sagte sie mit sanfter Stimme und klang dabei sehr ernst. »Du kannst mich alles fragen, und ich werde versuchen, dir alles zu sagen. Aber du kannst mich nicht zwingen, dich loszulassen. Das kann ich nicht. Ich kann dich nicht gehen lassen.«

Er schluckte schwer und sah sich in dem Haus um, das sie sich nach Steves Tod gekauft hatte. Es hatte die perfekte Größe für Riley und sie. Die Küche war voller Edelstahlgeräte und im Vergleich zum Rest der Wohnfläche viel zu groß, was natürlich gut zu jemandem passte, der seinen Lebensunterhalt mit Backen verdiente. Vor dem Fenster am Waschbecken hing eine Gardine mit einem Cupcake-Muster, ein Einweihungsgeschenk von Steves Mutter.

»Du hast hier ein gutes Leben«, stellte er fest. »Deine Familie wohnt in der Nähe, und du hast dir ein Geschäft aufgebaut. Und Riley hat viele Freunde und Klassenkameraden hier.«

»Ich habe es gut.« Sie stützte einen Ellenbogen auf den Küchentisch und legte das Kinn in die Hand. »Ich hätte mit keinem anderen Mann das tun können, was wir letzte Nacht getan haben, und ich hoffe, dass dir das bewusst ist. Ich weiß selbst nicht einmal, wie ich mich einem Mann so an den Hals werfen konnte. Selbst bei Steve habe ich darauf gewartet, dass er den ersten Schritt machte. Ich hatte immer Angst, etwas heraufzubeschwören, womit ich nicht fertig werde.«

Jack zwang sich, tief Luft zu holen, damit er seinen Herzschlag wieder unter Kontrolle bekam. »Ich war grob zu dir, und das tut mir leid.«

»Nein, du liebst mich. Und ich habe jeden Augenblick mit dir genossen. Ich würde nichts an dem ändern wollen, was letzte Nacht geschehen ist. Davor habe ich mir gesagt, dass ich stark genug bin, um es mit dir aufzunehmen, und jetzt weiß ich, dass es der Wahrheit entspricht.« Sie lächelte ihn zärtlich an. »Das überrascht dich doch nicht, oder? Dass du mich liebst?«

»Nein, das wusste ich bereits.« Er beobachtete, wie sie errötete und in ihrem Gesicht Zärtlichkeit aufleuchtete. »Ich weiß aber auch, dass man nur das Beste für jemanden will, den man liebt. Und ich bin nicht gut für dich.«

Als sie protestieren wollte, hob er abwehrend die Hand. »Ich bin noch nicht fertig. Mein Handy könnte zu jedem Zeitpunkt klingeln, und dann müsste ich oft sofort los. Weihnachten, dein Geburtstag … Ich kann nicht versprechen, dass ich da sein werde. Wenn ich erst einmal weg bin, weiß ich nie, wann ich zurückkomme. Irgendwann wirst du begreifen, dass du einen Mann haben willst, der immer da ist.«

Rachel richtete sich zu ihrer vollen Größe auf. »Ich bin jetzt seit zwei Jahren sehr gut alleine mit Riley zurechtgekommen. Ich brauche keinen Mann, der immer für mich da ist. Für mich ist es kein Problem, alleine ins Bett zu gehen. Und ich will dich, nicht irgendeinen austauschbaren Kerl, niemanden wie Steve. Sieh es doch mal so: Den Kuchen habe ich schon, und du bist das Sahnehäubchen, die Streusel, die kandierten Früchte und die Schokostückchen.«

»Und ich bin genauso ungesund«, murmelte er.

»Aber ich will ja, dass du mir direkt auf die Hüften gehst. Ich will den Zuckerschock und den wundervollen Genuss. Das habe ich mir verdient.«

Sie leckte sich die Lippen, und er bekam eine Erektion, als er sich daran erinnerte, was ihr Mund an diesem Morgen mit ihm gemacht hatte, als er aus der Dusche gekommen war.

Jack holte tief Luft und ging aufs Ganze. »Du bittest mich darum, das Risiko einzugehen, dich und Riley ganz zu verlieren. Ich kann mit dem leben, was wir jetzt haben, aber ohne euch … Das könnte ich nicht ertragen.«

Rachel umrundete den Küchentisch. »Ich will dich nicht verscheuchen, daher werde ich es jetzt nur andeuten und später erst mit den harten Sachen rausrücken, wenn du nicht weglaufen kannst. Ich hatte mir überlegt, dich mit Handschellen ans Bett zu fesseln, bevor ich dir sage, dass du mich den Rest deines Lebens am Hals haben wirst, selbst wenn ich die letzte Frau auf der Welt wäre, die du in deinem Bett haben wolltest.«

Sie legte die Arme um ihn. Er musste sich zurückhalten, um sie nicht ganz fest an sich zu drücken. Offenbar war er völlig verrückt geworden, wenn er glaubte, dass das hier funktionieren könnte.

»In der Zwischenzeit«, fuhr sie fort, »werden wir darum wetteifern, wer bis zum Jahresende die meisten Flugmeilen für sich verbuchen kann, und dann sehen, wie es weitergeht. Du wirst mit jeder Woche mehr begreifen, dass du lernen musst, mit mir zusammenzuleben, wenn du nicht ohne mich leben kannst. Irgendwann hast du dich dann daran gewöhnt, nicht mehr alleine zu sein, und dann haben wir uns auch beide an diese neue erbarmungslose Version von mir gewöhnt, die von dir inspiriert worden ist.«

»Bei dir klingt das alles so einfach«, murmelte er und drückte die Lippen auf ihr Haar, »aber das ist es nicht.«

Sie lehnte sich zurück und sah ihm in die Augen. »Nein, wir werden hart an uns arbeiten müssen, Opfer bringen und Risiken eingehen. Aber ich denke, dass es die Sache wert ist. Das Schwierigste haben wir bereits hinter uns. Von jetzt an geht es nur noch aufwärts.«

»Erbarmungslos.« Er schüttelte den Kopf und lachte auf. Allmächtiger, er hatte eine Heidenangst und wusste nicht, wie er etwas so Kostbares und Zerbrechliches in seinem Leben unterbringen sollte.

»Bei dir mache ich eine Ausnahme.« Sie glitt mit der Hand seinen Rücken hinauf und strich mit den Lippen über seine Wange.

Jack hob sie in die Luft. »Ich möchte gut zu dir sein.«

»Das bist du schon immer gewesen. Und du bist es jetzt und wirst es immer sein.« Sie biss ihm zärtlich ins Ohrläppchen, wodurch sie eine Woge von Gefühlen in ihm auslöste. »Ich werde dir zeigen, wie ich dank dir stärker geworden bin. Aufgrund der Dinge, die du für mich getan und die du zu mir gesagt hast. Aufgrund der Art, wie du mich ansiehst. Ich habe lange Zeit nicht verstanden, warum du mich so anschaust, aber ich wusste immer, dass du in mir etwas siehst, das mir selbst verborgen war. Ich kann dir gar nicht sagen, wie oft du mich motiviert hast, wenn ich mir nicht sicher war, ob ich einer Sache gewachsen sein würde.«

Er küsste die Schulter, die unter ihrem asymmetrischen T-Shirt hervorlugte. »Du kannst alles erreichen, was du dir in den Kopf gesetzt hast.«

»Und ich habe mir in den Kopf gesetzt, mich bei dir zu revanchieren. Zusammen können wir alles erreichen, unsere Vergangenheit bewältigen, deinen Job und eine Fernbeziehung unter einen Hut bringen. Ich werde dir ›Besser als Sex‹-Kuchen schicken, damit du die Tage, an denen wir uns nicht sehen, überstehst.«

»Ich dachte, wir wären uns einig, dass das die falsche Bezeichnung ist, ein Betrug der Werbung.«

»Das würde ich so nicht sagen«, hauchte sie und legte ihm die Arme um den Hals. »Aber ich habe deine Argumente sehr genossen und würde diese Diskussion gern weiter vertiefen.«

Er schloss die Augen und lehnte seine Stirn an ihre. In diesem Moment hatte er alles, was er sich wünschte. Gemeinsam würden sie ihre nächsten Schritte in Angriff nehmen. Und danach …

Danach geht es nur noch aufwärts, hatte sie gesagt.

Er legte die Arme fester um sie. Aufwärts klang verdammt gut.

Danksagung

Mein Dank gilt Cynthia D'Alba, deren frühes Eingreifen in die Geschichte mir dabei geholfen hat, sie auf den richtigen Weg zu bringen, ebenso wie Shayla Black, deren Freundschaft mich mit Glück erfüllt und die mich auf meiner Reise als Autorin unterstützt, sowie Lori Foster, deren »Brava Novella«-Wettbewerb zu meinem ersten Buchvertrag geführt hat. Ebenso danke ich Erin, Kathy und Kate, mit denen mich unzählige Drinks und Hotelzimmer sowie lustige Momente verbinden.

Heißes Begehren

Ich schreibe wahnsinnig gern Kurzgeschichten.
Diese Geschichte ist Cindy Hwang gewidmet.
Danke, dass du meine Schreibblockade gelöst hast, Cindy.

1

Zwei Explosionen erschütterten Deputy US-Marshal Brian Simmons am 15. August um 12 Uhr 33. Die erste war der Anblick seines immerwährenden feuchten Traums Layla Creed, und die zweite war die Detonation einer Handgranate.

Brian hörte das Pfeifen der heranfliegenden Granate eine Sekunde bevor sie einen der drei Chevy Suburbans traf, mit denen Layla aus einem sicheren Versteck zum Flughafen Baltimore gebracht werden sollte. Er stürzte vor, presste sie auf den Boden, um sie mit seinem Körper gegen die kommende Detonation abzuschirmen.

Die Explosion breitete sich mit einer glutheißen Schockwelle aus. Die Welle erschütterte Laylas schlanken Körper, und er krümmte sich über ihr zusammen und drückte sie fest an sich. Das Klingeln in seinen Ohren war ohrenbetäubend, sodass er Laylas Schreie kaum noch hören konnte. Aber er spürte, wie sie unter ihm durchgeschüttelt wurde.

Splitter regneten auf sie herab. Unter seinen Schuhsohlen brannte es. Er kam taumelnd auf die Beine, zog sie hoch und gleich zurück in das Apartmentgebäude. Seine Ohren fühlten sich an, als hätte er sie mit Watte vollgestopft, und sein einziges Ziel war es jetzt, seinem instinktiven Bedürfnis zu folgen und Layla in Sicherheit zu bringen.

Layla.

Brian zog seine Dienstwaffe und hielt Laylas Ellenbogen mit eiserner Hand fest, während er weiterlief. Sie passierten den Fahrstuhl und betraten das Treppenhaus. Er sah nach oben und überlegte kurz, ob sie in das Zimmer zurückkehren sollten, in dem sie in der vorherigen Nacht untergebracht gewesen war. Doch dann zerrte er sie weiter in Richtung Tiefgarage.

Dieses Versteck war nicht mehr sicher. Wenigstens zwei Deputys hatten ihr Leben verloren, und einer von ihnen war ein guter Freund von ihm gewesen, den er seit vielen Jahren kannte. Er war sich nicht mehr sicher, wem er noch trauen konnte, und da Layla in Gefahr war, durfte er kein Risiko eingehen. Seine eiserne Entschlossenheit drängte ihn vorwärts. Layla hielt mit ihm Schritt und verschränkte die Finger mit seinen, als sie die Treppe hinunterrannten.

Sie stießen die Metalltür auf und betraten die Tiefgarage. Ein tannengrüner Honda fuhr gerade links von ihnen aus einer Parklücke, und Brian baute sich hinter dem Wagen auf und zog seine Marke und seinen Ausweis aus der Tasche.

Er sah die Fahrerin an, die mit weit aufgerissenen Augen in den Rückspiegel starrte. »Sie müssen aus dem Wagen aussteigen, Ma'am.«

Eine gehetzt wirkende Brünette kletterte aus dem Auto und sah entsetzt auf seine Glock. Sie hielt beide Hände hoch, sodass ihre Handtasche an ihrem Ellenbogen baumelte.

Er steckte die Waffe wieder ins Holster und reichte ihr seine Visitenkarte. »Rufen Sie diese Nummer an, dann wird Sie jemand abholen.«

Mit finsterer Miene ließ sich Layla auf den Beifahrersitz fallen, ohne dass er sie dazu aufgefordert hätte.

Brian fuhr aus der Garage, als das Jaulen der Sirenen das Eintreffen der Polizei und der Feuerwehr ankündigte. Er konnte die schwarze Rauchwolke sehen, als er auf den Zubringer zum Freeway einbog.

2

Layla hielt sich am Beifahrersitz des Hondas fest und sah zu dem Mann hinüber, den sie seit fünf langen Jahren nicht mehr gesehen hatte. Er sah anders aus als in ihren Träumen. Härter. Schlanker. Noch immer gefährlich. Man musste schon Todessehnsucht verspüren, wenn man sich mit Brian Simmons anlegte.

Was sie damals jedoch nicht davon abgehalten hatte, sich von ihm entjungfern zu lassen …

»Bist du verletzt?« Er warf ihr einen schnellen Blick aus seinen kristallklaren grünen Augen zu, der ihr durch Mark und Bein ging.

»Nein. Wa…, was ist mit …« Sie räusperte sich, da sie einen trockenen Hals hatte. »Mit Sam? Und den anderen?«

Er schüttelte den Kopf.

Großer Gott. Ihr Magen verkrampfte sich so sehr, dass sie schon befürchtete, sich übergeben zu müssen. Sam Palmer war während der letzten drei Jahre, die sie im Zeugenschutzprogramm gewesen war, zu einem engen Freund geworden. Der Inspektor hatte sich weit über seinen Job hinaus engagiert und ihre einzige Verbindung zur Realität dargestellt. Außer seinen monatlichen Anrufen, bei denen er sich danach erkundigte, wie es ihr ging, erinnerte sie nichts mehr daran, dass sie trotz ihrer angenommenen Identität Layla Cunningham eigentlich Layla Creed war.

Früher hatte sie ein normales Leben geführt. Sie hatte in derselben Stadt gewohnt, in der sie geboren war, und Freunde gehabt, die sie gut genug kannten, um ihre Sehnsucht nach dem Mann, der jetzt so dicht neben ihr saß, ertragen zu können. Doch all das hatte sie an diesem schicksalhaften Wochenende verloren, an dem sie in Tijuana gefeiert hatte, um sich zu beweisen, dass sie längst über Brian Simmons hinweg war.

Brian holte ein Handy aus der Tasche und drückte die Kurzwahltaste.

»Wir sind heiß«, sagte er, ohne sich zu melden. »Sie haben den Konvoi mit einem gottverdammten Granatwerfer angegriffen.«

Inmitten dieses Albtraums hatte Brians tiefe und leicht raue Stimme etwas Beruhigendes und Vertrautes an sich. Sie hatte von dieser Stimme geträumt und sich daran erinnert, wie sie vor Lust gestöhnt und heiße, erregte Worte gemurmelt hatte. Er war im Bett nicht gerade leise, und seine Offenheit hatte sie ebenfalls schamlos gemacht. Bei ihm kannte sie keine Hemmungen, sie hielt sich nicht zurück und nahm sich, was sie haben wollte. Vor einem Mann, der stets in der Schusslinie stand, musste sie ihr Herz nicht abschirmen.

Er hätte heute direkt vor ihren Augen sterben können. Das wäre der allerschlimmste Albtraum gewesen.

»Nein«, fuhr er fort. »Ich muss sie auf einem anderen Weg aus der Stadt bringen … Das kann ich auch nicht machen. Jemand hat die Position des Verstecks verraten. Ich weiß nicht, wem ich noch trauen kann … Ich kann dafür garantieren, dass sie nichts damit zu tun hatte, dass die Sache aufgeflogen ist … Es ist Layla, Jim. Ja, genau diese Layla. Hör mal, du musst mir einen Gefallen tun. Nimm alles, was du brauchst, aus dem Bronco, leg alles, was du an Schutzkleidung und Campingausrüstung entbehren kannst, in den Kofferraum und fahr rüber zur Tankstelle an der Main und Siebten. Lass die Schlüssel im Aschenbecher und geh spazieren … Danke, Mann. Ich bin dir was schuldig.«

Er legte auf.

Layla blinzelte schnell, um die Tränen zurückzuhalten. Sie stellte keine Fragen. Wenn es einen Menschen auf der Welt gab, dem sie ihr Leben anvertrauen würde, dann war das Brian. Sie hatten sich nur getrennt, weil sie nicht damit umgehen konnte, wie wenig er auf sich selbst aufpasste.

Sie fuhren auf den Parkplatz eines Einkaufszentrums. Er parkte ganz hinten in der Nähe des Gartencenters, legte die Schlüssel in den Aschenbecher und schloss die Tür. Dann nahm er den Akku aus seinem Handy und warf die Einzelteile auf den Rücksitz. Wie auf ein Stichwort klingelte daraufhin Laylas Handy. Sie nahm es aus ihrem kleinen Rucksack und reichte es Brian, der bereits die Hand danach ausstreckte.

Er nahm auch ihr Handy auseinander. »Da drinnen ist eine Bank. Wir sollten beide so viel Geld wie möglich am Geldautomaten abheben. Wenn wir nach Kalifornien fahren, dürfen wir nur mit Bargeld bezahlen, und zwar alles, Benzin, unser Essen, die Hotelzimmer, was auch immer – und wir können so bald nichts mehr abheben. Wir werden uns hier auch noch ein paar Klamotten und Hygieneartikel besorgen, aber wir müssen uns beeilen.«

Sie nickte und musterte die zerbrochene Sonnenbrille in ihrer Handtasche, die sie schließlich aufs Armaturenbrett legte. »Müssen wir uns jetzt auch vor den Guten verstecken?«

»Vorerst ja.« Er warf ihr Handy auf den Rücksitz neben seins. »Lass uns gehen.«

Mit klopfendem Herzen stieg Layla aus dem Wagen. Sie hatte feuchte Handflächen, und das Atmen fiel ihr schwer. Nachdem sie um den Kofferraum herumgegangen war, nahm er sie an der Hand, und sie gingen schnell zum Eingang des Ladens. Als sie eintraten, kam es ihr so vor, als wären aller Augen auf sie gerichtet. Ihre Ohren klingelten noch immer, ob das allerdings noch an der Explosion oder ihrer Nervosität lag, wusste sie nicht so genau. Sie hielt seine Hand etwas fester.

Brian drückte ihre Finger kurz zur Beruhigung und beugte sich vor zu ihr. Sie sah die Worte auf seinen Lippen eher, als dass sie sie hörte. »Alles wird gut, Baby. Ich bin ja da.«

Das hatte er auch gesagt, als sie von ihrem ersten Orgasmus erschüttert wurde, wobei sein Atem heiß über sie gestrichen war. Bei dieser Erinnerung, die trotz all der Zeit, die seitdem vergangen war, noch erstaunlich lebendig war, erschauderte sie. Er ließ ihre Hand los und legte ihr den Arm um die Schulter, wobei er darauf achtete, dass ein Hemdzipfel seines Flanellhemds weiterhin sein Holster verdeckte.

»Du stehst unter Schock«, flüsterte er, und seine Lippen waren ihrem Ohr so nahe, dass sie erneut zitterte. »Halt dich einfach an mir fest.«

Sie spürte die Wärme seines hageren, aber muskulösen Körpers an ihrer Seite und saugte sie in sich auf. Dann legte sie ihm den Arm um die Hüften. Er trug Dr. Martens und eine weite Jeans sowie ein weiches weißes Jersey-T-Shirt. Sein grün, braun und blau kariertes Hemd sah so gut aus, dass sie es ihm glatt gemopst hätte, wenn sie noch zusammen gewesen wären.

Brian holte einen Einkaufswagen und führte sie äußerst effizient durch den Laden, wobei er an alles dachte, von Unterwäsche und Zahnbürsten über Wegwerfhandys bis hin zu zwei kleinen Rollkoffern. Sie trennten sich kurz, damit sie in den entsprechenden Regalen Kleidung aussuchen und er Rasierklingen besorgen konnte. Nach nicht einmal zwanzig Minuten standen sie vor der Kasse. Der Geldautomat war ihr nächster Halt, und sie hoben zusammen eintausendfünfhundert Dollar ab. Sie verließen das Geschäft durch den Hauptausgang und nicht durch das Gartencenter, und er blieb neben einer Bank in der Nähe des Eingangs stehen und verstaute ihre Einkäufe in den beiden Koffern.

»Wir müssen auf die andere Straßenseite.« Er wollte schon nach ihrem Gepäck greifen, hielt dann jedoch inne und musterte Layla. Was immer er da sah, sorgte dafür, dass er sich aufrichtete und die Hand nach ihr ausstreckte. Er legte die Arme um sie und zog sie an sich, bis sich ihre Stirnen berührten. »Du bist sehr tapfer, Baby. Ich bin stolz auf dich.«

Ihr standen die Tränen in den Augen. »Ich bin kein kleines Mädchen mehr, Brian.«

»Das weiß ich nur zu gut, Layla. Glaub mir.« Er ließ sie los, holte zwei Baseballkappen aus einem Koffer und setzte ihr eine auf. Seine Finger strichen über die dunklen Locken, die auf ihre Schulter fielen, als könnte er nicht anders, als sie zu berühren. »Wenn wir im Wagen sind, musst du dir ein anderes Shirt anziehen und die Haare hochstecken.«

»Okay.«

Er nahm die Koffer und ging in die dem parkenden Civic, mit dem sie hergekommen waren, entgegengesetzte Richtung. Sie überquerten die Straße, und seine Schritte wirkten locker und unbeschwert, aber sie wusste, dass er ihre Umgebung genau im Auge hatte. Er war immer wachsam, aber in ihrer Gegenwart gab er sich noch größere Mühe. Und das lag nicht etwa daran, dass sie eine Zeugin war, die er beschützen musste, der Grund war vielmehr der, dass sie die kleine Schwester seines besten Freundes war und die Frau, die er einst geliebt hatte.

Er ging direkt auf einen mitgenommenen Bronco zu, der neben dem Laden stand, und warf die Koffer durch das heruntergelassene Rückfenster. »Steig ein.«

Als er sich hinter das Lenkrad setzte, reichte er ihr eine schusssichere Weste, die er aus dem Kofferraum geholt hatte.

Fünf Minuten später waren sie wieder auf der Interstate 70.

Brian nahm die Kappe ab und warf sie hinter Laylas Sitz. Sie zog sich gerade ihr T-Shirt über den Kopf und schien sich dabei äußerst wohlzufühlen. Als ihr blau-grüner Spitzen-BH zum Vorschein kam, der perfekt zu ihrer Augenfarbe passte, konnte er den Blick kaum noch auf der Straße halten.

»Wer ist der Kerl, dem dieser Wagen gehört?«, wollte sie wissen. »Ein Deputy? Ein SEAL?«

»Kann er nicht einfach ein Zivilist sein?«

»Nicht, wenn er mit dir befreundet ist. Du lebst nur für deinen Job, im Dienst ebenso wie in deiner Freizeit.«

Was auch der Grund gewesen war, warum sie ihn verlassen hatte. »Er ist ein Deputy.«

Sie suchte in der Plastiktüte, die er ihr vor die Füße gestellt hatte, nach Kleidungsstücken. »Was machen wir jetzt?«

Da sie nun unterwegs waren, ließ seine Anspannung ein wenig nach, auch wenn er wusste, dass er sich erst wieder richtig entspannen konnte, wenn Layla ihre Aussage gemacht hatte. Als er zu ihr hinübersah, stach ihm die Narbe an der Einschussstelle auf ihrem Rücken in die Augen, und er sah, dass sich ihre Haut an den Ellenbogen rötete, wo er sie zu Boden geworfen hatte. Er knirschte mit den Zähnen.

»Wir fahren auf direktem Weg nach San Diego. Wenn wir jeden Tag vierzehn Stunden lang fahren, kommst du rechtzeitig dort an. Mir ist klar, dass du dann kaum noch Zeit haben wirst, deine Aussage mit dem stellvertretenden Generalstaatsanwalt durchzugehen.«

»Tja …« Sie stieß die Luft aus und setzte sich gerade hin. »Die Zeugenvorbereitung zu verpassen ist immer noch besser als der Tod.«

Das war wohl das Understatement des Jahres, aber auch wieder typisch für sie. Als Tochter und Schwester eines Navy SEALs war sie dazu erzogen worden, die Dinge auf den Punkt zu bringen. An ihrem achtzehnten Geburtstag hatte sie sich vor ihm aufgebaut und ihm den Fehdehandschuh hingeworfen: *Die Zeit der Spielchen ist vorbei, Bri. Sag, was du willst, oder vergiss es. Es gibt noch genug andere Männer.*

Bis zu diesem Tag hatte er sich gesagt, dass er lieber noch etwas warten sollte. Dass es besser wäre, wenn sie erst einmal aufs College ging und auf eigenen Beinen stand. Er wusste, dass ihre gemeinsame Zukunft vorherbestimmt war, sobald er sie einmal gehabt hatte. Sie würde die Seine und er der Ihre sein, bis sie der Tod voneinander trennte.

Aber als er dann mit der Vorstellung konfrontiert wurde, sie mit anderen Kerlen zu erleben, wie sie mit ihnen lachte, spielte und schlief …

Er legte die Finger fester um das Lenkrad. »Erzähl mir, was passiert ist.«

Sie warf ihm einen schnellen Blick zu und zog sich dann ein neues Shirt über den Kopf. Mit ungeduldigen, aber geübten Handgriffen legte sie danach die schusssichere Weste an. »Was genau meinst du?«

»Wie bist du in diesen Schlamassel hineingeraten?«

Sie lehnte sich zurück und schnallte sich wieder an. »Steph und ich sind in den Frühjahrsferien nach Rosarito und Tijuana gefahren. Sie hat in einer Kneipe einen Typen kennen gelernt, und da sie betrunken und entschlossen war, sich mit ihm einzulassen, musste ich bei ihr bleiben. Ich konnte sie schließlich nicht ganz alleine mit einem wildfremden Kerl wegfahren lassen. Also holte er noch einen seiner Freunde dazu, wir stiegen in einen Camaro und fuhren zurück nach TJ.«

Er bekam vor Wut kaum die Zähne auseinander. »Du hättest es besser wissen müssen«, fauchte er schließlich.

»Was ist dein Problem, Deputy? Bist du der Einzige, der mal was riskieren darf?«

»Versuch gar nicht erst, eine solch rücksichtslose Sauftour mit dem zu vergleichen, was ich in meinem Job mache.«

Layla starrte aus dem Fenster, und ihr schlanker Körper schien vor Frust zu vibrieren. Das, was sie über seinen Job dachte, hatte einen Keil zwischen sie getrieben. Er konnte nachvollziehen, dass sie nach dem Tod ihres Vaters und ihres Bruders keine gute Meinung mehr vom Militär hatte, daher hatte er bei der Navy aufgehört und sich einen Job im Inland beim Marshals Service gesucht. Das hatte ihr nicht gefallen, doch sie hatte es toleriert. Bis er zu den Shadow Stalkern gegangen war.

»Erzähl weiter«, sagte er verärgert.

»Warum? Damit du mich weiterhin wie ein Kind behandelst?«

»Layla.« Er fuhr sich mit der Hand durchs Haar. »Ich kann nichts dagegen tun, dass ich so reagiere, wenn du in Gefahr schwebst.«

Sie sah ihn mit diesen kühlen Augen an, die sein Innerstes nach außen zu kehren schienen. »Dann weißt du ja jetzt, was das für ein Gefühl ist.«

Das hatte gesessen. Er hatte den größten Fehler seines Lebens begangen, als er geglaubt hatte, sie würde irgendwann schon ein Einsehen haben und ihn so akzeptieren, wie er war. Stattdessen war sie angeschossen und ins Zeugenschutzprogramm aufgenommen worden, bevor er überhaupt wusste, was eigentlich geschehen war. Das war das Schlimmste an der ganzen Sache, dass sie jetzt in seine Welt gewechselt war, und anstatt dass sie dadurch näher zusammengewachsen wären, hatte es sie nur weiter voneinander getrennt als jemals zuvor.

»Wir sind wieder in TJ angekommen«, fuhr sie fort. »Wir waren in der Nähe der Grenze, nicht weit vom Stadtzentrum mit dem mechanischen Bullen entfernt, als wir abbremsen mussten, weil wir in eine Kurve fuhren. Zwei Kerle kamen aus dem Dunkeln und eröffneten das Feuer auf uns. Ich hatte das Gefühl, dass von allen Seiten auf uns geschossen wurde. Der Mann, der in letzter Minute zu uns gestoßen war, fiel auf der Beifahrerseite aus dem Wagen, und ich stürzte mich hinterher. Da wurde ich getroffen. Er aber auch. Er warf sich schützend über mich, aber ich glaube, sie wollten ihn lebendig erwischen, da sie das Feuer einstellten. Ich glaube, er hat das getan, weil er wusste, dass sie nicht weiterschießen würden. Er hat mich gerettet …«

Ihre Stimme war bei jedem Wort sanfter geworden, und das letzte konnte er kaum noch verstehen.

»Das war der Undercover-DEA-Agent? Sandoval?«

Layla nickte. »Ricardo Sandoval. Aber das habe ich erst sehr viel später erfahren. Der Schütze stand über uns … Ich weiß noch, dass ich ihn über den Lauf seiner halb automatischen Waffe hinweg angestarrt und ein krankes Grinsen auf seinem Gesicht gesehen habe.«

»Angel Martinez.« Ihre Aussage gegen Martinez, einen der bekanntesten Lieutenants des Kartells, hatte sie in Lebensgefahr gebracht. Für keinen Geringeren hätten sie die Offensive, die sie heute gestartet hatten, auf amerikanischem Boden riskiert.

»Genau. Martinez. Agent Sandoval hat ihm ein Messer in den Oberschenkel gerammt. Das Blut spritzte, und Martinez ging wie ein Zementsack zu Boden. Der andere Schütze eröffnete wieder das Feuer, schoss aber wild in der Gegend herum. Es war das reinste Chaos, und Martinez schrie wie am Spieß. Sandoval zog mich hinter den Camaro und in eine Gasse, die zu einer anderen Straße führte. Ein paar Leute, die Englisch sprachen, haben in der Nähe gefeiert. Ich schrie um Hilfe. Es waren Marines von Pendleton, und die haben uns zurück zur

Grenze gebracht. Aber Agent Sandoval ist in dieser Nacht gestorben.«

Der Mord an Sandoval war landesweit in den Nachrichten gewesen und hatte die Empörung der Öffentlichkeit, die nach der Folterung und Ermordung von Enrique Camarena ohnehin schon groß war, weiter angestachelt. Layla war die »nicht identifizierte Zeugin« gewesen, die in den Berichten erwähnt wurde. Brian hatte die Geschichte zwar schon einmal gehört, aber als Layla sie jetzt erzählte, zitternd und mit wackliger Stimme ... Verdammt, sie hätte bei ihm sein sollen und wäre es ohne seine blödsinnige Dickköpfigkeit auch gewesen.

»Hast du immer noch Albträume, Baby?«, fragte er leise.

Sie sah ihn an und strich sich das vom Wind zerzauste Haar aus dem Gesicht. »Woher weißt du das?«

»Ich kenne dich.« Er nahm ihre Hand. »Du nimmst dir so etwas immer sehr zu Herzen.«

Ihr Blick fiel auf ihre aufeinanderliegenden Hände. »Du aber auch«, murmelte sie leise.

Brian wusste nicht, ob sie sich damit auf den Tod ihres Bruders Jacob oder ihre Trennung bezog. »Manchmal schon.«

»Ich habe dich lachen und vor Wut toben, aber noch nie weinen gesehen.« Sie zog ihre Hand weg. »Als ich mich von dir getrennt habe, hast du nicht einmal geblinzelt. Das hätte mich vermutlich nicht wundern sollen. Vermutlich war ich einfach zu jung und zu naiv.«

Er ballte die Faust, und seine Hand sehnte sich ihre Berührung zurück. Sein verdammter Stolz war ihm schon früher im Weg gewesen, und er schnürte ihm jetzt die Kehle zu und verhinderte, dass er die Worte aussprach, die ihm das Genick brechen konnten, wenn sie sie ihm wieder an den Kopf warf.

»Du wusstest, was du mir bedeutet hast, Layla«, sagte er trotz allem.

»Ich wusste, dass es nicht ausreicht. Uns verbanden Jacob und der gute Sex, das war aber auch schon alles.«

»So ein Blödsinn.« Er sah zum eintausendsten Mal in die Spiegel, um nach Verfolgern Ausschau zu halten. »Der Sex war so gut, weil das zwischen uns etwas ganz Besonderes war.«

»Warum bist du mir dann nicht gefolgt, als ich gegangen bin?«

Da war er, der größte Fehler seines Lebens. »Ich dachte, du brauchst vielleicht ein wenig Zeit, um wieder runterzukommen.«

»Nein«, erwiderte sie, stützte sich mit dem Ellenbogen an das Fenster und lehnte den Kopf an die Hand. »Du warst der Meinung, dass ich endlich erwachsen werden sollte. Dass ich die Dinge letzten Endes schon so sehen würde wie du, was nur umso deutlicher beweist, dass das mit uns ein Fehler gewesen ist. Für dich werde ich immer Jacobs kleine Schwester sein. Ich habe Brüste bekommen und bin volljährig geworden, aber du hast mich nie wie eine Frau behandelt, die auch etwas zu sagen hat.«

»So langsam werde ich echt sauer.«

»Komme ich der Wahrheit etwa zu nahe?«, stichelte sie und grinste dabei so herausfordernd, dass er sofort eine Erektion bekam.

»Nein, Süße, da liegst du völlig falsch.« Zumindest was seine Gefühle für sie betraf. Okay, der Sex mit ihr war immer der Hammer gewesen – dieser Punkt ihrer Beziehung hatte nie ein Problem dargestellt –, aber er liebte sie auch. Und zwar so sehr, dass es ihn aufzufressen drohte. In den letzten Jahren hatte es Zeiten gegeben, in denen er halb verrückt geworden war, weil er sie unbedingt sehen, ihre Stimme hören, sie im Arm halten und ihre Hände auf seinem Körper spüren wollte.

Sie schwiegen, und die Luft war zum Schneiden dick, denn es gab zu viele Dinge, die eigentlich ausgesprochen werden mussten. Mit jedem Kilometer, den sie weiterfuhren, brachte er sie dem Punkt näher, an dem er sie wieder verlieren würde. Nach ihrer Aussage würde sie erneut im Zeugenschutzprogramm verschwinden. Sie bekäme eine neue Identität, einen neuen Wohnort und einen neuen Beruf sowie einen neuen Inspektor, der für sie zuständig sein würde. Er hatte drei Tage Zeit, um die Dinge zu klären und die Sache zwischen ihnen wieder in Ordnung zu bringen. Drei Tage, um sie daran zu erinnern, wie gut sie zusammenpassten. Aber sie würde ihm aufmerksam zuhören, und es war niemand in der Nähe, der ihm die Sache vermasseln konnte.

Obwohl er das auch sehr gut alleine schaffte.

Ihm lief die Zeit davon, aber das hielt ihn nicht davon ab, mit zusammengebissenen Zähnen und Wut im Bauch dazusitzen. Er hatte eine Heidenangst davor, dass sie möglicherweise längst über ihn hinweg war. Sie war erwachsen geworden, seit er sie hatte gehen lassen, während er immer noch derselbe Mann war wie früher – mit einer rauen Schale und unfähig, seine Gefühle zu dem Menschen, der ihm am wichtigsten war, in Worte zu fassen.

3

»Ich gehe rüber zum Diner und besorge uns etwas zu essen.«

Layla sah den grüblerischen, unfassbar heißen Mann, der in der Tür des Motelzimmers stand, mit hochgezogener Augenbraue an.

Nur ein Motelzimmer. Nur ein Doppelbett.

Draußen auf dem Parkplatz standen nur wenige Autos, und in kaum einem Zimmer brannte Licht, daher musste das Motel doch auch noch Zimmer mit zwei Betten gehabt haben.

Er sah ihr trotzig in die Augen und wusste ganz genau, was sie dachte. »Was willst du?«

»Offenbar hast du die Entscheidung doch längst für mich getroffen«, entgegnete sie trocken.

»Was du essen willst«, knurrte er.

Ihn als Vorspeise. Aber so leicht würde sie ihn nicht davonkommen lassen. Er hätte wenigstens ein Zimmer mit zwei Betten nehmen können, um den Anschein zu wahren, auch wenn offensichtlich war, wie die Sache enden würde.

Sie wussten beide, dass sie die Hände nicht voneinander lassen würden, sobald sie alleine waren. Insbesondere dann nicht, wenn sie duschen gehen mussten und ein Bett in der Nähe war. In ihrer jetzigen Situation, in der sie auf der Flucht waren und Menschen, die sie respektierten, ihr Leben verloren hatten, brauchten sie einander mehr denn je. Und die Zeit war knapp. Sie hatte weniger als zweiundsiebzig Stunden mit dem Mann zur Verfügung, den sie liebte, solange sie denken konnte.

Sie zog die Laufschuhe aus und das T-Shirt über den Kopf. Als sie hörte, wie er nach Luft schnappte, verbarg sie ihr Lächeln hinter dem Shirt. »Ein Cheeseburger und Pommes wären super, und ein ungesüßter Eistee. Ich gehe unter die Dusche, solange du weg bist. Und vergiss nicht, an der Rezeption noch ein Beistellbett zu besorgen. Wirklich schade, dass sie kein Zweibettzimmer mehr hatten. Diese klapprigen Betten auf Rollen sind für einen Mann deiner Größe bestimmt verdammt unbequem.«

Er schloss die Tür lauter hinter sich, als es notwendig gewesen wäre.

Leise lachend klappte Layla einen der Koffer auf, die sie auf die Kofferablage gestellt hatten. Als sie gerade einen Rasierer herausnehmen wollte, stachen ihr die Kondompackung und das Gleitmittel ins Auge, und sie pfiff leise.

Sie kannte ihn und seine Gedanken gut.

Brian Simmons war arrogant und sich durchaus bewusst, dass er ihre Schwachstelle war, aber er wollte sie nicht ins Bett bekommen, um mit ihr zu schlafen. Wenn er nur Sex wollte, dann konnte er sich nach dem Essen jemanden dafür suchen. Dafür musste er sich nur ein wenig anstrengen, und schon konnte er eine Frau stehend an der nächsten Wand vernaschen, bevor sein Essen kalt wurde. Er war heiß und strahlte Sex-Appeal aus, aber was die Frauen noch viel mehr anzog, war diese gefährliche Unerreichbarkeit, die ihn wie eine Aura zu umgeben schien. Brian war ein lebensechter amerikanischer Antiheld, und es war unmöglich, ihn festzunageln, was die Frauen nur dazu brachte, sich umso mehr anzustrengen. Das wusste sie nur zu gut aus eigener Erfahrung, schließlich hatte sie es selbst versucht.

Aber dasselbe ließ sich auch umgekehrt sagen: Brian wusste, wie er sie herumbekommen konnte. Er wusste, wie er ihre

Abwehrmechanismen aushebeln konnte, bis sie ihm schließlich nichts mehr entgegensetzen konnte, und das war ihm offensichtlich klar gewesen, als er diese Dinge vorhin gekauft hatte. Die Lust war nicht das Ziel, sondern ein Mittel zum Zweck.

Doch sie beruhigte sich damit, dass er sich ihr bereitwillig ebenfalls öffnen würde, wenn sie selbst es auch tat. Im Bett, wenn er in ihr war, gab er ihr alles, was er hatte. Sie wünschte sich allerdings, dass er das auch im täglichen Umgang mit ihr so machte. Mehr hatte sie nie von ihm gewollt.

Layla warf die Kondome aufs Bett, das Gleitmittel in die Nachttischschublade, ging ins Bad und schloss die Tür. Als das Schloss einrastete, sackte sie in sich zusammen und war selbst überrascht. Ihre Brust war wie zugeschnürt, da sie in diesem Augenblick, in dem sie zum ersten Mal wieder so etwas wie Privatsphäre hatte, erst so richtig merkte, wie verletzlich sie wirklich war. Offenbar hatte sie dieses Gefühl unbewusst den ganzen Nachmittag unterdrückt. Doch jetzt brachen die Trauer und der Schock über sie herein. Sie taumelte in die Duschkabine und schaltete schnell das Wasser ein. Dann stand sie mit gesenktem Kopf da und weinte. Als sie zu schluchzen begann, biss sie sich auf die Unterlippe und unterdrückte die Geräusche, die ihre Zerbrechlichkeit nur verdeutlicht hätten.

Es würde ihr nicht schwerfallen, sich Brian zuzuwenden, in seinen Armen zusammenzubrechen und den Trost anzunehmen, den er ihr vorbehaltlos und ohne zu zögern, spenden würde. Aber es war das Beste für sie beide, wenn sie jetzt stark blieb. Sie durfte ihn nicht ablenken. Er war ein Mann, der eine Zeugin begleitete, die eigentlich ein halbes Dutzend der besten Deputys des Marshals Service zu ihrem Schutz an ihrer Seite hätte haben sollen. Shadow Stalker nannte man sie. Angehörige einer Spezialeinheit, die meist wie Brian früher bei einer militärischen Sondereinheit gedient hatten.

Seine Aufnahme bei den Shadow Stalkern hatte ihre Beziehung zerbrechen lassen. Nachdem ihr Vater und ihr Bruder bei einem militärischen Einsatz ums Leben gekommen waren, war sie entschlossen gewesen, nicht auch noch Brian zu verlieren. Er hatte sie in dem Glauben gelassen, dass er einen neuen Weg einschlug, indem er die Navy verließ, aber sein Leben war nicht einen Deut sicherer gewesen, nachdem er sich freiwillig als Shadow Stalker gemeldet hatte. Sie konnte ihm diese gewaltige Täuschung – zumindest hatte sie es damals als solche empfunden – und die Herzlosigkeit, mit der er ihre Sorgen ignoriert hatte, einfach nicht verzeihen.

Als sie ins Schlafzimmer zurückkehrte, war Brian schon wieder da. Es roch nach leckerem, kalorienreichem Essen, und er stand vor dem laufenden Fernseher und hatte die Hände in die Hüften gestemmt. Nun trug er nur noch seine Jeans und das eng anliegende T-Shirt sowie das Holster an den Schultern, da er seine Schuhe und das Hemd ausgezogen hatte.

Layla blieb wie angewurzelt und mit einem Handtuch in der Hand stehen, mit dem sie sich gerade die Haare abtrocknen wollte.

Ihr war auf einmal bewusst geworden, dass sie sich sicher fühlte.

Er hatte ja keine Ahnung, was das für sie bedeutete. Seit dieser Nacht in Mexiko hatte sie geglaubt, sie würde sich nie mehr sicher fühlen können. Und trotzdem hatte sie bei seinem Anblick, als er da so stark und selbstsicher vor ihr stand, das Gefühl, dass ihr niemand etwas anhaben konnte. Jeder, der ihrer habhaft werden wollte, musste zuerst an Brian vorbei, und sie konnte sich nicht vorstellen, dass das irgendjemandem gelingen könnte.

Er deutete auf die Kondome, die mitten auf dem Bett lagen, und seine Augen waren hart wie Jadesteine. »Auch wenn du etwas anderes glauben wirst, hatte ich nicht vor, heute Nacht mit dir zu schlafen.«

»Das hab ich gesehen.«

Er rieb sich den Nacken. »Ich wollte bloß nicht, dass du heute Nacht alleine schläfst. Du hast einen harten Tag hinter dir. Der Inspektor, zu dem du seit Jahren Kontakt hattest, ist vor deinen Augen gestorben. Ich kenne dich, Süße. Du kannst das nicht einfach so abschütteln. Du bist verletzt und versuchst, diese Gefühle in dir zu verschließen.«

Ihre Kehle war wie zugeschnürt, und sie schüttelte den Kopf, um ihn davon abzuhalten, weiter über ein Thema zu sprechen, das sie nur wieder zum Weinen bringen würde.

Er machte einen Schritt auf sie zu. »Ich möchte dich im Arm halten, dich wärmen und dafür sorgen, dass du dich sicher fühlst. Ich werde nicht zulassen, dass dir irgendetwas passiert, Layla.«

Sie schluckte schwer. »Ich weiß. Das ist momentan das Einzige, woran ich keinerlei Zweifel habe.«

Bevor sie wusste, wie ihr geschah, lag sie in seinen Armen und drückte sich an seine Brust. Sie vergrub ihr Gesicht im weichen Baumwollstoff seines T-Shirts. Layla atmete tief ein und genoss den warmen, sauberen Geruch des stattlichen Mannes. Brian mochte keine Aftershaves, er roch daher nur nach Seife, Deo und seinen natürlichen Pheromonen, die ihr jedes Mal aufs Neue zusetzten. Ihre Reaktion auf ihn war daher derart instinktiv und automatisch, als wäre es in ihren Genen verankert, dass sie diesen Mann brauchte, der ihr als Einziger das Gefühl gab, genau dort zu sein, wo sie hingehörte.

Layla ließ das Handtuch auf den Boden fallen und hielt sich an seinem Shirt und der Gürtelschlaufe fest. Wie immer hatte sie das Gefühl, sich an ihm festklammern zu müssen, als könnte sie die unausweichliche Trennung irgendwie abwehren. Selbst als sie noch zusammen gewesen waren, hatte sie nie wirklich das Gefühl gehabt, alles von ihm zu besitzen. Sein Job ging immer vor, und letzten Endes war ihr klar geworden, dass es ihn grundlegend verändern würde, wenn sie ihn zwang, sich davon zu lösen. Das konnte sie nicht von ihm verlangen. Diese Entscheidung musste er schon ganz alleine treffen.

Und das hatte er auch getan.

Der Job hatte gewonnen.

Sie stieß die Luft aus, ließ ihn los und trat einen Schritt von ihm zurück. Er senkte widerstrebend die Arme und lockerte dabei das Handtuch, das sie um ihren Körper gewickelt und zwischen ihren Brüsten festgesteckt hatte. Sie konnte es gerade noch festhalten, bevor es ganz hinunterrutschte. Brian schnappte nach Luft und wandte sich ab, wobei er eine Zurückhaltung an den Tag legte, die sie so gar nicht an ihm kannte.

»Du musst etwas essen.« Er kramte in einer großen Tüte und zog einen Styroporbehälter hervor. Dann klappte er ihn auf und legte eine Serviette und Plastikbesteck daneben.

Layla beobachtete, wie er für sie den runden Tisch vor dem Fenster damit deckte. Die Verdunklungsvorhänge waren zugezogen und schützten sie vor den Blicken der Menschen, die draußen vorbeigingen. Sie nahm sich frische Kleidung aus dem Koffer und zog sich im dunstigen Badezimmer an, bevor sie sich an den Tisch setzte.

»Was hast du dir geholt?«, erkundigte sie sich.

»Ebenfalls Burger.«

Sie kaute nachdenklich auf einer Pommes herum und sah zum Bett und der Kondompackung hinüber.

»Die lagen neben den Rasierern«, erklärte er. »Ich habe nicht extra danach gesucht.«

Layla gelang es, ein Lächeln zu unterdrücken. Sie fand es immer höchst amüsant, wenn er so schlechte Laune hatte. Er gehörte zu den Männern, bei denen jeder glaubte, ihnen wäre alles egal. Sie war das Einzige, was ihn aus dem Konzept brachte. »Da können wir den Ladenplanern aber dankbar sein.«

Er knurrte und biss von einem Burger ab, der ganz sicher doppelt so groß war wie ihrer. Brian frühstückte im Allgemeinen nicht, kompensierte das jedoch dadurch, dass er den Rest des Tages umso mehr aß.

»Willst du nicht hier mit mir zusammen essen?«, fragte sie scheinheilig.

Er beäugte sie misstrauisch, nahm dann jedoch sein Essen und kam zu ihr herüber, wo er mit der ihm angeborenen Anmut den Stuhl neben ihr vorzog und sich darauf niederließ. Sie hatte ihn immer gern beobachtet, wenn er in Bewegung war, und bewundert, wie sich seine Muskeln anspannten und lockerten.

»Du siehst sehr gut aus, Bri.« Ihre Stimme war sanft und warm, und sie trank schnell einen Schluck von ihrem Eistee, um ihre Gefühle zu verbergen. Er sollte auf gar keinen Fall merken, dass sie ihn noch immer liebte. Schließlich war eine gemeinsame Zukunft jetzt noch aussichtsloser als jemals zuvor.

Er verharrte mitten im Kauen. Dann schluckte er schwer. »Danke«, erwiderte er. »Du aber auch.«

Sie schenkte ihm ein schüchternes Lächeln und aß weiter.

»Und …«, begann er. »Was hast du die letzten Jahre so getrieben? Warst du die ganze Zeit in Maryland?«

»Mehr oder weniger.«

»Hat es dir da gefallen?«

Sie zuckte mit den Achseln. »Es war ganz okay, aber nicht zu vergleichen mit der SoCal.«

»Das glaube ich gern. Studierst du noch immer Innenarchitektur?«

Sie schüttelte den Kopf, zögerte und holte dann tief Luft. »Strafrecht.«

Er zog die Augenbrauen hoch und sah sie über seinen Getränkebecher hinweg an. Sie wusste, dass ihn diese gewaltige Umstellung erstaunte und dass er sich möglicherweise fragte, ob sie etwas mit seinen und Jacobs früheren Plänen, eine private Sicherheitsfirma zu eröffnen, zu tun hatte. Früher hatte sie diesen Traum nur insofern gut gefunden, als die beiden Männer dann häufiger zu Hause gewesen wären. Aber seitdem sie im Zeugenschutzprogramm war, hatte sie immer mehr Gefallen daran gefunden. Auf diese Weise war sie irgendwie mit Brian und ihrem Bruder verbunden.

»Bist du glücklich, Layla?«, fragte er leise.

»Ich bin nicht unglücklich.«

»Hast du einen Freund?«

Layla zog an ihrem Strohhalm. »Hättest du mir diese Frage nicht stellen sollen, bevor du die Kondome gekauft hast?«

»Verdammt.« Brian ließ seinen halb gegessenen Burger auf die Pommes sinken. »Du kannst nicht anders, du musst einfach weiter darauf herumreiten, was?«

»Nein, schon gut. Vergessen wir es.«

»Danke.« Er tunkte drei Pommes in den Ketchupberg und schob sie sich in den Mund.

»Aber was das Gleitmittel angeht …« Sie blinzelte unschuldig, während er zu husten begann. »Du musst zugeben, dass das schon sehr persönlich ist. Und auch verdammt ambitiös. Es ist eine Sache, den Spaß im Bett wieder aufleben zu lassen, aber Analsex, Bri? Mir ist klar, dass du Frauen kennst, bei denen das zum Standardprogramm gehört, aber ich gehöre definitiv nicht dazu.«

»Layla!« Er schob den Stuhl zurück und stand auf.

»Du solltest wirklich etwas essen«, schalt sie ihn. »Du musst bei Kräften bleiben. Wir sind schließlich auf der Flucht, und außerdem scheinst du noch einiges an Matratzensport im Programm zu haben.«

»Ach, sei still.« Er ging zum Bett, nahm die Kondompackung und warf sie quer durch das Zimmer in den Mülleimer. Dann wühlte er in dem Koffer zwischen den Hygieneartikeln herum, weil er das Gleitmittel suchte.

Sie beobachtete ihn dabei, während sie ihren Burger und ihre Pommes aß. Und ihr wurde von Minute zu Minute heißer. Er schien innerlich zu kochen und ging sehr leidenschaftlich ans Werk, während er ebenso aufgeregt wie peinlich berührt danach suchte. So hatte sie ihn außerhalb des Bettes selten gesehen.

»Wo ist es?«, bellte er.

»Kommst du wieder her und isst weiter, wenn ich verspreche, brav zu sein und dich nicht länger zu ärgern?«

»Hör auf mit dem Mist.«

»Tut mir leid.«

Er hielt die Hand hoch, um sie am Weiterreden zu hindern.

»Also wirklich«, setzte sie hinzu. »Ich musste das einfach tun, weil ich wissen wollte, ob ich dir noch unter die Haut gehe.«

»Als ob es je anders gewesen wäre.« Er zeigte anschuldigend mit dem Finger auf sie. »Mach nicht so ein schockiertes Gesicht! Ich bin nicht derjenige, der für die Trennung verantwortlich war.«

»Ach nein?«

»Nein, verdammt, bin ich nicht. Ich hatte etwas Längerfristiges im Sinn.«

Layla schüttelte den Kopf und wurde immer wütender. »›Bis dass der Tod uns scheidet‹ ist nicht sehr verlockend, wenn du jede Minute tot sein könntest.«

»Lass das.« Er kam näher und strahlte all die Gefühle aus, die er normalerweise so gut unter Kontrolle hatte. »Das ist fünf Jahre her, Baby, und ich bin immer noch am Leben.«

»Nur weil wir nicht mehr zusammen sind. Männer, die mir nahe stehen, leben im Allgemeinen nicht lange, falls dir das noch nicht aufgefallen sein sollte.«

Brian blieb zwei Schritte von ihr entfernt stehen. »Das kann nicht dein Ernst sein.«

Sie zuckte mit den Achseln und klappte den Styroporbehälter zu, da ihr der Appetit vergangen war. »Dein Essen wird kalt.«

»Wenn du ein Todesurteil bist, dann ist der Burger das Letzte, was ich jetzt essen sollte.«

Sie stand auf und wollte um ihn herumgehen, aber er hielt sie am Arm fest.

»Ich bin müde«, log sie und war sich seiner Berührung und seiner Nähe schmerzlich bewusst. Ihr Kopf reichte gerade mal bis zu seiner Schulter. Am liebsten hätte sie sich umgedreht und an ihn geklammert. Aber die Furcht hielt sie zurück. Sie hatte Angst davor, sich nicht mehr von ihm trennen zu können, wenn die Zeit gekommen war, und das war schon in wenigen Tagen.

Er drückte ihr einen schnellen Kuss auf die Stirn und ließ sie los.

Sie putzte sich die Zähne und ging ins Bett. Brian sammelte alles zusammen, was er brauchte, und ging duschen. Sie tat so, als würde sie bereits schlafen, als er unter die Bettdecke schlüpfte und es sich neben ihr bequem machte. Sie saugte seine Wärme in sich auf, konnte die schrecklichen Bilder endlich verdrängen, die sie noch immer vor Augen hatte, und schlief ein.

4

Laylas leiser, gequälter Schrei weckte Brian einen Augenblick, bevor sie in seinen Armen zu zittern begann.

»Baby«, murmelte er und stieß sie vorsichtig an. »Wach auf. Es ist alles in Ordnung.«

Ihre kurzen Fingernägel gruben sich in seinen Unterarm, den er um ihre Hüften geschlungen hatte. Sie keuchte, drehte sich zu ihm um und drückte das Gesicht an seine nackte Brust.

»Es ist alles okay«, sagte er noch einmal und strich ihr über den Rücken, um sie zu beruhigen. »Ich bin bei dir.«

Sie drückte ihn auf den Rücken, krabbelte auf ihn und klammerte sich wie ein Krebs an seinen Oberkörper.

»Möchtest du darüber reden?«, fragte er leise und sah auf die Uhr, die auf dem Nachttisch stand. Es war kurz nach zwei.

»Nein«, antwortete sie und barg das Gesicht in seiner Halsbeuge. »Halt mich einfach fest.«

»Aber sicher.« Er drückte sie an sich.

Als sie so auf ihm lag, beruhigte sich Layla langsam. In dieser Position befand sich ihre Scham direkt über seinem Schwanz, und ihre Wärme drang durch ihre Unterwäsche und seine Boxershorts. Sein Schwanz reagierte, obwohl ihn die Unterhose einengte. Es war ihm noch nie gelungen, seine Reaktionen auf Layla zu beherrschen, vor allem nicht die körperlichen.

Er merkte genau, in welchem Moment sie seine Erektion zur Kenntnis nahm. Ihr Körper versteifte sich ein wenig, und sie atmete etwas schneller, um sich dann weiter in einem Tempo zu bewegen, dass ihre Absicht eindeutig wurde.

»Ignorier es einfach«, sagte er.

Doch sie wackelte stattdessen mit den Hüften und rieb sich an ihm. »Er ist zu groß, als dass ich ihn ignorieren könnte«, murmelte sie und presste die Lippen auf Brians Haut.

Ihre Zunge glitt über seine Kehle, und er fluchte leise und verkrampfte sich.

»Layla …«, warnte er sie.

Ihre Hände glitten über seine Brust zu seiner Taille. »Ein kleiner Hinweis, du harter Kerl: Jetzt bist du dran.«

Großer Gott. Brian kniff die Augen zu. Er begehrte sie so sehr, dass er fast schon Zahnschmerzen davon bekam, aber der Adrenalinstoß ihres Albtraums war nicht gerade die Ausgangsposition, die er sich erhofft hatte, wenn sie endlich wieder miteinander schliefen.

Doch Layla war keine Frau, die sich von etwas abbringen ließ, was sie sich einmal in den Kopf gesetzt hatte, erst recht dann nicht, wenn es um Sex ging. Als sie an seinem Körper nach unten glitt und ihre Zähne sanft über seine Brustwarze streiften, vergaß Brian augenblicklich, dass er sie von irgendetwas hatte abhalten wollen.

Ihre Zunge schnellte über die empfindliche Haut, und er zuckte stöhnend zusammen.

»Pass auf, Baby«, sagte er leise. »Du weißt, wie ich bin, wenn ich dich eine Weile nicht gehabt habe.«

Das konnte sie nicht vergessen haben. Früher war er manchmal mehrere Monate auf Mission gewesen. Wenn er zu ihr nach Hause gekommen war, wusste sie, dass sie genug Zeit für ihn und einen vollen Kühlschrank haben musste, weil sie das Haus einige Tage lang nicht verlassen würden.

»Du bist so heiß, Brian«, sagte sie mit leisem Stöhnen und unverhohlener Missbilligung. »Ich werde schon ganz feucht und erregt, wenn ich dich nur ansehe.«

Und offenbar musste er jetzt den Preis dafür bezahlen. Sie griff nach seiner Erektion nicht gerade auf zärtliche oder verführerische Weise, sondern fest und verlangend. Schnell und kraftvoll streichelte sie ihn.

»Dafür muss ich nur an dich denken«, erwiderte er mit heiserer Stimme und erschrak, als sie sich von ihm löste und das Bett verließ.

»Zieh dich aus.«

Bei ihrem knappen Befehl geriet sein Blut in Wallung. Als sie das erste Mal miteinander geschlafen hatten, war sie noch Jungfrau gewesen, und dieses erste Mal hatte ihre sexuelle Beziehung bestimmt: Er gab den Ton an, und sie machte mit. So hatte er es am liebsten, und ihr gefiel es offenbar ebenfalls, aber er war nur zu gern bereit, ihr auch einmal die Führung zu überlassen. Verdammt, er war mehr als bereit. »Dann komm her, Baby.«

Während er die Hüften hob und seine Boxershorts nach unten schob, hörte Brian, wie sie sich auszog. Die Lampe auf dem Nachttisch klirrte, als sie dagegenstieß, aber sie war zu sehr auf etwas anderes konzentriert, um es zu bemerken. Sie konzentrierte sich auf ihn. Darauf, mit ihm zu schlafen.

So hatte er sie noch nie gesehen. Von Layla hatte er sich schon immer leicht verführen lassen. Ein erhitzter Blick oder ein verlangendes »Brian, Süßer …« war alles, was er brauchte, um eine Erektion zu bekommen und das dringende Verlangen zu verspüren, mit ihr alleine zu sein. Aber jetzt hatte sie das Ruder übernommen und gab das Tempo vor, und er würde sich ihr überlassen, zumindest für eine Weile, und die Sache einfach genießen.

Layla kam wieder zurück, und er spürte die seidenweiche Haut dieser warmen, sanften Frau. Seiner Frau. Außer bei ihr hatte er nie das Gefühl gehabt, dass ihm etwas wirklich gehörte.

Und doch hatte er sie gehen lassen. Weil er ein Idiot war. Kein Mann, der bei Verstand war, hätte so etwas getan.

Er wollte nach ihr greifen, sie küssen, aber sie rutschte nach unten, und ihre vollkommenen Brüste glitten dabei verführerisch über seinen Bauch. Brian packte das Kissen mit beiden Fäusten und wünschte sich, etwas mehr Licht zu haben, damit er sehen konnte, wie sie ihn verwöhnte. Da war immer etwas in ihren Augen, wenn sie das tat, eine Sanftheit und Verletzlichkeit, die ihm das Herz aufgehen ließen. Zwischen ihnen entstand eine Verbindung, wenn sie miteinander intim wurden, und zwar auf eine Art und Weise, wie er sie nie für möglich gehalten hatte, bis sie sie ihm zum ersten Mal gezeigt hatte. Er konnte es nicht erklären, aber die Art, wie ihre Lust zu seiner wurde, ihn ihre Freude glücklich machte, wie er sie berühren und schmecken musste, wurde für Brian so lebensnotwendig wie Atmen. Er wusste nur, dass er nicht mehr glücklich sein konnte, nachdem er sie verloren hatte, dass er aufgehört hatte zu leben und es irgendwie gerade mal schaffte, jeden einzelnen Tag zu überstehen.

Sie nahm seinen pulsierenden Schwanz in die Hand, den ihre zarten Finger nicht einmal ganz umfangen konnten. Allein das war schon eine lustvolle Qual, und er stöhnte und war so hart und empfindlich, dass er auf keinen Fall lange durchhalten würde. Sie bearbeitete ihn einige Male mit der Faust, bis die ersten Tropfen auf der Eichel erschienen. In dem Moment, in dem sie mit der Zunge darüberfuhr, fluchte er leise.

»Du kannst ja gern an mir herumspielen, Süße«, stieß er hervor, als ihr Atem heiß über die Feuchtigkeit blies, die sie auf seiner Haut zurückgelassen hatte, »aber das ist jetzt nicht der richtige Zeitpunkt dafür.«

Ihre Finger massierten seine Hoden und zogen zärtlich daran. »Du hast doch immer gesagt, es macht keinen Spaß, wenn man sich beeilen muss.«

»Wer will sich denn hier beeilen?« Er packte ihre Haare, bog die Hüften durch und stieß mit der Eichel gegen ihre Lippen. »Ich werde dich bis zum Sonnenaufgang vögeln.«

Brian spürte, wie sie erschauderte. Sobald der erste Rausch verflogen war, würden sie sich langsam und intensiv lieben. Sie wusste, wie es sein würde. Sie kannte die Intensität. Die Intimität. Das unerträgliche Verlangen. Er konnte es kaum noch abwarten, dass es endlich dazu kam. Seit ihrer Trennung hatte er das Gefühl gehabt, nach und nach zu sterben.

Sie berührte ihn am Oberschenkel. »Spreiz die Beine, und winkel das Knie an. Ich möchte es mir hier bequem machen.«

»Du wirst nicht lange genug da unten sein, damit das überhaupt nötig ist. Hilf mir einfach dabei, ein bisschen Druck abzulassen, damit ich dich gleich nicht zu hart rannehme.«

Er glaubte zu spüren, wie sie lächelte. Dann nahm sie ihn in ihren frechen kleinen Mund, und er presste seinen Kopf auf das Kissen, während sich in seinem Bauch vor Wonne alles zusammenzog. »Himmel, ja.«

Layla nahm ihn tiefer in sich auf, und ihr Mund war so heiß und eng, dass sich sein Präejakulat über ihre Zunge ergoss, die wild an ihm herumspielte. Sie stöhnte, schluckte und saugte gierig an ihm.

»So ist es gut, Baby«, stieß er mit rauer Stimme hervor. »Saug an mir … Ja, genau so.«

Brian schloss die Augen, biss die Zähne zusammen und verlor fast den Verstand, weil es sich so gut anfühlte. Ihr Kopf bewegte sich auf und ab, ihre Lippen glitten an seinem Glied entlang, und ihre Hände stimulierten seine Wurzel. Es war, als könnte sie gar nicht genug von seinem Geschmack bekommen.

Der Druck in seinen Hoden wurde immer intensiver, als sie fest an seiner Eichel saugte. Ihre Finger glitten weiter nach unten, bis sie mit dem Zeige- und Mittelfinger um seinen Anus herumstrich.

Er verspannte sich vor Überraschung. Da zog sie die Hand zurück und verzog die Lippen.

»Du Hexe«, zischte er.

Laylas Zunge wirbelte um die empfindliche Spitze herum, und er knirschte mit den Zähnen. Sein Rücken war völlig verkrampft, weil er unbedingt kommen wollte, und sein Magen hatte sich so zusammengezogen, dass er sich nicht mehr bewegen konnte. Aber eigentlich wollte er das auch gar nicht. Wenn er für alle Ewigkeit auf dieser Schwelle hätte verweilen können – bereit zu sein, sich aber gerade noch zurückhalten zu können –, dann hätte er es getan. Nichts auf der Welt verschaffte ihm so viel Wonne, wie sie es tat oder die Liebe, die er in jeder Berührung, jedem Kuss und jedem Stöhnen von ihr spürte.

»Das ist so gut.« Er stöhnte laut. »Du machst das so verdammt gut …«

Ihre Finger rutschten wieder zwischen seine gespreizten Beine und pressten sich erneut gegen den festen Muskel, und als er spürte, wie glitschig sie waren, wusste er, wo das verschwundene Gleitmittel geblieben war. Sie bewegte den Kopf jetzt schneller, und ihr Mund bearbeitete seinen schmerzenden Schwanz in dem, wie er vermutete, verzweifelten Versuch, ihn von dem abzulenken, was sie da gerade machte.

»Layla, Baby, was hast du vor?«

Sie ließ ihn mit einem leisen Geräusch aus dem Mund schnellen. »Du hast das Gleitmittel gekauft, also erzähl mir jetzt nicht, dass du dabei nicht an Analsex gedacht hast.«

Sie wusste ganz genau, dass er dabei nicht an seinen eigenen Hintern gedacht hatte, aber ihm war auch klar, dass sie ihn jetzt für seinen übertriebenen Optimismus bestrafte, der ihn überhaupt erst dazu gebracht hatte, das Gleitmittel zu kaufen. Doch beides war eigentlich unwichtig, da er Layla immer das geben würde, was sie brauchte.

Brian entspannte sich, und schon glitt ihre feuchte Fingerspitze in ihn hinein. Augenblicklich begann er zu schwitzen. Aber er zwang sich, weiterhin entspannt zu bleiben und ihr keinen Widerstand zu bieten, während sie diesen neuen Aspekt ihres Liebesspiels austestete.

Schnell atmend nahm er das Gefühl dieser Penetration und der damit verbundenen Verletzlichkeit zur Kenntnis. Layla nahm ihn wieder in den Mund und saugte zärtlich an seiner Eichel, während sie ihren Finger immer wieder in seinen Anus stieß.

»Oh Gott.« Die Muskeln an seinem Hals verspannten sich, und seine Oberschenkel begannen zu zittern.

Er keuchte auf, als sie einen zweiten Finger einführte, und das leichte Brennen ließ seinen ganzen Körper heftig erschaudern. Sie ging auf die Knie, sodass ihre Haare auf seine Hüften fielen, und saugte immer gieriger und schneller. Dabei bewegte sie weiterhin die Finger.

»Verdammt, Layla. Ich drehe gleich durch.« Einerseits war er schockiert und kurz davor, sich zu verkrampfen, andererseits war es jedoch Layla, die ihn so berührte. Sie war längst tief in ihm verankert und ein Teil von ihm, sodass es ihm nur natürlich vorkam, jede Intimität mit ihr zu teilen. Außerdem fühlte es sich überraschend gut an. Ohne es bewusst zu tun, spreizte er die Beine noch weiter und ermutigte sie so, noch fester in ihn einzudringen.

»Ich bring den Kerl um, der dir das beigebracht hat«, stieß er hervor. »Ich werde den Schweinehund fesseln und kastrieren. Ach … Verdammt, Baby. Ich komme. Mach langsamer.«

Ihre Geräusche hallten durch das Zimmer, ihr leises Stöhnen und sein gequältes Knurren, das wilde Schmatzen und das rhythmische Aufprallen ihrer Knöchel auf seine Pobacken. All das brachte ihn zunehmend um den Verstand. Seine Erektion war so hart, dass sie schon wehtat, und seine Hoden waren angeschwollen und drohten zu platzen. Sie hatte ihn im Griff, ihn völlig in Besitz genommen, und er spürte, wie seine Kapitulation wie ein Feuer in ihm brannte.

»Ich komme«, warnte er sie mit heiserer Stimme. »Langsamer, Baby. Jetzt. Oh Gott … Verdammt!«

Sie hatte seine Prostata entdeckt. Indem sie fest und schnell daüber rieb, brachte sie ihn schließlich zum Höhepunkt.

Brian schrie auf und kam mit heftigen Zuckungen, als ihn das wilde, hemmungslose Verlangen übermannte, verkrampfte die Hände in ihrem Haar und bäumte sich auf. Er drückte den Kopf ins Kissen, kniff die Augen und die Lippen fest zusammen, und sein Rücken war so steif, dass Brian schon Angst hatte, er könnte durchbrechen.

Er konnte nicht aufhören, als die jahrelang aufgestaute Lust und Sehnsucht aus ihm schossen und dabei eine Kraft entwickelten, die ihn selbst überraschte. Laylas hungriges Stöhnen brachte ihn nur dazu, sich noch mehr herumzuwerfen, und sie schluckte gierig, was er ihr gab. Dabei bearbeiteten ihre frechen Finger weiter seinen Hintern und lockten auch den letzten Tropfen aus ihm heraus, bis er schließlich erschöpft zurücksank.

Nur mit Mühe gelang es ihm, seine verkrampften Finger aus ihrem Haar zu lösen. Er war schweißnass. Sie saugte noch ein letztes Mal an ihm und richtete sich dann auf. In einem untergeordneten Teil seines benebelten Verstands bekam er mit, dass sie ins Bad ging und den Wasserhahn aufdrehte. Aber selbst diese geringe Entfernung, die sie trennte, war bereits zu viel für ihn. Er brauchte sie neben sich, bei sich, wo er sie fest-halten und nie mehr loslassen würde.

»Du kannst das Licht anlassen«, stieß er mit heiserer Stimme hervor. »Und lass die Tür angelehnt.«

Einen Augenblick später kam Layla wieder heraus, nackt, mit leicht geröteter Haut und so unfassbar schön, dass sein Herz schneller schlug. Sein Schwanz zuckte, obwohl diese Re-aktion nach dem Orgasmus, den er gerade erlebt hatte, eigent-lich nicht möglich war, aber bei ihr passierte ihm das häufiger. Er war für sie geschaffen worden, um ihr Vergnügen zu berei-ten. Solange ihr heißer kleiner Körper ihn begehrte, war sein Körper bereit, ihr alles zu geben.

»Komm her.« Er hob die Arme, um sie um sie zu legen. »Küss mich.«

Sie legte ihren Körper auf seinen. In dem Moment, in dem sich ihre Lippen berührten, rollte Brian sie herum, sodass er jetzt auf ihr lag, und er winkelte den Kopf an, um ihr jegliche Fluchtmöglichkeit zu nehmen. Er stieß seine Zunge mit lang-samen, leichten Bewegungen in ihren Mund und liebkoste und umspielte die ihre. Sie erschauderte und stöhnte, und dann ergab sie sich und lag erschlafft und nachgiebig unter ihm. Er schob ein Knie zwischen ihre Beine und stellte fest, dass ihre Schamlippen bereits feucht und geschwollen waren. Sie hatte seine Lust schon immer sehr erregend gefunden. Weil sie ihn liebte. Er wusste, dass sie ihn noch liebte, sonst hätte sie ihn nie so intim berühren können. Aber das bedeutete noch lan-ge nicht, dass es noch immer dieselbe Liebe war wie früher, mit Leib und Seele, und dass es nicht nur an den schönen Er-innerungen und der Verbindung, die sie Jacob zu verdanken hatten, lag.

Er richtete sich ein wenig auf, senkte den Kopf und nahm eine ihrer steifen, aufgerichteten Brustwarzen in den Mund.

Als er sie auf der Zunge spürte, stöhnte er auf, weil ihn die Freude übermannte, sie endlich wieder in seinem Bett zu haben, und die Erleichterung, dass das ständige Sehnen, mit dem er die letzten fünf Jahre gelebt hatte, endlich gestillt wurde.

Layla biss sich auf die Lippe und wimmerte, als Brians Zunge ihre Nippel umkreiste. Die Vibrationen seines Stöhnens ließen ihre eigenen Nervenenden noch empfindsamer werden. Sie drückte den Rücken durch und krallte die Hände ins Bettlaken. Seine Haut fühlte sich heiß und feucht an, und sein Geruch waberte wie ein betörender Rauch durch ihren Verstand.

Seit ihrem sechzehnten Lebensjahr wurde sie von seinem klaren, maskulinen Geruch angezogen. Ihr Bruder hatte schließlich entdeckt, was für eine animalische Anziehungskraft Brian auf sie ausübte, als er sie dabei erwischt hatte, wie sie in einem von Brians T-Shirts schlief, und ihr die Hölle heiß gemacht hatte. Brian hatte ihn schließlich gebeten, die Sache zu vergessen und das alles nur als Streich einer kleinen Schwester abzutun. Aber dabei hatte er ihr einen Blick zugeworfen, der ihn verraten hatte, der eine ebenso gebändigte Sehnsucht enthüllte, bei der ihr ganz heiß wurde. Damals war ihr klar geworden, dass er durchaus wusste, wie sehr sie ihn begehrte, und dass er sie so sah, wie sie es wollte: als Frau.

Die nächsten beiden Jahre, in denen sie darauf wartete, endlich achtzehn zu werden, waren ihr endlos vorgekommen. Ebenso wie die letzten fünf.

»Brian.« Sie berührte seine breiten Schultern und streichelte zufrieden summend über seine angespannten Muskeln.

Er biss ihr leicht in die Brustwarze und zog ein wenig daran. Danach bahnte er sich küssend einen Weg auf die andere Seite, um ihrer anderen Brust dieselbe Aufmerksamkeit zuteilwerden zu lassen und die Wölbung mit seiner großen, rauen Hand zu umfangen. Sie hatte keine sehr großen Brüste, aber er liebte sie, als ob es auf der ganzen Welt keine schöneren gäbe.

»Du bist so wunderschön«, murmelte er und drückte ihre Hüfte, bevor er weiter nach unten rutschte. »Ich habe davon geträumt, dich wieder so vor mir zu haben … Ich habe mich so sehr danach gesehnt. Dein Körper ist für mich wie Nahrung und Wasser, Layla. Ich kann ohne ihn nicht leben.«

Sie schloss die Augen und drängte die Tränen und die Worte zurück, die auf keinen Fall nach draußen dringen durften.

Als er zwischen ihre Beine glitt, spreizte sie sie so, wie er es vorher getan hatte. Nicht nur, um Lust zu erfahren, sondern auch, um welche zu schenken. Sie wusste ganz genau, dass die Töne, die sie ausstieß, ebenso wie ihre ungezügelten Reaktionen auf seine Berührung etwas Wildes tief in seinem Inneren besänftigten.

Brian legte sich eines ihrer Beine über die Schulter und küsste die Innenseite, bis er an ihre Schamlippen kam. Sie hatte sich dort seit so langer Zeit so leer gefühlt, so einsam und alleine.

Sie hatte ihn verlassen, weil sie damals gewusst hatte, dass sie es sein musste, die ging, anstatt immer diejenige zu sein, die zurückgelassen wurde. Sie wusste, dass sie es nicht überleben würde, wenn noch einmal ein Dienstwagen vor ihrem Haus hielt und Männer entließ, die ihr sagten, dass ein weiterer Mensch, den sie liebte, gestorben war. Daher hatte sie die Beziehung beenden müssen, doch der Preis dafür war hoch gewesen, und sie zahlte ihn bis heute.

Er küsste sanft ihre Klitoris und strich dann mit der Zungenspitze darüber.

»Später«, sagte sie und hielt ihn zurück.

Er hob den Kopf und sah ihr in die Augen. Sein wölfisches Verlangen erlosch. Was immer er in ihrem Gesicht sah, wusste er doch sofort, was sie brauchte.

Als er sich bewegte, konnte sie seinen wunderbaren Bizeps, seinen Waschbrettbauch und seinen langen, harten Schwanz bewundern. Sie biss sich auf die Lippen, schlang ein Bein um seine Hüfte und wünschte sich nichts sehnlicher, als ihn endlich in sich zu spüren. Ein leises Wimmern kam über ihre Lippen, als er sich gegen ihre feuchte Spalte drückte.

»Sch, Baby. Ich bin ja da.« Brian legte eine Hand unter ihren Hintern und hob sie ein wenig hoch, sodass sie seine ersten Zentimeter leichter aufnehmen konnte.

Sie hatte das Gefühl, am ganzen Körper zu erröten, als sie von Hitze überflutet wurde.

»So wunderbar«, murmelte er und stieß sich etwas weiter in sie hinein. »Ich liebe es, wie du rot wirst, wenn ich in dich eindringe. Und, oh Gott … Ich liebe es noch viel mehr, wie du dich anfühlst. So eng und heiß. So feucht. Du bist für mich immer so feucht.«

Sie hob die Hüften an, da sie ihn schneller und tiefer in sich haben wollte. »Beeil dich.«

Er sah ihr zärtlich, aber auch fragend ins Gesicht. »Hatten wir das Thema mit der Eile nicht längst abgehakt?«

»Ich will dich in mir spüren. Du kannst langsamer werden, wenn du erstmal drin bist.«

»Du bist eng wie eine Jungfrau, Layla.« Er glitt etwas tiefer in sie hinein, und seine Augen verdunkelten sich, als sie sich um ihn zusammenzog. »Du fühlst dich genauso an wie beim ersten Mal.«

Sie drehte den Kopf und presste ihre glühende Wange in das kühle Kissen. Sie hatte versucht, eine Beziehung zu einem anderen Mann aufzubauen, sich wirklich Mühe gegeben und war länger bei netten und attraktiven Männern geblieben, als sie es hätte tun sollen. Aber nachdem sie sich einige Jahre lang vergeblich angestrengt hatte, war ihr klar geworden, dass es so nicht weitergehen konnte. Sie tat Männern weh, die das nicht verdient hatten, und sich selbst ebenfalls.

Brian umfing ihr Gesicht mit beiden Händen. »Mach die Augen auf, Layla.«

Sie drehte den Kopf zur Seite, als er sich ein wenig aus ihr herauszog, nur um noch tiefer einzudringen.

»Sieh mich an«, bat er sie. »Lass mich deine Augen sehen, während du mich in dir aufnimmst.«

Sie schlug die Augen auf und betrachtete ihn ebenfalls. Ihr fiel auf, wie sich die Haut auf seinen Wangenknochen anspannte und er das Gesicht vor lustvoller Wonne verzog. Mit langsamen Bewegungen drang er immer tiefer in sie ein und hielt ihren Blick fest, während ihre Verbindung intensiver wurde. Sie umschlang ihn fest mit den Beinen und hob die Hüften an, als er sich ganz in sie hineinstieß und die Lust lodernd heiß in ihr entfachte.

Seine langsame Penetration fühlte sich an, als würde er sie von innen massieren, und sie stöhnte. »Brian, bitte …«

Er leckte ihr über die Unterlippe und sah sie derart sinnlich an, dass sie aufgrund der Übermacht ihres eigenen Verlangens zu zittern begann. »So«, raunte er ihr zu, drehte die Hüften und stieß sich ganz hinein. Dann bewegte er sich vor und zurück und drückte sich mit dem Oberkörper etwas ab. »Jetzt hast du mich ganz.«

Wie sehr sie sich in diesem Moment wünschte, dass das stimmte.

Während sie die Beine um seine Taille geschlungen hatte, blickte Brian auf sie herab. »Ich habe davon geträumt. Ich wollte wieder in dir sein. So oft habe ich davon geträumt.«

Er zog sich aus ihr zurück, doch im nächsten Augenblick drang er schon wieder tief in sie ein und dehnte sie auf wunderbare Weise aus. Sein raues, abgehacktes Stöhnen brachte sie zu ihrem ersten Höhepunkt.

»Oh!« Sie zitterte heftig, als sie kam. »Brian.«

»Ja«, knurrte er, hielt ihre Hüften fest und rammte sich tief und hart in sie hinein, während der Orgasmus sie noch gepackt hielt. Er nahm eine ihrer schmerzenden Brustwarzen in den Mund und bearbeitete sie mit der Zunge und hielt sie weiterhin mit beiden Händen fest, um sich wild und ungestüm wieder und wieder in sie zu bohren.

Sie klammerte sich an seine Handgelenke und schnappte nach Luft. Das Bett quietschte, als er immer wilder zustieß, und ihr Körper bebte, als sie ihre unbändige Lust auslebte.

»Ich auch, Baby.« Er keuchte heftig. »Oh Gott … Ich auch.«

Er drückte sie an sich, rieb seine Hüften an ihren und verströmte seinen Samen in sie.

»Layla.« Dann umfing er ihren Kopf und rieb seine Wange an ihrer. »Layla.«

Sie kniff ihre brennenden Augen zu und hielt sich so fest an ihm, wie sie nur konnte.

5

Nachdem er geduscht und sich angezogen hatte, weckte Brian Layla, indem er sanft mit den Zähnen an ihrem Ohr zupfte.

»Lass das sein, du Hengst«, murmelte sie und drückte das Kissen enger an sich.

Er lachte, und die Liebe zu ihr drohte seine Brust förmlich zu sprengen. »Ich habe dir ein Bad eingelassen. Ich gehe schnell etwas zu essen beim Diner holen, mache ein paar Anrufe und tanke den Truck voll. Ich bin in dreißig Minuten wieder da, und dann fahren wir los.«

»Wie spät ist es?«

»Halb acht.«

»Oh Mann …«

Er schlug ihr durch die Bettdecke sanft auf den Hintern. Sie war schon immer ein Morgenmuffel gewesen. Nach Nächten wie der letzten war sie oft erst nachmittags aufgestanden. »Du kannst im Wagen weiterschlafen.«

»Wie kannst du nur schon so wach sein?«, knurrte sie verstimmt. »Ich bin todmüde.«

»Der Sex mit dir belebt mich. Du treibst mich an.«

»Erinnere mich nicht daran.«

Doch obwohl sie sich beschwerte, stöhnte sie vor Lust und bog sich ihm entgegen, als er ihr die Decke wegzog und eine Spur aus Küssen über ihren Rücken zog. Die Flecken an ihrem Ellenbogen waren dunkler als am Vortag und machten ihm ein weiteres Mal bewusst, wie empfindlich sie war.

»Sei ein braves Mädchen«, flüsterte er ihr ins Ohr. »Dann bekommst du später eine Belohnung.«

Sie öffnete ihre dunkel umschatteten Augen und starrte ihn an. »Du bist mir was schuldig.«

»Und diese Schulden werde ich nur zu gern bezahlen.« Brian richtete sich auf und entfernte sich von der Verlockung, die ihr vom Schlaf noch ganz warmer nackter Körper darstellte. Er hatte sie stundenlang geliebt und es endlich geschafft, von ihr abzulassen, als das Sonnenlicht hinter den dunklen Vorhängen hervorgeschimmert hatte. Doch sie hatten noch so viele Nächte nachzuholen. Seitdem sie ihn verlassen hatte, war ihm die Lust auf Sex irgendwie abhandengekommen, und jetzt hatte es den Anschein, als wäre das Verlangen, das unter seinem Liebeskummer verborgen gewesen war, umso stärker wieder erwacht. »Vergiss nicht, das Gleitmittel einzupacken.«

Sie hob eine Hand hoch, und er sah, dass sie es umklammerte.

Das Lächeln auf seinem Gesicht verschwand in dem Moment, in dem er ihr Zimmer verließ. Bevor er losging, vergewisserte er sich, dass die Tür auch wirklich abgeschlossen war. Der Morgen war kühl und grau, und die Luft zwickte ihn leicht in die Haut. Er zog die Baseballkappe tief in die Stirn und behielt seine Umgebung genau im Auge. Über einen ausgetretenen Weg ging er an einem Gestrüpp vorbei zum Supermarkt, wo er den Bronco geparkt hatte. Er holte sich eine Tageszeitung aus dem Automaten vor dem Lebensmittelgeschäft und suchte dann nach Anzeichen dafür, dass sich jemand an dem Wagen zu schaffen gemacht hatte. Dann zog er eines der Wegwerfhandys aus der Tasche und rief Jim an.

»Hey«, meldete sich der Deputy. »Alles okay?«

»Bis jetzt schon. Wie sieht es bei dir aus?«

»Von mir hat bisher keiner was gewollt, also ist der Wagen

weiterhin sauber. Aber du bist natürlich derjenige, mit dem alle sprechen wollen. Dein Foto liegt jedem Polizisten des Landes vor. Es wird verdammt heiß, Mann.«

»Damit komme ich klar.« Er hatte bereits damit gerechnet, schließlich hatte er die Explosion überlebt und war mit der Zeugin durchgebrannt. Dieses Verhalten war mehr als bloß verdächtig. »Danke, Jim.«

»Pass auf dich auf. Ich bin erst wieder beruhigt, wenn ihr in San Diego seid.«

»Geht mir nicht anders.«

Brian beendete den Anruf und nahm das Handy auseinander. Dann zog er ein weiteres aus der Tasche und rief die stellvertretende Staatsanwältin in San Diego an, um ihr zu versichern, das Layla Creed wie vorgesehen im Zeugenstand aussagen werde. Er sorgte dafür, dass der Anruf kurz blieb, und sagte nur das, was er zu sagen hatte, auch wenn die noch nicht ganz wache Staatsanwältin versuchte, ihm weitere Details zu entlocken. Danach nahm er auch dieses Handy auseinander, und als er an einem geparkten Pick-up-Truck vorbeiging, warf er die Einzelteile beider Handys auf die Ladefläche. Schließlich fuhr er mit dem Bronco zur Tankstelle und zurück zum Motel, wo er ein paar in Folie eingewickelte Frühstücksburritos und Kaffee aus dem angrenzenden Diner besorgte.

Als er in ihr Zimmer zurückkehrte, hatte Layla gepackt, gebadet, sich angezogen und saß dösend an dem kleinen Tisch vor dem Fenster. Er brachte die Koffer zum Wagen und kam dann zurück ins Zimmer.

»Bist du bereit?«, erkundigte er sich.

»Ja.« Sie stand auf, setzte sich eine Mütze auf und griff nach seiner Hand. Sie hatte ihr dunkles Haar zu einem Pferdeschwanz gebunden, wodurch ihr schlanker Hals zur Geltung kam, den er so gern mit Küssen bedeckte. Zu ihrer Jeans und dem T-Shirt trug sie die schusssichere Weste und darüber das Flanellhemd, das er am Vortag angehabt hatte. Möglicherweise verhielt er sich in dieser Hinsicht wie ein Höhlenmensch, aber er liebte es, wenn sie Kleidungsstücke trug, die nach ihm rochen, und dass sie das schon immer gewollt hatte und auch heute noch tat.

Er ging zum Parkplatz vor dem Hotel und öffnete die Beifahrertür. Dann eskortierte er Layla zum Wagen, wobei er immer darauf achtete, dass sie sich zwischen ihm und dem Auto befand, ging danach um den Kofferraum herum und setzte sich hinter das Lenkrad. Er fuhr direkt zum Highway.

»Danke«, sagte sie und deutete auf den geöffneten Schlafsack, der vor ihren Füßen auf dem Boden lag. Sie zog ihn bis zum Hals hoch und kuschelte sich hinein.

»Du kannst den Sitz ruhig nach hinten stellen und ein Nickerchen machen. Wenn du Hunger hast, ich habe Burritos mit Ei, Schinken und Salsa besorgt. Außerdem Kaffee mit viel zu viel Milch und Zucker, so wie du ihn magst. Ist alles in der Tüte.«

Anstatt in die Richtung zu sehen, in die er deutete, schaute Layla weiterhin ihn an. »Geht es dir gut?«

Er trank einen Schluck sehr heißen schwarzen Kaffee. »Nach der letzten Nacht geht es mir mehr als gut. Ich habe mich seit Jahren nicht mehr so wohlgefühlt.«

»Du Lügner.« Sie stieß hörbar die Luft aus. »Was wird aus deiner Karriere, Bri? Wie viel Ärger wirst du für diese Sache bekommen?«

»Darüber mache ich mir keine Sorgen.« Das stimmte nicht ganz, aber zum größten Teil. Er hatte sehr viel in seinen Job investiert und letzten Endes sogar sie aus diesem Grund verloren. Aber sie hatten sich früher immer gestritten, weil er sein Leben riskierte – und jetzt stand ihres auf dem Spiel. Und er würde alles opfern, nur damit sie in Sicherheit war.

»Ich aber.«

»Das brauchst du nicht.« Er sah sie an. »Du brauchst nichts weiter tun, als meine Anweisungen zu befolgen.«

Sie nickte, machte aber noch immer ein besorgtes Gesicht. Er hatte keine Angst, dass sie ihm seinen Job erschwerte. Sie kannte die entscheidenden Vorgehensweisen, und sie war eine intelligente Frau. Möglicherweise machte sie ihm in anderer Hinsicht das Leben schwer, aber wenn es um seinen Job und ihre Sicherheit ging, dann würde sie tun, was getan werden musste.

Daraufhin schwiegen sie beide, aber als er erneut zu ihr hinsah, beobachtete sie ihn noch immer.

»Erzählst du mir, was du letzte Nacht geträumt hast?«, fragte er.

Sie schüttelte den Kopf. »Das war eklig.«

»Das ist mir egal. Vielleicht tut es dir gut, darüber zu reden.«

Sie seufzte. »Du bist bei dem Anschlag gestorben. Ich war die einzige Überlebende, und ich habe deinen Leichnam angeschrien und dir gesagt, dass ich gewusst hätte, dass so etwas passieren würde. Dass ich gewusst hätte, dass du mich zurücklässt. Ich war so wütend, dass ausgerechnet ich als Einzige überlebt hatte.«

»Großer Gott.« Er hatte das Gefühl, als hätte man ihm einen Schlag in die Magengrube versetzt.

»Ich habe das bestimmt nur geträumt, weil ich mich gestern so gefreut habe, dich wiederzusehen. Ich kam aus dem Versteck, habe dich gesehen und …« Sie schloss die Augen und stieß die Luft aus. »Ich habe mich zu sehr gefreut. Du kamst auf mich zugerannt, und ich dachte zuerst, du würdest es aus einem anderen Grund tun. Dann flog alles in die Luft, und du bist mit dem Gesicht voran vor meinen Füßen zu Boden gestürzt. Und ich konnte nicht einmal weinen, weil ich so wütend auf dich war.«

Brian straffte die Schultern und erinnerte sich daran, dass sie im Schlaf ein Geräusch wie ein verwundetes Tier von sich gegeben hatte.

»Wie du sehen kannst, bin ich ziemlich verkorkst«, murmelte sie und versank noch tiefer im Schlafsack.

Layla mochte im Traum zwar wütend auf ihn gewesen sein, aber das hatte man ihr nach dem Aufwachen nicht angemerkt. Sie hatte nach ihm gegriffen und ihn festgehalten, als ob sie ihn nie mehr loslassen wollte. Danach hatte sie ihn verführt. Ihn regelrecht zerlegt. Ihn so weit auseinandergenommen, dass nur noch sein Verlangen nach ihr übrig geblieben war.

»Es ist völlig in Ordnung, dass du sauer auf mich bist, Baby«, versicherte er ihr. »Ich bin ja selbst ziemlich sauer auf mich. Ich hätte dich nie gehen lassen dürfen.«

»Es war besser so. Wir waren beide stark genug, um uns zu trennen, als es sein musste.«

»Dickköpfigkeit ist keine Stärke, sondern dämlich. Und ohne den anderen zu leben und darunter zu leiden ist ebenfalls dämlich.«

»Hast du gelitten, Bri?« Sie sah ihn erneut an, das konnte er spüren. »Du hast mich gefragt, ob ich einen Freund habe, aber nie gesagt, wie es bei dir aussieht.«

»Du solltest mich besser kennen und diese Frage gar nicht erst stellen müssen«, gab er mit einem kurzen Seitenblick zu ihr zurück.

»Weil ich sonst eifersüchtig werde? Das halte ich schon aus.« Ihr Gesicht verriet nicht, wie es in ihrem Inneren aussah. Das war neu. Früher hatte man ihr alle Regungen ansehen können, sie hatte alles nach draußen getragen. Aber damals war sie unschuldig gewesen, und seitdem hatte sie einiges ertragen müssen.

»Da gibt es nichts, das du aushalten musst.«

»Stehst du noch immer auf flüchtige Beziehungen?«

Er hielt ihren Blick fest. »Nein.«

Sie verzog ihre wundervollen Lippen. »Entschuldige, ich meine, flüchtigen Sex.«

»Nein, verdammt.«

»Okay. Du musst es nicht zugeben. Aber erwarte nicht, dass ich mich von dir verhören lasse. Mir ging es nämlich nicht anders.«

»Ach ja?«, meinte er mit finsterer Miene, während er die Muskeln vor Zorn anspannte und seine Eifersucht kaum noch im Zaum halten konnte. »Hast du deinen Körper für mich aufgespart, Baby? Hast du nachts an mich gedacht? Waren deine Finger die Einzigen, die es dir besorgt haben? Denn ich will verdammt sein, wenn du zugelassen hast, dass ein anderer Mann das berühren durfte, was mir gehört.«

»Ha!« Sie setzte sich auf. »Als ob du dir die letzten fünf Jahre nur einen runtergeholt und dabei an mich gedacht hättest. Jacob hat mir alles über dich erzählt, Bri. Er hat versucht, mich mit Geschichten über deine unzähligen Eroberungen vor dir zu warnen. Er hat gesagt, dass du die Hose gar nicht schnell genug ausziehen kannst.«

»Haben dich die Geschichten heiß gemacht?«, säuselte er und war stinksauer, dass sie ihm nicht die Anerkennung zollte, die er verdient hatte. »Du hast jedenfalls verdammt oft danach gefragt.«

»Fick dich.«

»Nein, ich ficke nur dich.«

Layla klappte den Mund zu und starrte ihn an.

»Sag ruhig, dass du mir nicht glaubst«, forderte er sie auf.

»Du bist ein gottverdammter Idiot, wenn das dein Ernst ist.« Ihre Stimme klang schneidend und hart. »Dafür ist es dir damals aber verdammt leichtgefallen, mich und *meine goldene Muschi* ziehen zu lassen.«

»Dich ziehen zu lassen war vieles, aber leicht war es ganz bestimmt nicht.«

»Wann hast du denn gemerkt, dass du einen Fehler gemacht hattest?«

Er atmete langsam ein und wieder aus und versuchte, sein Temperament zu zügeln. »In der Sekunde, in der du durch die Tür gegangen bist. Ich wusste, dass ich nicht ohne dich leben kann.«

»Aber du hast es getan. Zwei Jahre lang, bevor diese Reise nach Mexiko mein Leben ruiniert hat.« Sie griff nach ihrem Kaffeebecher.

»Wir sind zusammengekommen, bevor du die Chance hattest, richtig erwachsen zu werden. Ich hatte das Gefühl, als hätte ich dich direkt aus der Highschool in eine eheähnliche Beziehung gezerrt und dass du überhaupt nicht die Gelegenheit bekommen hattest, dir die Hörner abzustoßen oder dir richtig klar darüber zu werden, was du eigentlich willst.«

»Du hast immer versucht, alle Entscheidungen für mich zu treffen, weil ich noch ein Kind war.«

»Das ist doch gar nicht wahr! Ich habe wie ein Hund gelitten, damit du Gelegenheit hattest, so viele Entscheidungen zu treffen, wie du nur wolltest.«

»Und wer hat die Entscheidung getroffen, dass ich diese Gelegenheit haben sollte?« Sie stellte den Kaffee zur Seite, nahm einen Burrito aus der Tüte, warf ihn Brian in den Schoß und holte sich dann einen zweiten für sich selbst heraus.

»Ich habe keinen Hunger.«

»Ich habe beschlossen, dass du Hunger hast, also iss.«

Brian fluchte leise.

»Ich wusste, was ich wollte, Bri … Ich wollte dich. Ich wusste, dass ich keinen anderen Mann je so lieben würde. Ich wollte mich nicht austoben oder Zeit vergeuden, die ich mit dir verbringen konnte.«

»Warum bist du dann gegangen?« Er behielt eine Hand am Lenkrad und riss die Folie, in die der Burrito eingepackt war, mit den Zähnen auf.

»Du weißt, warum ich gegangen bin.«

»Und du wusstest, womit ich meinen Lebensunterhalt verdiente, als wir zusammengekommen sind.«

»Du hast mich angelogen, als du zum Marshals Service gegangen bist.«

»Das ist doch Unsinn!«

»Du hast nie erwähnt, dass du vorhattest, dich freiwillig für die Shadow Stalker zu melden!« Sie biss wütend ein Stück von ihrem Burrito ab.

»Ich war dafür qualifiziert.«

Sie kaute erbost und spülte den Bissen dann mit einem großen Schluck Kaffee hinunter. »Du warst auch qualifiziert, als Sicherheitsexperte zu arbeiten.«

Er legte den Burrito zur Seite. Jacob und er hatten immer davon geträumt, einmal eine eigene Firma aufzumachen. Doch nach dem Tod seines besten Freundes hatte Brian das Gefühl gehabt, dass dieser Traum mit ihm gestorben war. Er hatte es sich nicht vorstellen können, das Ganze ohne Jacob durchzuführen. »Dinge ändern sich.«

»Du hast dich nicht geändert. Du bist noch immer ein Adrenalinjunkie, der den Helden spielen will.«

»Und der einen langen Schwanz hat«, setzte er beleidigt hinzu. »Vergiss das nicht.«

Ihr Blick schien sich in ihn hineinzubohren. »Die Wahrheit tut weh, was?«

»Deiner Muschi scheint es nichts auszumachen.«

Sie wedelte mit der Hand durch die Luft, drehte sich zum Fenster und wandte ihm den Rücken zu.

Er hatte mit ihr wenigstens über seine Arbeit bei der Gruppe für Spezialoperationen des Marshals Service reden wollen, bevor sie ihm das Ultimatum gestellt hatte, aber dieses Gespräch hätte ihrer Meinung nach stattfinden sollen, bevor er sich freiwillig gemeldet hatte. Sie hatte jedenfalls nicht vor, bei einem Mann zu bleiben, der offenbar eine Todessehnsucht verspürte.

»Was ist mit deinen schmerzhaften Wahrheiten, Layla? Dass du aus Angst davor, verlassen zu werden, niemandem trauen konntest? Du hast mir ständig Ultimaten gestellt, und ich musste dir immerzu beweisen, dass ich dich auch wirklich liebe. Es war fast so, als hättest du nur auf eine Ausrede gewartet, damit du sagen konntest, dass ich ohnehin nicht bei dir geblieben wäre.«

»Und die hast du mir gegeben, nicht wahr?«

»Wenn man lange genug nach etwas sucht, dann findet man es auch, ob es nun da ist oder nicht.«

Sie zuckte mit den Achseln. »Jeder Mensch hat Probleme. Wenn man jemanden liebt, dann findet man sich damit ab.«

»Ich hatte mich mit deinen abgefunden, aber du bist mit meinen nicht klargekommen.«

»Weißt du was?« Layla drehte sich auf dem Sitz um und starrte ihn an. »Ich habe nicht die leiseste Ahnung, warum wir überhaupt darüber reden. Letzten Endes läuft es doch darauf hinaus, dass unsere persönlichen Probleme im Widerspruch zueinander stehen. Was du brauchst, um glücklich zu sein, ist genau das, was mich unglücklich macht, und umgekehrt.«

»Und was ist mit der Tatsache, dass du mich brauchst und ich dich?«, fragte er herausfordernd. »Was ist damit?«

»Was soll damit sein? In etwa achtundvierzig Stunden werde ich wieder verschwinden, und du wirst mit den Konsequenzen dafür leben müssen, dass du mit einer wichtigen Zeugin durchgebrannt bist.« Seufzend drehte sie sich wieder um. »Das Schicksal ist gegen uns, Bri. Sieh es als Segen an. Schließlich wären wir sonst so blöd, uns wieder in eine Beziehung zu stürzen, die doch nicht funktioniert hätte.«

Vielleicht, dachte er erzürnt. Aber ob es nun blöd war oder nicht, er hatte jedenfalls nicht vor, sie noch einmal kampflos aufzugeben.

6

Sie verbrachten die Nacht in Joplin, Missouri. Das Motel, das Brian aussuchte, war billig und hätte dringend einer Renovierung bedurft, aber Layla war es so leid, immer nur zu sitzen, dass sie das nicht sonderlich interessierte. Sie taumelte ins Zimmer und warf sich bäuchlings auf das Bett, wo sie die Beine ausstreckte.

Sie hörte, wie Brian die Koffer ins Zimmer trug, und seufzte dankbar und voll Vorfreude auf eine heiße Dusche.

»Was möchtest du essen?«, fragte er und drückte ihren Fußknöchel.

»Einen Salat mit Hühnchen oder Fisch. Nichts Frittiertes. Ich kann nicht ständig so viel Ungesundes essen, wenn ich den ganzen Tag nur sitze. Ich brauche mal was Gesundes.«

»Gute Idee. Ich bin bald wieder da. Du kennst ja die Regel.«

»Ja. Geh nicht an die Tür, wenn es klopft, selbst wenn du es bist.«

Er zog die Vorhänge vor, bevor er ging, und Layla stand wieder auf. Sie traf dieselben Vorbereitungen wie am Abend zuvor und überlegte, ob Brian an die Kondompackung gedacht hatte, die im letzten Motel im Mülleimer lag, als sie einen neuen Einwegrasierer aus dem Koffer nahm.

Früher hatten sie nur selten Kondome benutzt. Sie hatte immer die Pille genommen, und sie waren beide der Ansicht gewesen, dass es schöner war, ohne diese Barriere miteinander zu schlafen und ihre Verbindung auf diese Weise intensiver zu spüren. Außerdem waren sie immer sehr spontan gewesen. Vermutlich glaubte er, sie würde noch immer die Pille nehmen.

Doch das tat sie nicht. Warum sollte sie das auch tun, da sie doch sowieso keinen Sex hatte?

Layla hatte leichte Schuldgefühle, als sie daran dachte, dass er ihr versichert hatte, seit ihrer Trennung im Zölibat gelebt zu haben. Sie hatte in der Zwischenzeit mit einigen Männern geschlafen. Es waren so viele gewesen, dass sie sich inzwischen einer Sache sicher war, die sie immer vermutet hatte: Sie empfand bei keinem anderen Mann dasselbe wie bei Brian. Dabei hatte sie Männer im Bett gehabt, die ähnlich attraktiv gewesen waren, die einen unersättlichen Appetit hatten, die erfahren und geduldig genug waren, dass sie ebenfalls auf ihre Kosten kam. Aber ohne Liebe war Sex bloß Sex, selbst wenn er noch so gut war. Sie hatte immer das Gefühl gehabt, mit dem falschen Kerl im Bett zu sein.

Sie stand lange unter der Dusche und genoss es sehr. Nachdem sie sich die Beine rasiert und sich mit der im Motel bereitstehenden Bodylotion eingecremt hatte, wechselten sich ihre Vorfreude, die durch das Adrenalin, das jetzt ständig durch ihre Adern schoss, angeheizt wurde, und ihre Verzweiflung darüber, dass sie einander in zwei Tagen wieder verlieren würden, miteinander ab.

Als sie aus dem Bad kam, lag Brian nur mit seiner Jeans bekleidet auf dem Bett. Er hatte den Hosenknopf aufgemacht, lehnte mit dem Rücken am Kopfende und hatte die nackten Füße verschränkt. Mit der Fernbedienung in der einen und einer Flasche Wasser in der anderen Hand sah er sich die Nachrichten an, als sie ins Zimmer trat. Als er aufblickte, wurde sein Blick vor Verlangen dunkel und begehrlich.

»Fühlst du dich besser?«, fragte er mit rauer Stimme.

Layla nahm seinen Anblick in sich auf. Seine Brust war gebräunt, da er jeden Tag mit freiem Oberkörper laufen ging, und mit feinen Härchen bedeckt, die sich über dem Waschbrettbauch zu einer schmalen Linie verengten. Seine Arme waren wahre Kunstwerke, und der Bizeps wurde deutlich sichtbar, als er die Flasche an die Lippen hob und einen Schluck nahm. Sein Adamsapfel wackelte beim Schlucken, und ihr Körper spannte sich vor Begierde noch weiter an. Sie sehnte sich danach, ihn zu spüren.

Er war so verdammt sexy. So wundervoll stark und männlich. Sie nickte.

»Was denkst du gerade, Süße?« Er leckte sich einen Wassertropfen von der Unterlippe.

»Dass ich deinen Mund gern auf mir spüren würde.«

Er stöhnte leise, und ihre Brustwarzen wurden hart. Mit einer schnellen Bewegung stand er auf. »Iss du erst einmal etwas, während ich dusche. Danach kümmere ich mich um dich.«

Bei dem Blick, mit dem er sie bedachte, stieg ihre Lust noch weiter.

Er musterte ihre Brüste, als er näher kam und vor ihr stehen blieb. »Ich träume schon davon, seitdem du mich gestern Nacht davon abgehalten hast. Den ganzen Tag lang habe ich überlegt, ob wir nicht Rast machen sollen, um dich hinten im Bronco so lange mit der Zunge zu verwöhnen, bis du vor Lust schreist.«

»Brian!«

Er schob eine Hand in ihren Slip und umfing ihre Schamlippen. »Ah … Du bist schon heiß und feucht.«

Sie spreizte die Beine etwas weiter, und ihr Herz raste. Er war ein durch und durch körperbetonter Mann, der sich nicht für seine Bedürfnisse schämte. Seine Hemmungslosigkeit erregte sie und machte sie nur noch heißer.

Sie hielt seinen Oberarm fest, als er ihre Schamlippen mit

den Fingern auseinanderschob und über ihre Klitoris strich. Die Knie wurden ihr weich, und sie atmete flacher und schneller. Seine Fingerspitzen umkreisten ihre Öffnung, und dann schob er zwei Finger in sie hinein.

»Oh Gott«, flüsterte sie und wurde nur noch feuchter. Sie steckte die Hand in seine offene Hose und vorne in seine Boxershorts. Sein Schwanz glitt hart und bereitwillig in ihre Hand, und die Eichel war bereits mit Präejakulat benetzt.

Er zog ihr Bein an seine Hüfte, sodass sie sich noch weiter öffnen musste, um dann seine Finger herauszuziehen und wieder tief in sie hineinzustoßen, sodass sie aufkeuchte.

»Wie oft haben wir das schon gemacht, Baby?«, stieß er hervor und drückte sich in ihre Hände.

»Nicht oft genug.«

»Es ist nie genug.« Er drängte sich mit den Fingern in sie hinein und bearbeitete sie mit geschickten Bewegungen. Dabei rieb er weiter mit dem Daumen über ihre Klitoris und brachte sie bis kurz vor den Höhepunkt. »Du bist so wunderschön, dass ich es kaum ertragen kann.«

Layla rieb seinen Schwanz mit beiden Händen und legte all ihre Kraft hinein, weil sie wusste, dass er darauf stand.

»Du bist so feucht.« Er stöhnte. »Ich will dich unbedingt schmecken. Und ich bin so kurz davor zu kommen …«

»Nein.« Sie drückte noch einmal fest zu und hielt dann die Hände still.

»Layla«, protestierte er und krümmte die Finger, um über ihren G-Punkt zu streicheln.

»Du sollst in mir kommen.«

Er verengte seine grünen Augen zu schmalen Schlitzen, beugte sich vor und küsste sie gierig. Sein Kuss war sanfter und zärtlicher, als sie erwartet hatte, feucht, heiß und sinnlich. Und es war sein Kuss, der sie schließlich zum Höhepunkt brachte.

Sie stöhnte in seinen Mund. Ihre Muskeln zogen sich um seine Finger zusammen, und sie legte die Hände instinktiv fester um ihn.

Er zischte und zuckte in ihrem Griff. »Du bringst mich noch um.«

Aber er stieß seine Finger weiter in sie hinein und dehnte ihren Höhepunkt aus, bis er schließlich abebbte. Sie lehnte sich schwer atmend an ihn, da sie sonst umgefallen wäre.

»Ich bin bei dir«, murmelte er und drückte die Wange an ihren Kopf. Dann ließ er ihr Bein los, legte die Hände um ihre Hüften und zog sie an sich.

»Du kannst später noch duschen.«

»Ich muss mich rasieren, Süße. Die Stoppeln werden dir sonst wehtun.« Brian rückte von ihr ab. Seine Wangen waren gerötet, und in seinen Augen spiegelte sich seine fiebrige Lust wider. »Ich will, dass du nackt bist, wenn ich aus dem Bad komme.«

Sie zog sich bereits aus, als er die Tür hinter sich schloss. Als Layla hörte, wie er das Wasser anstellte, holte sie ihren Salat und legte sich auf die kühlen Laken. Um ihren Herzschlag etwas zu beruhigen, nahm sie die Fernbedienung vom Nachttisch und schaltete den Fernseher ein. Sie wechselte die Sender, bis sie einen entdeckte, auf dem *Navy SEALs* gezeigt wurde.

Während sie den Fernseher anstarrte, fragte sie sich, wieso sich ein Mann für ein solches Leben entschied. Jacob hatte diesen Weg eingeschlagen, um ihrem Vater nachzueifern, der es wiederum seinem Vater nachgetan hatte. Aber Brian hatte ihr diese Frage nie wirklich beantworten können. Bei ihm war es keine Familientradition. Er war bei seiner allein erziehenden Mutter aufgewachsen und hatte nie erfahren, wer sein Vater war. Als Layla ihn gefragt hatte, warum er zum Militär gegangen war, hatte er nur mit den Achseln gezuckt und geantwortet: »Was hätte ich denn sonst tun sollen?«

Aber er war in allem gut, was er tat, ob er nun Motoren reparierte, etwas baute oder kochte. Er konnte in seinem Leben alles erreichen, was er wollte.

»Du solltest lieber schnell essen«, rief er zu ihr herüber, als er die Dusche ausstellte. »Ich bin gleich bei dir.«

Layla schaltete den Fernseher auf stumm und gab ein lautes Schnarchen von sich.

»Ha! Ich weiß schon, wie ich dich wach kriege.«

»Dann versuch es doch.«

Als er aus dem Bad kam und in seiner nackten Pracht vor ihr stand, blieb ihr beinahe das Herz stehen. Ihr stiegen die Tränen in die Augen, sodass alles verschwamm. Aber sie wischte sie ungeduldig weg, da sie nicht vorhatte, auch nur eine Sekunde mit ihm zu vergeuden.

»Mann«, hauchte sie und liebte ihn so sehr, dass es ihr fast die Brust sprengte.

Er blieb vor dem Bett stehen und ließ sich von ihr bewundern. Dabei fiel ihr auf, dass er deutlich schlanker war als früher, was ihr wiederum sagte, dass er viel arbeitete, aber sein Körper war dennoch in jeder Hinsicht perfekt. Es gab nichts, was sie an ihm ändern wollte oder was ihr anders lieber gewesen wäre. Sie klappte die Plastikschüssel mit dem Salat zu und stellte sie auf den Nachttisch, ohne den Blick von Brian abzuwenden.

Brian griff nach einem Zipfel der Bettdecke und zog sie ganz langsam von Laylas Körper herunter. »Mir geht es genauso, wenn ich dich ansehe«, murmelte er. »Dann bekomme ich kaum noch Luft und traue mich gar nicht mehr zu blinzeln aus Angst, dass du verschwunden sein könntest, wenn ich die Augen wieder öffne.«

Er sah sie an. Er sah sie so, wie sie wirklich war, er wusste, wer sie war, er kannte sie, ihre Vorgeschichte und all ihre Fehler. Nachdem sie sich jahrelang gefühlt hatte, als wäre sie unsichtbar, verborgen hinter einem Namen und einem Leben, die nicht ihre eigenen waren, bedeutete es ihr sehr viel, wieder mit jemandem zusammen zu sein, der sie wirklich verstand. Für sie gab es in diesem Augenblick nichts Wichtigeres, als bei Brian zu sein, die gefährlichste und stressigste Zeit ihres Lebens an seiner Seite zu verbringen.

Er stützte sich mit den Händen auf das Bett, ließ sich auf die Knie hinab und kroch auf sie zu, wobei er auf wundervolle Weise maskuline Kraft und Agilität ausstrahlte. Sein Schwanz hing hart zwischen seinen Beinen, und ihr wurde vor Vorfreude ganz flau im Magen. Sie krümmte die Zehen, als er ihren Fuß küsste. Seine Lippen wanderten zu ihrem Knöchel, während er den anderen Fuß mit einer Hand sanft drückte.

»Brian?«

»Ja, Baby?«

»Komm her.«

Er hob den Kopf und sah sie trotzig an. »Nein.«

»Ich will dich nicht von etwas abhalten«, sagte sie mit heiserer Stimme. »Ich möchte nur zuerst eine Weile in deinen Armen liegen.«

Er stieß die Luft aus und legte sich dann neben sie.

Sie drehte sich auf die Seite und drückte das Gesicht gegen seine Brust. Seine Haut war feucht und kühl, und sein Herzschlag hallte ruhig und stark durch seinen Brustkorb. Er legte den Arm um sie, und sie küsste seine glatt rasierte Wange und war so unglaublich dankbar dafür, wieder in seinen Armen zu sein.

»Layla …« Seine Stimme klang tief und heiser, und eine große Sehnsucht schwang darin mit.

Obwohl er sehr erregt war und wusste, dass sie ihn wollte, hatte er sich die Zeit für eine Rasur genommen, damit seine

Stoppeln sie nicht störten. Er dachte in jeder Hinsicht an sie und war immer bereit, ihr das zu geben, was sie brauchte.

Nur dann nicht, wenn es um seinen Job ging.

»Du musst mir eines erklären«, flüsterte sie. »Warum ist es so wichtig für dich, dass du ständig dein Leben riskierst?«

Brian versteifte sich und legte sein Kinn seufzend auf ihren Kopf. »Das ist es gar nicht.«

»Was ist es dann?«

»Ich weiß es nicht. Dabei habe ich schon sehr oft darüber nachgedacht. Ich lag ohne dich im Bett und habe mich gefragt, wo du bist, ob es dir gut geht und warum ich diesen verdammten Job nicht einfach aufgegeben habe, als du mich vor die Wahl gestellt hast.« Er strich ihr mit beiden Händen über den Rücken.

Sie schloss die Augen und schmiegte sich enger an ihn. »Er kann dir etwas geben, was ich dir nicht geben kann. Etwas, das du brauchst.«

»Es gibt nichts, was ich mehr brauche als dich.« Er drehte sie auf den Rücken und beugte sich über sie. Dann schob er ein Knie zwischen ihre Beine und legte sich so auf sie, wie sie es schon immer gemocht hatte, weil sie sich dann so unglaublich geborgen fühlte. »Das ist es, was mir am meisten zugesetzt hat: dass ich jemals glauben konnte, ich könnte irgendetwas mehr lieben als dich … dass ich dir je einen Grund dazu gegeben habe, so etwas überhaupt zu glauben.«

Sie legte ihre Finger an seine Lippen, damit er nicht weitersprach. Er biss in eine Fingerspitze, und der leichte Schmerz ließ ihren ganzen Körper prickeln. Dann leckte er über die Stelle, während er ihr die ganze Zeit ins Gesicht sah.

»Halt dich am Kissen fest«, forderte er sie mit rauer Stimme auf. »Und lass nicht los.«

Sie tat, was er verlangt hatte, und musste in dieser Position den Rücken durchbiegen und ihm ihre Brüste vor den wartenden Mund halten. Er leckte über eine Brustwarze, und sie stöhnte leise.

Dann strich sein Atem sanft über ihre Haut. »Ich liebe die Geräusche, die du dabei machst.«

»Und ich liebe die Art, wie du mich berührst.« Als wäre sie das Kostbarste auf der Welt, als wäre ihre Lust das Einzige, das zählte.

»Dann werde ich nicht damit aufhören.«

Er nahm ihre empfindliche Brustwarze in den Mund und saugte daran. Sie spürte ein Kribbeln im ganzen Körper, legte den Kopf in den Nacken und stöhnte. »Ja …«

Ihre Spalte zog sich zusammen, da sie nach Aufmerksamkeit verlangte. Er umfing die andere Brust mit einer Hand, knetete sie und rollte die steife Brustwarze zwischen Daumen und Zeigefinger.

Sie bog den Rücken durch und keuchte mit leicht geöffnetem Mund. Ihr war, als würde sie zum ersten Mal seit Jahren berührt. Die Gefühle waren zu wild und zu heiß, viel zu intensiv im Vergleich zu der Taubheit, die sie seit ihrer Trennung gespürt hatte. »Oh Gott, Brian …«

Seine Zunge schnellte über ihre Brustwarze, und er zog daran, sodass das Pochen zwischen ihren Beinen immer intensiver wurde. Sie drückte den Schritt an sein Bein und benetzte seine Haut mit ihrer Feuchtigkeit, während sie sich gegen den harten Muskel stemmte und danach sehnte, ausgefüllt zu werden.

»Du machst mich so heiß«, stöhnte sie.

Schweiß hatte ihre Haut benetzt. Sie hatte fast das Gefühl, einen Sonnenbrand zu haben, da ihre Haut so empfindlich war, dass es fast schon wehtat. Als Brians Mund zu ihrer anderen Brust überwechselte, schrie sie leise auf und war wie berauscht von den Emotionen, die durch ihren Körper tosten. Er saugte fester, und seine Zähne drückten sich gerade so fest in ihre Haut, dass sie erbebte.

Ihre Finger waren schon völlig verkrampft, als er an ihrem Körper hinabglitt. Sie legte ein Bein über seine Schulter und winkelte das andere zur Seite ab.

»So schön«, murmelte er und spreizte ihre Schamlippen mit den Fingern. Dann ließ er seine harte Zunge über ihre Klitoris schnellen, und sie hob das Becken an und sehnte sich nach Erfüllung. »Und so süß. Ich werde dich stundenlang lecken … und all die Zeit vergessen machen, die ich mich nach dir gesehnt habe.«

»Bri, bitte …«

»So ist es gut, Süße.« Er leckte über ihre Schamlippen und stieß ein zufriedenes Stöhnen aus. »Fleh mich an. Lass mich deine Stimme hören.«

Brian umfing ihre Pobacken, senkte den Kopf und strich mit der flachen Zunge rhythmisch über ihre Klitoris. Layla kreiste mit den Hüften und rieb ihren zitternden Schritt an seinen festen Lippen. Langsam und neckend liebkoste er ihre Schamlippen und strich dann um ihre Öffnung, während sie zuckend unter ihm lag und vor lauter Lust wimmerte.

»Hör auf zu spielen«, flüsterte sie und hatte sich derart verkrampft, dass es fast schon wehtat. »Bring mich zum Höhepunkt.«

»Noch nicht.«

»Ich habe fünf Jahre gewartet. Ich will jetzt nicht mehr länger warten.«

»Danach bin ich aber noch nicht fertig«, warnte er sie.

Layla biss sich auf die Lippen und wand sich unter ihm. »Bitte.«

Er packte ihre Hüften und stieß seine Zunge mit schnellen Bewegungen in sie hinein, wobei er den Kopf neigte, um noch tiefer in sie eindringen zu können. Es war wie ein leidenschaftlicher, heißer Kuss, und sein hungriges Stöhnen ließ sie nur noch heißer und feuchter werden. Auch die Geräusche, die sein Mund an ihrer feuchten Spalte erzeugte, waren überaus erotisch. Sie zuckte heftig mit den Hüften, und ihr Puls hämmerte in ihrer so lange vernachlässigten Klitoris.

Seine Zunge fühlte sich so gut an, dass sie die Wildheit in sich nicht länger beherrschen konnte und sich der rhythmischen Penetration hingab. Das Verlangen war zu groß, ihre Liebe zu ihm zu übermächtig und seine Liebe zu ihr zu offensichtlich und zu wild.

Brian verlagerte stöhnend sein Gewicht, legte die Lippen um ihre Klitoris und saugte und leckte daran, bis sie von ihrem Höhepunkt in eine andere Dimension gerissen wurde.

7

»Es reicht.« Layla wollte ermattet seinen Kopf wegschieben.

»Einmal noch«, flüsterte Brian und strich mit der Zunge über ihre geschwollene Klitoris. »Nur noch einmal, Baby.«

Er wusste schon nicht mehr genau, wie oft sie gekommen war, aber er hatte noch nicht genug. Sein Schwanz pochte erwartungsvoll und wollte in ihre heiße, feuchte Spalte eindringen, aber er hielt sich zurück und war viel mehr auf ihre als auf seine Lust bedacht.

Mit sanften Bewegungen brachte er sie noch einmal zum Höhepunkt, und sein Stöhnen ging in ihr unter, als er immer wieder tief mit der Zunge in sie eindrang. Ihre Schreie waren kehlig und heiser, und ihr schweißnasser Körper zitterte vor Erschöpfung.

Als er von ihr abließ, rutschte ihr Bein schlaff von seiner Schulter, und ihr Körper wirkte völlig entspannt und erschöpft. Jetzt war sie verletzlich. Offen. Fast genau da, wo er sie haben wollte.

Sie drehte sich auf die Seite, als er aus dem Bett stieg, und hatte den Blick auf seine pralle Erektion gerichtet. Dabei leckte sie sich die Lippen. »Ich könnte es dir mit dem Mund machen.«

Er zog die Nachttischschublade auf.

Ihr kam ein leises Wimmern über die Lippen.

»Du bist jetzt völlig entspannt und gelöst«, besänftigte er sie und nahm das Gleitmittel heraus. »Und du musst überhaupt nichts tun. Du musst dich nicht einmal bewegen. Ich werde mich schon um alles kümmern.«

»Brian …«

»Wir brauchen das, Layla. Du weißt, dass es so ist.«

Er sah, wie sie am ganzen Körper eine Gänsehaut bekam. Sie legte sich auf den Bauch, und er kam wieder zu ihr aufs Bett und strich mit den Lippen über ihre Wirbelsäule. »Ich kann dir gar nicht sagen, wie oft ich davon geträumt habe. Wie oft ich nachts mit einem schmerzhaften Ständer aufgewacht bin.«

Brian schob einen Arm unter ihre schmalen Hüften, hob sie an und legte ein Kissen darunter, sodass er ihren Körper so anwinkeln konnte, wie er es wollte.

Layla krümmte die Finger auf dem Bettlaken und atmete schneller. »Du wirst mich umbringen … Das ertrage ich nicht. Nicht jetzt.«

Er benetzte zwei Finger mit dem Gleitmittel. »Du weißt, dass es jetzt sein muss.«

Sie erbebte, als er ihren Anus berührte, und spannte den Schließmuskel an. Er rieb mit sanften, zärtlichen Kreisen um die Öffnung herum und war bereit, Geduld mit ihr zu haben. Er wusste, was das bei ihr bewirkte, dass sie ihm sehr viel von sich gab, wenn er sie auf diese Weise nahm, wie nackt und wehrlos sie sich dann fühlte. Das hatte sie ihm letzte Nacht andeutungsweise zu verstehen gegeben, und jetzt glaubte er, es noch besser zu verstehen.

»Das hat doch niemand sonst mit dir gemacht, oder, Layla?«, fragte er sanft.

Ihre Unterlippe zitterte.

»Du bist immer noch mein, nicht wahr, Layla? So wie ich immer der Deine geblieben bin.«

»Brian, bitte … Ich ertrage das nicht.«

Er drückte eine Fingerspitze in sie hinein, und sie keuchte auf. Ihr schlanker Körper bebte.

Während er sein Handgelenk drehte, penetrierte er sie weiter mit einem Finger, nur um nach einem Augenblick einen zweiten hinzuzufügen. Sie fluchte leise und bewegte kreisförmig die Hüften, während sie seine Bewegung genoss.

Als er einen dritten Finger in die gedehnte Öffnung hineinstieß, zischte sie leise.

»Du bist so verdammt eng.« Er stöhnte, als sie sich um seine Finger zusammenzog. »Und so unfassbar heiß.«

»Oh Gott …«

Er zog die Finger aus ihr heraus und drückte etwas Gleitmittel auf seine Handfläche. Dann strich er seinen Schwanz damit ein und drückte den zuckenden Schaft, während er sich vorstellte, wie gut es sich anfühlen würde, wenn er erst einmal in ihr war. Noch mehr als die raue Körperlichkeit dieses Aktes war es ihre völlige Kapitulation, die ihn dabei erregte. Er war in so vielen Dingen ganz auf sie eingestellt, wollte, dass sie glücklich war, und konnte ihr so gut wie nie etwas abschlagen, aber bei dieser ganz speziellen Sache lieferte sie sich ihm völlig aus.

Falls er noch einen Beweis dafür gebraucht hatte, dass die emotionale Mauer zwischen ihnen noch bestand, so hatte er ihn durch ihren symbolischen Widerstand erhalten. Sie hatte ihm nie etwas abgeschlagen, vor allem nicht im Bett. Aber jetzt war sie verletzlich, geschwächt durch die ungezügelte Lust und bereit, wieder ganz die Seine zu werden. Nachdem ihr Gesicht am Vortag noch ausdruckslos gewesen war, konnte er ihre Miene jetzt endlich wieder lesen und wusste, dass es so weit war. Das war seine Chance, sie zu erreichen, sie seine Begierde, sein Bedauern und seinen Schmerz spüren zu lassen. Ihr zu zeigen, wie sehr er sich nach ihr gesehnt hatte, dass es ihn von innen heraus zu zerfressen drohte.

Er legte ihr eine Hand an die Hüfte, um ihr Zittern zu besänftigen. Dann strich er mit der Eichel zwischen ihren Pobacken entlang und drückte sich sanft gegen ihren angespannten

Anus. Sie schnappte nach Luft, entspannte sich und nahm ihn auf. Sanft drückte er fester zu, drang in sie ein und stöhnte, als er die Hitze und die fast schon unerträgliche Enge spürte.

Sie holte zitternd Luft. »*Brian* …«

»Ich bin hier, Süße«, stieß er mit rauer Stimme hervor. »Mich zerreißt es auch gleich, Baby. Es bringt mich fast um …«

Layla hob die Hüften an und nahm ihn zur Hälfte in sich auf. Er dehnte sie stark aus, und sie zog sich um ihn zusammen. Die Lust raubte ihm fast den Verstand. Er konnte kaum noch atmen. Seine Brust und sein Rücken waren schweißnass, seine Hände zitterten wie bei einem Junkie, und sein Mund war so trocken, dass er kaum noch schlucken konnte.

Brian legte ihr die Hand auf die Scham und stöhnte auf, als er spürte, wie feucht und geschwollen sie war. Er drang noch tiefer in sie ein und drückte gleichzeitig die Finger in ihre Spalte.

»Verdammt«, stieß er aus, als er die dünne Membran zwischen seinen Fingern und seinem Schwanz spürte. Nur mit Mühe gelang es ihm, nicht zu kommen, bevor er überhaupt ganz in sie eingedrungen war.

Sie krallte die Finger in das Bettlaken und stieß leise Schreie aus, die ihre verzweifelte Lust zum Ausdruck brachten. Sie spreizte die Beine noch etwas weiter und hob den Hintern an, um Brian tiefer in sich aufzunehmen.

»So ist es gut«, lobte er sie. Sie entspannte sich, und er glitt bis zur Wurzel in sie hinein. »Ja, Baby. So ist es gut.«

»Bri …« Ihre Stimme brach.

Er zog die Finger aus ihr heraus, zerrte das Kissen unter ihren Hüften weg und warf es zur Seite. Dann hielt er sie an der Taille fest und rollte sie beide herum, während er den Winkel anpasste, sodass er jetzt hinter ihr lag und noch immer tief in ihr steckte. Sein Bizeps lag unter ihrer Wange, und den anderen Arm hatte er um ihre Taille geschlungen. Er verschränkte die Finger mit ihren, drückte ihre Hände gegen ihren angespannten Bauch, um sie festzuhalten, und begann sich in ihr zu bewegen.

Layla hatte das Gefühl, zu zerfließen ... in tausend Einzelteile zu zerfallen ... und sie konnte es nicht aufhalten. Sie zitterte unkontrolliert, fühlte sich so entblößt, wie man nur sein konnte, und war derart erregt und wild, dass es ihr fast schon Angst machte. Es war, als würde ihre Lust unter ihrer Haut zucken und nur darauf warten, hervorbrechen zu können.

Brian war überall, hinter ihr, um sie herum, in ihrem Körper und ihrem Geist. Sie spürte seine Brust an ihrem Rücken. Seine Haut war so heiß, als wäre sie im Fiebertaumel, und schweißnass, und ihre Körper klebten aneinander.

Sie brauchte ihn so sehr. Zu sehr. Sie brauchte seine Wildheit und seine Begierde, die sie spüren ließen, wie sehr er sie ebenfalls brauchte.

Er zog die Hüften zurück und strich mit den hervorstehenden Äderchen an der Unterseite seines Glieds über ihr überempfindliches Gewebe. Dieses Gefühl war auf qualvolle Weise erregend und bewegte sie dazu, den Hintern auszustrecken, als wollte sie ihn auffordern, sie ganz auszufüllen.

»Ganz ruhig, Baby.« Seine Stimme war vor angestauter Lust ganz heiser. »Ganz ruhig.«

Er drang wieder in sie ein. Die langsame, selbstsichere Bewegung sorgte dafür, dass sie jede Nuance der Penetration spüren konnte. Wie er von ihr Besitz ergriff und Dominanz ausübte.

Sie drückte den Kopf nach hinten gegen seine Schulter. Der leichte Schmerz beim Eindringen war so unglaublich lustvoll. Sie zog sich um seinen harten Schwanz zusammen, und ihr

Körper schien ihn verzweifelt festhalten zu wollen, als er sich langsam wieder herauszog.

»Oh ja«, knurrte er und gab etwas Präejakulat von sich. »Drück nur weiter so zu. Du fühlst dich so gut an, Layla. So gut ...«

Sie stöhnte und legte ihre Hand auf ihre geschwollene Klitoris, wobei sie seine Hand mitzog, da ihre Finger noch immer miteinander verschränkt waren.

»Lass mich das machen.« Sein Zeige- und sein Mittelfinger spreizten ihre Schamlippen und berührten sie so sanft, dass sie beinahe geweint hätte.

Er zog sich so weit heraus, dass er nur noch mit der Spitze in ihr steckte, und drang dann schnell und tief wieder in sie ein. Sein abgehacktes Stöhnen vibrierte an ihrem Rücken. Er presste zwei lange Finger zärtlich in sie und rieb mit der Handfläche über ihre pochende Klitoris.

»Ich will ...« Sie stieß die Worte vor Lust gedehnt hervor. »Oh Gott ... Jetzt. Bitte. Nimm mich jetzt.«

Brian legte die Beine um sie und begann, mit gleichmäßigen Bewegungen wieder und wieder in sie zu stoßen. Seine Hüften arbeiteten wie eine gut geölte Maschine und donnerten gegen ihre Pobacken, und sein harter Schwanz berührte Nervenenden, die außer ihm noch niemand berührt hatte.

Layla schluchzte und konnte es kaum noch ertragen. Seine Geräusche ließen ihre Lust nur noch mehr auflodern, sein raues Stöhnen, die leisen Flüche, das verzweifelte, lustvolle Stöhnen. Bei jedem Stoß rieb er mit der Handfläche über ihre Klitoris und brachte sie dem Orgasmus immer näher, der sie völlig in den Wahnsinn treiben würde. Wenn er mit ihr fertig war, würde er ihre Abwehr völlig zerstört haben, sodass es nichts mehr gab, was sie vor dem Schmerz schützte, wenn sie ihn wieder verlor.

»Ich liebe dich, Layla.« Seine Stimme drang rau und abgehackt an ihr Ohr. »Ich liebe dich so sehr.«

Er schob sie ein Stück von sich weg, um sich besser bewegen zu können. Dann kamen seine Stöße schneller, und er drang jedes Mal tief in sie ein, während er die Finger gleichzeitig in ihre Spalte presste.

»Ich liebe dich.« Sie stieß die schmerzhafte Erkenntnis keuchend aus und kam mit brutaler Gewalt zum Höhepunkt. Ihr ganzer Körper verkrampfte sich um ihn und zog sich zusammen, als Brian in ihr kam und sich sein heißer Samen ergoss.

Brian hielt sie fest. Er presste sie an sich, und für einen Augenblick war die Verzweiflung verschwunden, und es gab nur sie beide. Näher waren sie sich nie gewesen, und gleichzeitig schienen sie doch Welten zu trennen.

Layla wachte vor Brian auf. Sie schüttelte ihre Schlaftrunkenheit ab und merkte, dass sein Arm schwer auf ihr lag und sein Bein zwischen ihren Beinen ruhte. Er hatte das Gesicht in ihren Nacken gedrückt und atmete rhythmisch gegen ihre Haut.

Morgen würden sie San Diego erreichen, dann würden sich ihre Wege trennen. Ein weiteres Mal. Es war nur ein kleiner Trost, dass er es bereute, sie vor so langer Zeit gehen gelassen zu haben. Sie wusste, dass sie beide einiges anders machen würden, wenn sie eine zweite Chance bekämen.

Sie war noch so jung gewesen, als sie ihn verlassen hatte, gerade neunzehn Jahre alt. Für sie war es die erste richtige Beziehung gewesen. Wie kindisch sie einem erwachsenen fünfundzwanzigjährigen Mann vorgekommen sein musste, als sie verlangt hatte, dass er sich zwischen ihr und dem Job, für den er so hart gearbeitet hatte, entschied. Er hatte sich nicht erneut von der Navy anwerben lassen, weil er wusste, dass sie ihn in der Nähe behalten wollte.

Was hatte sie denn für ihn geopfert? Nicht genug. Sie hatte sich danach gesehnt, endlich erwachsen zu sein, und eine große Geste verlangt, mit der er ihr seine Liebe bewies. Gleichzeitig war sie sich nicht sicher gewesen, ob es ihr gelingen würde, Brians Liebe zu behalten und seine manchmal unanständigen und oft anspruchsvollen Wünsche zu erfüllen. Und sie hatte seine Sorge und seine Rücksichtnahme als Bevormundung empfunden, als würde er sie wie ein Kind behandeln, und die Wahrheit nicht erkannt: Er verwöhnte sie, weil er sie liebte, und wollte, dass sie glücklich war.

Jetzt war es zu spät.

Sie seufzte, und Brian zog sie an sich.

»Denk nicht darüber nach«, sagte er mit rauer Stimme und drückte die Lippen auf ihre Schulter.

»Ich versuche es ja.« Sie hatte sogar schon überlegt, ob sie weglaufen und zusammen mit ihm das Land verlassen sollte, denn wenn sie auf der Flucht waren, musste sie ihn nie mehr gehen lassen. Aber das konnten sie beide nicht tun. Agent Sandoval war gestorben, weil er ihr das Leben retten wollte, und sie war es ihm schuldig, gegen die Männer auszusagen, die ihn und Steph ermordet hatten.

Layla hob Brians Hand an die Lippen und küsste seine Fingerknöchel. Sie rieb ihre Wange darüber und spürte, wie er den Atem anhielt und dann schneller atmete, während er sie enger an sich drückte.

»Es tut mir leid«, flüsterte sie. »Es tut mir so leid.«

»Nein, Liebes, ich habe es vermasselt. Ich hätte es besser wissen müssen. Du hast Sicherheit gebraucht, und die konnte ich dir nicht geben.«

Sie drehte sich in seinen Armen um und kuschelte sich an seine Brust. »Ich hatte Angst, dass ich zu unerfahren und zu dumm bin und dass du dich mit mir langweilen würdest.«

Als er lächelte, zog sich in ihrem Inneren alles zusammen. »Du warst schon immer etwas ganz Besonderes. Mit dir wäre es nie langweilig geworden.«

»Ich war jedes Mal krank vor Eifersucht, wenn eine Frau in deinem Alter mit dir flirten wollte oder dich verführerisch angesehen hat. Immer, wenn ich den Frauen oder Freundinnen deiner Freunde begegnet bin, kam ich mir unzulänglich vor. Sie waren alle so erwachsen und selbstsicher.«

»Und ich habe bei diesen Treffen die ganze Zeit gedacht, was ich doch für ein Glückspilz bin, weil ich dich habe.«

Ihr kamen die Tränen. »Ich habe mir irgendwann eingeredet, ich hätte dich erpresst, damit du bei mir bleibst. Ich wusste, dass du noch nicht bereit für eine feste Beziehung warst, aber ich wusste auch, dass du den Gedanken nicht ertragen konntest, mich mit einem anderen Mann zu sehen. Ich habe dir das Gefühl gegeben, das kleinere Übel gewählt zu haben, auch wenn ich nie das Gefühl hatte, dass du dich dabei wirklich wohlfühltest.«

Brians raue Hände strichen über ihren Rücken. »So war das doch gar nicht.«

Layla sah zu ihm auf. Sein kurzes Haar war zerzaust, und seine Augen waren dunkel umschattet. Für sie war er der schönste Mann, den sie je gesehen hatte. »Das weiß ich.«

»Ich habe damals befürchtet, dass ich schon viel zu sesshaft für dich wäre. Ich hatte die Zeit bereits hinter mir, in der ich lange unterwegs war und viel getrunken habe. Wenn ich nach Hause kam, wollte ich immer nur mit dir zusammen sein.«

»Das wollte ich auch.«

Er stieß die Luft aus. »Ich habe mich alt gefühlt. Ich dachte, dass deine Verliebtheit bald nachlassen würde, und dann hätte es mich völlig zerrissen. Du hast dich zum letztmöglichen Zeitpunkt von mir getrennt, denn danach hätte es mich wirklich umgebracht. Ich habe es nur überlebt, weil ich immer darauf gehofft habe, dass du zu mir zurückkommen würdest. Dass ich der Mann sei, mit dem du dich niederlassen wirst, wenn du endlich dazu bereit bist.«

»Darum hast du mich gehen lassen? Weil du es noch konntest?«

»Teilweise schon. Zum Teil aber auch, weil ich dachte, dass du noch ein bisschen was erleben wolltest. Dich in der Welt umsehen. Du warst nicht die Einzige, die in vielen Dingen unsicher war. Ich wollte mir sicher sein können, dass du nicht irgendwann zurückblickst und dich fragst, ob du einen besseren Mann hättest finden können, wenn du nur die Augen aufgesperrt hättest.«

»Sch.« Sie drückte die Lippen auf seine. Es war ein ehrfurchtsvoller Kuss, voller Zärtlichkeit und Reue.

Layla presste sich an ihn und wäre am liebsten in ihn hineingekrochen. Um ihn für immer zu lieben und bei ihm zu bleiben.

Ja, sie liebte ihn, und sie wusste beim besten Willen nicht, wie sie ohne ihn weiterleben sollte. Vor allem, da sie jetzt wusste, dass er sie auch liebte und irgendwo da draußen wäre und sich nach ihr sehnte …

»Denk nicht darüber nach«, wiederholte er.

Das war leichter gesagt als getan, wenn ihr Herz erneut in tausend Stücke zu zerspringen drohte.

8

Sie fuhren auf direktem Weg durch Albuquerque und hielten nur ein paarmal an, um zu tanken oder etwas zu essen.

Dann bog Brian von der I-40 ab und hielt auf den Stadtrand zu. Layla saß schweigend neben ihm, wie sie es den Großteil des Tages getan hatte. Sie sah aus dem Fenster, und er konnte spüren, dass eine große Traurigkeit sie umfing, obwohl ihr Gesicht unter dem Schirm ihrer Baseballkappe nicht zu erkennen war. Sein Magen zog sich vor Trauer und Frustration zusammen, und seine Hände wanderten unruhig über das Lenkrad, während er sich dafür verfluchte, dass er diese Situation nicht verhindert hatte.

Wenn er doch nur mit ihr geredet hätte, als sie seine Zusicherung gebraucht hatte, wenn er ihr in seinen Plänen nur ein Mitspracherecht eingeräumt hätte, dann würde ihr Leben jetzt ganz anders aussehen. Sie wäre in Sicherheit, er wäre bei ihr, und sie wären beide glücklich.

Er fuhr nun durch eine ruhige Wohngegend, und da regte sie sich, drehte sich zu ihm um und sah ihn fragend an.

»Hier wohnt ein Freund von mir«, erklärte er ihr und hielt vor einem einstöckigen Haus, vor dem ein silberner Chevy Silverado und ein Bootsanhänger standen.

Bevor er aussteigen konnte, wurde die Haustür geöffnet, und Jack Killigrew kam heraus. Der große, dunkle Mann war wie Brian SOG Deputy, ein Shadow Stalker, und er gehörte zu den wenigen Menschen, denen er Laylas Leben anvertrauen würde.

»Bleib sitzen«, murmelte er und stieg aus dem Wagen. Dann ging er um die Motorhaube herum. »Hey, Killigrew. Ich habe da ein kleines Problem.«

»Das ist ja wohl die Untertreibung des Jahres.« Der andere Deputy streckte den Arm aus, und sie umfassten den Unterarm des anderen, umarmten sich und schlugen sich auf den Rücken. »Du sitzt ziemlich in der Scheiße. Ist sie das? Deine Layla?«

»Natürlich.«

Eine hübsche Blondine in einem luftigen Sommerkleid kam aus dem Haus und lächelte ihn unsicher an.

»Ach, Mist«, murmelte Brian. »Ich bin nicht auf die Idee gekommen, dass Rachel und Riley hier sein könnten. Wir sind schon wieder weg.«

Noch vor Kurzem war Jack in einer ähnlichen Lage wie Brian gewesen: Er hatte eine Frau geliebt, die er nicht haben konnte. Aber bei Jack hatte sich alles zum Guten gewendet. Er hatte die geliebte Frau bekommen und die Zukunft mit ihr zusammen vor sich, die sie sich erträumt hatte. Und dieses Glück wollte Brian auf keinen Fall in Gefahr bringen.

»Riley ist bei seiner Großmutter«, schaltete sich Rachel ein. »In Kalifornien.«

Brian streckte die Hand aus. »Freut mich, Sie kennenzulernen, Rachel. Ich bin Brian Simmons.«

»Hi, Brian.« Sie lächelte ihn an. »Wir wollen gerade ein paar Steaks auf den Grill werfen. Jack hat wie immer für eine halbe Armee eingekauft. Wollen Sie nicht zum Essen bleiben?«

Brian sah Jack an und lächelte dann betreten. »Danke für das Angebot, aber wir müssen gleich weiter.«

»Ach, Unsinn«, erwiderte Jack. »Euer Timing ist perfekt. Ich habe allen gesagt, dass ich bei Rachel in Monterey sein werde, also wird uns niemand stören. Und keiner weiß, dass ihr hier seid.«

»Jack …«

Jack ignorierte ihn und ging auf den Bronco zu. »Ich habe ein paar Gästezimmer. Ich fahre gleich meinen Wagen aus der Auffahrt, damit ihr in der Garage parken könnt.«

Dann öffnete er die Beifahrertür, begrüßte Layla und deutete in Richtung Haus. Sie sah Brian fragend an, und er zuckte mit den Achseln.

Sie sahen sich einen Augenblick lang an, und die Emotionen hingen schwer zwischen ihnen in der Luft.

Sie hatten nur noch wenig Zeit. Er wollte nur ungern etwas davon vergeuden, aber er brauchte den Rat und die Hilfe seines Freundes, und Layla musste sich endlich einmal ausruhen.

Er reichte ihr die Hand, als sie auf ihn zu trat. Sie verschränkte ihre Finger mit seinen, und er führte sie ins Haus.

»Kann ich irgendwie helfen?«, fragte Layla und sah Rachel an, die alles für einen Salat aus dem Kühlschrank holte.

»Ja, du könntest die Gurke schälen und ein paar Tomaten klein schneiden.«

»Das mache ich gern.«

Nachdem sie die Tomaten gewaschen hatte, wandte sich Layla erneut an Rachel, die auf der Granitarbeitsplatte weitere Vorbereitungen traf. Sie lächelte die freundliche Hausherrin an, deren kurze goldene Locken ein hübsches Gesicht mit gütigen blauen Augen umrahmten.

»Das ist ein sehr schönes Haus«, sagte Layla, und empfand ein wenig Bitterkeit über diese glückliche Familie.

»Es gehört Jack. Wir sind noch nicht sehr lange zusammen, auch wenn wir uns schon seit einer Ewigkeit kennen.«

»Das hätte ich nie vermutet.« Jack schien Rachel anzubeten, und er erinnerte Layla auf gewisse Weise an Brian. Sie waren beide harte, nüchterne Kerle, die jedoch einen weichen Kern besaßen, den nur die Frauen zu sehen bekamen, die sie liebten. Wenn Jack Rachel ansah, lagen so viel Wärme und Zärtlichkeit in seinem Blick.

»Wir kennen uns schon seit Jahren. Er war der beste Freund meines verstorbenen Mannes, und er ist der Patenonkel meines Sohnes.«

»Wir beide haben viel gemeinsam«, stellte Layla fest.

Rachel putzte weiterhin den Salat. »Jack hat mir in groben Umrissen erzählt, warum ihr hier seid. Für mich ist kaum vorstellbar, was du gerade durchmachen musst, und dabei wirkst du so gefasst und tapfer. Das ist wirklich unfassbar. Jack sagte, dass du aus einer Soldatenfamilie stammst?«

»Jack scheint sehr viel über mich zu wissen.«

»Das habe ich auch gesagt.« Rachel lachte. »Offenbar redet Brian sehr viel über dich. Er muss sehr erleichtert sein, dass er jetzt bei dir sein kann.«

»Das ist er auch.« Layla begann die Tomaten klein zu schneiden. »Irgendwie ist das Ganze schon seltsam. Einer der Hauptgründe für unsere Trennung war sein Job. Und doch bin ich jetzt unglaublich dankbar, dass er genau diesen Job hat und mir dabei helfen kann, die ganze Sache durchzustehen.«

»Jacks Job wäre uns auch beinahe in die Quere gekommen. Er war der Ansicht, er würde mich und Riley dadurch in Gefahr bringen und dass ich es irgendwann bereuen würde, weil er so oft weg ist.«

»Mir hat die Trennung nie viel ausgemacht«, sagte Layla, als sie darüber nachdachte. »Vermutlich lag das daran, dass ich es schon von zu Hause aus kannte. Mein größtes Problem war und ist, dass er die gefährlichsten Jobs machen und in schlimme Situationen geraten wird und dass er sich freiwillig dafür gemeldet hat. Er hätte doch einfach als Deputy US-Marshal arbeiten können, oder nicht? Aber nein, er konnte eben nicht nur ein einfacher Seemann bei der Navy sein, sondern musste zu den Special Forces gehen.«

»Ich weiß, dass einem alles viel schlimmer vorkommt, wenn sie erst einmal weg sind.«

»Es ist noch viel schlimmer, wenn sie nicht wieder nach Hause kommen.«

Rachel erstarrte und sah auf die Arbeitsplatte hinab.

Layla stieß die Luft aus und hielt inne. »Entschuldige bitte. Das hätte ich nicht sagen dürfen.«

»Schon okay.« Rachel holte sich ein Bier aus dem Kühlschrank. Sie bot Layla auch eine Flasche an, aber die schüttelte den Kopf. »Ich habe sehr lange darüber nachgedacht, bevor ich mich mit Jack eingelassen habe. Ich musste mir sicher sein, dass ich das auch wirklich will, schließlich setze ich Riley dem Risiko aus, dass er nach seinem Dad auch noch seinen Stiefvater verliert.«

Layla legte das Messer zur Seite. »Was war der ausschlaggebende Grund für deine Entscheidung?«

»Jack. Er hat es verdient, geliebt zu werden. Er verdient es, jemanden zu haben, zu dem er nach Hause kommen kann. Bei all dem, was er für andere Menschen tut, verdient er es, auch jemanden zu haben.« Rachel trank einen großen Schluck Bier, setzte die Flasche ab und machte sich wieder an die Arbeit. »Jack ist in einer Pflegefamilie aufgewachsen. Ich habe eine Weile gebraucht, bis ich verstanden habe, dass die Männer, mit denen er zusammenarbeitet, jetzt seine Familie sind, und zwar die einzige, die er je hatte. Mir ist klar geworden, dass ich seinen Job in etwa so sehen sollte, wie ich eine unsympathische Schwiegermutter betrachten würde: Er gehört nun mal dazu. Ich muss ihn so nehmen, wie er ist.«

Layla musste sich an der Arbeitsplatte festhalten und tief durchatmen, weil ihr Herz auf einmal rasend schnell schlug.

Großer Gott.

Familien sollten aus Menschen bestehen, die einander liebten und alles für den anderen tun würden … sogar für ihn sterben. Sie hatte eine solche Familie gehabt, aber genau wie bei Jack war es auch bei Brian anders gewesen. Seine Mutter hatte sich nur für die Männer in ihrem Leben interessiert, Loser, die sie nur benutzt und verlassen hatten, wenn sie genug von ihr hatten. Brian wusste nicht, wer sein Vater war, und er hatte keine Geschwister.

Daher hatte er sich einen Job gesucht, in dem er eine Ersatzfamilie bekam. Eine Aufgabe, die er mit Männern zusammen ausübte, denen er sein Leben anvertrauen konnte. Und ihres.

Sie hatte von ihm verlangt, all das aufzugeben. Und diese Forderung von einer jungen Frau, bei der er befürchtete, dass sie ihn jeden Moment verlassen konnte, hatte er einfach nicht erfüllen können. Schließlich hatte er schon Jacob verloren.

Jetzt begriff Layla, warum er seinen Job nicht aufgeben konnte. Dabei ging es gar nicht um den Job an sich, sondern um die Verbindungen, die dieser mit sich brachte. Und sie hatte ihm keine verlässliche Alternative bieten können.

»Geht es dir gut?«, fragte Rachel besorgt.

»Ja, ich bin nur ziemlich erschöpft.« Layla hob den Kopf. »Der Prozess macht mir schon seit einiger Zeit Sorgen, und die letzten Tage waren nicht gerade einfach …«

»Aber bald hast du es hinter dir, nicht wahr?«

»Es wird nie wirklich vorbei sein. Wenn ich ausgesagt habe, komme ich wieder ins Zeugenschutzprogramm und muss darauf warten, dass sie mich möglicherweise noch einmal brauchen.«

»Wird Brian in der Zeit bei dir sein?«

Layla schüttelte den Kopf. »Er wird nicht einmal wissen, wo ich mich aufhalte oder welchen Nachnamen ich habe. Wir haben nur noch heute und morgen für uns.«

»Was machst du dann hier bei mir in der Küche?«, fragte Rachel ruhig. »Ich kümmere mich schon ums Essen. Verbring die Zeit mit deinem Mann.«

»Ich glaube, im Moment unterhält er sich gerade mit deinem Mann.« Layla musste trotz der Umstände lächeln. Sie mochte Rachel. Und sie wünschte sich genau so ein Leben, dass sie Zeit mit den Menschen verbringen konnte, die Brian wichtig waren, an einem schönen Tag zusammen mit ihnen grillen und mit ihren Frauen reden konnte, die wussten, wie es war, zu warten, sich Sorgen zu machen und das Beste zu hoffen. Das Schlimmste war, dass sie dieses Leben einst gehabt und weggeworfen hatte.

»Dann geh unter die Dusche und mach ein Nickerchen. Es wird noch eine Weile dauern, bis wir etwas essen können.«

»Ich komme mir wie eine Schmarotzerin vor, wenn ich gar nichts mache.«

»Du kannst mir später beim Abwaschen helfen, wenn du möchtest. Ich kümmere mich sogar sehr gerne um die Vorbereitungen. Das Chaos danach, darauf könnte ich gut verzichten.« Rachel kam um die Kücheninsel herum. »Ich zeige dir dein Zimmer. Du hast sogar ein eigenes Badezimmer.«

»Danke, Rachel.« Layla sah Rachel in die Augen und versuchte, ihr so ihre Dankbarkeit zu vermitteln. Es bedeutete ihr sehr viel, dass Brian und sie diese kurze Zeit bei Freunden und in einem Heim voller Liebe verbringen durften. Alles hier fühlte sich real und echt an, obwohl sie genau wusste, dass es ebenso wie die letzten beiden Nächte in den heruntergekommenen Motels nur gestohlene Zeit war.

Rachel drückte ihre Hand. »Gerne doch.«

»Du wurdest nicht mal richtig gebrieft, als du da angekommen bist?«, fragte Jack.

»Ich bin in letzter Minute als Ersatzmann eingesprungen …« Brians Stimme erstarb, als Layla an der offenen Tür des Arbeitszimmers vorbeiging. Ihre hängenden Schultern und ihr gesenkter Kopf verrieten ihm, in welcher Stimmung sie war.

Er lehnte sich an Jacks Schreibtisch. Sein Freund stand mit dem Rücken zum Flur, drehte sich jedoch um, als er Brians Blick bemerkte.

»Was wirst du ihretwegen unternehmen?«, erkundigte er sich leise.

»Was soll ich denn machen?« Brian strich sich mit der Hand durch das Haar. »Sie gibt sich selbst dafür die Schuld, dass die Sache mit uns damals in die Brüche gegangen ist.«

»Aber so war es doch auch. Sie hat dich verlassen.«

»Wir tragen beide gleich viel Schuld daran«, erwiderte er unwillig und verspürte den Drang, Layla in Schutz zu nehmen. »Wir brauchten beide etwas vom anderen, haben es jedoch damals nie deutlich genug ausgesprochen.«

Jack schnitt eine mitfühlende Grimasse. »Das kenne ich irgendwoher.«

»Aber das ist jetzt alles unwichtig. Ich mag mir nicht einmal vorstellen, jemals wieder ohne sie zu leben. Allein bei dem Gedanken werde ich verrückt.« Brian zwang sich, erst einmal über dringendere Probleme wie Laylas Sicherheit nachzudenken. »Ich wurde in letzter Sekunde dazugeholt, weil sich einer der Deputys, die zu Laylas Schutz eingeteilt waren, krankgemeldet hat. Du musst für mich herausfinden, wer das war.«

»Ich könnte mir vorstellen, dass sie da auch schon dran sind, und wenn der Deputy etwas damit zu tun hatte, dann hat er sich inzwischen bestimmt längst aus dem Staub gemacht, aber ich werde versuchen, etwas herauszubekommen.«

Jack verschränkte die Arme vor der Brust. »Die DEA hat in dieser Angelegenheit einiges zu melden. Sie nimmt sie sehr persönlich.«

Brian wusste, was Jack ihm damit sagen wollte. Hier ging es um die Zusammenarbeit der Agencys, ihr Ruf stand auf dem Spiel, und die Medien behielten die Sache genau im Auge. Es wurde jede nur erdenkliche Vorkehrung getroffen, und man setzte nur zwei der vertrauenswürdigsten Deputys ein, die eine gründliche Sicherheitsüberprüfung über sich ergehen lassen mussten. Wenn eine Agency der anderen gestehen musste, dass einer ihrer Leute die Seiten gewechselt und sie verraten hatte, war das nicht nur peinlich, sondern warf noch ganz andere Probleme auf. »In jeder anderen Situation hätte ich darauf gewettet, dass die Zeugin die Sache irgendwie vermasselt hat. Aber nicht Layla. Sie weiß es besser, und das Leben anderer Menschen ist ihr viel zu wichtig, als dass sie es in Gefahr bringen würde. Da hat sich jemand kaufen lassen.«

»Wie kann ich euch noch helfen?«

Brian verzog den Mund zu einem halbherzigen Lächeln. »Du tust schon mehr als genug. Layla ist müde, sie hat Angst und macht sich Sorgen um Dinge, die wir nicht ändern können. Sie braucht einen sicheren Zufluchtsort und nicht noch eines dieser billigen Hotels.«

»Ihr werdet über Nacht bleiben.« Das stand also fest.

»Wir fahren vor null dreihundert morgen früh los. Ich möchte sie vor Büroschluss in San Diego abliefern, damit sie noch ein paar Stunden mit der Staatsanwältin reden kann, bevor sie am nächsten Tag aussagen muss.«

Jack nickte.

»Ich bräuchte einen anderen Wagen«, fuhr Brian fort. »Ich bin mit Jims Bronco schon zu viele Risiken eingegangen. Kannst du mir einen vernünftigen Mietwagen besorgen?«

»Du kannst meinen Truck nehmen.«

»Das kann ich nicht, und das weißt du genauso gut wie ich.«

»Wir beide wissen, dass ein Mietwagen unzuverlässig ist und viel eher Aufmerksamkeit erregt.« Jack sah ihn ernst an. »Nimm den Truck.«

Brian richtete sich auf. »Ich bin dir ganz schön was schuldig.«

»Das kannst du laut sagen. Du musst nicht glauben, dass ich das aus reiner Nächstenliebe mache. Letzten Endes ist es sogar zu meinem Vorteil, weil du mir einen Gefallen schuldig bist.« Jack drehte sich zur Tür um. »Ich werde noch ein bisschen Zeit mit meiner Frau verbringen und würde dir raten, dasselbe mit deiner zu tun.«

»Danke, Jack.«

Sein Freund blieb auf der Türschwelle stehen. »Gern geschehen.«

Als Brian das Schlafzimmer betrat, hörte er das Rauschen der Dusche und zog sich aus. Er drückte die halb offen stehende Badezimmertür ganz auf und betrat den dunstigen Raum. Layla stützte sich mit einer Hand an der Wand ab und stand mit gesenktem Kopf unter dem Wasserstrahl. Ihr langes, dunkles Haar hing ihr ins Gesicht.

Sie strahlte so viel Schmerz und Traurigkeit aus, dass Brian es nicht aushalten konnte. Er öffnete die Glastür, betrat die Dusche, drehte sie um und nahm sie in die Arme. Sie schluchzte heftig, und ihm wurde das Herz schwer.

»Süße«, murmelte er und strich mit den Händen über ihren Rücken. »Ich kann es nicht ertragen, wenn du weinst.«

Sie legte die Arme um ihn und drückte das Gesicht an seine Brust.

Er hielt sie fest und flüsterte ihr leise, tröstende Worte ins Ohr. Schließlich beruhigte sie sich ein wenig, und er kümmerte sich um sie, wie er es schon die letzten fünf Jahre hätte tun sollen. Er wusch ihr das Haar, seifte sie ein, wickelte sie danach in ein Handtuch und trug sie zum Bett. Sie kuschelten sich unter der Decke aneinander und schliefen ermattet ein.

9

»Er kam mit meinem Bruder Jacob rein, und schon war es um mich geschehen.«

Layla lehnte sich auf ihrem Stuhl zurück und genoss die kühle Abendbrise, die ihr durchs Haar strich. »Ich war sechzehn. Er war zweiundzwanzig und atemberaubend. Wirklich umwerfend, und er hatte einen unglaublichen Körper. Wie geschaffen für meine Teenagerhormone. Er war der heißeste Kerl, den ich je gesehen hatte.«

Rachel lachte leise. »Da stimmte die Chemie.«

»Das kann man wohl sagen. Die anderen Jungen in der Highschool waren von da an für mich gestorben. Im Vergleich zu ihm waren das alles noch ahnungslose kleine Kinder.« Layla spielte mit den Fingerspitzen am Rand ihres Wasserglases herum. »Aber er hat in mir nur die nervige kleine Schwester seines besten Freundes gesehen.«

»Wenn's nur so gewesen wäre«, unterbrach Brian sie, der hinter ihr aufgetaucht war und sie auf die Schläfe küsste. »Bei ihr kam ich mir vor wie ein Lüstling. Das hat mir echt zu schaffen gemacht. Ich habe sie mehr begehrt als jede andere Frau zuvor, und ich konnte sie erst haben, als sie volljährig geworden war.«

»Ha! Lass dich von ihm nicht hinters Licht führen, Rachel«, sagte Layla und warf ihm einen trotzigen Blick zu. »Er war in der Zwischenzeit nicht gerade ein Heiliger.«

»Du aber auch nicht.« Er zog einen Liegestuhl heran, setzte sich neben sie und nahm ihre Hand in seine. »Du hast gewusst, dass mich das verrückt machen würde und hast es mit Absicht getan.«

»Du hast das gebraucht. Hinter dir waren so viele Frauen her, dass du total eingebildet warst.«

Jack kehrte mit einer neuen Bierflasche für Rachel aus der Küche zurück. Die beiden warfen sich einen sehr liebevollen und innigen Blick zu.

Layla wandte sich ab und stellte fest, dass Brian den Kopf in den Nacken gelegt und die Augen geschlossen hatte. Er wirkte entspannt, aber sie wusste, dass das Gegenteil der Fall war. Sie hatten beide nicht viel gegessen, da sie viel zu aufgedreht waren, um Jacks Künste am Grill wirklich genießen zu können.

»Gehen wir schlafen?«, fragte sie leise, da sie wusste, dass er trotz des kurzen Schlafs völlig erschöpft war.

Er holte tief Luft und nickte. »Das wäre das Beste. Wir müssen in ein paar Stunden wieder los.«

Sie sah zu Rachel und Jack hinüber, die ein schönes Paar abgaben. Rachels kurze blonde Locken bildeten einen schönen Kontrast zu Jacks dunkler Erscheinung. »Danke für das Essen und dafür, dass ihr Flüchtlinge bei euch aufnehmt.«

»Ich danke dir, dass du nach dem Essen abgeräumt hast.« Rachel stand ebenfalls auf. »Es hat mich sehr gefreut, dich kennenzulernen, Layla, und ich hoffe, dass wir uns wiedersehen.«

Das war sehr unwahrscheinlich. In ein oder zwei Tagen würde Layla Creed nicht mehr existieren, sie würde zu jemand anderem geworden sein. Aber Layla verdrängte diesen Gedanken, zwang sich zu lächeln und beschloss, jeden Moment einfach so zu nehmen, wie er kam. Alles andere würde sie nur in den Wahnsinn treiben. Sie umarmte erst Rachel und dann Jack.

Der Deputy blickte mit einem ernsten, strengen Gesichtsausdruck auf sie herab. »Ich bewundere dich, Layla. Du hast
wirklich Mumm, wenn du es mit dem Tijuana-Kartell und Simmons aufnimmst. Bleib tapfer und stark.«

Ihr stiegen die Tränen in die Augen. Ein Lob von Jack Killigrew war etwas ganz Besonderes, und sie wusste es zu schätzen. »Pass für mich auf ihn auf, ja?«, bat sie ihn leise.

Er nickte.

Sie wandte sich zum Gehen. »Vielen Dank.«

»Ich komme gleich nach«, sagte Brian und strich ihr über
das Haar.

Sie floh erleichtert in ihr Zimmer, da sie Zeit für sich brauchte, um ihre Gefühle wieder unter Kontrolle zu bekommen.
Nachdem sie sich die Zähne geputzt und die Haare gekämmt
hatte, zog sie das Nachthemd an, das sie sich gekauft hatte.
Sie legte sich unter die kühlen Decken, und ihr Blick ruhte
auf Brians Waffe und Dienstmarke, die auf dem Nachttisch
lagen.

Er kam einige Minuten später ins Zimmer. Leise machte er
sich bettfertig, ohne das Licht einzuschalten. Als er sich neben
sie legte, drückte er seinen festen Körper an sie.

Sie genoss seine Wärme und atmete seinen Körpergeruch
ein, den sie so liebte. Seine Erektion drückte hart gegen ihre
Pobacken, und seine sexuelle Anspannung war in seinem ganzen Körper zu spüren. Seine Lippen wanderten über ihre
Schulter, während er eine Hand vorne unter ihr Nachthemd
schob.

Layla reagierte wie immer auf seine Nähe: Ihre Brustwarzen
wurden steif, ihre Brüste schwollen an, und sie wurde feucht.
Sie hatte zu lange ohne seine Berührung leben müssen. Sie
sehnte sich danach, sein hungriges Stöhnen zu hören und zu
spüren, wie sich seine Muskeln an ihrer Haut anspannten. Ihre

Arme schmerzten förmlich, weil ihr Verlangen so groß war, ihn an sich zu ziehen.

»Layla«, murmelte er und küsste ihren Nacken. »Schließ mich nicht aus.«

Sie sah auf die Uhr, die ihre verbleibenden Stunden herunterzählte. »Du musst mir etwas versprechen.«

Er legte seine schwielige Hand auf ihre Brust und drückte sie. »Alles, was du willst.«

»Versprich mir, dass du nicht noch einmal auf mich warten wirst. Versprich mir, dass du jemanden finden wirst, der dich liebt und für dich sorgt.«

Er erstarrte. »Alles, nur das nicht.«

Sie drehte sich zu ihm um. Ihre Augen glitzerten im Halbdunkel. Die Jalousien waren nicht ganz geschlossen, und das Mondlicht fiel an die Decke und tauchte das Zimmer in ein silbriges Leuchten. »Ich möchte, dass du das hast, was Jack mit Rachel hat. Eine Familie, Menschen, die dich lieben und die zu Hause auf dich warten. Du hast das verdient. Du brauchst es. Lass nicht zu, dass ich dir dein Leben noch mehr vermassele, als ich es ohnehin schon getan habe.«

»Ohne dich werde ich nie das haben, was Jack hat.«

Sie legte ihm die Hand an die Wange. »Weil du dich an einen Traum klammerst, der nicht erfüllt werden kann. Ich habe ihn zunichtegemacht, und jetzt musst du loslassen. Du musst mich gehen lassen.«

Brian spannte die Finger an und bohrte sie in ihren Rücken. »Sag das nicht, Layla.«

»Ich wünschte, ich hätte dich einfach nicht zur Kenntnis genommen, als Jacob dich mit nach Hause gebracht hat.« Ihre Stimme war vor Reue ganz heiser. »Ich wünschte, ich …«

Er drückte seine Lippen auf ihre. Unter der Decke packte er den Saum ihres Höschens und riss es ihr herunter. Dann drückte er ihre Beine auseinander und nahm seinen Schwanz in die Hand. Er drückte die breite, seidige Eichel zwischen ihre Schamlippen und gegen ihre Klitoris.

»Großer Gott.« Er stöhnte leise. »Ich wollte das schon tun, seitdem wir aufgewacht sind.«

Ihre Haut war schweißnass. Er sehnte sich nach der Verbindung, dem flüchtigen Gefühl, dass sie eins waren und sich nie wieder trennen würden.

Layla hob den Kopf und keuchte. »Oh, Brian. Du bringst mich absichtlich aus dem Konzept.«

»Hör auf zu reden und genieße es.« Seine Lippen wanderten über ihre Wangen zu ihrem Ohr, an dem er mit der Zunge herumspielte. Er atmete jetzt schnell und laut, und seine Leidenschaft übertrug sich auf sie. Sein Schwanz wanderte zu ihrer Öffnung und drang ein kleines Stück in sie ein, und Brian stöhnte, als sie seinen empfindlichsten Körperteil umfing, zog sich jedoch wieder zurück und streichelte erneut ihre Klitoris. »Du bist so feucht, Baby. So bereit.«

Sie stieß ein leises Stöhnen aus, als er weiter mit seinem wunderbaren Schwanz zwischen ihren Schamlippen entlangglitt.

»Versprich es mir«, stieß sie keuchend hervor und packte seine Hüften.

»Wir schlafen ohne Kondom miteinander, Layla«, murmelte er und suchte mit der Zunge ihre Brustwarze durch den dünnen Stoff ihres Nachthemds. »Und du hast mir gesagt, dass ich in dir kommen soll. Gehe ich recht in der Annahme, dass du nicht die Pille nimmst?«

Sie zog die Luft ein. »Wie kommst du denn auf die Idee?«

Er ließ seinen Schwanz vor ihrer Öffnung verharren und schob die Eichel dann in sie hinein. »Du bist so eng. Du hast seit langer Zeit keinen Mann mehr gehabt. Und warum solltest du die Pille nehmen, wenn du keinen Sex hast?«

Sie war kurz erschrocken, dass seine Worte ziemlich genau ihre Gedanken vom Vortag widerspiegelten. »Das ist nicht der einzige Grund, aus dem Frauen die Pille nehmen, Bri.«

»Du weichst der Frage aus.« Seine Lippen umkreisten ihre Brustwarze.

Er drang noch etwas weiter in sie ein. Sie zitterte vor Verlangen, und ihr Körper war derart sensibilisiert durch seine selbstsichere, erbarmungslose Verführung. Seine Männlichkeit und umwerfende Sinnlichkeit waren Vorspiel genug. Wenn sich diese Konzentration und dominante Begierde auf sie konzentrierten, konnte sie ihnen nichts mehr entgegensetzen.

»Brian …« Sie bewegte die Hüften und versuchte, ihn tiefer in sich aufzunehmen.

»Willst du ein Kind von mir, Layla?«, murmelte er mit tiefer Stimme und bewegte das Becken, um noch etwas weiter einzudringen. »Hoffst du, einen Teil von mir in dir zu haben, wenn wir uns trennen?«

»Du wirst immer ein Teil von mir sein«, flüsterte sie.

Er senkte die Hüften und drang vollkommen in sie ein. Das Kopfende des Bettes prallte an die Wand. »Du bittest mich, dich gehen zu lassen, während du gleichzeitig versuchst, etwas von mir zu behalten? Jemanden, der ein Teil von mir ist?«

Sie hob die Beine und legte sie um seine muskulösen Oberschenkel, um ihn in der Position festzuhalten, in der er sie auf diese wundervolle Weise ganz ausfüllte. »Sei jetzt still, Brian. Du bist derjenige, der lieber vögeln als reden wollte.«

Er griff nach hinten, nahm ihr Handgelenk und drückte es neben ihrem Kopf auf das Kissen, um dann dasselbe mit dem anderen Arm zu machen. Sein Gesicht war vor Lust angespannt und hart, seine Augen hatten einen sinnlichen Ausdruck angenommen, und sein Mund war nur noch eine dünne Linie. Er zog sich langsam aus ihr heraus und streichelte sie dabei von innen. Dann drang er wieder tief in sie ein und rammte das Kopfteil laut gegen die Wand.

Layla biss sich auf die Lippen, um ihr Stöhnen zu unterdrücken. Die Begierde raste durch ihre Adern.

»Ich muss es ganz ruhig und langsam angehen lassen«, stieß er hervor. »Dieses verdammte Bett.«

Sie zog sich um ihn herum zusammen, nur um ihn zu ärgern.

»Du Hexe.« Er bewegte die Hüften und übte Druck auf ihre pochende Klitoris aus.

Sie presste den Kopf in die Kissen, als sich der Orgasmus in ihr aufbaute.

Da ließ er ihre Hände los und schob ihr noch ein Kissen unter die Schultern. »Sieh mich an, während ich mit dir schlafe, Layla. Sieh, was du mit mir anstellst.«

Brian zog sich aus ihr heraus und deutete auf seinen steifen Schwanz. »Siehst du, wie hart ich bin? Ich bin so heiß auf dich. Ich werde hiervon und von dir nie genug bekommen.«

Er drang wieder in sie ein und knirschte dabei hörbar mit den Zähnen.

»Das ist so gut«, hauchte sie und war hin und her gerissen, ob es lieber ewig andauern sollte oder ob sie kommen wollte. »Du fühlst dich so gut an.«

»So wird es mit keinem anderen sein«, sagte er mit rauer Stimme und hielt ihre Hände wieder fest. »Und das weißt du auch. Wir sind füreinander bestimmt, Baby. Für uns wird es nie jemand anderen geben. Du kannst mir nicht sagen, dass ich mir eine andere suchen soll, denn das kann ich nicht.«

Er zog sich erneut fast ganz aus ihr heraus und drang mit einer langsamen Bewegung tief in sie ein. Sein Stöhnen hallte durch das Zimmer. Sein Kopf hing über ihr, und seine breiten Schultern zitterten, als sich ihre Spalte unwillkürlich um sein steifes Glied zusammenzog.

»Ich liebe dich«, flüsterte Layla, die nichts außer dieser verzweifelten Sehnsucht spürte. »Ich liebe dich so sehr.«

Er küsste sie wild, während er die Hüften hob und senkte und ihre sehnsuchtsvolle Spalte mit gleichmäßigen Bewegungen eroberte. Sie krümmte die Finger, die er weiter eisern festhielt, küsste ihn ebenso wild zurück und saugte an seiner Zunge. Ihre Haut war nass vor Schweiß, und ihre Körper spannten sich im Einklang an, als ihre Hüften mit rhythmischem, erotischem Klatschen aufeinanderprallten. Seine schweren Hoden schlugen bei jedem Eindringen gegen ihre Pobacken, und er atmete heftig, als sie sich beide im Taumel der Lust verloren.

Dieses kontrolliert langsame Vorgehen war ebenso ärgerlich wie wunderbar. Sie zuckten gegeneinander, angetrieben von dem Verlangen nach einem schnelleren Tempo, das die Gedanken an ihre bevorstehende Trennung auslöschen konnte.

Schließlich zog sich Brian aus ihr heraus. Layla protestierte, da sich in ihr alles vor Begierde zusammenzog.

»Dieses Scheißbett«, knurrte er. Dann hob er sie hoch und trug sie zu der Wand, hinter der das Badezimmer lag. Er drückte sie dagegen und drang mit einem verzweifelten Stoß wieder in sie ein.

Sie keuchte auf, als sie so grob erobert wurde, und wurde durch seine Wildheit nur noch erregter, da sie wusste, dass er damit nur versuchte, die verstreichende Zeit zu vergessen.

»Ja«, zischte er, als sie sich gierig um ihn herum zusammenzog. »Halt mich fest, Baby.«

Er umklammerte ihre Hüften mit festem Griff, ließ sie die ganze Länge seiner Erektion spüren und bohrte sich wild und tief in sie hinein.

Sie stöhnte und grub die Fingernägel in seinen Rücken. »Fester. Tiefer. Ja. Oh Gott … Ich komme.«

Er ließ auch während ihres Höhepunkts nicht nach, zog ihn in die Länge und sah zu, wie sie zitterte, als sie von ihren Empfindungen übermannt wurde. »Ja. Gib's mir, Layla.«

Schließlich ließ ihre Anspannung nach. Ihr Körper erschlaffte nach dem heftigen Orgasmus, aber Brian bearbeitete sie weiter und stieß die Hüften gegen ihre, während er in sie eindrang.

Als die Lust erneut in ihr aufloderte, stöhnte Layla leise. »Brian.«

»Noch einmal«, keuchte er und musste sich sehr zurückhalten, um nicht selbst zu kommen.

Er rieb sein Becken über ihre Klitoris und brachte sie ein weiteres Mal zum Höhepunkt. Als sie aufschrie und sich um ihn herum zusammenzog, fluchte er, und sein Schwanz zuckte, als er seinen heißen Samen in ihr verströmte.

Sein Knie schlug donnernd gegen die Wand, und er musste sich stützend an sie lehnen. Er presste die Lippen an ihre Kehle und ließ seinen Orgasmus stöhnend ausklingen, während er ihren zitternden Körper an sich drückte.

»Ich liebe dich.« Er drückte seine verschwitzte Stirn gegen ihre Wange. »Und deine *goldene Muschi*, wie du sie genannt hast, wird mich noch umbringen. Eines Tages saugt sie mir einfach das Leben aus. Aber, Mann … Das wäre eine schöne Art zu sterben.«

Layla lachte, da sie seine witzigen Worte als Ablenkung empfand. Sie spürte, wie er an sie gepresst lächelte, und der Augenblick war ebenso intim wie der gemeinsame Höhepunkt Sekunden zuvor. Er taumelte mit ihr zusammen zurück zum Bett, ohne sich aus ihr herauszuziehen, und sie sanken auf die Matratze.

Sie griff in sein schweißnasses Haar und hielt ihn fest. »Ich möchte, dass du glücklich bist. Das wünsche ich mir mehr als alles andere auf der Welt.«

»Ich weiß.« Er schob seine Arme unter ihre und drückte sie. »Ich möchte nicht, dass du leidest.«

»Dann hör auf, darüber zu reden, Layla.«

»Das ist wieder mal typisch Mann«, murmelte sie. »Ihr ignoriert eine Situation und hofft, dass sie sich dann einfach in Luft auflöst.«

Er knabberte an der empfindlichen Stelle zwischen ihrem Nacken und der Schulter. »Ich werde dir nicht versprechen, dass ich dich vergesse oder mir eine andere Frau suche. Das kannst du vergessen.«

»Dann versprich mir wenigstens, dass dich die Erinnerung an mich nicht daran hindern wird, dir ein schönes Leben aufzubauen.« Sie massierte seine Kopfhaut mit den Fingern. »Ich kann den Gedanken nicht ertragen, dass du ein Jahrzehnt lang oder noch länger auf eine weitere Gelegenheit wartest, um mich wiederzusehen.«

Er hob den Kopf und sah sie an. »Und wenn ich dich dann treffe, wie sieht dein Leben dann aus? Hast du dann geheiratet und bist glücklich?«

Allein bei dieser Vorstellung zog sich ihr Herz schmerzlich zusammen. Natürlich merkte Brian das. »Das habe ich mir gedacht. Und jetzt genug davon.«

»Brian …«

»Schlaf jetzt.«

Sie fragte sich, wie ihr das möglich sein sollte, da sein schwerer Körper noch auf ihr lag und er noch in ihr war. Aber sie würde sich nicht beschweren. Sie wollte dieses Gefühl in Erinnerung behalten, damit sie in den kommenden Jahren immer daran denken konnte.

10

Brian starrte aus dem Küchenfenster in das Licht des frühen Morgens hinaus, als Jack wieder hereinkam. Kurz nachdem Brian aus dem Gästezimmer gekommen war, hatte sein Freund die Küche betreten und Kaffee gekocht. Jetzt war Jack angezogen. Er trug wie Brian sein Schulterholster und hatte seine Dienstmarke an den Gürtel geheftet.

Brian goss den Rest seines kalten Kaffees in die Spüle und holte sich eine frische Tasse. Obwohl er kaum geschlafen hatte, war er hellwach. Es war ein großer Tag. Der wichtigste Tag seines Lebens.

Er lehnte sich mit dem Rücken an die Arbeitsplatte, verschränkte die Beine und sah zu Jack hinüber. Es war drei Uhr früh, und der Mann trug Stiefel. »Warum bist du angezogen?«

»Ich werde euch natürlich begleiten.«

»Den Teufel wirst du tun.«

Jack grinste. »Du bist morgens echt nicht zu ertragen, Simmons.«

»Rachel braucht dich.«

»Sie hat mich ja auch.«

»Das ist mein Spiel, Jack. Bleib hier.«

»Das geht nicht.« Jacks dunkle Augen waren hart, und seine Körpersprache strahlte seine Entschlossenheit aus. »Deine Frau hat morgen einen sehr wichtigen Termin, und du kannst Hilfe brauchen.«

»Verdammt.« Brian konnte nicht bestreiten, dass ihm sowohl die Hilfe als auch ein weiterer Mann, der Layla beschützte, sehr gelegen kamen. Das hatte er auch gar nicht vor. Er konnte zwar versuchen, Jack klarzumachen, dass er an sich selber denken sollte, aber Laylas Aussage war nun einmal verdammt wichtig. »Diese Kerle meinen es ernst, Jack.«

»Rachel ist einverstanden. Hast du Jim angerufen?«

»Ich habe es gestern probiert und ihm eine Nachricht hinterlassen. Seine Mailboxansage ließ nicht darauf schließen, dass es Ärger geben könnte. Er hätte irgendetwas erwähnt, das mir auffallen würde, wenn ich besonders aufpassen müsste.«

»Okay. Ihr beide nehmt meinen Truck, und ich folge euch in deinem Bronco.«

Brian strich sich mit der Hand durch sein vom Duschen noch feuchtes Haar. »Nur um es noch einmal laut zu sagen: Ich bin absolut dagegen, dass du in die Sache verwickelt wirst, Killigrew.«

»Dann musst du irgendwie damit klarkommen.«

Als sie in Flagstaff anhielten, um zu frühstücken, verschwand Brian für einige Minuten und hinterließ eine Nachricht auf der Mailbox der Staatsanwältin. Danach nahm er ein weiteres Wegwerfhandy und rief Doug Preston an, den Deputy-Supervisor der US-Marshals im südlichen Distrikt von Kalifornien. Wieder hatte er nur eine Mailbox am Apparat, und er erklärte in leisem, ruhigem Tonfall seine Lage. Dabei begann er mit der Explosion und endete mit ihrer bevorstehenden Ankunft in San Diego. Abgesehen vom letzten Punkt ging er davon aus, dass sein Bericht genau mit dem übereinstimmte, was bereits bekannt war, aber Brian wollte, dass seine Version der Ereignisse aufgezeichnet wurde, falls er später keine Aussage mehr machen konnte. Je näher sie San Diego kamen, desto gefährlicher wurde ihre Lage. Er musste Layla beschützen, indem er die Wahrheit sagte, selbst wenn er nur auf Band sprechen konnte.

Jack tauchte mit einer Limonade neben ihm auf. »Willst du das wirklich durchziehen?«

Als ihm bewusst wurde, dass sein Freund ihn belauscht hatte, warf Brian ihm einen misstrauischen Blick zu und nahm den Akku aus dem Handy. »Würdest du es an meiner Stelle nicht tun?«

»Doch, aber ich bin dein Freund und muss dich das fragen.«

Brian nickte und verkniff sich weitere Kommentare, als Layla aus der Toilette kam. Er lächelte sie an, und sie lächelte zurück, aber sie kannten sich viel zu gut, als dass sie etwas voreinander verbergen konnten. Sie wusste, wie er sich fühlte, dass er sich ihretwegen Sorgen machte, um ihre Sicherheit bangte und dass er sie liebte. Ihre Augen sagten ihm dasselbe.

»Bist du bereit?«, fragte er, als sie seine Hand nahm.

»Nein.«

Er drückte ihre Hand und schirmte sie ab, als sie zum Wagen gingen.

»Strafrecht, hast du gesagt. Macht dir das Spaß?«

Layla warf Brian einen Blick zu, als sie die Grenze zwischen Arizona und Kalifornien überquerten. In der letzten halben Stunde versuchte er, sie abzulenken, und sie spielte, so gut sie konnte mit, obwohl sich ihr Magen schmerzhaft zusammenzog und ihr das Herz schwer wurde. »Ja.«

»Du klingst, als wärst du überrascht.«

»Ich hatte nicht damit gerechnet«, gab sie zu. »Ich wusste, dass ich es nicht langweilig finden würde, aber dass es mir so gut gefällt, war mir vorher auch nicht klar.«

Er warf ihr einen Seitenblick zu und lächelte auf die Art und Weise, die sie so liebte, halb durchtrieben und halb zärtlich.

Sie sah durch die Windschutzscheibe in die Wüste hinaus, die sie umgab. »Mann, hab ich Kalifornien vermisst.«

»Du bist hier geboren und wirst es immer vermissen.«

»Was ist mit dir? Lebst du jetzt an der Ostküste?«

»Vorerst. Ich bin oft umgezogen und habe jede Versetzung akzeptiert.«

»Gefällt es dir?«, wollte sie wissen. Die Vorstellung, dass Brian ein Nomadenleben führte, machte sie traurig. »Das Umherziehen?«

Er zuckte mit den Achseln. »Dann habe ich wenigstens etwas zu tun.«

»Was hast du mit deinem Haus gemacht?«

»Das hab ich verkauft.«

»Du hast dieses Haus geliebt.« Ebenso wie sie. Sie war dabei gewesen, als er es gekauft hatte, und sie hatten beide erkannt, was man daraus würde machen können. Aber das, was er letztendlich daraus gemacht hatte, überstieg ihre kühnsten Vorstellungen. Er hatte die Teppichböden entfernt und dunkle Holzböden verlegt. Dank heller Läufer und Wände sowie den größtenteils schwarzen Möbelstücken war aus einem Haus aus den Fünfzigerjahren ein Heim geworden, das gleichzeitig modern und maskulin wirkte. Sie hatte ihm eine bunte Glasvase geschenkt, um einen Farbtupfer hineinzubringen, und er hatte sie an einer Stelle aufgestellt, an der sie einem sofort ins Auge fiel, und zusätzlich noch mit einem Strahler zum Leuchten gebracht.

»Ich habe das geliebt, was ich mit dem Haus vorhatte«, korrigierte er sie. »Ich wollte darin mit dir leben und mit ansehen, wie du es so veränderst, wie du auch mich verändert hast. Als du ins Zeugenschutzprogramm aufgenommen wurdest, wusste ich, dass du nie mehr zurückkehren würdest, und von da an hatte das Haus seinen Charme verloren.«

»Brian.« Layla holte tief Luft. »Das tut mir so leid.«

Er verschränkte seine Finger mit ihren. »Ebenso wie es mir leidtut, dass du das Hauptfach gewechselt hast.«

»Haben wir beide für eine Zukunft gelebt, die unmöglich geworden ist? Und versucht, Fehler wiedergutzumachen, obwohl wir nicht wussten, was der andere gerade tat?«

Er hob ihre Hand an seinen Mund und küsste sie. »Wofür sollten wir denn sonst noch leben?«

Ihr brach das Herz, als sie begriff, dass er recht hatte. Irgendwie hatte sie in der hintersten Ecke ihres Verstands und tief in ihrem Herzen beschlossen, immer einen Tag nach dem anderen in Angriff zu nehmen, bis vielleicht der unmögliche Moment eintreten würde und sie Brian wiedersah. Sie hatte sich nie eine Welt vorstellen können, in der sie beide am Leben, aber für immer getrennt wären.

Sie drückte seine Hand. »Ich liebe dich, Brian.«

Auch wenn sie es noch so oft sagte, hatte sie immer das Gefühl, es gar nicht oft genug sagen zu können. Doch die schmerzliche Wahrheit war, dass sie ihn bei ihrer Trennung aufgegeben hatte. Wenn er etwas aus den vergangenen Tagen mit ihr zurückbehielt, dann sollte das die Tatsache sein, dass sie ihn liebte.

»Ich weiß«, murmelte er und machte ein finsteres Gesicht. »Ich liebe dich auch, Baby.«

Sie hielten ein letztes Mal an einer Tankstelle an der I-8, wo sie die Wagen wechselten. Layla hielt Brians Karohemd vor ihrer Brust zusammen, um ihre schusssichere Weste zu verdecken, und sah Jack an, der sich neben ihr auf den Fahrersitz setzte. Er hatte in der Tankstelle mit Brian die Kleidung getauscht und nur seine eigenen Stiefel behalten.

Seufzend ließ er den Wagen an. Als er ihren fragenden Blick

bemerkte, grinste er betreten. »Dieser Sitz ist sehr viel bequemer als der des Broncos.«

Sie waren jetzt seit elf Stunden unterwegs und würden in wenigen Minuten San Diego erreichen.

Layla hatte Angst. Brian hatte sie bei Jack gelassen, und ihr klopfte das Herz bis zum Hals bei dem Gedanken, dass sie ihn möglicherweise nie wiedersah. Sobald sie bei der Staatsanwältin war, würde er die Konsequenzen dafür tragen müssen, dass er mit ihr verschwunden war. Es konnte Wochen, wenn nicht gar Monate dauern, bis die Verhöre und Befragungen bei ihm abgeschlossen waren. Bis dahin war sie längst im System verschwunden.

Als sie losfuhren, hatte sich der Bronco vor ihnen bereits in den Verkehr eingefädelt.

»Was ist los?«, wollte sie wissen, da ihr klar war, dass dieser Tausch etwas zu bedeuten hatte.

Jack sah über die Schulter zurück und verließ dann den Parkplatz. »Wir können den Besitzer des Broncos nicht erreichen. Er geht nicht ans Telefon, und über Handy haben wir sofort die Mailbox dran.«

»Was hat das zu bedeuten?«

»Das könnte gar nichts zu bedeuten haben, aber wir dürfen kein Risiko eingehen. Wenn der Bronco bekannt ist, darfst du auf keinen Fall darin sitzen.«

Aber Brian saß in diesem Wagen. »Warum lassen wir ihn nicht einfach auf dem Parkplatz stehen?«

Jack sah sie an. »Wenn er heiß ist, können wir am besten von diesem Wagen ablenken, indem er weiter auf der Straße bleibt.«

»Oh mein Gott.« Sie wurde kreidebleich und sah vor ihrem inneren Auge wieder die Bilder der Explosion aus Maryland. »Er spielt den Köder?«

»Hey«, sagte Jack sanft. »Sie werden wohl kaum mitten in San Diego mit einer Granate darauf schießen, und so kurz vor deiner Aussage müssen sie auf jeden Fall dafür Sorge tragen, dass sie dich erwischen. Sie werden ganz dicht an dich heranwollen, und in der Situation ist Brian der Beste.«

»Soll mich das etwa beruhigen?« Sie legte unbewusst die Hand an ihre Kehle, als wollte sie versuchen, den Kloß darin wegzumassieren.

»Brian muss seinen Job machen, Layla.«

»Indem er die Killer anlockt?« Sie schluckte schwer und sah aus dem Fenster. Ihr wurde ein bisschen übel, und sie fragte sich, ob sich Rachel ähnlich gefühlt hatte, als Jack an diesem Morgen aufgestanden war.

»Wenn du meine Meinung hören willst«, murmelte Jack leise. »Ich glaube, dass alles aus einem guten Grund passiert. Die Chancen, dass ihr beide euch wieder über den Weg lauft, waren äußerst gering. Doch für euch lief alles optimal, da der Sandoval-Prozess derart im Mittelpunkt der Öffentlichkeit steht, dass SOG Deputys angefordert wurden und Brian zur richtigen Zeit am richtigen Ort war. Er hat deinen und seinen Hintern gerettet und es geschafft, dich unbeschadet durch mehrere Staaten zu schaffen. Ich kann nicht glauben, dass ihr beide es völlig umsonst so weit geschafft haben sollt. Du musst ein wenig Vertrauen in das Schicksal oder eine höhere Macht haben, woran du auch immer glaubst.«

Layla schüttelte den Kopf. »Du hast ja keine Ahnung, wie es ist, diejenige zu sein, die zurückgelassen wird. Diejenige, die trauert, sich die Haare ausreißt und vor lauter Stress und Panik die Seele aus dem Leib kotzt.«

»Was glaubst du, was Brian durchgemacht hat, als du ins Zeugenschutzprogramm aufgenommen wurdest? Da warst du diejenige, die in Gefahr war, hinter der man her war, und er hatte Angst um dich. Er hat versucht, sich in unserer Gegenwart zusammenzureißen, aber manchmal ist ihm das nicht gelungen. Ich habe ihm das nie gesagt, aber eine Zeit lang habe ich mir große Sorgen um ihn gemacht.«

Großer Gott. Und sie hatte vor, ihm dasselbe noch einmal anzutun. Vielleicht war er aus diesem Grund jetzt so unvorsichtig. Möglicherweise stellte er sich in die Schusslinie, weil es ihm genauso ging wie damals und er vor Angst und Sorge nicht mehr klar denken konnte.

Sie straffte die Schultern. Sie musste unbedingt an einen sicheren Ort gelangen, damit Brian sich auf den ganzen Mist konzentrieren konnte, der seine Karriere in Gefahr brachte. Es reichte bei Weitem nicht aus, aber mehr konnte sie nicht für ihn tun. »Fahr mich zu dieser Staatsanwältin, Jack. Bringen wir die Sache zu Ende.«

»Genau das habe ich vor.«

Brian fuhr gerade auf den Parkplatz eines Motels am Pacific Coast Highway in San Diego, als Jacks Handy klingelte. Er meldete sich, wurde aber von seinem regionalen Supervisor unterbrochen.

»Hey, Killigrew. Ich hab die Informationen, die Sie haben wollten.«

Brian parkte und sah in den Rückspiegel. »Wer war es, Sir?«

»James Reynolds war der Deputy, der sich an diesem Nachmittag krankgemeldet hat. Er wurde bereits verhört und wieder auf freien Fuß gesetzt, aber sein momentaner Aufenthaltsort ist unbekannt. Glauben Sie, dass er mit Simmons unter einer Decke steckt?«

Jim. Verdammt. »Ich bin mir völlig sicher, dass das nicht der Fall ist.«

Einen Moment lang herrschte Stille in der Leitung. »Wer ist da?«

»Killigrew müsste Miss Creed in diesem Moment in das Büro der Staatsanwältin begleiten.« Brian stieß die Luft aus und verabschiedete sich innerlich von seiner Karriere. »Danke für Ihre Hilfe, Sir.«

Er legte auf und stieg aus dem Wagen. Während er in der Lücke zwischen der offenen Tür und dem Auto stand, sah er sich um. Sein Weg war fast zu Ende, aber es widerstrebte ihm, die letzten Meter zurückzulegen. Jim war seit langer Zeit sein Freund. Brian hatte dem Deputy nicht nur einmal sein Leben anvertraut. Vermutlich hatte er ihn über das GPS-System des Broncos die ganze Zeit verfolgt. Aber er hatte sie so weit kommen lassen.

Warum? Brian hatte vor, ihm diese Frage persönlich zu stellen.

Glücklicherweise trug er Handschuhe. Ohne sie hätte Jim Reynolds die Taschenlampe vermutlich fallen lassen. Schwer atmend wischte er mit einem Taschentuch das Blut von der Lampe und ließ sie dann auf die Leiche fallen, die hinter dem Empfangstresen auf dem Boden lag. Er hatte die uralte und schlecht platzierte Sicherheitskamera ausgeschaltet, mit der die winzige Lobby überwacht wurde, und die Aufzeichnung der letzten vierundzwanzig Stunden gelöscht. Es dauerte einen Moment, bis er die Hauptschlüsselkarte gefunden hatte. Bevor Jim ging, hängte er das »Bin gleich wieder da«-Schild an den Tresen.

»Du bist ein echter Glückspilz, Reynolds«, murmelte Jim leise, als er aus dem schwach beleuchteten Büro in das Mondlicht hinausging. Er warf einen Blick auf die andere Straßenseite, auf der sein Bronco vor einem Diner parkte, das rund um die Uhr geöffnet hatte. Er kannte Simmons lange genug, um zu wissen, wie er arbeitete. Obwohl ein Dutzend Motels an dieser Straße lagen, hatte er den Deputy und seine Freundin, die als Zeugin aussagen sollte, gleich beim ersten Versuch gefunden. Nachdem er kurz seine Dienstmarke und ein Foto von Simmons vorgezeigt hatte, war seine Vermutung an der Rezeption bestätigt worden.

Aber eigentlich war schon alles nach Plan gelaufen, als Simmons ihn vor drei Tagen angerufen hatte. Es wäre einfacher gewesen, wenn das Kartell die Kleine in Maryland erledigt hätte, aber im Grunde genommen hatte es Jim nur in die Hände gespielt, dass Simmons überraschend dort aufgetaucht war. Der ehemalige SEAL war der einzige Deputy, der Layla Creed von früher kannte. Jeder andere hätte dafür gesorgt, dass sie schnellstmöglich wieder im System verschwand, dann hätte Jim das Nachsehen gehabt. Und Simmons war auch der Einzige, der eine letzte Nacht im Motel riskiert hätte. Jeder andere hätte sie direkt zur Zeugenvorbereitung gebracht, aber er handelte wie immer schwanzgesteuert. So hatte Jim die Gelegenheit, die Kleine und gleichzeitig Simmons bei einem vorgetäuschten Mord/Selbstmord auszuschalten, der die Sache ein für alle Mal beendete.

Er zog ein Magenmittel aus der Tasche und nahm drei Tabletten, da sein Magengeschwür ihm wieder zu schaffen machte. Dabei erkannte er sich selbst nicht mehr wieder. Er war zu einem dieser Männer geworden, die er verabscheute. Aber sosehr er das auch bedauerte, was er gleich tun musste, so war er auch erleichtert, dass die Angelegenheit damit abgeschlossen war.

Jim blieb vor Simmons Zimmer stehen und stellte fest, dass es darin dunkel und still war. Er hielt den Hauptschlüssel in der einen und seinen Taser in der anderen Hand. Jetzt musste er sich beeilen. Sobald die Tür aufgerissen wurde, würde sich Simmons blitzschnell bewegen, wenn Jim sein Ziel verfehlte.

Er zog die Karte durch und stieß die Tür weit auf, während er den Taser auf das zerwühlte Bett richtete und abfeuerte. Ein Lichtblitz erhellte das Zimmer, und die Pistole gab schnarrend ihre elektrische Ladung ab. Dann hörte er, wie hinter ihm eine Waffe entsichert wurde.

Er erstarrte.

»Warum, Jim?«

Als er Simmons' leise Stimme hinter sich hörte, schloss er die Augen. Er war schon seit langer Zeit nicht mehr in Bestform, was sich auch jetzt wieder bewies, da er erwischt wurde. »Seit wann weißt du es?«

»Seit ein paar Stunden, und ich kann es noch immer nicht glauben.«

Jim drehte sich um. Sofort entdeckte er mehrere Deputys auf den Gängen im zweiten Stock und weitere, die von allen Seiten des Parkplatzes näher kamen.

»Warum?«, wiederholte Simmons seine Frage.

»Stella.«

»Was hat deine Tochter damit zu tun?«

»Das Kartell ist entschlossener, als wir anfangs angenommen haben.« Jim ließ die Arme schlaff an den Seiten herabhängen. »Stella hat im letzten Jahr, ihrem ersten Jahr am College, einen Jungen kennen gelernt. Er ist ein gutaussehender und kultivierter junger Mann. Sie hat ihn in den Weihnachtsferien mit nach Hause gebracht, und ich mochte ihn. Er verwöhnt sie und macht sie glücklich.«

Simmons Gesichtsausdruck war im Halbdunkel schwer zu erkennen. »Er gehört zum Kartell.«

»Natürlich. Er hat sich mir vor einigen Wochen zu erkennen gegeben. Sie haben das schon seit verdammt langer Zeit geplant. Überleg dir nur, was dafür alles erforderlich gewesen ist … Die Geduld und die Planung, als sie sich daran gemacht haben, mich und meine Familie zu finden, dann den richtigen Kerl auszuwählen, den sie auf uns ansetzen konnten, ihn bei Stellas Schule anzumelden und ihm mehrere Monate Zeit zu lassen, damit sich Stella Hals über Kopf in ihn verliebt und nicht im Traum auf die Idee kommt, dass er etwas im Schilde führen könnte. Ich habe versucht, mit ihr zu reden, aber es hat nichts gebracht. Sie glaubt, ihn zu kennen, und jetzt ist sie ständig bei ihm. Er könnte sie jeden Moment umbringen … Und das ruft er mir auch bei jeder Begegnung wieder ins Gedächtnis. Ich habe keine Ahnung, wie vielen Deputys sie Daumenschrauben angelegt haben, aber ich bin mir sicher, dass sie es bei jedem versucht haben, den du als deinen Freund ansiehst. Sie sind seit Jahren auf der Suche, und es kann nicht lange gedauert haben, bis sie auf deine Verbindung zu Layla Creed gestoßen sind.«

»Du hättest um Hilfe bitten können.«

»Dieses Risiko konnte ich nicht eingehen.« Jims Magen zog sich schmerzhaft zusammen. »Du könntest mir wenigstens zugutehalten, dass ich dir die letzten drei Tage gewährt habe. Ich hätte euch beide schon ausschalten können, als ihr in meinen Wagen gestiegen seid, aber ich fand, dass ihr noch ein wenig Zeit miteinander verdient hättet, bevor alles vorbei wäre. Außerdem bin ich der Ansicht, dass es eine Gnade für euch beide gewesen wäre, wenn ich euch hier zusammen ausgeschaltet hätte. Es wäre besser gewesen, als sie erneut im System zu verlieren und dabei zu wissen, dass diese Schweine noch immer hinter ihr her sind.«

»Großer Gott, Jim.«

»Würdest du ein Auge auf Stella haben? Vielleicht wird sie es ja jetzt glauben, dass der Mann, mit dem sie zusammen ist, nur auf das Signal wartet, sie umzubringen.«

»Du hättest einen anderen Weg einschlagen können. Warum hast du mich nicht um Hilfe gebeten?« Simmons rieb sich müde den Nacken. »Es tut mir verdammt leid, dass du es nicht getan hast.«

Der Deputy drehte Jim den Rücken zu, und die anderen Einsatzkräfte kamen näher.

11

Layla war derart erschöpft, als sie den Gerichtssaal verließ, dass sie sich fast fühlte, als würde sie unter Drogen stehen. Ihre Schultern und ihre Augenlider schienen ihr tonnenschwer zu sein, und sie bewegte sich derart träge, dass ihr der Deputy, der neben ihr herging, besorgte Blicke zuwarf.

Sie hatte Brian seit über vierundzwanzig Stunden nicht gesehen.

Die Traurigkeit, die sie deswegen empfand, war jedoch nicht ganz so tragisch gewesen, da sie ihre Nervosität überlagert hatte, sodass sie die Fragen der Staatsanwältin problemlos beantworten konnte. Für den folgenden Tag standen weitere Fragen und das Kreuzverhör auf dem Programm. Sie hatte sich seit Monaten vor diesem Gerichtstermin gefürchtet, aber jetzt war sie zu sehr mit ihrer Angst und ihrer Sorge beschäftigt, um nervös zu werden.

»Sie haben sich heute gut geschlagen, Layla«, versicherte ihr Staatsanwältin Terri LeBow lächelnd.

Einen Augenblick lang sah Layla die dunklen, kalten Augen des Mannes vor sich, der sie angeschossen und Agent Sandoval ermordet hatte. Während sie dem Gericht schilderte, was sich in dieser schrecklichen Nacht in Mexiko zugetragen hatte, war ihr bei der Erkenntnis, dass der Grund für ihren Albtraum nur wenige Meter von ihr entfernt saß, der kalte Schweiß ausgebrochen. Hätte sie das ohnmächtige Gefühl des Verlassenseins von Brian nicht gespürt, dann wäre sie vermutlich weinend und zitternd zusammengebrochen.

»Ich will, dass dieses Schwein dafür bezahlen muss«, sagte sie grimmig.

»Wir haben einen soliden Fall.« Terri wurde langsamer und blieb dann vor einer geschlossenen Tür stehen. Sie deutete darauf. »Bitte gehen Sie einen Moment in dieses Zimmer, während ich Ihnen eine Eskorte besorge.«

Seufzend betrat Layla den Raum. Sie erstarrte, als sie zwei Männern gegenüberstand, die sich über Papiere beugten, sowie einem dritten, der hinter ihnen stand. Erst dachte sie schon, dass sie ins falsche Zimmer geschickt worden war, und machte einen Schritt nach hinten. Doch dann richtete sich der Mann, der am weitesten von ihr entfernt war, auf und drehte sich um.

Sie schnappte nach Luft. »Brian!«

Er kam auf sie zu und nahm sie in die Arme. »Süße. Entschuldige, dass ich heute nicht im Gericht sein konnte, aber ich musste mich um einiges kümmern. Morgen werde ich dann aber bei dir sein.«

»Das ist doch nicht wichtig. Ich habe mir solche Sorgen um dich gemacht.« Sie rückte ein Stück von ihm ab und musterte ihn. »Geht es dir gut?«

»Bald wieder.« Er lächelte sie angespannt an und wirkte müde, aber er schien auch eine gewisse Vorfreude zu verspüren, die ihm Energie verlieh.

Die anderen Männer verließen lächelnd den Raum, sodass Laylas Sorge etwas abgeschwächt wurde. Dennoch musste sie es einfach fragen. »Was ist los?«

»Nichts.« Er sah sie mit lodernden Augen an. »Abgesehen von dem, was du gleich sagst, könnte bald alles in bester Ordnung sein.«

Sie spürte ein Flattern im Magen. »Ach ja?«

Brian führte sie zu einem Stuhl, und sie setzte sich. Er holte tief Luft und ließ sich vor ihr auf ein Knie hinunter.

»Oh mein Gott«, hauchte sie, und ihr wurde ganz schwindlig.

Er griff in seine Tasche und zog ein kleines Schmuckkästchen hervor.

Ihr Herz hämmerte wie wild. »Was machst du denn?«

»Ich bereite mich darauf vor, dir zu sagen, wie sehr ich dich liebe«, sagte er mit sanfter Stimme. »Um dich danach zu fragen, ob du mich heiraten willst.«

Ihr Blick fiel auf den Ring, den er ihr hinhielt, einen großen, runden Diamanten in einer Platineinfassung. Sie schlug die Hände vor den Mund.

»Layla Creed. Ich liebe dich, und ich wünsche mir nichts sehnlicher, als dass du meine Frau wirst.«

Sie sah ihn über ihre Hand hinweg an, atmete schnell ein und aus und hatte die Augen weit aufgerissen. »Was …? Wie …?«

»Ich habe den Vertrag unterschrieben, um zusammen mit dir in den Zeugenschutz zu gehen«, erklärte er lächelnd. »Die beiden Herren, die gerade gegangen sind, arbeiten für den Staat. Der eine kann uns sofort die Eheschließungsurkunde ausstellen, und der andere kann uns standesamtlich trauen. In etwa einer Stunde kann ich ganz und für immer dir gehören.«

»Tust du das nicht jetzt schon?«, fragte sie mit heiserer Stimme verwirrt und versuchte seine Worte ins Witzige zu ziehen, weil ihr Verstand noch immer nicht ganz das Ungeheuerliche fassen konnte, das er ihr anbot.

»Lass es uns offiziell machen. Wir können in ein paar Monaten eine schöne Hochzeitsfeier nachholen, sobald wir uns da eingerichtet haben, wo wir letztendlich leben werden.«

Layla stieß die Luft aus und griff nach dem wunderschönen Ring. »Aber dein Job …?«

Er nahm den Ring aus der Schachtel und steckte ihn ihr an den Finger. »Ich habe durch den Hausverkauf noch Geld übrig und in den letzten fünf Jahren fast ausschließlich gearbeitet.

Du wirst deine Ausbildung abschließen, und dann können wir zusammen unsere Sicherheitsfirma gründen. Ich könnte mir nichts Schöneres vorstellen, nichts, was uns beide glücklicher machen würde.«

Sie legte ihm die Hand an die Wange. Ihre Unterlippe zitterte.

»Und?«, hakte er nach. »Ich sterbe fast vor Nervosität.«

»Shsch.«

Er zog die Augenbrauen hoch.

»Wenn du mich aufweckst«, warnte sie ihn, »dann bekommst du was zu hören.«

Sein Lachen vertrieb endlich die Eiseskälte, die sie den ganzen Tag gespürt hatte. »Genug geträumt, Baby. Ich will jetzt im wahren Leben leben.«

»Wie standen die Chancen, dass wir diese zweite Chance bekommen?«

»Sie waren so gut wie nicht vorhanden. Also vermassele es nicht.«

Layla beugte sich vor und lehnte die Stirn an seine. »Das habe ich auch nicht vor.«

»Ist das ein Ja?«

»Und ob das ein Ja ist.«

Brian stand auf und wirbelte sie durch die Luft.

»Es wird nicht einfach werden«, warnte sie ihn, als sie sich daran erinnerte, wie schwer die ersten Monate für sie gewesen waren.

»Ich werde es ertragen.«

Layla legte ihm die Arme um die Schultern und drückte ihn an sich. »Ich bin ja bei dir.«

»Bis der Tod uns scheidet«, schwor er ihr und trug sie zur Tür.

Danksagung

Mein Dank gilt Cynthia D'Alba, die trotz ihres Freudentaumels beim Verkauf ihres ersten Buches Zeit gefunden hat, diese Geschichte mit mir durchzugehen.

Außerdem danke ich meinen guten Freundinnen Maya Banks und Karin Tabke. Ich bin bereit für unseren nächsten Ausflug, meine Damen!

Gefährlich heiß

Diese Geschichte ist meinen guten Freundinnen
Shayla Black und Shiloh Walker gewidmet.
Auf dass unsere Freundschaft noch viele Jahre
andauern möge und wir einander so verbunden bleiben.

1

Darcy Michaels nahm ihren Werkzeugkasten fester in die behandschuhten Hände und bahnte sich vorsichtig ihren Weg durch die Überreste ihres Lieblingssüßwarenladens. Um sie herum liefen Feuerwehrleute durch die schwelenden Ruinen und sahen in jede Ecke und jeden Winkel, um sich davon zu überzeugen, dass das Feuer ganz gelöscht war. Wasser tropfte von den schwarz gewordenen Wänden und der Decke und sammelte sich auf dem Boden in großen Pfützen, und der Geruch nach Rauch und verbranntem Zucker klebte in ihren Nasenlöchern und auf ihrer Haut und saugte sich an jeder Faser ihrer Uniform fest.

»Das dritte in ebenso vielen Wochen«, murmelte James Ralston hinter ihr. »Tut mir echt leid, Darcy. Ich weiß, dass du hier immer gerne eingekauft hast.«

Sie blieb stehen und drehte sich zu ihrem Mentor um, während sich in ihrer Brust alles schmerzhaft zusammenzog. Wie bei den beiden vorherigen Bränden hatte das Feuer auch hier einen Ort zerstört, der ihr wichtig gewesen war und kostbare Erinnerungen in sich barg. Sie hatte ihren zwölften Geburtstag in diesem Laden gefeiert und war seitdem jeden Freitag hergekommen, um die sauren Limonadenstrohhalme zu kaufen, deren Genuss sie der naschhaften Vorliebe ihrer Schwester verdankte.

Konzentriere dich auf die Details, Darcy. Du darfst jetzt nicht zusammenbrechen.

»Wer immer dieser Feuerteufel ist, er wird nicht aufgeben«,

stellte sie fest. »Dafür macht er das schon zu lange. Es steckt ihm im Blut.«

Die Regelmäßigkeit der Brände und die schreckliche Brillanz der zeitgesteuerten Brandsätze, die dabei benutzt wurden, sprachen für einen Täter, der seinen Wahnsinn perfektioniert hatte.

Sie konnte nicht anders, als sich selbst angegriffen zu fühlen, obwohl sie wusste, dass diese Reaktion irrational war. Als Kind hatte sie um jeden Preis aus Lion's Bay fortgehen wollen, aber jetzt dachte sie nicht einmal mehr im Traum daran, die verschlafene Küstenstadt zu verlassen. Die Erinnerungen, die ihre Eltern von hier vertrieben hatten, hielten sie an diesem Ort fest.

»Ich weiß nicht, was ich davon halten soll.« Jims tannengrüne Augen, in denen sich sein Mitgefühl widerspiegelte, sahen sie konzentriert, aber auch voller Wärme an. »Es ist vor Kurzem niemand hergezogen, und jetzt, in der Nachsaison, sind kaum noch Touristen hier. Jeder Auswärtige fällt auf wie ein bunter Hund.«

Sie drehte sich langsam im Kreis und folgte den Brandmustern mit dem Blick, wie er es sie gelehrt hatte.

»Dieser Kerl ist nicht aus dem N-Nichts aufgetaucht«, erkannte sie und stellte erschrocken fest, dass ihre Stimme brach. Sie räusperte sich. »Ich befürchte, wir müssen die schweren Geschütze auffahren.«

»Miller leistet gute Arbeit. Er ist gewissenhaft und gründlich.« Er berührte leicht ihren Ellenbogen. »Du solltest ihm lieber nicht auf die Füße treten.«

Darcy nickte, da ihre Beziehung zum Sheriff der Stadt nicht gerade die beste war. »Ich weiß, aber ich glaube, dass er Unterstützung braucht, und befürchte, dass er zu dickköpfig ist, um um Hilfe zu bitten.«

Als die Feds das letzte Mal hergekommen waren, hatten sie Chris Miller und seine Deputys schlicht und einfach ignoriert und außen vorgelassen, während sie seine begrenzten Ressourcen ausschöpften. Sie erinnerte sich nur zu gut an diese angespannte Zeit, weil es sich bei dem Mord, den sie damals untersucht hatten, um die Tragödie handelte, die sie nach Hause geführt hatte. »Und ehrlich gesagt, ist Chris' Ego das geringste unserer Probleme.«

»Lass uns erst mal die Beweise sammeln, dann können wir uns überlegen, wie wir weiter vorgehen wollen.« Jim drückte beruhigend ihre Schulter. »Vielleicht solltest du heute Nacht lieber nicht alleine bleiben?«

Sie legte ihre Hand auf seine. Er kannte sie einfach zu gut.

Sie wollte eine ganz bestimmte Unterstützung, jemanden, der in der Nähe war, wenn sie ihn brauchte, sich jedoch zurückzog, wenn sie nachdenken musste.

Sie sah Jim in die Augen, und er schien ihre Gedanken lesen zu können. »Meine Couch steht dir jederzeit zur Verfügung, Darcy, und das weißt du auch.«

Sie nickte. »Danke.«

»Keine Ursache.«

Dann wandte sich Darcy ab und suchte nach einer Stelle, wo sie ihren Werkzeugkoffer abstellen und anfangen konnte.

Seufzend drehte sich Darcy auf die Seite und sah auf die Uhr, die auf Jims Kaminsims stand: Viertel nach fünf. Es war noch dunkel draußen, und sie hatte sich die ganze Nacht hin und her geworfen und war viel zu ruhelos und aufgedreht, als dass sie den dringend benötigten Schlaf finden konnte. Irgendetwas, was mit den Feuern zu tun hatte, irritierte sie, aber sie konnte es einfach nicht benennen. Sie dachte immer wieder darüber nach, stieß jedoch nie auf die Antwort, nach der sie suchte.

Schließlich setzte sie sich auf, straffte ihre Schultern und wusste, was sie zu tun hatte. Sie wollte die Gelassenheit zurückgewinnen, die sie so schätzte, und wusste, dass ihr das nur gelingen würde, wenn sie den Irren fand, der sie ihr gestohlen hatte, und ihn ins Gefängnis brachte. Je eher, desto besser. Ein möglicher Ego-Streit zwischen verschiedenen Behörden würde sie nicht davon abhalten können. Bisher war noch niemand verletzt worden, aber ihr Brandstifter schien kaum noch Luft zu holen, bevor er wieder zuschlug. Wenn er dieses Muster beibehielt, würde es in wenigen Tagen erneut brennen.

Ein warmer Lufthauch an ihren Zehen erinnerte sie an den hübschen Schäferhund, der vor der Couch auf dem Boden lag. Nachdem ihre kurze Beziehung mit Jim zu Ende gegangen war, hatte sie den Hund am meisten vermisst.

»Danke, dass du auf mich aufgepasst hast, Columbo.« Sie streichelte ihn hinter den Ohren.

Die Einwohner von Lion's Bay bezahlten sie dafür, dass sie dasselbe mit der Stadt machte, dass sie auf sie aufpasste und für ihre Sicherheit sorgte.

Und Darcy hatte nicht vor, sie zu enttäuschen.

2

Deputy US-Marshal Jared Cameron wartete, bis der Sheriff von Lion's Bay seine Schimpftirade unterbrechen musste, um Luft zu holen, dann warf er seinem Partner einen Blick zu.

»Der gehört dir«, sagte er, drehte sich auf dem Absatz um und überließ Deputy Trish Morales die Angelegenheit. Sie war ihm aus genau diesem Grund zugeteilt worden: Sie hatte eine Engelsgeduld, ganz im Gegensatz zu ihm. Vor allem bei wichtigtuerischen Kleinstadtbeamten, die sofort in Abwehrhaltung gingen und ihr Territorium abstecken mussten, sobald er in die Stadt kam, brannten bei ihm schnell die Sicherungen durch.

»Ich bin noch nicht fertig. Wo zum Teufel will er hin?«, schimpfte Sheriff Miller, doch Morales besänftigte ihn.

So ein Idiot. Der silberne Stern des US-Marshals-Service war mehr wert als alles, was dieser Kerl vorzuweisen hatte.

Jared schloss die Tür des Sheriffbüros hinter sich, um die Stimme des Mannes nicht mehr hören zu müssen. Dann verdrängte er seine Verärgerung und ging zwischen den Schreibtischen hindurch zum Ausgang, als eine völlig unerwartete und unerwünschte Komplikation das Revier betrat. Im ersten Moment bemerkte er sie nur beiläufig, doch irgendetwas sorgte dafür, dass er noch einmal genauer hinsah.

Widerstrebend blieb er stehen. Wer immer diese Frau auch war, sie war umwerfend. Nicht in körperlicher Hinsicht. Sie war durchschnittlich groß, schlank und normal proportioniert. Ihr Gesicht war ohne Make-up, und sie hatte ihr braunes Haar zu einem lässigen Pferdeschwanz gebunden. Ein Foto von ihr hätte er keines zweiten Blickes gewürdigt. Aber als sie in Fleisch und Blut vor ihm stand und er ihre Bewegungen sah, war er fasziniert.

Sie war eine in braunes Packpapier verkleidete Sexbombe.

Ihr Geheimnis enthüllte sich in der sinnlichen Geschmeidigkeit ihres Körpers und ihren flaschengrünen Augen, die unter den schweren Lidern zu erkennen waren. Das primitiv Männliche in ihm erkannte ihre Anziehungskraft sofort und schaltete seinen Verstand, der für eine derartige Ablenkung eigentlich gar keine Zeit hatte, augenblicklich aus. Dummerweise gaben ihm die blaue Uniformhose und das bestickte weiße Oberhemd, womit sie bekleidet war, Jared sofort zu verstehen, dass er ihr unmöglich aus dem Weg gehen konnte, es sei denn, er wollte mit Trish tauschen und sich mit Sheriff Miller herumschlagen. Also musste er die Entscheidung treffen, welchen Teil seiner Anatomie er besser unter Kontrolle halten sollte, seine Fäuste oder seinen Unterleib.

Vielleicht hatte er ja Glück, und sie war verheiratet und hatte Kinder, sodass sie nicht im Geringsten daran interessiert war, mit ihm ins Bett zu gehen.

Sie unterhielt sich gerade mit dem weiblichen Deputy am Empfang, als er näher kam. Sie musterte ihn ebenso oberflächlich, wie er es zuvor bei ihr getan hatte, doch dann passierte es. Auf einmal war sie hellwach und nahm seinen Körper vom Kopf bis zu den abgenutzten Arbeitsstiefeln genauer in Augenschein. Als sich ihre Blicke trafen, schnappte sie nach Luft und leckte sich die Unterlippe.

Verdammt. Er saß in der Tinte. Sein Gehirn warf die Alarmanlage an und riet ihm, schnellstmöglich zu verschwinden und sich lieber mit dem Sheriff auseinanderzusetzen. Wenn er sich mit dem Mann anlegte, weil er ihm auf die Nerven ging, handelte er sich weniger Ärger ein, als wenn er sich dieser knisternden Spannung aussetzte, die zwischen ihm und dieser heißen Inspektorin in der Luft lag.

»Da ist er«, sagte der Deputy unnötigerweise und deutete auf ihn.

Jared streckte eine Hand aus und stellte sich vor. In dem Moment, in dem sich ihre Hände berührten, geriet sein Blut in Wallung, und er bekam eine Erektion. Verzweifelt warf er einen Blick auf ihre linke Hand und fluchte dann innerlich, als er daran keinen Ehering entdecken konnte. Ein einfacher goldener Ring hätte sein Interesse im Keim ersticken lassen.

»Darcy Michaels«, sagte sie mit einer Stimme, die derart hoch war, dass sie beinahe mädchenhaft klang. »Ich bin Brandinspektorin bei der Feuerwehr von Lion's Bay.«

Die hübsche Blondine am Empfang lächelte ihn ebenso einladend an, wie sie es bereits getan hatte, als er zum ersten Mal ins Revier gekommen war. »Darcy hat mich gebeten, die Informationen über den Brandstifter weiterzuleiten.«

Die Blondine gehörte genau zu der Sorte Frau, mit der er sonst ins Bett ging. Sie war attraktiv genug, um sofort sein Interesse zu wecken, und locker genug, um nicht mehr als eine kurzlebige Affäre zu erwarten. Doch Darcy Michaels weckte etwas tiefer Liegendes in ihm, eine Gier, die ausgewachsen und sehr komplex war – und die seinen gesunden Menschenverstand ausschalten konnte.

Während er sich innerlich einen Tritt in den Hintern gab, ergriff Jared die Inspektorin beim Ellenbogen und steuerte mit ihr dem Ausgang zu. »Na, dann los.«

Sie waren gerade draußen, als sie meinte: »Sie waren aber schnell hier, Deputy.«

Er dachte über ihre Stimme nach, die eine Mischung aus Marilyn Monroe und Jennifer Tilly darstellte. Wenn ihn jemand vor wenigen Stunden gefragt hätte, was er von Frauen mit einer

Mädchenstimme hielt, dann hätte er gesagt, dass sie ihn eigentlich nur nervten. Doch natürlich stellte Darcy Michaels die Ausnahme von der Regel dar. Jedes Mal, wenn sie den Mund aufmachte, ging seine Fantasie mit ihm durch.

Härter, Jared. Tiefer ...

Großer Gott. Er knirschte mit den Zähnen.

»Wir müssen uns beeilen«, stieß er hervor und zwang sich zur Konzentration. »Wenn er bei seinem Muster bleibt, dann wird er noch diese Woche das nächste Feuer legen. Was haben Sie bisher herausgefunden?«

Sie deutete auf ein Ziegelsteingebäude auf der anderen Straßenseite, das die Feuerwache beherbergte. »Mein Büro ist gleich da drüben. Haben Sie schon einen Verdächtigen? Sie sind doch hier, weil Sie die Vorgehensweise erkannt haben, oder nicht?«

»Sie gleicht der eines bekannten Brandstifters.«

»Wir haben es jetzt seit drei Wochen mit ihm zu tun. Wo ist er vor vier Wochen gewesen?«

»Keine Ahnung.«

Sie runzelte die Stirn. »Dann gibt es Intervalle, in denen er untätig ist? Wie lang sind sie?«

»Ungefähr zwanzig Jahre.«

Sie blieb abrupt stehen. »Sie wollen mich wohl für dumm verkaufen?«

Er sah sie aus mehreren Gründen finster an, unter anderem, weil ihm ihr Arm entglitten war, als sie auf einmal stehen geblieben war. »Warum sollte ich das tun?«

»Wurde er vor Kurzem aus dem Gefängnis entlassen?«

»Er ist geflüchtet«, erklärte er. »Vor siebzehn Jahren. Er hat eine Toilette in einem Gerichtsgebäude angezündet, als er dort zu einer Anhörung erscheinen sollte, und ist in dem darauffolgenden Tumult entkommen. Seitdem hat man von ihm nichts mehr gehört oder gesehen. Aber der Supervisor Deputy Marshal im Büro in Seattle war bei Merkersons erster Verhaftung dabei und hat das Muster wiedererkannt.«

Darcys grimmige Miene verschwand. »Merkerson! Genau! Ich habe die ganze Zeit versucht, seine Handlungsweise einzuordnen. Das war lange vor meiner Zeit, aber wir haben den Fall während meiner Ausbildung behandelt. Was hat er nur all die Jahre gemacht? Wie ist es ihm gelungen, nicht aufzufallen?«

»Möglicherweise saß er unter falschem Namen im Gefängnis, oder er war außer Landes. Vielleicht hat er auch einen Nachfolger gefunden, der in seine Fußstapfen getreten ist. Aber das ist unwichtig, da wir diesen Bastard festnageln werden.« Erneut griff Jared nach ihrem Ellenbogen und steuerte mit ihr auf die Feuerwache zu.

»Und ob das wichtig ist. Er hat in gerade mal drei Wochen diese Stadt auf den Kopf gestellt!«

Er hörte den Zorn in ihren Worten und speicherte ihn in seinem Gedächtnis ab. Eine persönliche Verwicklung trübte das Urteilsvermögen. Das war einer der vielen Gründe, weshalb es eine schlechte Idee war, Zeit mit ihr zu verbringen. Er spürte schon jetzt die Auswirkungen. Während sein Gehirn mit dem Fall beschäftigt war, konzentrierte sich sein Körper nur auf sie, war heiß und begierig darauf, sie ins Bett zu bekommen.

Sie wollten gerade die Straße überqueren, doch im letzten Moment strebte er einem Diner an der Ecke entgegen.

»Ich habe noch gar nichts zu Mittag gegessen«, erklärte er ihr und hoffte, dass sein niedriger Blutzucker und nicht etwa seine Hormone für seinen angeschlagenen gesunden Menschenverstand verantwortlich war. Ersteres ließ sich leicht beheben.

»Ich habe gerade erst gegessen, aber ich kann mir einen Shake holen.«

Noch etwas, das zu ihren Gunsten sprach. Sie war offenbar keine Frau, die ständig Kalorien zählte.

Er hätte beinahe laut gestöhnt, als ihm durch seinen vom Testosteron verwirrten Geist schoss, was sie wohl noch alles mit ihrem Mund anstellen konnte. Falls er noch irgendeinen Beweis gebraucht hätte, dass er in der letzten Zeit zu viel gearbeitet und zu wenig Spaß gehabt hatte, dann war das jetzt wohl erwiesen. Vielleicht sollte er das Angebot des blonden Deputys annehmen und sich einmal ein wenig entspannen.

Als sie vor dem Tresen standen, nahm Jared die Speisekarte zur Hand und begutachtete das begrenzte Angebot. Es gab vor allem Burger und Pommes frites sowie einige Salate für diejenigen, die lieber etwas Fettarmes essen wollten.

Eine Kellnerin in einer an die Fünfzigerjahre angelehnten Uniform, auf deren Namensschild »Ginny« stand, kam zu ihnen und lächelte sie an. »Hey, Darcy. Wie ich sehe, hast du den Fed mitgebracht. Miller dreht bestimmt gerade durch. Ich weiß ja, wie er ist, wenn Leute von außerhalb ins Spiel kommen.«

»Wieso weißt du nur immer so viel?« Darcy schien wirklich beeindruckt zu sein. »Ich habe auch erst vor fünf Minuten erfahren, dass der Marshals Service hier ist.«

Ginny zuckte mit den Achseln. »Hier erfährt man so einiges. Willkommen in Lion's Bay, Marshal.«

»Deputy«, korrigierte er sie und sah dann wieder auf die Speisekarte. »Danke.«

»Wie geht's dir denn so?«, fragte Darcy Ginny, und ihre Stimme klang so, als wären sie gute Freundinnen.

»Besser. Ich habe heute Morgen eine neue Alarmanlage einbauen lassen. Angeblich registriert sie Wärme und alarmiert dann die Sicherheitsfirma. Und ich habe unsere Brandmelder vor einigen Tagen überprüfen lassen, um sicher sein zu können, dass auch alles richtig funktioniert.« Ginny deutete mit dem

Daumen über die Schulter auf den stämmigen Koch, der gerade auf der anderen Seite der Drehtür in der Küche zu sehen war. »Tim macht schon Witze, dass wir uns vom Geld, das wir von der Versicherung kriegen werden, zur Ruhe setzen können, falls es tatsächlich brennt. Dafür durfte er letzte Nacht auf der Couch schlafen.«

»Ach, verdammt. Ginny, es tut mir echt leid. Ich …«

Jared mischte sich in das Gespräch ein, bevor sie noch etwas anderes sagen konnte. »Das war sehr vorausschauend und aufmerksam, Ginny. Gut gemacht. Wenn Ihre Burger nur halb so gut sind wie Ihre Planung, dann nehme ich einen doppelten.«

Ginny grinste bei dem Lob. »Ein starker Mann wie Sie kann den auch vertragen.«

»Irgendwelche Empfehlungen?«

»Das hängt davon ab, ob Sie was Herzhaftes oder was Süßes möchten.«

»Beides. Ich bin am Verhungern.«

»Dann bringe ich Ihnen einen Jalapeno-BBQ-Doppelcheeseburger mit Pommes. Alle Beilagen?«

»Ja. Und zwei Shakes, wie sie Inspektor Darcy immer trinkt. Alles zum Mitnehmen, bitte.«

Jared bezahlte und winkte ab, als Darcy ihm einen Fünfer geben wollte.

Ginny kassierte und zog sich zurück, um die Shakes zu machen. Darcy blieb mit finsterer Miene vor dem Tresen stehen. Er deutete auf einen Tisch mit rot bezogenen Bänken vor dem Fenster.

»So«, begann er, nachdem sie sich gesetzt hatten. »Wie oft mussten die Feds denn schon nach Lion's Bay kommen?«

Sie zog eine Augenbraue hoch und warf ihm einen kritischen Blick zu. Der Höhlenmensch trommelte sich bei dieser Herausforderung wild auf die Brust. Himmel noch mal, so hatte er sich seit sehr langer Zeit nicht mehr für eine Frau interessiert.

Es war gut, dass sie Feuer im Hintern hatte. Wenn er sie erst mal im Bett hatte, würde er nicht gerade sanft mit ihr umgehen …

Verdammt. Was dachte er sich nur dabei? In diese Richtung würde er definitiv nicht weiterdenken.

»Nur einmal«, antwortete sie.

»Wann?«

»Vor drei Jahren.«

»Warum?«

Sie zögerte eine Sekunde, aber er bekam es mit. »Eine Einwohnerin wurde ermordet.«

»Warum war das so interessant?«

Sie schürzte die Lippen, und ihre Augen wurden stahlhart, was ihn erschreckte.

»Starren Sie mich nicht so an, Darcy. Das ist eine berechtigte Frage. Die Feds haben wichtigere Fälle als einen Kleinstadtmord. Warum haben sie sich trotzdem dafür interessiert?«

Sie stieß die Luft aus. »Der Tathergang stimmte mit dem eines Serienkillers, den sie gerade jagten, überein.«

In dem Moment, in dem sie Jared Cameron auf dem Polizeirevier gesehen hatte, war ihr klar gewesen, dass er ihr Leben völlig durcheinanderbringen würde.

Sein Aussehen hatte sie zuerst verblüfft. Sie hatte sich große Mühe geben müssen, um ihn nicht mit offenem Mund anzustarren, als er auf sie zugekommen war und das verkörperte, was man sich unter einem großen, dunklen und gefährlichen Mann vorstellte. Dann hatte er sie einfach nach draußen geführt, und seine Berührung hatte ein Prickeln in ihrem Arm und danach in ihrem ganzen Körper ausgelöst. Jetzt saß sie ihm gegenüber und konnte einfach nicht fassen, wie unglaublich attraktiv er war. Ihre Mutter hätte ihn als »Sahneschnitte« bezeichnet, aber so weit wollte Darcy dann doch nicht gehen. Jedes Mal, wenn sich ihre Blicke kreuzten, bekam sie einen trockenen Mund. Trotz seines rein professionellen Auftretens glaubte sie, in seinen stahlblauen Augen ungezügelte animalische Begierde zu erkennen.

Und sie konnte nicht leugnen, dass sie ihn ebenfalls begehrte. Dabei handelte es sich um eine instinktive Reaktion, die sie einfach nicht unterdrücken konnte. Er sprach grob und abgehackt, und sie ging davon aus, dass er sie vögeln würde, bis sie den Verstand verlor, ohne dabei viele Worte zu verlieren. Einfach nur heißer, wilder, sinnlicher Sex. Genau das strahlte er mit seiner erregenden Energie und seinem feurigen Blick aus, und es war längst um sie geschehen. Erst aufgrund seiner Art, die einer Naturgewalt gleichkam, hatte sie bemerkt, dass sie eigentlich seit einer Weile tot war. Ein hemmungsloser One-Night-Stand war genau das, was sie brauchte, um mal Dampf abzulassen.

»Welcher Serienkiller?«, wollte er mit seiner rauen Stimme wissen, bei der sie an goldenen Whisky in einem Kristallglas denken musste. Er strich sich eine schwarze Locke aus der Stirn, und ihr fielen die Venen an seinen kräftigen Armen und an seinem Bizeps auf. Mit seinem schlanken, muskulösen, aber nicht bulligen Körper entsprach er genau ihrem Geschmack.

»Das war so ein Kerl aus dem Mittleren Westen, der Maya-Symbole in die Oberkörper seiner Opfer geritzt hat.«

»Der Prophet.« Jared lehnte sich zurück und wirkte in der entspannten Pose ein wenig gelassener. »Er hat bis zum Jüngsten Tag runtergezählt. Ein echt krankes Schwein.«

Sie sah ihn erstaunt an. »Ist das Ihre professionelle Meinung?«

»Meiner professionellen Meinung nach war er verrückt, ebenso wie dieser Kerl, der Ihre Stadt abfackelt.«

Sie hätte beinahe gegrinst. Jared Cameron war zweifellos ein ungehobelter Kerl, aber sie fühlte sich jetzt, da er da war, gleich viel besser. Sie konnte sich nicht vorstellen, dass er sich von irgendjemandem austricksen ließ.

»Hören Sie mir mal gut zu.« Er trommelte mit den Fingern auf den Tisch. »Sie dürfen sich wegen dieser Brände nicht schuldig fühlen.«

»Das tue ich auch nicht.«

»Ach, Blödsinn. Die Kellnerin erzählt Ihnen, was sie macht, um ihr Eigentum zu beschützen, und Sie fangen sofort an, sich bei ihr zu entschuldigen, als wäre das alles Ihre Schuld.«

Darcy war empört. »Das ist eine kleine Stadt, Deputy. Die Leute schwimmen nicht gerade in Geld, und sie hat …«

»Ich heiße Jared.«

»Sie sind wirklich ein Charmebolzen, was?«

»Sie wollen keinen Charme, und wir reden hier Tacheles.«

»Woher zum Henker wollen Sie wissen, was ich will?«

»Weil ich dasselbe will.« Er beugte sich vor und sprach leiser weiter, und in seinen blauen Augen schien es zu lodern. »Ich begehre Sie so sehr, dass ich schon seit dem Augenblick, in dem ich Sie das erste Mal gesehen habe, einen Steifen habe.«

Wie ein plötzlicher Fieberschub stieg die Erregung in ihr hoch, und ihre Haut rötete sich. Noch nie hatte ein Mann so offen mit ihr gesprochen, daher war ihr bis jetzt nicht klar geworden, wie sehr sie das heiß machte. Jetzt wusste sie es, und sie fragte sich, was er wohl im Bett sagen würde. Allein die Vorstellung, wie er vor Erregung stöhnte und obszöne Dinge von sich gab, ließ sie innerlich vor Lust vergehen. Nur mit Mühe gelang es ihr, still sitzen zu bleiben, aber sie konnte es nicht unterlassen, ihn noch weiter anzuheizen. »Und was genau ist das, was wir beide wollen, Deputy?«

Einen Moment lang bewegte er nicht einen Muskel. Dann verzog er seine Lippen zu einem frechen, sinnlichen Grinsen. In seinen Augen flackerte wilde, harte Lust. »Sie wollen, dass ich Sie nehme, bis Sie gar nicht mehr wissen, wo vorne und hinten ist, und ich will mich in Sie bohren, bis ich mich bis auf den letzten Tropfen in Sie ergossen habe.«

Darcy fiel auf ihrem Stuhl nach hinten und griff sich an die Kehle. »Wow.«

Ihre Scham pochte, und sie wurde ganz feucht. Sie kannte diesen Mann noch keine zwanzig Minuten, aber sie war bereits entschlossen, ihn noch sehr viel besser kennenzulernen. Zumindest seinen Körper … »Abgemacht. Ich habe um sechs Feierabend.«

Die Nasenflügel des Deputys bebten. Die Vorfreude ließ seine Wangenknochen noch deutlicher hervortreten und seine ausgeprägten Lippen hart erscheinen. Sie musste zugeben, dass er der attraktivste Mann war, den sie je gesehen hatte.

»Das werde ich noch bereuen«, murmelte er und starrte sie mit finsterer Miene an.

Seltsamerweise stachelte dieser Satz ihr Verlangen nach ihm nur noch mehr an. Er verriet, wie sehr er sich zu ihr hingezogen fühlte, da er offenbar nicht dagegen ankam, auch wenn er es gewollt hätte. Und sie reagierte so, wie jede heißblütige Frau auf das wilde Verlangen eines unglaublich attraktiven, außerordentlich maskulinen Wesens reagiert: indem sie ihn provozierte.

Sie beugte sich vor. »Nein, das werden Sie nicht«, flüsterte sie. »Sie werden Sterne sehen, wenn ich mit Ihnen fertig bin.«

»Himmel.« Er schnitt vor Unbehagen eine Grimasse, schob die Hüften vor und rückte seine Jeans zurecht.

»Zurück zum Geschäftlichen«, sagte sie, während sie sich innerlich über ihren Triumph und ihre angeheizte Erwartung freute. »Ginny hat Geld, das sie eigentlich nicht übrig hat, für Sicherheitsmaßnahmen ausgegeben, die ihr nicht im Geringsten helfen werden. Sie wissen, wie Merkerson vorgeht. Wenn er diesen Diner in Brand setzen will, dann könnte er das am helllichten Tag und direkt vor ihrer Nase tun.«

Und später, wenn der Diner geschlossen hatte und auf den Straßen nichts mehr los war, würde eine hundsgemeine kleine Bombe mit Zeitzünder explodieren und das ganze Gebäude innerhalb von Sekunden in Flammen aufgehen lassen.

»Sie haben doch gehört, was sie gesagt hat«, erwiderte Jared beschwichtigend. »Sie fühlt sich jetzt besser. Und selbst wenn die Veränderungen, die sie vorgenommen hat, in diesem ganz speziellen Fall nicht nötig waren, hat sie doch eine kluge Entscheidung getroffen.«

»Es ist meine Aufgabe, dafür zu sorgen, dass sie sich sicher fühlt, und das ist mir ganz offensichtlich nicht gelungen.«

»Stimmt.« Sein Blick schien sie zu durchbohren. »Und die Menschen sollten mit offenen Türen schlafen, weil die Gesetzeshüter sie beschützen.«

»Das ist nicht dasselbe.« Nach dem ersten Feuer hatten die Einwohner Angst gehabt, aber darauf vertraut, dass Jim und sie die Sache regeln würden. Das zweite Feuer hatte die Nervosität weiter gesteigert, aber noch immer hatten alle darauf gehofft, dass der Schuldige bald hinter Schloss und Riegel sitzen würde. Doch nach dem dritten Feuer hatte niemand mehr geglaubt, dass die Behörden dem Brandstifter direkt auf den Fersen waren, und sie hatten angefangen, eigene Maßnahmen zu ergreifen.

»Kommen Sie auf den Boden der Tatsachen zurück, Darcy. Wenn Sie bei der Beweissicherung und -analyse keinen Mist gebaut haben, dann haben Sie Ihren Job gut gemacht, und es war außerdem richtig, sich Unterstützung zu holen, als es erforderlich wurde. Sie können sich selbst loben und den Menschen Anerkennung zollen, die vorausdenken, anstatt den Kopf in den Sand zu stecken.«

»Ich weiß noch nicht genau, ob ich Sie wirklich leiden kann.«

»Sie müssen mich nicht mögen. Machen wir die Sache nicht komplizierter, als sie ist.«

Sie nickte, ohne zu zögern. Schließlich war sie genau aus dem Grund bereit, sich mit ihm einzulassen, weil er nur auf der Durchreise war. Etwas, das über den Sex hinausging, passte ihr im Moment gar nicht in den Kram. »Das klingt gut.«

Er war auf den Beinen, bevor Ginny mit der Tüte mit seinem Essen und den beiden Shakes ihren Tisch erreicht hatte. »Gehen wir, Inspektor. Wir haben bis achtzehn Uhr noch einiges zu erledigen.«

Jared stellte die Tüte mit seinem Mittagessen auf den Schreibtisch in Darcys Büro und sah sich neugierig in dem kleinen Raum um. Während er den Styroporbehälter herausholte, überlegte er sich, ob er sie auf dem einen Meter achtzig langen Klapptisch vernaschen konnte, der unter dem Fenster stand, durch das man auf den Geräteraum der Feuerwache hinunterblickte. Leider war der Tisch nicht robust genug, um dieser Aufgabe gewachsen zu sein, und es wäre auch ziemlich unwürdig, selbst wenn ihm ein Quickie vermutlich geholfen hätte, sich wieder besser konzentrieren zu können. Auch ihr Schreibtisch mit der ultramodernen Glasplatte, die auf dünnen Chromstreben balancierte, sah nicht besonders stabil aus.

»Miller bellt übrigens lauter, als er beißt.« Sie griff um seinen Körper herum nach ihrem Shake, und er atmete ihren Duft nach warmer, sauberer Frau tief ein.

Der Sheriff war Mitte dreißig und stemmte offensichtlich eifrig Hanteln, aber er war keine Bedrohung. Jared hatte sechs Jahre bei der Delta Force gedient, bevor er zur Gruppe für Spezialoperationen des US-Marshals-Service gegangen war. Es gab auf dieser Welt keinen Menschen, den er nicht schwer verstümmeln oder umbringen konnte.

»Meine Partnerin wird sich um Miller kümmern. Selbst wenn sie das Bedürfnis verspürt, ihn umzubringen, kann sie sich zurückhalten.« Er biss von seinem Burger ab und setzte sich dann auf einen der beiden Stühle, die vor ihrem Schreibtisch standen. Noch bevor er den Bissen runtergeschluckt hatte, murmelte er: »Heilige Scheiße.«

Ihre Lippen verzogen sich um den Strohhalm herum zu einem Lächeln. »Der Burger ist gut, was?«

Er schluckte. »Das können Sie laut sagen.«

Der Burger war fast so umwerfend, wie sie aussah, wenn sie lächelte. *Sie werden Sterne sehen, wenn ich mit Ihnen fertig bin.* Unfassbarerweise war er geneigt, ihr zu glauben. Sie stellte schon jetzt einiges mit ihm an, ohne dass sie sich irgendwelche Mühe gab. Was würde sie erst mit ihm machen, wenn sie sich richtig anstrengte …?

Sie ging um ihren Schreibtisch herum und zog die oberste Schublade des Aktenschranks auf. Sein Blick wanderte zu einer Wand voller Bücherregale aus Chrom und Glas. Entweder investierte die Stadt eine Menge, damit sich ihre Angestellten wohlfühlten, oder sie hatte ihr Büro von ihrem eigenen Geld ausgestattet. Er ging davon aus, dass der praktische graue Klapptisch aus Metall und die Stühle von der Stadt angeschafft worden waren. Ebenso der stinknormale Aktenschrank. Aber die Bücherregale und der dazu passende Schreibtisch gehörten ihr und passten auch zu ihr: Die Möbelstücke waren robust, auffällig und sexy. Außerdem ließ diese Investition vermuten, dass sie sehr viel Zeit in ihrem Büro verbrachte … oder sich hier sehr zu Hause fühlte.

Sein Blick fiel auf einen silbernen Bilderrahmen hinter ihr. Es war ein Schnappschuss von ihr in jüngeren Jahren. Sie trug darauf eine Cheerleaderuniform und hatte einen Arm um die Schultern eines Ebenbilds von sich gelegt, das die Kleidung einer Schulband trug.

»Sie haben eine Zwillingsschwester.«

Sie schob die Schublade zu, kehrte zu ihrem Schreibtisch zurück und legte drei Aktenordner auf die Glasplatte. »Ja.«

Er fragte sich, ob sich die Schwestern wohl ähnlich waren. Vielleicht war Darcy die Ungezogene von beiden. Bei diesem Gedanken wurde sein ohnehin schon steifer Schwanz nur noch härter. Das Wort »ungezogen« in Verbindung mit »Darcy« zu denken, hatte offenbar eine vorhersehbare Wirkung auf ihn.

»Sollen wir mit dem ersten Feuer anfangen?«, fragte sie und kam zu ihrem eigentlichen Thema zurück.

Er aß weiter und nickte nur. Allerdings irritierte es ihn, dass sie nichts weiter über ihre Schwester sagte, auch wenn es eine dumme Erwartung war. Wenn sie die Sache nicht kompliziert machen wollten, konnten sie das Persönliche auch weglassen. Er sollte sich lieber darüber freuen, dass sie das genauso sah.

Darcy zog den untersten Ordner heraus und klappte ihn auf. Dann breitete sie sorgfältig Fotos auf ihrem Schreibtisch aus. Abgesehen von dem eigenartigen braunen Stifthalter aus Glas und einer roten Metallschachtel lag nichts auf der makellos sauberen Tischplatte.

Jared kaute auf einem wunderbar knusprigen Pommes herum und sah sich die Tatortfotos an. Sie erklärte ihm genau, was er da vor sich sah.

»Das Feuer ist gegen zweiundzwanzig Uhr ausgebrochen. Der Besitzer hat um zwanzig Uhr Feierabend gemacht und den Laden abgeschlossen. Es begann hier zu brennen«, sie deutete auf das dritte Foto, »im Flur vor den Toiletten.«

»War das ein Ziegelsteingebäude?«, erkundigte er sich, weil ihm die Trümmer aufgefallen waren.

»Ja. Die Tanzschule war in das Gebäude der alten Feuerwache eingezogen, nachdem die Stadt alle Einrichtungen hierher verlegt und dieses Gebiet als Innenstadt ausgewiesen hat.« Darcy zog ein weiteres Foto aus der Akte, eine Nahaufnahme mit einem L-förmigen Lineal am Rand, und legte es vor ihn auf den Tisch. »Sehen Sie diese zusammengerollten Aluminiumsplitter? Sie wurden positiv auf Rückstände aus weißem Phosphor getestet. Es ist sehr wahrscheinlich, dass der Zündsatz in einer Limonadendose versteckt war, die in einen Mülleimer geworfen worden war.«

»Interessant.«

»Wissen Sie, was wirklich interessant ist?« Sie stützte die Hände auf die Tischplatte und beugte sich vor. »Ein Brandstifter, der sich für ein Ziegelsteingebäude entscheidet. Hier in Lion's Bay gibt es jede Menge Häuser, die schon vor über einem Jahrhundert errichtet wurden. Gute, altmodische Holzhäuser mit Schindeln, die lichterloh brennen würden, und zwar in Gegenden, in denen sie weit genug auseinanderstehen, sodass es nicht gleich zu einem Flächenbrand kommt.«

Er hatte in dieselbe Richtung gedacht. »Gibt es Hinweise darauf, dass es sich hierbei um Versicherungsbetrug handeln könnte?«

»Und die anderen Feuer als Ablenkungsmanöver gelegt wurden? Der Brandsatz ist viel zu ausgeklügelt für einen Amateur. Wir haben es hier mit einem Profi zu tun.«

»Okay. Fahren Sie fort.«

»Gebäude Nummer zwei war ein altes Tierheim, das vor allem aus Zementblöcken gebaut worden war.« Darcy stapelte die Fotos aus der ersten Akte zu einem ordentlichen Haufen und legte sie beiseite, bevor sie den zweiten Ordner aufschlug. Auch die neuen Bilder legte sie vorsichtig aus. »Dieses Haus lag sehr abgelegen, aber es war von sehr viel Vegetation umgeben. Das hätte böse enden können, wenn es nicht vorher tagelang geregnet hätte.«

Jared zog die Fotos näher zu sich. »Sie haben einen anonymen Tipp wegen des Feuers erhalten, wenn ich richtig informiert bin?«

»Ja.«

Nachdem er sich alle Fotos angesehen hatte, legte sie sie beiseite und zeigte ihm die Aufnahmen des letzten Brandes.

»Was war das für ein Laden?« Er beäugte die unidentifizierbaren verzerrten Formen, die vor den Wänden auf dem Boden zu erkennen waren.

»Ein Süßwarengeschäft. Diese merkwürdig aussehenden Dinger waren die Plastikbehälter, in denen die Süßigkeiten aufbewahrt wurden. Der Laden grenzt an ein Modeschmuckgeschäft, dessen moderne Brandmelder dafür gesorgt haben, dass wir schnell vor Ort waren. Das Modeschmuckgeschäft hat kaum etwas abbekommen.«

Jared klappte den Deckel seines inzwischen leeren Styroporbehälters zu und trat zu der Karte, die an der Wand hing. Drei Stellen waren mit roten Stickern markiert. »Sind das die Orte, an denen es gebrannt hat?«

»Ja.«

Er hörte, wie sie die Akten wieder wegräumte, während er sich die Orte ansah, die anscheinend zufällig ausgewählt worden waren. Verschiedene Stadtteile, unterschiedliche Unternehmen. Er trank den besten Shake aus, den er je getrunken hatte, und meinte: »Wir sollten zu der Tanzschule fahren.«

»Das ist drei Wochen her. Da gibt es nichts mehr zu sehen.«

»Ich will ja auch nicht nach Beweisen suchen.« Er sah ihr in die Augen, als sie sich wieder aufrichtete. »Der Täter hat etwas in diesen Zielen gesehen, das uns bisher verborgen geblieben ist. Wenn es uns gelingen soll, seine Gedankengänge nachzuvollziehen und seinen nächsten Schritt vorauszuahnen, dann müssen wir herausfinden, was seine Aufmerksamkeit erregt hat.«

»Ich habe alles gründlich unter die Lupe genommen, aber mir ist da nichts als ein zufälliges Chaos aufgefallen.«

»Eine neue Perspektive kann nie schaden.« *Sie will da nicht wieder hinfahren*, erkannte er und fragte sich, warum das so war, während er gleichzeitig darauf hoffte, einen Hinweis auf den Grund dafür zu bekommen, wenn sie vor Ort waren.

»Hey.«

Jared drehte sich zur offenen Tür um und stellte fest, dass ein Mann lässig am Türrahmen lehnte. Seine Uniform mit dem kurzärmligen weißen Hemd und der marinefarbenen Hose sah genauso aus wie Darcys, nur dass er einige Abzeichen mehr auf den Ärmeln hatte.

»Hey, Jim.« Darcy stellte die Männer einander vor.

Der oberste Brandinspektor James Ralston richtete sich auf, schüttelte Jared die Hand und musterte ihn neugierig. »Ich habe gerade gehört, dass Darcy die Kavallerie gerufen hat. Hoffentlich können Sie uns helfen, dieses Schwein zu fassen.«

»Wir arbeiten daran.«

»Möchtest du die Sache übernehmen?«, fragte Darcy. »Deputy Cameron wollte gerade zur Tanzschule fahren. Du kannst ihm da bestimmt besser weiterhelfen als ich.«

»Du machst das schon.« Ralstons Augen wurden sanfter, als

er Darcy ansah. »Außerdem kann ich hier gerade nicht weg. Der Bürgermeister will, dass ich alle öffentlichen Gebäude inspiziere, da er die Alarmanlagen erneuern lassen will.«

»Die Panik breitet sich weiter aus«, murmelte sie und zog einen Schlüsselbund aus der Tasche. »Lass nicht zu, dass er dich die ganze Nacht damit aufhält.«

»Das werde ich nicht, aber es könnte spät werden. Du kannst dich ja selbst reinlassen, falls ich noch nicht da sein sollte.«

Sie schüttelte den Kopf. »Danke, aber das wird nicht nötig sein.«

Ralston runzelte die Stirn. »Bist du sicher?«

»Mach dir um mich keine Sorgen. Mir geht es gut.«

»Okay, dann bis morgen.«

Der Mann verließ den Raum, aber Jared wurde seine Anspannung nicht los. »Ist er nicht etwas zu alt für Sie?«

Darcy, die gerade hinter ihrem Schreibtisch hervorkommen wollte, hielt inne. »Wie bitte?«

»Wie alt ist er? Vierzig? Fünfundvierzig?«

»Das geht Sie nichts an.« Sie marschierte an ihm vorbei.

Verdammt, wenn ihre Stimme so streng wurde, machte ihn das noch heißer. Er war gerade an dem Punkt angekommen, an dem er sich endlich mehr auf die Arbeit als auf ihren Sex-Appeal konzentrieren konnte, doch dann hatte Jim Ralston alles wieder zunichtegemacht, indem er aufgetaucht war und versucht hatte, seine Ansprüche geltend zu machen.

Jared folgte ihr. »Wie lange ist das mit Ihnen beiden schon her?«

»Noch nicht lange genug.«

»Für Sie vielleicht. Für ihn nicht.«

»Da liegen Sie aber gewaltig daneben.« Sie ging über den Parkplatz und auf den Pick-up-Truck mit dem Feuerwehremblem an der Seite und der Lichtleiste auf dem Dach zu. »Er ist in einer schweren Zeit für mich da gewesen. Es war nie etwas Ernstes, und die Sache ist jetzt seit fast zwei Jahren vorbei ... Nicht, dass es Sie etwas anginge.«

»Und ob mich das was angeht«, schoss er zurück, ging um die Motorhaube herum und riss die Beifahrertür auf. »Wenn er zu einem Problem werden kann, dann muss ich das wissen.«

»Er ist kein Problem. Und jetzt genug davon.«

»Dieser Spruch, dass Sie sich selbst reinlassen können, war so, als würde ein Hund sein Bein heben.«

Sie sah ihn durch das Fenster an. »Sie haben kein Recht, etwas über meine Privatangelegenheiten zu erfahren. In Bezug auf meine Person haben Sie überhaupt keine Rechte. Sie sind ein möglicher Zeitvertreib und mehr nicht. Und selbst das ist im Moment noch äußerst zweifelhaft.«

»Ach ja?« Er sah auf die Uhr, setzte sich in den Wagen und knallte die Tür zu. Es war sechzehn Uhr dreißig. »Fahren wir.«

3

Darcy setzte sich hinter das Lenkrad und steckte den Schlüssel ins Zündschloss, während ihre Gedanken rasten. Es war keine gute Idee, bei Jared Cameron einen Rückzieher zu machen. Sobald sie auch nur die kleinste Schwäche zeigte, würde er sie wie eine Dampfwalze überrollen. Und die Alternative, ihn auf Distanz zu halten, war eigentlich keine, da sie nicht einmal eine Sekunde lang daran denken wollte. Sie begehrte ihn. Sehr sogar. Fast schon verzweifelt begehrte sie ihn, wenn sie ehrlich war. Also war sie entschlossen, sich mit seinem sozialen Asperger-Syndrom herumzuschlagen, obwohl er herrisch und reizbar zu sein schien, wenn sie ihn dann in ihr Bett lotsen konnte.

Schweigend fuhren sie zu der ausgebrannten Tanzschule. Jared sah sich die Stadt an und registrierte jede Kleinigkeit. Doch seine ständige Konzentration musste einen Grund haben, der auch seine Angespanntheit erklärte, die ihn von jedem Gesetzeshüter unterschied, der ihr bisher begegnet war. Er bewegte sich wie ein Raubtier, mit sparsamen Bewegungen und leichtem Gang. Und er war immer wachsam.

Ein Jäger. Genau das war er. Jemand, der dazu ausgebildet worden war, gefährlich zu sein. Sie tippte auf eine militärische Ausbildung.

Sie parkte vor dem Gebäude und stieg aus dem Wagen. Auf dem Gelände fuhren bereits Planierraupen und riesige Müllwagen herum, die die Trümmer beseitigten. Ihr Magen zog sich so vor Kummer und Traurigkeit zusammen, dass sie es kaum noch ertragen konnte.

Doch sie holte tief Luft und folgte Jared, der bereits auf dem Bürgersteig stand. Er drehte sich langsam um und nahm die Umgebung in sich auf.

Darcy wappnete sich und ging auf die Ruine zu, deren Dach eingestürzt war, während sie sich vorzustellen versuchte, wie es hier früher ausgesehen hatte. Dabei bedauerte sie es, dass sie so lange nicht mehr hier gewesen war. Ihre Erinnerungen stammten alle aus ihrer Kindheit und hatten Staub angesetzt. Sie waren nur noch das schwache Echo einer vergangenen Zeit, in der sie und Danielle auf spielerische Weise miteinander gewetteifert und davon geträumt hatten, Ballerinas zu werden.

»Erwachsene oder Kinder?«, fragte Jared und riss sie aus ihren Gedanken.

»Wie bitte?« Sie sah ihn irritiert an.

Er verengte die Augen. »Geht es Ihnen gut? Sie sehen gerade ziemlich mitgenommen aus.«

»Ja, alles okay.«

»Ach, lügen Sie nicht. Sie sehen aus, als wären Sie …«, er runzelte die Stirn, »traurig.«

»Sowohl Erwachsene als auch Kinder«, antwortete sie und überging seinen Kommentar, der mitten ins Schwarze getroffen hatte. Doch im nächsten Moment hatte sie die Fassung wiedergewonnen. Und das verdankte sie ihm und der Aura der Stärke und Sicherheit, die ihn umgab. »Und alle Stile, von Ballett bis Hip-Hop.«

»Sie waren hier früher Schülerin.« Das war keine Frage.

Sie holte tief Luft und wusste, dass es sinnlos war, es zu leugnen. Ihm entging nichts. »Das ist schon sehr lange her.«

Er nickte, stemmte die Hände in die Hüften und sah sich die Überreste an. »Da das hier nur eine Kleinstadt ist, wie groß waren die Klassen?«

»Zwischen fünf und fünfzehn Schüler. Die Besitzer waren früher Profitänzer. Die Leute kamen aus dem ganzen Land hierher, um etwas von ihnen zu lernen.« Sie deutete auf ein einfaches Motel auf der anderen Straßenseite. »Sie hatten mit der Familie Daniels einen guten Preis für ihre Schüler ausgemacht, die von außerhalb kamen.«

»Wir müssen die ehemaligen Schüler unter die Lupe nehmen.«

»Das wollte Sheriff Miller machen.«

Jared nickte. »Dann ist Morales an der Sache dran.«

Als sie ihn fragend ansah, fügte er hinzu: »Meine Partnerin.«

Sie sah ihm nach, als er an den eingestürzten Ziegelsteinmauern entlangging und mit seinen harten Polizistenaugen alles in sich aufnahm. In ihr zog sich alles zusammen, als ihre Vergangenheit mit der Gegenwart zusammenstieß, aber sie verdrängte die aufkommenden Gedanken und beantwortete seine Fragen.

Eine knappe Stunde später sah er auf die Uhr. »Es ist Viertel vor sechs.«

In diesen Worten lag ein Versprechen, und seine Augen sahen sie begehrlich an.

Darcy nickte. Er würde ihren Schmerz lindern, zumindest für eine Weile. »Gehen wir.«

Sie machten einen Zwischenstopp in Darcys Büro, wo sie die Akten mitnahm, die Jared sich zuvor angesehen hatte, und den Truck gegen ein BMW Cabrio tauschte, das in eine Stadt voller Pick-ups und Kompaktwagen irgendwie nicht hineinpassen wollte.

Sie sah ihn an, und in ihrem Blick lagen weder Zweifel noch Angst. »Zu Ihnen oder zu mir?«

»Wollen wir nicht erst etwas essen?«, fragte er, schließlich war er kein völliger Neandertaler, der nur an das Eine dachte.

Okay, okay … das traf durchaus zu. Aber er wollte ja nicht, dass diese Nacht mit ihr ein Einzelfall blieb. Wenn er seinen gesunden Menschenverstand schon ignorierte, dann konnte er die Sache auch auskosten,

»Wir können auch hinterher etwas essen.«

Auch gut. »Dann zu Ihnen. Ich bin in einem Motel mit verdammt dünnen Wänden abgestiegen.«

»Okay.« Sie setzte schnell aus der Parklücke zurück und lenkte den schnittigen Sportwagen auf die Straße.

»Aber erst zur Drogerie.« Er sah ihr in die Augen. »Ich war nicht auf so etwas vorbereitet.«

Sie hielt vor dem Geschäft, weigerte sich jedoch, mit hineinzugehen. »Es wird sich sowieso in einer halben Stunde in der ganzen Stadt herumgesprochen haben, aber ich muss das Gerede ja nicht auch noch schlimmer machen als nötig.«

Sobald er den Laden betreten hatte, wurde ihm klar, dass sie nicht übertrieben hatte. Die Frau an der Kasse beäugte seinen Einkauf neugierig und grinste ihn dann breit an. Wenn er nicht so ungeduldig gewesen wäre, hätte er Darcy tatsächlich gebeten, in die nächste Stadt zu fahren, um dort Kondome zu kaufen. Doch so beeilte er sich und kam zehn Minuten später wieder aus dem Laden und stellte die Tüte vor seinen Füßen ab, als er sich auf den Beifahrersitz setzte. Darcy fuhr bereits los, bevor er sich angeschnallt hatte.

Jared lehnte den Kopf an die Kopfstütze und schloss die Augen, während er das leichte Brodeln in seinem Blut genoss. Es war verdammt lange her, dass er derart begierig darauf gewesen war, mit einer Frau zu schlafen. Außerdem war er gespannt auf Darcys Zuhause und auf das, was er dort über sie erfahren würde. »Seit wann leben Sie schon in Lion's Bay?«

»Schon mein ganzes Leben, mit Ausnahme der Zeit, die ich auf dem College war.«

Da war etwas in ihrer Stimme, das ihn dazu brachte, die Augen zu öffnen und sie anzusehen. Sie hatte ihren Pferdeschwanz gelöst, und die schokobraunen Strähnen wehten nun in der abendlichen Brise. Sie hielt den Kopf auf eine Weise geneigt, die er nur als außerordentlich sinnlich bezeichnen konnte. Sie genoss das Gefühl, den Wind auf der Haut und in den Haaren zu spüren, als wäre es die Berührung eines Liebhabers.

Er holte tief Luft. Darcy war definitiv eine Frau, die gern berührt werden wollte. Und er hatte vor, jeden Zentimeter ihres Körpers zu berühren, innen wie außen.

Sie hielten vor einem kleinen, alten einstöckigen Haus im Ranchstil. Es sah so völlig anders aus als alles, was er erwartet hatte, dass er zuerst glaubte, sie würden noch einen weiteren Zwischenstopp einlegen. Doch dann fuhr sie in den Carport neben dem Haus.

Er runzelte die Stirn. Sie war eine moderne, heiße, stürmische Frau. Diesen Eindruck hatte er aufgrund der Einrichtung ihres Büros und ihres Wagens von ihr gewonnen. Aber das Haus, in dem sie wohnte, war retro und langweilig. Da musste eine interessante Geschichte dahinterstecken. Er würde sie schon in Erfahrung bringen.

Er folgte ihr mit langsamen Schritten zur Hintertür und schien die Vorfreude auszukosten. Es gab für ihn nichts Schöneres auf der Welt als das, was einem überwältigenden Orgasmus vorausging, und er erwartete, dass er in den nächsten Minuten den ersten von mehreren, die er diese Nacht haben würde, erleben durfte.

Darcy lief vor ihm über den praktischen, mit Zementplatten ausgelegten Weg und die drei Stufen zur Tür. Sie war schon im Haus verschwunden, bevor er die schmale Treppe überhaupt erreicht hatte. Langsam ging er nach oben, wobei er das Gefühl hatte, dass sein Schwanz bei jedem Schritt steifer wurde.

Als er die offene Tür erreichte, blieb er stehen. Er holte tief Luft. Stieß sie wieder aus. Ihm schoss durch den Kopf, dass diese heiße Brandinspektorin in den letzten Stunden auf ihm unerklärliche Weise verdammt wichtig für seine geistige Gesundheit geworden war.

Auf intellektueller Ebene begriff er, was die Anziehungskraft zwischen ihnen ausmachte. Er hatte den Großteil seines Lebens das Verhalten anderer Menschen studiert und herausgefunden, wie man sie am besten jagen und töten konnte. Daher war er sich auch sehr wohl bewusst, dass sie im Grunde genommen alle Tiere waren, Kreaturen, die instinktiv und hormonbedingt handelten. Zwischen ihm und Darcy herrschte eine derartige animalische Anziehung, und sie waren beide nicht gewillt, dagegen anzukämpfen. Aber das bedeutete noch lange nicht, dass er es einfach so hinnahm. Kontrolle und Vernunft waren für ihn überlebenswichtig, und Darcy hatte dafür gesorgt, dass ihm beides abhandengekommen war. Er hing sozusagen am seidenen Faden und wusste, dass auch dieser jeden Moment reißen würde, was ihn nervös machte und frustrierte.

Sie kam wieder in sein Blickfeld und zog sich ungezwungen im Wohnzimmer aus. Zwischen ihnen befand sich nur die Küche, und der Weg wurde auf der linken Seite von der Küchenzeile und auf der rechten von einem älteren, soliden Holztisch gesäumt.

Sie hatte das Hemd schon ausgezogen und streckte die Arme nach hinten aus, um aus dem schlichten BH zu schlüpfen, an dem nur die Farbe – schwarz – und die rote Schleife, die sich zwischen ihren kleinen Brüsten befand, auffällig war. »Wollen Sie den ganzen Abend nur so rumstehen, Deputy?«

Sie hatte es offenbar eilig. Großer Gott. Nicht, dass er etwas dagegen hätte …

Eigentlich machte es ihm doch etwas aus. Er war viel zu aufgedreht, um sie einfach zu nehmen und dann hinausgeworfen zu werden. Er wollte auf seine Kosten kommen, damit sein verdammtes Gehirn endlich wieder an etwas anderes als an Sex denken konnte.

Er zog sich das T-Shirt bereits in dem Moment über den Kopf, als er das Haus betrat und die Hintertür zustieß. Nachdem er den Riegel vorgeschoben hatte, drehte er sich wieder zu ihr um, warf die Kondome auf den Wohnzimmertisch und nahm sein Holster, seine Dienstmarke und seinen Gürtel ab.

Darcy zog sich währenddessen weiter aus, mit schnellen, ungekünstelten Bewegungen, wobei sie trotz allem unglaublich sexy aussah. Diese Augen unter den schweren Lidern … diese geröteten Wangen … die glänzenden, leicht geöffneten Lippen …

Alles an ihr schien für ihn »Sex« auszustrahlen. Er wäre bei dem Versuch, die Stiefel zur Seite zu schleudern, beinahe gestolpert, und er zwang sich, still stehen zu bleiben, als er seine Hose auszog. Als sein steifes Glied endlich befreit war, stöhnte er vor Wonne auf und wiederholte dies gleich noch einmal etwas lauter, da sie ihren Slip auszog und die Hände in die Hüften stemmte. Dann stand sie da. Wartend. Nackt. Bereit.

Er nahm eine der beiden Kondompackungen, die er gekauft hatte, öffnete sie und holte mit unruhigen Fingern ein in Folie eingepacktes Kondom heraus. Dann ging er auf sie zu, riss eine Ecke von der Folie ab, hielt den Rest mit den Zähnen fest, zog das Kondom heraus und streifte es sich geschickt über.

Mit aufgerissenen Augen ging sie langsam rückwärts. Sie atmete schnell und benetzte sich die trockenen Lippen mit der Zunge. Er folgte ihr bis zur Couch, wo sie mit der Rückseite ihrer Beine gegen die Sitzfläche stieß und sich darauf niederließ.

Er schob den Wohnzimmertisch mit dem Fuß zur Seite und konzentrierte sich nur auf sie und die weibliche Begierde, die fast schon spürbar von ihr auszugehen schien. Sie starrte ihn mit derart unverhohlener Gier an, dass sich seine Hoden zusammenzogen.

Er holte tief Luft und ließ die anderen Kondome auf den Boden fallen.

Jared drängte sie in die Sofaecke, hielt sich mit der linken Hand an der Rückenlehne fest und umfing ihren Schritt mit der rechten, während er über ihr schwebte.

»Oh«, stieß sie mit dieser Kleinmädchenstimme hervor, die ihn um den Verstand brachte.

»Gut«, knurrte er, als seine Fingerspitzen die Feuchtigkeit berührten. »Du bist feucht und heiß. Bereit für mich.«

Sie bog den Hals nach hinten, als er ihre Schamlippen spreizte und ihre Klitoris rieb. »Ja. Tu es.«

Er senkte den Kopf und küsste sie auf die Lippen, ohne darüber nachgedacht zu haben. Eigentlich konnte er gut aufs Küssen verzichten. Hatte er zumindest immer gedacht. Aber sein Verstand hatte irgendwann zwischen dem Ausziehen ihres BHs und ihres Slips die Arbeit eingestellt. Er verschlang ihren Mund, als könnte er seine ganze Lust dadurch stillen, eroberte sie und drang mit einer Gier in sie ein, die er nicht mehr beherrschen konnte.

Ihr leises Stöhnen stachelte seine Erregung nur noch weiter an. Er saugte an ihrer Zunge, als sie sie in seinen Mund stieß und seine Lippen umkreiste, und genoss es, wie sie erschauderte und immer feuchter wurde, während er sie massierte.

Mit vor Lust halb geschlossenen Augen beobachtete Jared sie, als er zwei Finger in sie hineinschob, und sah, wie sie ihre geschwollenen Lippen öffnete und keuchte. Er drang bis zu den Fingerknöcheln in sie ein, zog sich dann zurück und biss sich auf die Lippen, da sie sich so eng und seidig anfühlte. So feucht und heiß.

»Hmmm«, schnurrte er, während sein Schwanz zuckte, weil er die Position seiner Finger einnehmen wollte. »Spreiz deine Beine, Darcy. Lass mich dich sehen.«

Sie öffnete ihre schlanken Beine, legte die Fersen auf die Couch und drückte die Knie zur Seite. Als er sie so vor sich sah, spürte Jared, wie ihm seine ohnehin schon kaum noch vorhandene Beherrschung mehr und mehr entglitt. Er drückte die Finger schnell und tief in sie hinein, wieder und immer wieder, bis sie die Hüften auf seiner Hand drehte und immer heftiger stöhnte. Sie knetete ihre Brüste, zog mit den Fingern an ihren harten kleinen Brustwarzen und atmete stöhnend und stoßweise.

Dabei ließ er die ganze Zeit nicht von ihrem Mund ab, neckte sie mit der Zunge, blieb aber weit genug auf Abstand, sodass der Zungenkuss nicht möglich war, nach dem sie sich beide sehnten. Das wäre zu viel, dann würde er den Verstand und seine Zurückhaltung verlieren, und er wollte, dass sie zuerst kam. Er musste dafür sorgen, dass sie sich entspannte. Denn wenn er erst einmal in sie eingedrungen war, gab es kein Zurück mehr.

»Ja.« Sie keuchte, und ihr schlanker Körper war schweißgebadet. »Ja. Ich komme … Oh Gott …«

Am ganzen Körper zuckend kam Darcy zum Höhepunkt, und sie zog sich derart fest um seine Finger zusammen, dass er beinahe selbst gekommen wäre. Er ging auf die Knie, presste den Mund zwischen ihre Schamlippen und drückte die Zunge in ihre zarte, zuckende Mitte. Wie ein Besessener saugte er an ihr, vergrub sein Gesicht in ihrem feuchten Schritt und bearbeitete sie mit der Zunge, bis sie ein weiteres Mal kam. Und gleich noch einmal. Ihre kurzen Fingernägel bohrten sich in das Sofa, als sie Worte hervorstieß, die er nicht verstehen konnte, weil sein Blut so laut in seinen Ohren rauschte. Er konnte einfach nicht genug bekommen. Er brauchte ihren Geschmack, ihre Lust, ihre Bezwingung.

Schließlich drückte sie ihre feuchte Hand gegen seine Stirn und schob ihn von sich weg. »Jared … Großer Gott … Wenn du so weitermachst, falle ich noch in Ohnmacht, bevor du überhaupt in mir bist.«

Na gut, dann würde er eben später weitermachen, wenn sie zu ausgelaugt war, um sich noch zu wehren, und sein Schwanz nicht mehr so gottverdammt pochte. Sie sollte auf keinen Fall genug haben, bevor er in sie eingedrungen war.

Jared wischte sich den Mund an der Innenseite ihres Oberschenkels ab, richtete sich auf und hielt ihr Bein mit einem Arm fest. Dann zog er es nach oben und zur Seite, sodass sie jetzt völlig offen vor ihm lag.

Sie nahm sein Glied in beide Hände, und er zuckte zusammen, als allein ihre Berührung ihn beinahe kommen ließ. Er sah sie die ganze Zeit an, während sie seinen Schwanz vor ihre Öffnung hielt, ihn durch ihre feuchte Spalte gleiten ließ und dann leicht in sich hineinschob.

»Großer Gott, Darcy. Das wird so gut.«

Er schob sich mit seinem Körpergewicht in sie hinein. Als er in sie eindrang, stieß er vor angestauter Lust die Luft aus. Noch nie zuvor war er derart steif oder angespannt gewesen.

Sie wand sich wimmernd unter ihm. »Jared.«

Die Art, wie sie seinen Namen aussprach, fast schon gehaucht und mit dieser Mädchenstimme, machte ihn noch heißer. Er drückte die Füße fest gegen den Boden und drang tief in sie ein, spießte sie mit einem heftigen Stoß auf. Sie bog den Rücken durch und drückte ihre kleinen Brüste an seine Brust. Dieses Gefühl war wie ein Schlag in die Magengrube. Sein Magen zog sich zusammen, sein Blut toste, und das Adrenalin schoss durch seine Adern. Ihre Muskeln zitterten um ihn herum, massierten ihn und nahmen ihm jegliche Hoffnung, sich noch länger zurückhalten zu können.

Er stöhnte und drückte die Hüften gegen ihre. »Du fühlst dich so gut an … so verdammt eng und weich …«

Darcy bohrte die Zähne in seine Schulter und umklammerte seine Hüften mit den Händen. Der Schmerz des Bisses kam zum richtigen Zeitpunkt, riss ihn aus dem fast schon qualvollen Nebel der Lust und zwang ihn, sich zu bewegen.

Jared schob die Arme unter sie, zog sie an sich und drückte sie von der Schulter bis zur Hüfte gegen seinen Körper. Sie hatte das Becken angehoben, um ihn ganz in sich aufzunehmen, und da er die Arme um sie gelegt hatte, war sie nun in seiner Gewalt. Er stieß einmal vorsichtig zu, zog sich ein wenig zurück und drang wieder in sie ein.

Sie ließ seine Schulter los und ließ den Kopf auf die Armlehne sinken. Dann stöhnte sie. »Mach das noch einmal.«

»Das werde ich die ganze Nacht machen«, versprach er ihr mit belegter Stimme, stieß erneut in sie und beobachtete, wie die Lust tief in ihren jadegrünen Augen aufflackerte. »Bis du dich nicht mehr daran erinnern kannst, wie es ist, meinen Schwanz nicht in dir zu haben.«

Darcys Muskeln zogen sich um ihn zusammen, und da war es um ihn geschehen. Er lehnte sich zurück und drang hart und tief in sie ein. Schneller und immer schneller, bis er sie mit kraftvollen Stößen wieder und wieder fest in die Couch hinein drückte.

In einer der hintersten Ecken seines Verstands wusste er, dass er zu grob war, aber Darcy erwiderte jeden seiner Stöße voll Verlangen.

»Fester«, keuchte sie und drückte die Hüften gegen ihn. »Tiefer. Ah … Du bist so groß. Das ist so gut …«

Es war mehr als nur gut. Sie brachte ihn mit ihrem Enthusiasmus um den Verstand, wie sie mit ihren Fingernägeln seinen Rücken bearbeitete, die Hacken gegen seine Oberschenkel stieß, um ihn anzutreiben, wie sich ihre seidige Spalte um seinen schmerzenden Schwanz zusammenzog. Und ihre Stimme, die das rhythmische Klatschen seiner schweren Hoden an ihre feuchte Haut begleitete, war das Erotischste, was er je gehört hatte.

»Du machst mich verrückt«, knurrte er und konnte nicht aufhören, musste weitermachen, musste immer tiefer in sie hinein. Er legte alles in jeden Stoß, füllte sie ganz aus und verdrehte die Augen, weil sie so wunderbar eng und heiß war. Der sanfte, feminine Geruch ihrer Haut stieg ihm zu Kopf, benebelte seine Sinne und machte ihn ganz benommen. Gerade als er dachte, er würde ohne sie kommen, spannte sie sich auf einmal um ihn herum an.

»Oooh.« Sie zitterte heftig. »Ich komme schon wieder.«

»Tu es.« Jared biss ihr in die Schulter und genoss es, wie sie zusammenzuckte und seinen Schwanz noch weiter einengte. Er stöhnte laut, als sie heftig zu zucken begann. »So ist es gut … Ach, verdammt …«

Sie kam mit einem leisen Schrei, und ihre Muskeln wurden zu einer seidigen Faust, bis sie ihn schließlich zuckend umklammerte und molk, wie er es von ihr verlangt hatte. Er drückte ihre Schultern auf das Sofa und hielt sie fest, während er sich weiter in sie hineinhämmerte und sich sein Höhepunkt anbahnte, indem es ihm heiß den Rücken hinunterlief und sich die Hitze schließlich in seinen Hoden sammelte.

Mit lautem Stöhnen warf er den Kopf in den Nacken und beugte sich über sie, als ihre Lust die seine zum Überkochen brachte und ihn in Flammen aufgehen ließ. Ebenso wild, wie sein Körper zuckte, schoss sein Samen aus ihm heraus, wäh-

rend seine Augen brannten und es ihm die Kehle zuschnür-
te. Seine angespannten Muskeln brannten und zitterten, und
sein ganzer Körper verkrampfte sich, als er sich in das Kondom
ergoss.

In diesem Moment hätte er den Verstand verloren, wenn
Darcy nicht gewesen wäre, doch sie ließ nicht nach und erwiderte jeden seiner Stöße.

4

Obwohl sie stark schwitzte und ihr kochend heiß war, vermisste Darcy Jareds Körpergewicht und das Gefühl, ihn in sich zu haben, in dem Moment, in dem er sich von ihr herunterrollte.

Er sackte neben ihr auf das Sofa und schnappte nach Luft. Dabei hatte er die Augen geschlossen und den Kopf in das Sofa gepresst.

»Heilige Scheiße«, murmelte er schließlich. »Ich spüre meine Beine nicht mehr.«

Sie schloss die Augen und sagte sich, dass es hier einzig und allein um die schnelle Befriedigung ging. Es durfte nicht kompliziert werden. Sie schliefen nur miteinander. Und da es phänomenal gewesen war, konnte sie sich auch nicht beschweren.

Seine Lippen strichen über ihre Schulter. »Ich war grob, aber du hast es mir gestattet. Danke.«

Besänftigt durch diese Geste und seine Worte, hielt sie die Augen geschlossen und lächelte.

Er bewegte sich. Auf einmal küsste er sie überraschend, sodass sie keine Luft mehr bekam. Sie erstarrte kurz, und er musste sie erst mehrfach mit der Zunge berühren, bis ihr Gehirn wieder funktionieren wollte. Als sie die Lippen öffnete, küsste er sie überaus zärtlich, was gar nicht zu der Wildheit zu passen schien, mit der er sie genommen hatte. Er legte ihr eine Hand in den Nacken, schob die Finger in ihre schweißnassen Haare und hielt sie fest.

Langsam und zärtlich liebkoste er sie mit der Zunge und drückte die Lippen ganz sanft auf ihre. Es war ein feuchter, heißer Kuss, der sie erstaunte und aufs Neue erregte.

Als sie sich voneinander lösten, atmeten sie beide schneller. Sie sahen sich in die Augen. Ein langer, irgendwie peinlicher Augenblick verstrich.

Sie räusperte sich. »Ich muss unter die Dusche.«

»Ich habe Epsomsalz gekauft, falls du gern baden möchtest.« Jared stand auf. »Wo ist das Badezimmer?«

Überrascht über seine Fürsorge, gelang es ihr gerade so, in Richtung Flur zu deuten. »Linke Seite.«

Er marschierte los, und sie konnte seinen wirklich ansehnlichen Hintern bewundern. Fasziniert starrte sie dem Spiel seiner Muskeln nach, als er sich von ihr entfernte, und ihr Herz schlug schneller bei dem Gedanken, dass sie diesen wundervollen Mann an seine Grenzen gebracht hatte.

Nachdem sie sich kurz gesammelt hatte, stand Darcy ebenfalls auf und ging in die Küche, wobei ihr auffiel, dass Jared ihren Zustand eher erkannt hatte als sie – sie war ein wenig wund. Aber so etwas passierte nun mal, wenn man ein Jahr lang keinen Sex gehabt hatte und sich dann mit einem harten, gut bestückten Mann einließ, dachte sie.

Sie suchte gerade in der Einkaufstüte nach dem Badesalz, als sie hörte, wie das Wasser im Bad aufgedreht wurde und durch die alten Rohre strömte. Er hatte auch Shampoo und Duschgel sowie Einwegrasierer für sich gekauft, was sie sehr freute, schließlich bedeutete das, dass er über Nacht bleiben wollte. Sie würde zwar nichts hineininterpretieren, aber es war dennoch schön, dass er nicht vorgehabt hatte, sich sofort wieder anzuziehen und zu verschwinden.

Als sie den Flur betrat, stellte Darcy fest, dass die Badezimmertür offen stand und sich ihr neuer Liebhaber über die Badewanne beugte und die Wassertemperatur testete. Er drehte sich zu ihr um, als sie im Türrahmen erschien.

»Dieser Raum passt viel besser zu dir«, stellte er fest.

»Ich habe das Bad renoviert, nachdem meine Eltern ausgezogen sind.«

Sie hatte einen Handwerker angeheuert, der den angrenzenden Wandschrank mit einbezogen und das Bad vergrößert hatte, sodass es jetzt endlich ihren Vorstellungen entsprach. Es war noch immer relativ klein, beherbergte nun allerdings eine Badewanne und eine Dusche anstatt einer Kombination aus beidem, mit der sie zuvor hatte auskommen müssen. Die hellbraunen Wände und Fliesen, die durch eierschalenfarbene Akzente aufgelockert waren, verliehen dem Raum eine warme, moderne Eleganz, die sie als sehr beruhigend empfand.

Jared streckte seine Hand nach dem Epsomsalz aus.

Auf einmal war sie merkwürdig verkrampft. »Du hast dich gut vorbereitet. Reitest du deine Frauen immer so hart ein?«

Er erstarrte und ballte die ausgestreckten Finger zur Faust. »Nein, eigentlich nicht.«

Sie machte einen Schritt auf ihn zu und reichte ihm die Packung. Seine Antwort bedeutete hoffentlich, dass sie etwas Besonderes für ihn war, schließlich hatte auch sie mit ihm unbekanntes Neuland betreten.

Mit fast schon zerknirschter Miene gab Jared eine Handvoll Salz in das Badewasser. »Meine Schwester erzählt mir immer mehr, als ich wissen möchte«, gestand er ihr schroff. »Du kannst dir vermutlich denken, was ich damit meine.«

Sie nickte.

»Sie sagte, Salzbäder würden nach Nächten, in denen man es übertrieben hat, Wunder wirken. Daher hielt ich es für klug, das Salz gleich mitzunehmen, da ich ja wusste, was wir vorhaben.« Er winkte sie zu sich. »Ist es so zu heiß?«

Es war genau richtig. Mit dankbarem, leicht amüsiertem Lächeln stieg Darcy in die Eckwanne und seufzte zufrieden. »Danke.«

Er drehte den Wasserhahn zu und stand auf. Dann nahm er seine Hygieneartikel und begab sich zur Dusche. Sie legte den Kopf entspannt auf das Nackenkissen und beobachtete ihn, als er die Dusche betrat. Er war groß, aber die Dusche ließ sich verstellen, und kurz darauf bot er ihr eine Show, die sich sehen lassen konnte.

Ohne zu bemerken, dass sie ihn nicht aus den Augen ließ, seifte er sich die Haare und die Brust ein und strich mit gezielten Bewegungen über seinen wundervollen muskulösen Körper. Der Geruch seines Duschgels drang ihr in die Nase, und sie schluckte schwer, während ihr das Wasser im Mund zusammenlief. Ihre Haut rötete sich, was jedoch eher an ihrem neuen Liebhaber als am Badewasser lag. Jared Cameron war ihre dunkelste erotische Fantasie, die wahr geworden war, mit seinem kräftigen Bizeps, der sich bei seinen Bewegungen anspannte, und seinem Waschbrettbauch, den sie ausgiebig bewunderte, als er sich die Haare wusch. Das Seifenwasser floss über seine gebräunte Haut, und schon zog sich ihre Scham wieder lustvoll zusammen.

Als er seine Genitalien wusch und seinen Schwanz mit einer Hand einseifte, während er mit der anderen die Hoden reinigte, konnte Darcy das Pochen zwischen ihren Beinen nicht länger ignorieren.

Sie legte ein Bein auf den Wannenrand, umfing ihre feuchte Scham und massierte ihre kribbelnde Klitoris. Mit den Fingern der anderen Hand packte sie eine Brustwarze, drehte und zog an der schmerzenden Spitze und ließ die lustvollen Wogen direkt in ihre Spalte rasen. Sie stöhnte leise, und auf einmal hob er den Kopf und erwischte sie dabei, wie sie sich selbst Lust bereitete.

Sie biss sich auf die Unterlippe, um ihn zu provozieren, und fühlte sich sexy und ungezogen, als sein Schwanz sofort reagierte. Er wurde in Jareds Hand dicker, und sie bog den Rücken durch und erinnerte sich daran, wie er sich in ihrem Inneren angefühlt hatte.

Seine finstere Miene überraschte sie allerdings ebenso wie die Eile, mit der er sich abspülte und aus der Dusche kam. Als er mit einem Handtuch um die schmalen Hüften das Bad verließ, fragte sie sich, ob sie zu weit gegangen war.

Verdrossen und auch peinlich berührt ließ sie die Hände sinken. Sie tauchte mit dem Kopf ins Wasser und kam erst wieder hoch, als sie zu ersticken drohte.

Da stand Jared wieder vor ihr. Er hatte die Arme verschränkt und sich ein frisches Kondom über seine Erektion gestreift. Sie wischte sich schnell das Wasser mit den Händen aus dem Gesicht und sah ihn blinzelnd an.

Er saß in der Wanne, bevor sie überhaupt wusste, was geschah. Dann schob er die Arme unter ihre Achselhöhlen, hob sie hoch und setzte sie auf das Nackenkissen.

»Ich wollte warten«, murmelte er, kniete sich vor sie ins Wasser und spreizte ihre Beine. »Zumindest bis nach dem Essen.«

Er beugte sich zu ihrem Schritt vor und leckte mit der Zunge über ihre Spalte. Dann drang er in sie ein, und sie keuchte auf und drückte das Becken nach vorne. Seine Zunge glitt immer wieder in sie hinein und leckte sie, liebkoste sie, bis sie hören konnte, wie feucht sie war. Er stöhnte, legte den Kopf schräg und drang noch tiefer in sie ein, trank sie, als könnte er gar nicht genug von ihr bekommen.

Als sie zu zittern begann und kurz vor dem Höhepunkt war, richtete er sich auf. Darcy erschauderte unter dem Blick, mit dem er sie ansah, der Gier, die durch ihre animalische Vereinigung auf der Couch noch lange nicht gesättigt zu sein schien.

Er nahm seinen Schwanz in die Hand und drückte ihn zärtlich gegen ihre Schamlippen, um leise zu stöhnen. »Verdammt, ich wollte warten«, sagte er noch einmal und mit mehr Nachdruck. »Du bist ganz geschwollen.«

»Ich kann es nun mal nicht ändern, dass du mich so erregst.« Sie griff nach seinen Hüften, um nicht abzurutschen. »Du hast unter der Dusche so unglaublich heiß ausgesehen. Es hat mich so angemacht, dir dabei zuzusehen, wie du dich berührst.«

»Du hast meinen Schwanz angesehen, als müsstest du sterben, wenn du ihn nicht sofort bekommst. Ich wäre beinahe auf der Stelle gekommen.« Langsam drang er in sie ein und übte so wenig Druck aus, wie er nur konnte. »Dabei müsste ich nach dem, was du auf der Couch mit mir gemacht hast, völlig ausgelaugt sein.«

»Das hätte ich zu gern gesehen«, hauchte sie, da sie vor Begierde ganz atemlos war. Jeder Zentimeter, den er tiefer in sie eindrang, schien ihr noch mehr den Verstand zu rauben, und jedes Wort, das er mit heiserer Stimme ausstieß, stachelte ihre Lust weiter an.

Er legte ihre eine Hand an die Wange und die andere an die Hüfte und schüttelte den Kopf, während er sich noch weiter in sie hineinschob. Dann drückte er den Daumen in ihren Mund. »Ich will zuerst diesen Mund.«

Sie saugte an dem mit Schwielen bedeckten Daumen, ließ ihre Zunge darüberschnellen und sah, wie seine Augen dunkler wurden.

»Genau so wirst du an meinem Schwanz saugen«, sagte er mit rauer Stimme. »Du wirst vor mir auf den Knien liegen und ihn ganz in den Mund nehmen. Wenn wir hier fertig sind, werde ich nicht mehr so schnell kommen. Ich werde deinen Mund verdammt hart rannehmen. Ich werde es hinauszögern, weil es sich so unglaublich gut anfühlen wird. Alles an dir fühlt sich so unfassbar gut an.«

Er zog den Daumen heraus und senkte den Kopf, um sie zu küssen und die Zunge wie eine Andeutung dessen, was er ihr gerade beschrieben hatte, in den Mund zu stoßen. Mit den Lippen an ihren und der Hand an ihrer Kehle murmelte er: »Du wirst jeden Tropfen runterschlucken und aus mir raussaugen, bis ich nichts mehr habe, was ich dir geben kann.«

»Ja …«, hauchte sie und wollte ihn am liebsten jetzt gleich in ihrem Mund haben. Sie wollte die Lust auf seinem Gesicht sehen, wenn sie ihn so zum Höhepunkt brachte.

Er drehte leicht die Hüften und drang bis zur Wurzel in sie ein. Als er stöhnte, wurden ihre Brustwarzen noch härter. »Du bist sogar noch enger als vorhin, und da war es schon perfekt.«

Darcy legte den Kopf in den Nacken und strich mit den Zähnen über seinen Unterkiefer. »Du bist größer als vorhin, und da warst du schon dick.«

»Das liegt daran, dass ich jetzt weiß, wie gut es sich anfühlt, in dir zu kommen.« Er legte den Kopf in den Nacken, damit sie besser an seine Kehle herankam. »Wie gut es sich anfühlt, wenn du kommst und mich wie eine Faust zusammenpresst.«

»Bei dir komme ich so heftig«, flüsterte sie an seinem Ohr, leckte daran und lächelte, als er erschauderte. Dann zog sie ihre Muskeln absichtlich um ihn herum zusammen.

Jared fluchte, zog sich ein Stück heraus und stieß sich wieder tief hinein. »Du kannst so viel rumspielen, wie du willst, Süße, aber deshalb beeile ich mich noch lange nicht.«

Sie packte seine knackigen Pobacken mit beiden Händen und drückte ihn an sich, damit sie sich an ihm reiben konnte. Beinahe wäre sie schon gekommen, als sein Becken über ihre Klitoris strich, und sie zog sich gierig um seine Erektion zusammen.

»Verdammt.« Er stöhnte, griff nach ihren Händen und schob sie weg. Dann drängte er sie nach hinten, sodass sie sich zurücklehnen musste. Er drückte ihre Hände an die Fliesen und schenkte ihr mit einer genau berechneten Beckenbewegung eine neue Woge der Lust. »Du wirst nicht eher aufhören, bis ich über dir durchdrehe. Bis ich zu einem geilen, sabbernden Idioten geworden bin, der an nichts anderes denken kann, als daran, wie er dich wann und wo immer es möglich ist, ficken kann, ganz egal, wie oft er dich schon gehabt hat.«

Darcy warf stöhnend den Kopf in den Nacken, während er sie mit glatten, gleichmäßigen Stößen zu bearbeiten begann. Sie brachte vor lauter Lust keinen Ton hervor, und sein Schwanz schien auf unfassbare Weise jeden Zentimeter in ihr auszufüllen. Mit geschlossenen Augen genoss sie das rhythmische Aufprallen seiner Hüften und das erregende Klatschen seiner schweren Hoden gegen ihre feuchten Pobacken. Seine Erektion massierte ihre überempfindliche Haut auf unglaublich erotische Weise, und die breite Eichel rieb immer wieder über diese empfindliche Stelle, bis sie unkontrollierbar zu zittern begann.

»Das könnte ich den ganzen Tag machen«, stieß er knurrend hervor. »Und die ganze Nacht.«

»Hör nicht auf, Jared. Hör nicht auf.«

Er leckte über ihre Brustwarze, und sie wäre beinahe gekommen.

»Oh ja.« Sein Atem wehte über ihre feuchte Haut. »Das machen wir später. Ich werde meinen Schwanz in dir versenken und an deinen Brustwarzen saugen, während mir deine hungrige Muschi den Schwanz leer saugt.«

Er legte die Lippen um ihren Nippel und saugte daran, während er in sie hineinstieß. Seine Zunge schnellte über die angespannte Brustwarze und zuckte darüber, dass bald jedes

Nervenende in ihrem Körper in Flammen zu stehen schien. Sie hörte sich selbst wimmern, und ihr Körper schien sich wie aus eigenem Antrieb zu bewegen, während sich ihre Hüften den seinen entgegenstemmten und sie seine wundervolle Länge so tief wie möglich in sich aufnahm.

Jared ließ ihre Handgelenke los, legte die Hände auf ihren Rücken und zog sie an sich. Etwas Sinnlicheres hatte sie im ganzen Leben noch nicht erfahren. Während er seinen steifen Schwanz immer wieder langsam in sie hineinstieß und seinem Höhepunkt näher kam, hatte sie erneut den Gipfel der Lust erreicht.

Ausgelaugt und emotional angespannter, als sie erwartet hatte, gab Darcy sich ihm völlig hin. Sie ließ sich von ihm Lust bereiten, bis sie es nicht mehr ertragen konnte, bis ihre Beine schlaff im Wasser hingen und ihre Brustwarzen pochten.

Erst dann gab er seine Beherrschung auf, drückte ihren Oberkörper gegen seine sengend heiße Haut und zuckte wild, als ihn der Orgasmus endlos und heftig packte.

5

»Mit der Schülerliste aus dem Tanzstudio haben sie gute Fortschritte gemacht.« Trishs Stimme drang deutlich aus dem Lautsprecher von Jareds Handy, und er konnte im Hintergrund das Rascheln von Papier hören. »Sie haben bereits die Alibis der meisten Schüler aus dem letzten Jahr überprüft. Miller verteidigt zwar sein Revier, aber er hat gute Instinkte.«

Jared schob das Handy zur Seite, um auf der Arbeitsplatte in der Küche Platz für ein Brett zu schaffen. »Ich bin mir nicht sicher, ob die Stadtbewohner bei diesen Ermittlungen nicht einen blinden Fleck haben.«

»Ich bin schon dabei, ihm das auch klarzumachen. Vielleicht schaffe ich es ja, dass er wenigstens darüber nachdenkt.«

»Er lässt dich zu Wort kommen? Du kannst wirklich Wunder bewirken.« Er putzte eine Paprikaschote und schnitt sie in kleine Stücke.

»So schlimm ist er gar nicht«, erwiderte Trish. »Sein einziges Erlebnis mit den Feds war allerdings kein besonders gutes.«

»Darüber muss ich auch mehr wissen.« Als Nächstes schnitt er eine Zwiebel klein. »Ich brauche den Namen und die Kontaktinformationen desjenigen, der den Fall damals primär bearbeitet hat.«

»Willst du ihm oder ihr dafür danken, dir das Leben erleichtert zu haben?«

»Bring mich nicht auf dumme Gedanken.« Er schob das Gemüse mit dem Messer vom Brett in eine Pfanne, die bereits auf dem Herd stand. »Es kann nicht schaden, herauszufinden, ob irgendjemand aus Lion's Bay sich damals mit den Feds angelegt hat. Abgesehen vom guten Sheriff Oberschlau natürlich.«

»Um wie viel Uhr wirst du morgen auf dem Revier sein?«

»Das weiß ich noch nicht genau. Ich möchte mir morgen früh erst noch die beiden anderen Tatorte ansehen. Warum?«

»Weil ich nicht möchte, dass Miller unterwegs ist, wenn du herkommst.«

Er nahm den Pfannengriff in die Hand und schwenkte das brutzelnde Gemüse. »Ich habe die Postbelege der letzten sechs Monate angefordert. Es wäre zwar verdammt offensichtlich, sich auf diesem Weg gefährliche Materialien zu beschaffen und eine Spur zu hinterlassen …«

»Aber wir wollen auch nicht das Risiko eingehen, etwas Offensichtliches zu übersehen.«

»Genau. Ich muss jetzt Schluss machen. Ruf mich an, wenn es etwas Neues gibt.«

»Was ist das für ein Geräusch?«

»Ich mache mir was zu essen. Bin am Verhungern. Mach's gut.« Jared legte auf und schlug ein paar Eier in eine Schüssel, um Omeletts zu machen.

Während er kochte, analysierte er den Zustand seines Körpers. Seine verdammten Beine waren butterweich, und er hatte einen seltsamen Knoten im Bauch, bei dem er sich einzureden versuchte, dass es Hunger wäre. Und es fiel ihm schwer, sich zu konzentrieren, da seine Gedanken immer wieder zu der Frau zurückwanderten, die gerade ein frisches Bittersalzbad nahm.

Die heiße Brandinspektorin hatte sein Gehirn in Brei verwandelt. Nach einem solch wilden Ritt sollte sich ein Mann nicht komisch fühlen. Vielmehr sollte er dabei Stress abbauen, seine Fitness bewahren und einen klaren Kopf bekommen. Doch er bekam nicht einmal mit, dass Darcy die Küche betreten hatte, und schrak zusammen, als sie ihn ansprach.

»Das riecht aber lecker«, sagte sie, »was immer du da kochst.«

Er warf ihr einen Blick zu und verfluchte sich innerlich dafür, dass sie ihn überrascht hatte. »Ich mache Omeletts.«

»Super.« Sie ging um ihn herum und holte zwei Teller aus dem Schrank. Er stellte irritiert fest, dass sie Jeans und ein T-Shirt trug. Eigentlich hatte er sich nur die Hose übergezogen, weil sie etwas essen wollten, aber er hatte sie nicht einmal ganz zugemacht, sodass der Bund seiner Boxershorts herauslugte. Während er mit nacktem Oberkörper und barfuß lässig und entspannt aussah, wirkte sie so, als ob sie gleich das Haus verlassen wollte.

»Wo willst du denn hin?«, erkundigte er sich und verrührte das Eiweiß gerade so, dass es schaumig wurde.

»Wie kommst du darauf, dass ich weg will?«

»Du hast dir etwas angezogen.« Und sie hatte ihr feuchtes Haar zu einem Pferdeschwanz gebunden.

»Ich wusste nicht, dass ich nackt am Tisch essen soll. Du hast dir doch auch etwas übergezogen.«

Er versuchte, sich etwas zu entspannen. »Du hättest auch einen Bademantel anziehen können.«

Darcy stellte die Teller auf den Esstisch und kam zurück in die Küche. »Ich wollte nicht …« Sie stieß die Luft aus. »Du solltest nicht das Gefühl bekommen, dass ich irgendetwas erwarte oder als gegeben hinnehme. Schließlich hast du mir sehr deutlich zu verstehen gegeben, dass es eine lockere Affäre werden soll.«

»Nichts für ungut, aber wie kannst du davon ausgehen, dass ich abhauen will, da doch alles dafür spricht, dass ich die Nacht hier verbringen möchte?« Er gab die Eimasse zum Gemüse in die Pfanne und fügte noch den Schinken hinzu, den er vor dem Telefonat mit Trish bereits klein geschnitten hatte. »Es sei denn, du möchtest lieber, dass ich gehe.«

Sie streckte sich und kam auf ihn zu. »Nach dem Sex scheinst du ja nicht gerade sehr viel Humor zu haben.«

»Das könnte auch daran liegen, dass ich noch lange nicht fertig bin.«

»Okay.« Sie holte Besteck aus einer Schublade. »Dann hätten wir das ja geklärt.«

Einen Augenblick später hörte Jared, wie sie die Einkaufstüte vom Tisch nahm. Es klang so, als würde sie hineinsehen, und dann würde sie feststellen, dass er nicht nur Kondome, sondern auch eine Zahnbürste, Deo und Rasierzeug gekauft hatte. Seiner Meinung nach hatte er damit keinen Optimismus bewiesen, sondern nur praktisch gedacht. Mit einer geschickten Handbewegung wendete er das Omelett.

»Schade, dass ich keine Kamera habe«, murmelte sie. »Du siehst gerade verdammt heiß aus.«

Sie sah ebenfalls unglaublich sexy aus, wenn er sie liebte, ganz weich, warm und leicht errötet. Die Erinnerung daran, wie sie in der Wanne ausgesehen hatte, würde ihn so schnell nicht mehr loslassen.

Er deutete mit dem Kinn in Richtung Tisch. »Setz dich.«

Darcy stieß die Luft aus. »Ich wollte mir eigentlich einen Bademantel anziehen. Nur damit du es weißt, ich hatte ursprünglich vor, etwas zu essen zu bestellen, dir alle Fragen zu beantworten, die du in Bezug auf den Fall hast, und danach vielleicht noch fernzusehen, wenn es nicht zu spät geworden wäre.«

»Du hättest deinen Instinkten trauen sollen.« Er bestreute das Omelett mit geriebenem Käse, faltete es einmal und legte es auf ihren Teller. »Fang ruhig schon an. Du musst nicht auf mich warten.«

»Das sieht genauso gut aus, wie es duftet. Danke.«

Er kehrte zum Herd zurück und begann, sich ebenfalls ein Omelett zu machen.

Sie stöhnte, woraufhin sein Schwanz sofort wieder zuckte. »Oh, Jared, das ist köstlich. Du bist in der Küche ebenso gut wie im Bett.«

Er beobachtete sie, als sie die Gabel erneut zum Mund führte, genussvoll die Augen schloss und leise vor Wonne summte.

»Nicht, dass wir es überhaupt bis ins Bett geschafft hätten«, fügte sie hinzu, nachdem sie den Bissen heruntergeschluckt hatte.

»Noch nicht.«

»Genau, noch nicht«, stimmte sie ihm zu. »Aber du solltest es mir zumindest zugutehalten, dass ich mir Sorgen gemacht habe, ich hätte dich verschreckt, ebenso wie mir durchaus positiv aufgefallen ist, dass du dich schon über diese Unterstellung aufgeregt hast.«

Jared starrte in die Pfanne. Er könnte es sich einfach machen, ihr Angebot annehmen und zurück in sein Motel fahren, um alleine zu schlafen. Er könnte sich auf den Job konzentrieren, den er hier zu erledigen hatte, und die Finger von der heißen Brandinspektorin lassen, die seinen Testosteronspiegel derart durcheinanderbrachte, dass er nicht mehr klar denken konnte.

»Ich habe nur gesagt, dass wir die Sache nicht komplizierter machen sollten, als sie ist«, erwiderte er schroff und rieb sich den Nacken. »Du denkst zu viel nach.«

Ganz im Gegensatz zu ihm, der das Denken eingestellt hatte. Wenn es um sie ging, wurde sein Handeln allein von animalischen Instinkten bestimmt.

Darcy lachte leise. »Das ist nicht meine Schuld. Ich weiß, was Männer denken, wenn sie einen gleich von Anfang an warnen, dass es nicht zu kompliziert werden soll. Es heißt, ich darf nicht klammern. Ich kann nicht erwarten, dass du für mich da bist, wenn wir nicht gerade zusammen im Bett sind. Das ist mir alles bewusst, und ich kann damit leben. Aber alle Männer haben auch wunde Punkte, und ich weiß nicht, wo deine sind.«

Er knurrte. In Bezug auf sie war bei ihm alles ein wunder Punkt. Und diese Unterhaltung ging in eine Richtung, die ihn viel mehr als sie nervös machte.

»Du weißt, was ich meine.« Sie legte die Gabel auf den Teller. »Dinge, bei denen du das Gefühl hast, mehr zu investieren, als dir lieb ist.«

Er ließ sein Omelett auf den Teller gleiten, stellte die Pfanne wieder auf den Herd und setzte sich zu ihr an den Tisch. Für eine solche Warnung war es längst zu spät. Er war schon verloren, seitdem er sie auf dem Sofa genommen hatte. Bei ihr verlor er die Beherrschung, er konnte nicht aufhören oder sich bremsen.

Darcy beugte sich vor. »Du kannst mir nicht erzählen, dass dich eine Frau, die glaubt, du würdest über Nacht bleiben, während du nur mal schnell Luft ablassen willst, nicht nervös machen würde.«

Er schob sich ein Stück Omelett in den Mund und kaute frustriert darauf herum. Er wollte diese Sache nicht analysieren, sondern bevorzugte die orgasmische Unwissenheit. »Ehrlich gesagt ist mir das scheißegal, solange beide zur selben Zeit am selben Ort sind und dasselbe wollen.«

Darcy schob ihren Stuhl nach hinten. »Okay. Entschuldige mich kurz.«

Er warf einen finsteren Blick auf ihren Teller mit dem halb aufgegessenen Omelett und sah ihr dann nach. Wenn sie in fünf Minuten nicht wieder mit ihrem knackigen Hintern am Tisch saß, dann würde er sie hierher schleifen, damit sie auch noch den Rest aß …

Sie kehrte in einem kurzen weißen Satinbademantel zurück,

der ihre nackten Beine und das Fehlen eines BHs enthüllte. Sofort war Jared besänftigt.

Darcy aß den Rest ihres Omeletts mit offensichtlichem Genuss, und er lehnte sich zurück und beobachtete sie dabei.

»Wie kommt es, dass der Stadtrat einer Kleinstadt wie dieser mit nur einer Feuerwehr zwei Brandinspektoren finanziert?«

Sie sah ihn amüsiert an. »Das beruht auf einer Kombination aus Vetternwirtschaft, der Bereitschaft, Teilzeit zu arbeiten, und dass Jim ein gutes Wort für mich eingelegt hat.«

Jim. Er machte seiner Verärgerung mit einem langen Schnauben Luft. »Vetternwirtschaft?«

»Mein Onkel saß früher im Stadtrat. Er ist vor einigen Jahren weggezogen, aber so etwas vergisst man in Lion's Bay nicht.«

»Und der Rest deiner Familie wohnt auch nicht mehr hier?«

»Stimmt. Allerdings wohnen meine Eltern nicht weit weg. Sie haben sich ein Haus am Lake Horton gekauft.«

Was auch gar nicht so weit von seiner Wohnung in Seattle entfernt war. »Warum bist du hier geblieben? Was hält dich hier noch?«

Darcy schob ihren Stuhl nach hinten und nahm ihren Teller in die Hand. »Warum sollte ich wegziehen?«

Er musterte sie, als sie zu ihm kam, um auch seinen Teller abzuräumen. »Das alles passt nicht zu dir«, meinte er. »Diese Stadt. Dieses Haus.«

»Das weißt du doch gar nicht.«

Er stand ebenfalls auf und folgte ihr zum Spülbecken. »Doch.«

»Vielleicht bin ich nicht ganz so leicht zu durchschauen, wie du denkst.«

Als Jared ihre verkrampften Schultern sah und merkte, dass sie seinem Blick auswich, beschloss er, das Thema zu wechseln. Er stellte sich hinter sie, schob ihren Pferdeschwanz zur Seite und strich mit den Lippen über ihren Nacken. Irgendwann würde sie ihm schon noch alles erzählen. Doch vorerst war ihm die sanfte, warme Darcy lieber. Er wollte unbedingt herausfinden, was sie an sich hatte, das ihn dazu brachte, sie ständig und überall küssen zu wollen.

Sie drehte sich zu ihm um. »Warum bist du zum Marshals Service gegangen?«

Er hielt sich rechts und links von ihr an der Arbeitsplatte fest, sodass sie zwischen seinen Armen gefangen war. Sie roch süß und sauber, und er war sich überdeutlich bewusst, dass sie unter dem dünnen weißen Satinstoff fast nackt war. »Weil ich genug vom Militär hatte und sonst nichts anderes konnte.«

»Du kannst gut kochen.«

»Danke.«

Sie legte die Hände an seine Hüften und schob die Finger in die Gürtelschlaufen seiner Hose. »Du bist echt heiß und hättest auch als Kalendermodel arbeiten können. Oder bei den Chippendales.«

»Das ist nicht gerade schmeichelhaft.«

»Du bist wahnsinnig gut im Bett. Allerdings wäre es illegal, diese Fähigkeiten zu Geld zu machen.«

»Auf dieser Seite des Gesetzes gefällt es mir besser«, murmelte er und senkte den Kopf. »Außerdem suche ich mir gern selbst aus, mit wem ich ins Bett gehe. Und das wäre keine gute Ausgangsbasis für einen Job.«

»Oh, das ist jetzt aber schmeichelhaft.«

Darcy war eine selbstsichere Frau, die wusste, was sie für einen Sex-Appeal hatte. Da es äußerst zweifelhaft war, dass sie sich diese sinnliche Raffinesse in einer derart kleinen Stadt angeeignet hatte, in der es wohl kaum sehr viele Männer in ihrer Altersklasse gab, war er sehr gespannt darauf, mehr über die Zeit zu erfahren, die sie woanders verbracht hatte. Und darüber, was sie wieder hierher zurückgeführt hatte. Möglicherweise hatte sie nach einer unschönen Trennung Ruhe gebraucht, um den Männern für eine Zeit lang abzuschwören und an einem Ort zu leben, an dem man sie in Ruhe ließ.

Er machte einen Schritt nach hinten. »Wollen wir fernsehen?«

Ihre Augen funkelten amüsiert. Sie wusste ganz genau, dass er am liebsten die nächste Runde einleiten wollte, aber er hatte vor, sich zurückzuhalten. Er musste sich vorsehen, damit sie nicht bald genug von ihm hatte. Außerdem musste er sich wieder zu beherrschen lernen.

»Du kannst ja schon mal den Fernseher einschalten«, erwiderte sie. »Ich komme rüber, wenn ich die Spülmaschine eingeräumt habe.«

Er ging auf ihren Vorschlag ein, weil er sich so in Ruhe in ihrem Haus umsehen konnte, ohne sie damit gleich nervös zu machen. Jared betrat das Wohnzimmer und nahm alle Details in sich auf, die er zuvor im Rausch der Lust ignoriert hatte. Zuerst musterte er die bereits bekannte Couch. Ihre moderne Form und die breite Sitzfläche passten ebenso zu seinem Bild von Darcy wie der große Flatscreen-Fernseher, der über dem Kamin hing. Beides wirkte vor der altertümlichen Tapete jedoch irgendwie deplatziert. Der Wohnzimmer- und der Beistelltisch waren robuste Holzmöbel und ebenso retro wie der Esstisch, während die Dekorationsobjekte im Zimmer alle neueren Ursprungs waren.

Vor dem Kamin blieb er stehen und sah sich die gerahmten Fotos auf dem Kaminsims an. Auf einigen war Darcy mit ihren Eltern abgebildet, auf anderen ihre Schwester. Er konnte die beiden problemlos auseinanderhalten und erkannte Darcy auch auf den Bildern sofort, auf den sie beide zu sehen waren. Ihre Schulterhaltung und das energische Kinn waren einfach typisch für sie und spiegelten ihre Selbstsicherheit und ihre

Kühnheit wieder, während ihre Schwester hingegen nur scheu lächelte.

Als sie das Zimmer betrat, drehte er sich um, und sein Blick wanderte gierig über ihren schlanken Körper. Nach den beiden heftigen Orgasmen, die sie ihm bereits geschenkt hatte, hätte er eigentlich ausgelaugt sein müssen, und sie war eindeutig ein wenig wund. Aber das hielt sie nicht davon ab, ihn anzusehen, als würde sie ihn am liebsten bis zum Morgengrauen reiten wollen, woraufhin er die Vor- und Nachteile dieser weiteren Abendgestaltung abwog. Er hatte schon früher eine starke sexuelle Anziehung gespürt, aber nichts war je an dieses Gefühl herangekommen. Schon regte sich sein Schwanz wieder, und er zog die Jeans aus, ließ die Boxershorts jedoch an.

»Freu dich nicht zu früh«, warnte er sie, als sie nach Luft schnappte. »Ich mache es mir nur bequem.«

Sie kaute auf ihrer Unterlippe herum und sah ihn provokativ an. Dann strich sie sich mit einem Finger über die Kehle und die Brust.

»Mach nur weiter so«, knurrte er, schnappte sich die Fernbedienung und ließ sich auf die Couch fallen, auf der er sie vor Kurzem noch genommen hatte. Er spreizte die Beine und klopfte mit der Hand auf die freie Stelle dazwischen. »Jetzt sei ein braves Mädchen und setz dich zu mir.«

Sie kam mit einem skeptischen Lächeln näher. »Du machst auf mich nicht den Eindruck, als wärst du ein Mann, der auf brave Mädchen steht.«

»Ich steh auf dich.« Er legte einen Arm um sie, und sie lehnte sich mit dem Rücken an seine Brust. »Und ich rechne auch gar nicht damit, dass du dich benehmen kannst.«

»Du kennst mich schon ziemlich gut«, neckte sie ihn und fuhr mit den kurzen Fingernägeln über seine Oberschenkel.

Das stimmte zwar nicht, aber er hatte vor, das zu ändern.

6

Die Sonne ging gerade auf, als Jared Darcys Akten durchgegangen war. Da sein Handy ein schlechter Ersatz für den großen Bildschirm seines Laptops war, hatte er sich in Darcys Arbeitszimmer gesetzt. Er schaltete ihren Rechner ein und hoffte, dass er nicht passwortgeschützt war. Ihm war nicht klar, ob sie immer so tief schlief oder ob er sie so ausgelaugt hatte, aber er ließ sie schlafen, da sie ausgeruht sein musste, schließlich hatte er im Verlauf seines weiteren Aufenthalts noch einiges mit ihr vor.

Als der Bildschirm anging, sah er ein Foto von Darcy und ihrer Schwester vor sich, das sie als Hintergrundbild eingerichtet hatte. Darauf waren sie noch Kinder, nicht einmal im Teenageralter. Sie trugen identische Zöpfe und rosafarbene Turnanzüge. Hinter ihnen befand sich eine große Spiegelwand mit einer Ballettstange.

Er merkte sich dieses Bild ebenso wie die anderen Informationen, die er bereits über sie gesammelt hatte, und machte sich an die Arbeit. Nachdem er die Dateien zum Merkerson-Fall aufgerufen hatte, verglich er sie mit den anderen Daten, die ihm von den hiesigen Bränden vorlagen. Die Ähnlichkeiten waren frappierend. Eigentlich stimmte so gut wie alles überein.

Die einzige Abweichung, die ihm auffiel, waren die Brandsätze im Vergleich zur Häufigkeit der Anschläge. Merkerson hatte mit kleinen Brandsätzen wie Limonadendosen angefangen, aber nicht so oft zugeschlagen. Manchmal waren mehrere Monate vergangen, bis er wieder zuschlug, und erst später war er zu Farbeimern übergegangen und hatte alle sieben Tage ein Feuer gelegt. Seine Krankheit war so weit fortgeschritten, dass er die ganze Welt in Brand stecken wollte. Das Feuer war seine Obsession und seine Bestimmung. Diese neue Taktik aus kleineren Brandsätzen und häufigeren Anschlägen war eine Kombination aus seinen ersten Taten und seiner späteren Vorgehensweise, aber ob das ein Fortschritt, ein Rückschritt oder einfach nur ein Bruch des Musters war, ließ sich schwer sagen. Jede dieser Möglichkeiten war durchaus denkbar.

Jared schrieb einen kurzen Bericht an seine Supervisorin und fasste seine Eindrücke und Überlegungen zusammen. Sie hatte den Merkerson-Fall damals mit bearbeitet und wusste vielleicht einiges, was ihm weiterhelfen konnte. Außerdem bat er darum, mehr über den anonymen Hinweis zu erfahren, der die Behörden auf das zweite Feuer aufmerksam gemacht hatte. Miller hatte herausgefunden, dass der Anruf aus Seattle gekommen und von einem Münztelefon aus getätigt worden war. Doch an diesem Punkt hatte der Sheriff die Ermittlungen eingestellt und die Sache nicht weiterverfolgt. Aber warum nicht?

Während er darüber nachdachte, fuhr er Darcys Computer herunter und sah auf die Uhr. Es war sieben Uhr dreißig.

Er ging zurück ins Schlafzimmer, blieb neben dem Nachttisch stehen und sah auf ihren Wecker. Sie hatte ihn auf acht Uhr gestellt, also hatte er noch genug Zeit. Als er auf sie herabblickte, wirkte sie im Schlaf auf ihn ebenso appetitlich, wie es der Fall war, wenn sie sich auf ihre sinnliche Weise bewegte. Sie lag auf dem Rücken, hatte einen Arm über dem Kopf angewinkelt und den anderen an der Seite ausgestreckt. Die Bettdecke lag schräg über ihrem Körper, sodass ihre Brüste und ein angewinkeltes Knie nicht ganz bedeckt waren.

Vorsichtig ergriff er die Decke und zog sie nach unten, um ihren Körper in seiner ganzen Pracht sehen zu können. Sie schlief immer noch und hatte keine Ahnung, dass ihr Tag mit einer großen Überraschung beginnen würde …

Darcy wurde schlagartig wach, als sie von einer Hitzewelle überrollt wurde. Während ihr Gehirn langsam zu arbeiten begann, spürte sie eine weitere heiße Berührung auf ihrer Klitoris, und sie stöhnte und schloss instinktiv die Beine.

Aber das ging nicht. Kräftige Hände hielten sie fest und spreizten ihre Beine noch weiter, und wieder war da dieses heiße, unglaublich erregende Gefühl. Vor Überraschung und Schreck raste ihr Herz. Sie riss die Augen auf und wollte ihren Schritt mit der Hand bedecken, doch ihre Finger berührten nur einen Haarschopf.

Ein tiefes maskulines Stöhnen glitt wie eine Liebkosung über ihre Haut.

Als sich eine Zunge in sie hineinschob, war sie endgültig wach. Sie drückte den Rücken durch und stöhnte kehlig. Ihr Verstand war noch nicht ganz auf dem Laufenden, aber ihr Körper spielte bereits mit. Ihre Brustwarzen waren steif und kribbelten, und ihre innersten Muskeln zogen sich voll Verlangen zusammen.

»Guten Morgen, Süße«, knurrte Jared, und sein Atem strich warm über ihre feuchte Haut.

»Jared …?«

»Wer denn sonst?« Er hob eines ihrer willenlosen Beine über seine kräftige Schulter und drückte das andere zur Seite, sodass sie jetzt völlig offen vor ihm lag. »Du musst einfach nur daliegen und kommen.«

Sie machte den Mund auf, um etwas zu erwidern, doch dann stockte ihr der Atem, als seine Zunge langsam über ihre Klitoris glitt. Wimmernd hob sie das Becken an und wollte mehr.

»Hmmm …«, stieß er aus und liebkoste sie mit den Lippen. »Du schmeckst so gut.«

Sie drückte den Kopf ins Kissen, als er mit der Zungenspitze über ihre Schamlippen strich. Ihre Spalte wurde immer feuchter, und ihr Verlangen zeigte sich in der seidigen Flüssigkeit, die aus ihr herausströmte. Er leckte sie und umspielte mit flatternder Zunge ihre Öffnung. Ihr Innerstes zog sich so fest zusammen, dass es fast schon wehtat.

»Bitte.« Sie drehte die Hüften. »Nimm mich mit deiner Zunge.«

»Oh ja.« Er stieß einmal in sie hinein und umkreiste dann ihre Klitoris. »Ich werde alles mit dir machen und dich überall und auf jede Weise nehmen.«

Er verlagerte ein wenig das Gewicht und ging auf die Knie. Indem er ihre Beine nach oben zog und nach hinten drückte, öffnete er sie noch weiter. Ihre Hüften lagen nicht mehr auf dem Bett, und ihr Gewicht ruhte jetzt auf ihren Schultern, während er den Kopf senkte und einmal längs über ihre Scham leckte. Die Tatsache, dass sie in dieser Position unglaublich verletzlich war, steigerte das Fieber, das durch sie hindurchtoste, nur noch weiter. Seine Hände umfingen ihre Pobacken, und er spreizte ihre Schamlippen mit den Daumen, um sie mit seiner listigen Zunge zu erkunden. Seine Bartstoppeln kratzten über ihre Haut und stimulierten sie noch zusätzlich, was jedoch dadurch ausgeglichen wurde, dass sein Haar sanft über die Innenseite ihrer Oberschenkel strich.

Und sie konnte alles genau beobachten, wie er den Mund über ihren Venushügel legte und seine Zunge wie bei einem heißen, erotischen Zungenkuss in sie hineinschob, wie seine Augen dunkler wurden, wenn sie aufkeuchte und die Fäuste auf dem Laken ballte, wie er stöhnte und die Augen halb schloss, weil sie immer erregter und feuchter wurde.

Sein Daumen glitt durch ihre feuchte Spalte und massierte dann ihren Anus. Die Begierde zuckte durch ihren Körper wie ein sengend heißer Blitz, und sie begann zu schwitzen, schien am ganzen Körper zu brennen.

Jared hob den Kopf. »Du willst mich auch da.«

»Ich will dich überall.« Sie hatte das Gefühl, als sei ihre Haut auf einmal zu eng geworden und als würde das Blut in ihren Adern kochen und ihr den letzten Rest ihres Verstandes rauben.

Er übte ein wenig Druck mit dem Daumen aus, und sie drückte mit dem Schließmuskel dagegen, öffnete sich und nahm ihn in sich auf. Ein heftiger Schauder packte sie und brachte sie beinahe zum Höhepunkt. Es war schon sehr lange her, dass sie einem Mann so weit vertraut hatte, um sich von ihm dort penetrieren zu lassen. Zu lange her. Und selbst damals war es keine derart erotische und sexuelle Beziehung gewesen. Jareds hemmungslose Sinnlichkeit brachte sie dazu, alle Grenzen zu vergessen, setzte ihre Bedenken außer Kraft und veranlasste sie, sich den körperlichen und auch anderen Qualen zu öffnen.

Jedes Mal, wenn er sie berührte, verlangte es sie nach einer Steigerung. Durch ihn. Um mehr die Person sein zu können, die sie bei ihm war.

Sie knetete ihre angespannten Brüste und drückte sich um seinen Daumen herum zusammen. »Du kannst alles mit mir machen, was du willst.«

»Großer Gott.« Seine Gesichtshaut spannte sich über den Wangenknochen an. »Du weißt ja nicht, was du mit mir machst. Wie verrückt du mich machst. Ich möchte deinen Körper schänden. Ihn in Besitz nehmen. Ihn mir unterwerfen ...«

»Ja.«

»Bitte mich darum, Darcy. Bitte mich, all das mit dir zu tun. Alles, was ich will.«

»Tu es. Und zwar alles.«

Er stürzte sich auf die feuchte Spalte zwischen ihren Beinen und leckte sie mit einer Gier, die sie zu zerreißen schien. Seine Zunge drang fest und schnell in sie ein, und er winkelte den Kopf ein wenig an, um noch tiefer in sie eintauchen zu können. Dabei drückte er den Daumen immer wieder in ihren Anus, und das doppelte Eindringen brachte sie beinahe um den Verstand.

Sie flehte ihn an, wie er es von ihr verlangt hatte, bat ihn, sie zum Höhepunkt zu bringen, ihr den Orgasmus zu schenken, bevor sie vor Lust verging …

In dem Moment, in dem er die Lippen um ihre Klitoris legte, kam sie so heftig, dass sie den Rücken durchbog und ihr schwarz vor Augen wurde. Sie schrie auf, während er an ihr saugte und sie mit der Zunge umspielte. Der Orgasmus übermannte sie und baute sich immer weiter auf, bis sie schon glaubte, sie müsse das Bewusstsein verlieren. Als er schließlich abebbte, war sie atemlos und hatte keine Kraft mehr. Sie lag schlaff auf dem Bett und war sich kaum bewusst, dass er sie vorsichtig wieder hinlegte.

»Darcy.«

Ihr schnelles Atmen war im halbdunklen Schlafzimmer deutlich zu hören. Sie konnte nur mit Mühe die Augen öffnen und stellte fest, dass Jared vor ihr kniete und die Boxershorts heruntergezogen hatte, um seinen prallen Schwanz zu entblößen. Seine Hoden waren hart und fest und drückten sich an die Wurzel seines Glieds. Die breite Eichel war vor Lust purpurrot verfärbt und mit Präejakulat benetzt. Jared fluchte leise und packte seinen Schwanz mit einer Faust.

Wie er es bereits unter der Dusche getan hatte, rollte er die Hoden mit einer Hand, während er sich mit der anderen Befriedigung verschaffte.

Sie sah ihm mit trockenem Mund dabei zu, wie er seinen

Schwanz mit derselben Heftigkeit bearbeitete, die auch ihr das Blut durch die Adern schießen ließ. Es war eine primitive Handlung, die ihr zeigte, wie wild sie ihn machte, und die ihr zugleich bewies, dass er ebenso verrückt vor Lust war wie sie.

Sie zupfte an ihren Brustwarzen und kniff hinein, während sie ihn weiter anstachelte. »Ich stelle mir vor, wie du in mir bist ... Wie tief du in mich eindringst, wie prall du bist, kurz bevor du kommst. Du füllst mich so aus, dass die Lust schon fast schmerzhaft ist. Ich weiß nicht, wie ich es ertragen soll, wenn du mich von hinten nimmst, aber ich bin mir sicher, dass es mir gefallen wird. Ich werde ...«

»Verdammt.« Er explodierte und verströmte seinen Samen auf ihrem Oberkörper. Seine Faust bewegte sich weiter schnell, und die cremige Flüssigkeit ergoss sich über ihre Brustwarzen und benetzte sie mit dem Beweis seiner Männlichkeit. Sein Höhepunkt schien gar kein Ende zu nehmen, und er fluchte, als sein kräftiger Körper und die breiten Schultern zuckten.

Als er fertig war, erschlaffte sein Schwanz jedoch nicht, und er sah sie ebenso gierig an, wie sie erwartet hatte.

Plötzlich ging ihr Wecker los und ließ ihr ohnehin schon rasendes Herz noch etwas schneller schlagen. Jared legte ihr eine Hand in den Nacken, zog sie hoch und küsste sie heftig, während er mit der anderen Hand ihre Brüste knetete.

»Da hast du noch mal Glück gehabt«, sagte er mit rauer Stimme.

»Das bringen wir später zu Ende«, versicherte ihm Darcy, noch während sich ihre Lippen berührten.

»Ich zähle schon die Sekunden.«

Darcy setzte Kaffee auf, während Jared duschte, und sah sich dann erneut die Akten über die Brände an, die auf dem Esstisch lagen. Jared musste irgendwann in der Nacht aufgestanden sein und sie aus dem Wagen geholt haben. Sie fragte sich, welche Schlüsse er gezogen hatte, ob er schon eine Theorie hatte oder ob sie ihm irgendwelche Fragen beantworten konnte.

Die Dusche wurde abgestellt, sodass das Wasser nicht mehr laut durch die Rohre schoss. In der darauf folgenden Stille konnte sie ihren Körper fast schon summen hören. Sie hatte das Gefühl, gleichzeitig von einer seltsamen Energie durchströmt und erschöpft, zufrieden und erwartungsvoll zu sein. In nicht einmal vierundzwanzig Stunden hatte Jared eine Lücke in ihrem Leben entdeckt und begonnen, sie auszufüllen und langsam zu verändern. Ihr war nicht klar, wie sie die unfassbar intime sexuelle Erkundung des anderen fortsetzen sollten, ohne süchtig danach zu werden.

Schon jetzt sehnte sie sich nach ihm, daher war der nächste Schritt gar nicht mehr so undenkbar.

»Ich könnte für eine Tasse dieses Kaffees, den ich da rieche, töten«, sagte er, als er mit nassen Haaren und nur mit seiner Jeans bekleidet in die Küche kam.

Sie nahm seinen Anblick in sich auf und widerstand dem Drang, mit den Fingern durch das feuchte Haar auf seiner Brust zu streicheln. Vor ihrem inneren Auge sah sie, wie sie die feine Linie, die von seinem Bauchnabel nach unten führte, mit der Zunge nachfuhr. Ihr lief das Wasser im Mund zusammen, da sie so heiß darauf war, ihn zu lecken und ihn saugend zum Orgasmus zu bringen, um seine Lust unter Kontrolle zu haben, wenn er kam. Und ihr zunehmender Besitzanspruch ging noch weit darüber hinaus, da sie feststellte, dass sie ihn ganz haben wollte.

»Hör auf, mich so anzusehen«, sagte er erzürnt. »Da bekomme ich gleich wieder einen Steifen.«

»Dann hör auf, mich mit deinem umwerfenden Körper in

Versuchung zu führen«, schoss sie zurück und war erschrocken, wie sehr sie seine Worte trafen, was ein weiteres Anzeichen dafür war, dass sie sich schon viel zu sehr mit ihm eingelassen hatte. »Wie würdest du denn reagieren, wenn ich die ganze Zeit oben ohne herumlaufen würde?«

Er sah sie mit finsterer Miene an. »Das würde mir sehr gefallen, und das weißt du auch. Aber wir haben noch etwas anderes vor und können uns nicht den ganzen Tag die Seele aus dem Leib vögeln. Du musst mir mal eine Pause gönnen.«

»Das sagt der Richtige«, murmelte sie leise und drehte sich zur Kaffeemaschine um. Er war reizbar, mürrisch und verdammt unverschämt. Aber das machte auch einen Teil seines Charmes aus. Selbst seine Schroffheit erregte sie gelegentlich schon. »Wie trinkst du deinen Kaffee?«

»Schwarz.«

Darcy holte eine Tasse aus dem Schrank. Sie spürte, wie er hinter ihr näher kam, und schloss die Augen, als er neben ihrem Pferdeschwanz Küsse auf ihren Nacken drückte. Er legte die Arme um sie, und sie verspannte sich, da sie um jeden Preis verbergen wollte, wie sie innerlich zu zittern begann.

Er drückte sie enger an sich. »Entschuldige«, sagte er mit rauer Stimme.

Sie streckte den Arm nach der Kaffeekanne aus und holte tief Luft. »Da gibt es nichts, wofür du dich entschuldigen musst.«

»Unsinn. Ich sollte es nicht an dir auslassen, da es doch meine eigene Schuld ist, dass ich mich nicht kontrollieren kann. Wir sind heiß aufeinander. Wenn wir uns beherrschen wollen, müssen wir daran arbeiten und Zugeständnisse machen. Ich ziehe mich nur ungern an, wenn meine Haut noch nicht trocken ist, aber ich werde mich schon daran gewöhnen.«

»Okay.«

Er biss ihr sanft in die Schulter, und bei dieser animalischen, besitzergreifenden Geste erschauderte sie. »Ich liebe es, wie du mich ansiehst, Darcy. Als wolltest du mich bei lebendigem Leib auffressen. Das ist nicht schlimm, aber es ist etwas unpassend.«

Sie schob die volle Tasse zur Seite. »Ich werde versuchen, woandershin zusehen. Hier.«

Jared bewegte sich eine ganze Minute lang nicht, und erst dann ließ er sie leise fluchend los. Er ging aus der Küche, und sie nutzte die Atempause, um sich innerlich zu rügen. Als er zurückkehrte, richtete sie sich gerade auf und ging an ihm vorbei ins Wohnzimmer, während er sich seinen Kaffee holte.

Sie brauchten etwas Abstand voneinander. Seitdem sie sich begegnet waren, hatten sie fast jede freie Minute miteinander verbracht, und das war ein Fehler.

»Wage es nicht, den Raum zu verlassen«, sagte er mit einer Stimme, die viel zu ruhig war, um nicht gefährlich zu klingen.

»Das ist mein Haus.«

»Und wenn ich hier nicht mehr willkommen bin, dann sieh mir in die Augen und sag es.«

Darcy blieb neben dem Esstisch stehen und drehte sich zu ihm um, wobei sie dankbar war, dass sie schon ihre Uniform trug, da sie so aussah, als hätte sie alles unter Kontrolle, obwohl das genaue Gegenteil der Fall war. Jared hatte ein T-Shirt angezogen. Im Moment lehnte er mit der Hüfte an der Arbeitsplatte und hatte die Fußknöchel verschränkt. Doch die lässige Pose täuschte sie nicht eine Sekunde lang darüber hinweg, dass er innerlich angespannt war. Wachsam. Bereit.

Sie warf ihm etwas an den Kopf, das ihm etwas zum Nachdenken gab: »Ich fühle mich heute Morgen ein wenig angeschlagen.«

Er hatte einen Arm vor die Brust gelegt und hob mit dem anderen die Tasse an seine Lippen. Nachdem er einen Schluck getrunken hatte, nickte er. »Ich bin heute auch ein wenig emp-findlich.«

Sein Geständnis bewirkte, dass es ihr gleich ein wenig besser ging, und sie schaffte es, ihn anzulächeln. »Ich hatte mir überlegt, dass es heute vielleicht ganz klug wäre, wenn du mit Jim zusammenarbeitest. Ich werde versuchen, deiner Partnerin und Miller zu helfen. Wir können versuchen, einen Teil der Hormone … Pheromone … was auch immer abzubauen, indem wir getrennt schlafen, und dann sehen wir morgen weiter.«

Er schwieg einige Sekunden lang. »Mit der Pause bin ich einverstanden, aber es wäre besser für alle Beteiligten, wenn ich Ralston nicht wiedersehen müsste.«

»Er ist verdammt gut in seinem Job. Schließlich hat er mich ausgebildet.«

»Er könnte der beste Brandinspektor des Landes sein, aber das würde mich trotzdem nicht davon abhalten, ihm eine zu verpassen, wenn er erneut diesen territorialen Blödsinn abzieht.«

»Er konnte unmöglich wissen, dass wir bereits eine Vereinbarung getroffen hatten«, stellte sie klar. »Und er hat nur versucht, der gute Freund zu sein, der er in den letzten Jahren für mich gewesen ist.«

Jared trank noch einen Schluck und sah sie über den Rand der Tasse hinweg an. »Ich bin ein guter Beobachter, Darcy, und das ist er auch. Wir haben beide sofort im ersten Moment versucht uns gegenseitig einzuschätzen. Er wusste, dass ich ihm auf die Füße treten würde, und er hat sofort versucht, mich in meine Schranken zu weisen. Wenn er das noch einmal macht, wird er schon sehen, was er davon hat.«

So langsam wurde sie wütend. »So einen Mist kann ich jetzt nicht brauchen. Ich bin völlig am Ende. Wer hätte denn damit rechnen können, dass du ein Vibrator bist, der keine Batterien braucht?«

Seine Augen wurden hart wie Saphire. »Und du solltest auch kein unersättliches Luder sein. Aber so ist es nun mal. Finde dich damit ab. Ich begehre dich, und ich kann es nicht abschalten. Und wenn ich dich berühre, dann will ich auch gar nicht mehr aufhören, und du willst es auch nicht. Wenn du hoffst, dass es besser wird, wenn du auf Distanz zu mir gehst, dann spiele ich dabei gerne mit, nur um dir zu beweisen, dass du dich irrst, denn wir werden im Nullkommanichts wieder übereinander herfallen.«

»Das wird nicht passieren.«

»Verlass dich nicht darauf. Ich werde es dir schon zeigen.« Er trank seine Tasse leer und goss sich frischen Kaffee ein. »Ich muss mich umziehen und ein paar Sachen aus meinem Zimmer holen. Danach würde ich mir gern die anderen beiden Tatorte ansehen. Mir wäre es lieber, wenn du mich begleitest, aber wenn du etwas dagegen hast, dann denke ich mir etwas anderes aus.«

»Wenn ich etwas dagegen habe«, wiederholte sie und lachte humorlos auf. »Als ob es so wäre.«

»Wir sitzen im selben Boot. Wenn es sinkt, gehen wir zusammen unter.«

Sie beschloss, das Thema zu wechseln. »Möchtest du etwas essen?«

»Noch nicht.«

»Okay. Wir können losfahren, sobald du so weit bist.«

7

Trish kam gerade aus dem Motel, als Darcy mit ihrem BMW vor Jareds Zimmer im Erdgeschoss hielt. Er stieg aus und traf seine Partnerin auf dem Bürgersteig.

»Hey«, begrüßte er sie und runzelte die Stirn, da sie verärgert wirkte. »Was ist los?«

»Miller will eine Pressekonferenz abhalten. Er glaubt, der Brandstifter würde weiterziehen, wenn wir den Druck erhöhen.«

»Dieser Idiot«, murmelte Jared. »Er will ja nur, dass sich jemand anders damit herumschlagen muss.«

»Ich habe ihn … äußerst energisch … daran erinnert, dass es unser Fall ist und dass wir daher über die weitere Vorgehensweise entscheiden werden.« Ihr hübsches Gesicht war hart geworden, und ihre Kleidung sagte ihm, dass sie entschlossen war, die Kontrolle zu übernehmen. Anstelle der Jeans und der Bluse, die sie normalerweise trug, hatte sie heute eine Anzughose und einen Blazer an.

»Und, hört er auf dich?«

Sie zuckte mit den Achseln und lächelte ein wenig. »Tja, er hat mich immerhin angerufen, um mich vorzuwarnen. Das ist doch schon mal was. Ich werde zum Revier fahren und ihn im Auge behalten. Du fährst zu den anderen Tatorten?«

»Ja. Ich habe dir die Akten der Inspektorin mitgebracht, die du in der Zwischenzeit durchsehen kannst. Du wirst feststellen, dass sie sehr gründlich ist.« Er sah zu Darcy hinüber und winkte sie zu sich. »Wir müssen uns auch über die Ferienhäuser informieren. Viele Menschen machen hier regelmäßig Urlaub oder leben einige Monate in der Stadt. Die Einheimischen sind nicht die Einzigen, die sich in der Gegend gut auskennen.«

»Schöne Jeans übrigens«, meinte Trish, als Darcy aus ihrem Wagen ausstieg. »Die hat mir auch gestern schon gut gefallen.«

Er warf ihr einen vernichtenden Blick zu, aber sie lachte nur. Als Darcy zu ihnen trat, stellte Jared die beiden Frauen einander vor.

»Könntest du Morales die Akten geben, während ich ein paar Sachen aus meinem Zimmer hole?« Er ging los, ohne auf ihre Antwort zu warten.

Jared betrat sein Zimmer, klappte seine bis jetzt nicht ausgepackten Koffer auf und zog sich um. Danach nahm er seinen Laptopkoffer und die Sonnenbrille, die er am Vortag auf der Kommode liegen lassen hatte, und ging zurück auf den Parkplatz. Darcy und Trish beugten sich über die Motorhaube des SUV des Marshals Service, mit dem sie nach Lion's Bay gekommen waren, und sprachen über eine Akte, deren Inhalt sie vor sich hatten.

Darcy blickte auf, als er die Tür hinter sich schloss. Ihr Blick glich einer spürbaren Liebkosung, und sein Herz schlug augenblicklich schneller. Ihre feminine Begierde war eine Droge, von der er nicht genug bekommen konnte. Obwohl er wusste, dass es falsch war, konnte er sich einfach nicht von ihr fernhalten.

Trish richtete sich auf und sah ihn mit finsterer Miene an. »Ich würde gern wissen, was du darüber denkst, wenn du dir alle drei Tatorte angesehen hast. Auf dem Papier kann ich keine Zusammenhänge erkennen. Es kommt mir allerdings sehr merkwürdig vor, das der Täter bei seinem Timing und der Herstellung der Brandsätze so gewissenhaft vorgeht, sich den Schauplatz des Anschlags dann allerdings zufällig auszuwählen scheint.«

»Willkommen im Klub.« Jared setzte sich die Sonnenbrille auf. »Sobald wir die Verbindung gefunden haben, ist der Fall vermutlich schnell gelöst.«

Darcy verabschiedete sich und ging zurück zu ihrem Wagen. Er war direkt hinter ihr. Sie fuhren zur Feuerwache, um den Wagen zu wechseln, und natürlich kam genau der Mann, den Jared am wenigsten sehen wollte, auf sie zu, sobald sie das Gebäude betraten.

»Du hättest an deinem freien Tag nicht herkommen müssen«, sagte Ralston, als sie am Schlüsselbrett nach den Schlüsseln für den Truck suchte. »Ich kann Deputy Cameron bei allem helfen, was er braucht.«

Jared grinste verschmitzt. Darcy hätte heute also problemlos auf Abstand gehen können, da sie freihatte, aber sie hatte diese Chance nicht genutzt. Er wertete das als gutes Zeichen für sich.

»Eigentlich brauchen wir Ihre Hilfe viel mehr an anderer Stelle, Inspektor«, erwiderte Jared. »Sie müssen Sheriff Miller zurückpfeifen. Er drängt auf eine Pressekonferenz, die entweder dem Ego des Brandstifters schmeicheln oder ihn vertreiben wird, wenn nicht gar beides.«

Ralston seufzte. »Das Letzte, was wir jetzt brauchen können, ist die geballte Aufmerksamkeit der Medien. Dann kommen wir ja gar nicht mehr zum Arbeiten. Das wissen wir aus eigener Erfahrung, nicht wahr, Darcy?«

»Er wird auf dich hören, Jim. Du kannst gut mit Menschen umgehen.«

»Chris wird auch auf dich hören. Er mag dich noch immer. Ist dir aufgefallen, dass er das Bild vom Abschlussball in seinem Büro stehen hat?«

»Oh Gott. Das hätte ich lieber nicht gewusst. Ich fahre mit Deputy Cameron zu den anderen beiden Tatorten.«

Ralston trat näher an sie heran und senkte die Stimme. »Lass mich das machen. Du solltest nicht noch mal dahin fahren müssen.«

Sie stieß die Luft aus. »Das ist schon okay. Du musst dich um Miller kümmern, und die Deputys Cameron und Morales müssen Fortschritte machen, bevor der Täter wieder zuschlägt. Je eher wir die Tatorte unter die Lupe nehmen, desto besser. Ich schaffe das schon.«

»Das sagst du immer, Schätzchen, aber das allein reicht nicht aus.«

Jared machte einen Schritt nach vorn, um den Mann daran zu erinnern, dass er auch noch da war. Er griff allerdings nicht ein, sagte auch nichts zu Darcy oder tat etwas Besitzergreifendes. Das musste er auch gar nicht. Der Blick, den ihm der Inspektor zuwarf, sagte schon alles. Die Evolution hatte die stillschweigende Kommunikation unter Männern nicht beeinflusst.

Ralston musterte ihn von oben bis unten. In seinem Blick lag keine Herausforderung, nur eine leise, ruhige Neugier.

»Ich schaffe das«, versicherte ihm Darcy, die den lautlosen Austausch über ihren Kopf hinweg nicht mitbekommen hatte. »Wahrscheinlich ist es auch besser, wenn ich es hinter mich bringe.«

Ralston sah sie erneut an. »Okay. Ich wollte dich nur nicht zu etwas drängen, wenn du noch nicht bereit dazu bist.«

Sie beruhigte ihn und fragte dann: »Weißt du, wo die Schlüssel des Trucks sind?«

»Mitch hat den Wagen hinters Haus gefahren, um ihn zu waschen.«

Sie gingen nach hinten, um den Truck zu holen, und Darcy erklärte Jared, dass nur noch zwei ausgebildete Rettungssanitäter für die Stadt arbeiteten, die anderen Feuerwehrmänner jedoch alle Freiwillige waren. »Mitch Quinn ist der aktivste«, sagte sie, als sie um die Ecke kamen und einen schlanken blonden Mann in einer dunkelblauen Uniform sahen, der den Truck gerade ablederte. »Ich hoffe sehr, dass er eingestellt wird, sobald die Stadt uns mehr Geld bewilligt. Er hätte es verdient.«

Sie stellte die Männer einander vor, dann fuhren Jared und sie los. Kurz darauf hatten sie die Stadt schon durchquert, fuhren auf dem Küstenhighway in das Waldgebiet, das ein Ende der U-förmigen Hügelkette bedeckte, die Lion's Bay auf der dem Meer abgewandten Seite umgab. Darcys Fingerknöchel am Lenkrad wurden weiß, und sie verengte die Lippen zu einem dünnen Strich, während sie sich innerlich von ihm entfernte und in irgendeiner Erinnerung verlor, die ihr jegliche Lebenskraft zu nehmen schien.

»Erzähl mir von dem Ort, zu dem wir jetzt fahren«, bat er sie, um sie wieder in die Gegenwart zurückzuholen. Er wollte für sie da sein und bei ihr sein, während sie sich mit etwas herumschlug, was ihr offensichtlich zu schaffen machte.

Sie zuckte zusammen, als hätte sie der Klang seiner Stimme erschreckt. Als sie ihn ansah, wirkten ihre grünen Augen hart und verloren. »Was?«

»Welchen Eindruck hattest du von dem Tierheim? Kannst du mir irgendeinen Grund nennen, warum sich der Brandstifter dafür entschieden haben könnte? Was weißt du über seine Geschichte?«

»Oh. Okay.« Langsam schien sie wieder in der Gegenwart anzukommen. Sie stieß die Luft aus, und ihre Anspannung ließ ein wenig nach. »Das Tierheim wurde von dem Geld gebaut, das eine Familie Darmody gespendet hat, der das Land hier oben seit über drei Generationen gehört. Lucy Darmody hat das Tierheim gegründet, nachdem sie von ihrer Familie immer wieder damit aufgezogen worden war, dass sie das Haus in einen Zoo verwandeln würde, weil sie ständig umherstreunende, verwundete und unerwünschte Tiere aufnahm. Als sie starb, wollten sich ihre Kinder nicht damit abgeben, also haben sie die ganze Einrichtung gespendet und hatten vor, das Gebäude und die Zwinger zu zerstören. Seitdem haben sie sich allerdings zerstritten, da sie sich nicht darauf einigen können, wie man das Land am besten zu Geld machen kann.«

»Wie oft kommst du hierher?«

»Nicht sehr oft.«

Er musterte sie durch seine Sonnenbrille hindurch. »Aber du warst früher häufiger hier.«

»Das ist Jahre her. Mein Vater ist Tierarzt, und er hat ein Wochenende im Monat unentgeltlich im Tierheim gearbeitet, um die Tiere zu impfen und zu kastrieren. Dani, meine Schwester, und ich mussten ihm dann helfen und die unmöglichsten Dinge für ihn tun. So ist Dani auch auf die Idee gekommen, selber Tierärztin zu werden.«

»Aber dir war das viel zu langweilig.«

Sie warf ihm einen Blick zu. »Stimmt. Ich liebe Tiere, aber das war nicht meine Berufung.«

»Wo ist sie jetzt?« Jared hätte Danielle gern kennengelernt. Er wollte sehen, wie Darcy im Umgang mit ihrer Schwester war, welche Emotionen und Reaktionen sie bei jemandem zeigte, den sie liebte und dem sie vertraute.

»In der Nähe meiner Eltern.«

Warum ist Darcy dann noch hier?, fragte sich Jared wieder einmal. Was hielt sie hier noch, nachdem doch die ganze Familie weggezogen war?

Sie fuhren auf einen mit Unkraut überwucherten Parkplatz. An einem Ende waren die geschwärzten Zementaußenwände des Gebäudes zu sehen, das einst hier gestanden hatte. Die

Zwinger waren noch gut zu erkennen, da das Metall und der Zement dem Feuer getrotzt hatten.

Darcy betrat das Gebäude mit eingezogenen Schultern und leuchtete mit einer Taschenlampe vor sich. »Das war das Büro. Viele Möbel standen hier nicht mehr drin, nur ein paar Bücherregale und Schachteln mit den Akten verstorbener Tiere. Die Schachteln wurden in diese Ecke geschoben und um den Brandsatz herum aufgebaut. Wir vermuten, dass das Feuer gegen zweiundzwanzig Uhr ausgebrochen ist.«

»Und der nicht identifizierte Zeuge hat eine Viertelstunde später angerufen. Aus Seattle.«

»Wenn er einen Zeitzünder hatte, hätte er hier alles aufbauen können und noch genug Zeit gehabt, um in die Stadt zu fahren.«

Er sah sie irritiert an. »Wo bleibt denn da der Spaß?«

Sie stand jetzt in einem Lichtstrahl, der durch ein Loch in der Decke hereinfiel, und nickte. »Genau. Welcher Pyromane bleibt denn nicht da, um sich das Spektakel anzusehen?«

»Einer, der gar nicht von Feuer besessen ist«, antwortete Jared, obwohl er wusste, dass das unmöglich war.

»Aber dann ist er auch kein Pyromane, oder nicht?«

»Ich kann dir nicht folgen. Wir haben bereits festgestellt, dass die Materialien, aus denen die Gebäude errichtet wurden, die sich der Täter aussucht, nicht besonders gut brennen.« Jared legte eine Hand auf den Griff seiner Waffe. »Aber warum sollte man denn sonst ein Feuer legen? Über einen Versicherungsbetrug haben wir bereits spekuliert. Vielleicht war es Rache? Verdammt, die Brandsätze führen uns in die Irre. Wie du selbst gesagt hast, sind sie zu ausgeklügelt und zu präzise gebaut.«

»Genau. Jemand liebt sie, liebt es, sie zu bauen, und liebt die Vorstellung, welche Zerstörung sie anrichten werden.«

»Damit wären wir wieder bei einem Pyromanen, der sich an seinen eigenen Feuern nicht ergötzt.« Jared starrte sie an. »Was denkst du?«

»Dass du möglicherweise recht hast und Merkerson den Staffelstab an einen Protegé übergeben hat. Was ist, wenn sie zusammenarbeiten und Merkerson ihm das Grundhandwerk beibringt, indem sie absichtlich in einer Kleinstadt und mit überschaubaren Gebäuden anfangen?«

»Sozusagen als Trainingsgelände.«

»Genau.«

Jared verzog grimmig den Mund. »Das gefällt mir.«

»Diese Theorie würde auch einiges erklären.«

»Wie lange denkst du schon in diese Richtung?«, wollte er wissen und war von ihr beeindruckt.

Sie ging weiter ins Gebäude hinein. »Seitdem wir den Tipp bekommen haben. Wieso hat man einen Brandstifter, der in einer Stadt ein Gebäude in Flammen aufgehen lässt, und einen Informanten in einer anderen? Zwei Personen. Ockhams Rasiermesser.«

»Aber du hast bis zum dritten Feuer gewartet, bis du dir Unterstützung geholt hast?«

»Das war nicht meine Entscheidung.« Darcy öffnete eine Tür, die nach draußen führte und durch die nun das Sonnenlicht ins Gebäude fiel. »Doch dann habe ich sie dennoch getroffen.«

Er folgte ihr nach draußen. »Etwas stört mich an der Sache.«

»Dich auch?«

»Diese ausgeklügelten Zeitbomben, die du erwähnt hast …
Sie sind besser als früher. Wenn es Merkerson ist, dann hat er seine Technik im Laufe der Jahre verfeinert. Er hat seine Waffen der Zerstörung verbessert, sie modernisiert, was wiederum bedeutet, dass er sich an einem Ort aufhält, an dem

er an die benötigten Werkzeuge und Substanzen gelangen kann.«

»Dann ist er also nicht im Gefängnis.« Sie blieb am Ende eines Ganges stehen, der in einen kleinen, von Zwingern umgebenen Hof führte. Auf einmal hatte sie einen völlig verklärten Blick.

Er blieb neben ihr stehen. »Was siehst du?«, fragte er leise.

»Erinnerungen.« Sie deutete auf einen Zwinger und stieß die Luft aus. »Dani hat mich mal da drin eingesperrt, eine Stunde lang, weil ich das Knie ihrer Lieblingsjeans aufgerissen hatte, die ich mir von ihr ausgeliehen hatte … ohne sie vorher zu fragen.«

Er legte ihr wie tröstend die Hand auf den Rücken. »Dann warst du also früher auch schon eine Unruhestifterin.«

Darcy lehnte sich gegen seine Hand. »Ich habe nie verstanden, warum so viele Flüchtige in der Nähe vertrauter Orte bleiben. Wenn ihnen etwas an ihrer Freiheit liegt, warum verlassen sie dann nicht das Land? Vielleicht hat Merkerson genau das getan und ist nach Kanada oder nach Mexiko gegangen?«

»Wir können sein Foto veröffentlichen, vielleicht hat ihn ja jemand gesehen.« Jared sah sich noch einmal um. »Aber dieses Gebäude liegt sehr abgelegen. Möglicherweise hat ihm jemand davon erzählt, der sich hier auskennt, oder er war selber hier und hat sich umgesehen. Doch das hätte er nicht an einem Tag erledigen können.«

»Glaubst du etwa, er ist eine Weile hiergeblieben? Denkst du das?« Sie drehte sich zu ihm um. »Eine Schlange im Gras, wie schaurig.«

Er legte ihr die Hände auf die Wangen und küsste sie. Der Kuss war langsam und zärtlich, ein sanftes Streicheln der Zungen und Reiben der Lippen. Er ließ erst von ihr ab, als er schneller atmete und sie sich an ihn drückte. Als er einen

Schritt nach hinten machte, sah er ihr in die Augen und stellte fest, dass sie benommen wirkte und ihn voller Verlangen ansah, was sehr viel besser war als ihr überschatteter Blick von zuvor. »Schon besser. Jetzt können wir gehen.«

Darcys Lippen kribbelten noch immer, als sie vor dem Süßigkeitengeschäft am Straßenrand hielt. Noch tiefer greifend und damit beunruhigender war die Wärme, die er mit seinem Kuss in ihr ausgelöst hatte und die den Eisblock zu schmelzen schien, der sich in ihrer Magengrube gebildet hatte.

Jared ging ihr unter die Haut. Viel zu tief und viel zu direkt, und sie wusste nicht, wie sie damit umgehen sollte. Mit so etwas hatte sie keine Erfahrungen.

Sie liebte Männer. Sie war fasziniert von ihnen und genoss es, mit ihnen zusammen zu sein, aber sie waren Accessoires. In ihrem Leben war auch so schon zu viel los, und es gab zu vieles, das ihre Zeit beanspruchte. Dani hatte sie immer eine Herzensbrecherin genannt. Darcy hatte nie absichtlich jemandem wehgetan, aber es war dennoch passiert.

Als sie Jared über die Motorhaube des Trucks hinweg ansah, fragte sie sich, warum ausgerechnet er diese Wirkung auf sie haben musste. Was hatte er an sich, das diese Reaktion auslöste? Er war gereizt und schroff, wenn er gute Laune hatte, und genauso, wenn seine Laune mies war.

Er zog eine Augenbraue über der Sonnenbrille hoch, als wollte er sie fragen: *Was starrst du so an?*

Dich. Du beeinflusst mich. Hör damit auf. Stattdessen sagte sie: »Du kannst es mir nicht verdenken, dass ich dich anstarre. Du bist der heißeste Mann, den ich je gesehen habe.«

»Das darfst du gern weiterhin denken. Kommst du?«

»Nur wenn es unbedingt sein muss. Ich habe meinem Bericht nichts hinzuzufügen.« Sie konnte es nicht ertragen, die

Ruinen eines weiteren Ortes zu sehen, den sie geliebt hatte. Im Tierheim war es schon schlimm genug gewesen. Der Besuch dort hatte sie mehr mitgenommen, als sie gedacht hatte. Jareds wegen. Er machte sie irgendwie anfälliger, fand durch die feinen Risse, die er geschaffen hatte, einen Weg in ihr Innerstes und ließ sie empfänglich für ihre Verluste werden, wie sie es noch nie zuvor erlebt hatte.

Er nickte kurz, duckte sich unter dem Absperrband hindurch und betrat die Überreste des ehemaligen Schaufensters. Es war durch den Brand explodiert, und die Glassplitter lagen noch immer auf dem Bürgersteig.

Die Besitzerin des angrenzenden Modeschmuckladens winkte Darcy durch ihr Schaufenster zu und kam dann nach draußen. Sie war eine stattliche Brünette mit kornblumenblauen Augen und einem Knochenbau, bei dem jeder Schönheitschirurg vor Freude geweint hätte. Mit ihrem hüftlangen dunklen Haar, das ihr um die Schultern wehte, kam Nadine Bender auf Darcy zu, die noch immer neben ihrem Truck stand. »Ist das der Fed?«

»Deputy US-Marshal«, spezifizierte Darcy und beobachtete Jared, der die Trümmer des Ladens inspizierte. Er hatte einen ganz besonderen Gesichtsausdruck, wenn er bei der Arbeit war. Dann war er hoch konzentriert, hatte einen schneidenden Blick und sah verdammt sexy aus.

Nadine pfiff leise. »Der ist aber ein Hingucker.«

»Das kannst du laut sagen.«

»Du hast wirklich ein gutes Händchen. Anscheinend stehst du auf Männer in Uniform. Chris, Jim und jetzt dieser Kerl hier.«

»Deputy Cameron«, sagte Darcy, als Nadine sie mit der Schulter anstieß.

Sie kannten sich seit früher Kindheit, hatten zusammen den Kindergarten besucht und später die Highschool. Wie Darcy war auch Nadine aus Lion's Bay geflohen, sobald sie ihren Abschluss in der Tasche hatte, und später zurückgekehrt. Sie machten immer Witze darüber, dass die Stadt wie ein Strudel wäre, der die Einheimischen letzten Endes immer wieder einsaugte.

»Ich habe bloß die Kavallerie gerufen.« Darcy zuckte mit den Achseln. »Aber ich kann nichts dafür, dass er so heiß ist.«

»Und du hast ihn dir gleich unter den Nagel gerissen. Das sehe ich doch sofort an der Art, wie er dich ansieht. Wenn ich auf den Gedanken kommen würde, dass du dir mit Absicht alle heißen Kerle schnappst, dann würde ich dich hassen. Aber die Männer sind schon immer auf dich geflogen. Dagegen komme ich nicht an.«

»Du siehst viel besser aus als ich, Nadine, und das war schon immer so.«

»Das ist unwichtig. Du strahlst etwas aus, das die Männer um den Verstand bringt.«

»Das ist nicht immer etwas Positives«, murmelte sie, als ein Streifenwagen hinter ihrem Truck parkte.

Miller nahm seinen Hut vom Beifahrersitz und stieg aus dem Wagen aus. Sein Blick ruhte auf Darcy, als er sich den Hut aufsetzte und die Tür schloss.

»Hey, Chris.« Nadine winkte ihm zu. »Wie geht es dir an diesem wunderbaren Nachmittag?«

»Könnte besser sein.« Er sah Nadine gerade lange genug an, um sich zu einem gequälten Lächeln zu zwingen. »Was macht der Laden?«

»Er hat einiges abbekommen, aber ich habe geöffnet. Der Versicherungsvertreter wollte heute noch vorbeikommen und sich alles ansehen.«

»Gut.« Er nickte und blieb vor Darcy stehen. Seine warmen braunen Augen lagen im Schatten seiner Hutkrempe. »Ist alles okay bei dir?«

»Ja, Sir, Sheriff. Deputy Cameron sieht sich gerade den Tatort an.«

Nadine rückte von ihnen ab. »Ich gehe dann mal wieder an die Arbeit.«

Darcy warf ihr einen Blick zu, der ihr sagte: *Wage es ja nicht,* aber ihre Freundin grinste nur schadenfroh und verschwand in ihrem Laden.

Chris lehnte sich mit dem Rücken an ihren Truck. Zu nah. Als er die Arme verschränkte, berührte sein Bizeps ihren Arm.

»Wo ist Deputy Morales?«, erkundigte sich Darcy.

»Sie musste telefonieren, und Jim wollte ihr bei ein paar Sachen helfen. Daher wollte ich mal nach dir sehen und dich fragen, ob ich was für dich tun kann.«

Sie stieß die Luft aus und hatte dieses ungute Gefühl im Bauch, das man hat, wenn das Interesse des Gegenübers größer ist als das eigene. Sie war in der Highschool ein paarmal mit Chris ausgegangen, und er hatte sie zum Abschlussball eingeladen. Sie hatten viel Spaß miteinander gehabt und waren so wild und unbekümmert gewesen, wie man in dem Alter nun mal ist, und sie hatte sich gern mit ihm getroffen, allerdings war es für sie nichts Ernstes gewesen. Er war in vielerlei Hinsicht ein guter Kerl. Außerdem hielt er sich in Form und sah gut aus, aber er bedeutete ihr einfach nicht genug.

»Nein, danke«, erwiderte sie. »Ich habe Deputy Cameron alles übergeben, was ich habe.«

»Davon habe ich schon gehört.« Die Intimität seines Tonfalls ärgerte sie.

Darcy stieß sich vom Truck ab und drehte sich zu ihm um. »Vorsicht, Chris.«

»Ich wollte einfach mit dir darüber reden. Warum suchst du dir immer Männer aus, mit denen es nicht gut enden kann? Erst Jim, jetzt dieser Kerl hier …« Er deutete mit einer abfälligen Handbewegung auf Jared. »Ich bin doch auch noch da, Darcy. Wir passen gut zusammen, und das weißt du.«

»Ist das dein Ernst? Wir sind als Kinder mal miteinander ausgegangen, um Himmels willen.«

»Wir haben eine gemeinsame Vergangenheit«, beharrte er. »Wer kennt dich besser als ich?«

»So ein Blödsinn, Chris. Du kennst mich doch überhaupt nicht.« Sie dachte an den heutigen Morgen zurück, als Jared sie in ihrem Bett geweckt hatte. An die Dinge, die sie zu ihm gesagt hatte … die sexuellen Handlungen, zu denen sie ihn aufgefordert hatte … So etwas würde sie nie zu Chris sagen können, ganz gleich, wie lange sie sich kannten. Die Verbindung, die sie zu einem Mann brauchte, um derart offen zu sein, gab es zu ihm einfach nicht. »Und was soll das jetzt überhaupt?«

»Ich hatte die ganze Zeit Geduld, Darcy.« Er nahm seinen Hut ab und strich sich mit der Hand durch das dichte mahagonibraune Haar, während er sie frustriert ansah. »Du bist schließlich wieder in Lion's Bay. Das muss ein großer Schritt für dich gewesen sein. Mir war klar, dass du dich erst einmal an einiges gewöhnen musstest, daher habe ich gewissermaßen in Wartestellung ausgeharrt.«

»Ach, komm schon, Chris. Müssen wir diese Unterhaltung wirklich jetzt und ausgerechnet hier führen?«

»Ich weiß, dass du eine harte Zeit durchmachst. Du brauchst jemanden, der für dich da ist, Darcy. Jemanden, der dir Halt geben kann. Und nicht Jim oder einen Außenseiter, der nur auf der Durchreise ist.«

»Dieses Gespräch ist hiermit beendet«, entgegnete sie ihm mit leiser, aber entschiedener Stimme. »Du stehst momentan unter sehr großem Druck. Das tun wir alle. Daher werde ich dir das ausnahmsweise durchgehen lassen und vergessen, dass du dieses Thema angeschnitten hast.«

»Ich hätte dich schon viel früher um eine Verabredung bitten sollen. Hast du das nicht immer gesagt? Ich habe versucht, das Richtige zu tun, indem ich dir Luft zum Atmen gelassen habe, aber ich habe dir zu viel Luft gelassen.«

Sie seufzte. »Wer weiß. Vielleicht hätte ich Ja gesagt, wenn du mich direkt nach meiner Rückkehr um ein Date gebeten hättest. Vielleicht auch nicht. Wir werden es nie erfahren. Und das ist jetzt auch unwichtig. Ich bin im Dienst, ebenso wie du. Und außerdem bin ich momentan mit jemandem zusammen.«

»Zusammen?«, schnaubte er. »Er ist nur auf der Durchreise, Darcy. Vergiss das nicht.«

»Das tue ich auch nicht, aber du scheinst es zu tun, sonst würdest du dich nicht so aufführen und wir würden jetzt nicht diese Unterhaltung führen. Wir werden diesen Brandstifter fassen, Chris, und danach wird alles wieder so, wie es früher war, nur dass dir diese Unterhaltung dann leidtun wird. Lass uns die Sache einfach vergessen.«

Jared kam aus dem Gebäude. »Alles in Ordnung?«

»Alles bestens«, antwortete Darcy. »Sheriff Miller wollte uns nur seine Hilfe anbieten.«

»Haben Sie Deputy Morales auf die Liste der Einwohner angesetzt, die nicht ständig hier leben, Sheriff?«

Chris stellte sich gerade hin und setzte seinen Hut wieder auf. »Ihre Partnerin hat alles, was sie haben wollte.«

»Gut.« Jared bleckte die Zähne zu einem vorgetäuschten Lächeln. »Morales wird Sie wissen lassen, wenn wir noch etwas brauchen.«

Sie wartete, bis Chris weggefahren war. »Siehst du? Du hast dich selbst unterschätzt. Ihr arbeitet doch sehr gut zusammen … und du hast nicht einmal zugeschlagen.«

»Er hat auch nicht gerade viel gesagt.« Jared sah sie an. »Aber er hat sich bei dir ganz schön ins Zeug gelegt. Das hast du gut geklärt.«

Sie zuckte mit den Achseln und stieg in den Wagen. »Das passte gar nicht zu ihm. Anscheinend setzt ihm der Fall wirklich zu.«

»Oder die Vorstellung, dass du mit einem anderen Mann zusammen bist.« Jared öffnete die Beifahrertür, blieb dann jedoch stehen und sah Darcy an. Mit einem Arm auf dem Wagendach und dem anderen auf dem Fensterrahmen sah er sehr lässig, entspannt und unglaublich sexy aus. »Wenn du einem Mann so ungezwungen eine Abfuhr erteilst, kann er sie noch viel schwerer akzeptieren.«

»Wieso denn das?«

»Weil Frauen emotional sein sollen. Wütend, rachsüchtig, traurig … was auch immer. Irgendetwas. Wenn du einen Mann derart unbeteiligt abserviest, wird ihm erst klar, dass er dir eigentlich überhaupt nichts bedeutet hat. Oder dass du viel zu schnell über ihn hinweggekommen bist.«

»Das ist sexistisch.«

»Das mag sein. Aber mich hat auch noch nie jemand beschuldigt, politisch korrekt zu sein.« Er schob sich die Sonnenbrille auf die Stirn und sah sie mit seinen kalten blauen Augen durchdringend an. »Ich würde gern nach Seattle fahren und mich in der Gegend umsehen, aus der der anonyme Anrufer sich gemeldet hat. Und danach gehen wir etwas essen. Da das heute ja eigentlich dein freier Tag ist, dürfte das doch kein Problem sein, oder?«

»Nein.« Und sie müsste dann auch nicht ihre Uniform tragen. Sie freute sich darauf, mit ihm zu flirten. »Ich muss mich nur umziehen und den Wagen austauschen.«

Sein heißes Grinsen ging ihr unter die Haut. Sie stand einen Augenblick lang einfach nur da und nahm das Gefühl in sich auf, einen Mann derart attraktiv zu finden. Er hatte sie ungezwungen genannt, und sie musste ihm recht geben. Sie ging Dramen mit Männern und solchen, die zu viel von ihr verlangten, immer aus dem Weg. Aber ihr gereizter Liebhaber konnte ihr keine Angst machen. Sie wollte ihn, das Gute und das Böse, das Angenehme und das weniger Angenehme.

»Bereit?«, fragte er.

»Nein«, erwiderte sie aufrichtig. »Aber das wird mich nicht davon abhalten.«

8

Jared fragte sich, wo er da nur hineingeraten war, als Darcy wieder aus dem Haus kam. Sie trug ein eng anliegendes rotes Trägerkleid, das ihre wohlgeformten Arme und schlanken Beine gut zur Geltung brachte, und dazu hochhackige Sandalen. Ihr Haar fiel ihr locker auf die Schultern, und sie hatte sich die Augen und Lippen dezent geschminkt.

Ihm stockte der Atem. Noch mehr als ihre körperliche Attraktivität zog ihn ihre Selbstsicherheit an, ihre undefinierbare Essenz, die so perfekt im Einklang mit etwas war, das sich tief in seinem Inneren befand.

»Sind Sie noch da, Cameron?«, fragte Supervisor Deputy Holt aus dem Lautsprecher seines Handys.

»Ja, Ma'am. Entschuldigen Sie.«

»Wir haben die Fotos und Videos aller Überwachungskameras aus der Umgebung der Telefonzelle zusammengetragen, aber das hat uns nicht besonders weitergebracht. Die Person trug ein Kapuzensweatshirt und hielt den Kopf gesenkt. Wir schicken Ihnen alles per E-Mail rüber. Vielleicht erkennt einer der Einheimischen die Körpersprache wieder.«

»Wir werden das überprüfen. Vielen Dank.« Er richtete sich auf, als Darcy zu ihm kam. »Ich werde mich dort einmal persönlich umsehen. Ich werde die Zeit stoppen und sehen, wie lange ich bis zu dieser Stelle brauche. Vielleicht fällt mir vor Ort ja noch irgendetwas auf. Es kann durchaus sein, dass er sich diese Telefonzelle zufällig ausgesucht hat, aber ich sehe mich da vorsichtshalber mal um.«

»Schicken Sie mir morgen früh einen aktualisierten Bericht.«

»Ja, Ma'am.« Er beendete den Anruf, steckte das Handy in die Tasche, umfing Darcys Hüften und zog sie an sich. »Du siehst umwerfend aus.«

»Danke, Deputy.« Sie nahm das Kompliment mit einem selbstsicheren Lächeln zur Kenntnis.

Eine Herzensbrecherin, dachte er grimmig. Die Art von Frau, die ein Mann nie wirklich ganz besitzen würde. Ihre Zurückhaltung stachelte seine innersten besitzergreifenden Instinkte an, und er war ein wenig verärgert, dass er ihren Verlockungen genauso wenig entgegenzusetzen hatte als jedes andere Mitglied der männlichen Spezies.

Aber immerhin hatte sie heute zugegeben, dass sie »zusammen« seien, und sie war keine Frau, die einen Mann als Ausrede nutzte, um einen anderen loszuwerden. Von jetzt an war sie sein. Es lag an ihm, zu entscheiden, ob er sie behalten wollte, und falls das so war, dann musste er die entsprechenden Schritte unternehmen, damit das geschah.

»Du machst aber ein finsteres Gesicht«, meinte sie trocken und strich mit ihren kühlen Fingerspitzen über die Linie zwischen seinen Augenbrauen.

»Entschuldige.«

»Was ist los?«

Jared schüttelte den Kopf. »Du bist perfekt, Darcy. Genau die Art von unkomplizierter, genügsamer Frau, mit der ein Mann wie ich seine Zeit verbringen möchte. Das macht mich völlig verrückt.«

»Das ergibt doch keinen Sinn«, erwiderte sie irritiert.

»Das weiß ich selbst. Küss mich.«

»Okay. Keine Bewegung.«

Er konnte sich nur mit Mühe entspannen. »Na, dann los.«

Sie trat näher an ihn heran und berührte sanft seinen Mund

mit ihren Lippen. Der Kuss war schmetterlingsleicht und kaum spürbar. Ihre Zunge zuckte heraus, strich über seine Lippen und tauchte ein winziges Stück in seinen Mund. Er stöhnte und unterdrückte den Drang, sie an sich zu ziehen und das Kommando zu übernehmen. Er wollte, dass sie ihm so viel gab, wie sie wollte.

Ihre Hände wanderten auf seine Schultern, und sie legte ihm die, mit der sie ihre kleine Handtasche festhielt, in den Nacken. Sie neigte den Kopf und drückte den Mund fester auf seinen. Sie vertiefte den Kuss, und Jared hatte das Gefühl, sich mehr und mehr aufzulösen. Er wusste nicht, woran das lag, und konnte es einfach nicht ergründen. Sie war eine hübsche Frau, die er vor vierundzwanzig Stunden kennengelernt hatte. Sie hatten es wie wilde Karnickel miteinander getrieben, und eigentlich hätte er jetzt das Interesse an ihr verloren haben müssen. Körperlich war er völlig befriedigt worden. Und doch raubte ihm dieser züchtige Kuss den Atem. Seine Lunge brannte, und sein Herz klopfte wie wild.

Darcy drückte ihre Stirn an seine und keuchte ebenso heftig wie er. »Du musst mich berühren.«

Er hörte das Zittern in ihrer Stimme und drückte sie eng an sich, um ihr dann mit einer Hand über den Rücken zu streichen. Dabei fragte er sich, ob sie jemals wirklich etwas von einem Mann gebraucht hatte. Welche Ironie des Schicksals hatte seine wilde Begierde mit ihrem unerfüllten Wunsch, erobert zu werden, zusammengebracht?

»Wir sind schon ein komisches Paar, was?«, murmelte er und drückte die Lippen auf ihren Scheitel.

»Das sind wir.«

»Ja.« Jared rieb mit der Wange über ihren Kopf. »Das sind wir.«

Jared stand an der Straßenecke und fotografierte von der Telefonzelle aus jeden möglichen Winkel.

»Ich wüsste nicht, wo ich anfangen soll«, sagte Darcy. »Wie kommt man an einer solchen Stelle mit den Ermittlungen weiter?«

Er ließ die Kamera sinken. »Man überprüft, ob es Übereinstimmungen zwischen den hiesigen Geschäften und den Einwohnern von Lion's Bay gibt. Man sieht sich die Taxirouten von diesem Tag und der entsprechenden Zeit an, die hier in der Nähe gehalten haben oder losgefahren sind. Vielleicht ist er selbst gefahren, vielleicht hat er aber auch vorsichtshalber ein Taxi genommen, um sich zu einem Parkhaus oder einem Ort in der Nähe bringen zu lassen. Wenn er allerdings wirklich vorsichtig gewesen ist, dann hat er bar bezahlt, aber wir werden der Sache trotzdem nachgehen.«

Sie sah ihn mit grimmiger Miene an. »Du beschäftigst dich damit, bis er wieder zuschlägt.«

»Ich baue meinen Fall auf.« Er brachte die Kappe wieder vor der Linse an und steckte die Kamera in seine Tasche. »Ich bin hier fertig. Hast du Hunger?«

»Um die Ecke ist ein schönes kleines Café, aber wir werden vermutlich warten müssen, bis ein Tisch frei wird.«

»Na, dann los.« Er nahm ihre Hand und führte sie direkt zu dem Restaurant. Es war ziemlich voll, und vor der Tür stand eine Schlange. Die gehetzt wirkende Kellnerin strahlte, als sie ihn erblickte.

»Jared.« Tiffany lächelte und nahm eine Speisekarte in die Hand. »Genau rechtzeitig für die Reservierung.«

Er spürte, wie Darcys Hand fester zudrückte und wusste, dass ihr die Vertrautheit aufgefallen war. Er hatte nicht reserviert, aber Tiffany fand immer einen Platz für ihn … und Zeit nach der Arbeit, wenn er Lust auf etwas anderes hatte als zu essen.

»Für zwei«, merkte er an und zog Darcy an sich.

Tiffany zog die Augenbrauen hoch und lächelte noch mehr. »Aber natürlich.«

»Unkompliziert und genügsam?«, flüsterte Darcy und ließ sich dann von ihm zu ihrem Tisch bringen.

»Ja.« Und weitaus weniger ansprechend. Natürlich nahm er Tiffanys Schönheit zur Kenntnis und wusste sie zu schätzen, doch sie konnte ihn einfach nicht fesseln. Stattdessen stellte er fest, dass viele der Anwesenden Darcy anstarrten. Sie sah umwerfend aus und hatte eine Haltung an sich, die sie noch begehrenswerter machte.

Himmel, sie war so gottverdammt heiß.

Und er war drauf und dran, ihr zu verfallen.

Jared rückte ihr einen Stuhl zurecht und nahm dann neben ihr und nicht ihr gegenüber Platz. Sie schenkte ihm ein warmes Lächeln, das sich auch nicht veränderte, als Tiffany ihr die Speisekarte reichte.

»Ich weiß genau, was ich will«, verkündete sie, als sie alleine waren.

»Kommst du öfter her?«

»Ich war erst ein paarmal hier, aber Jim hat einmal dieses unglaubliche Nudelgericht gegessen. Da habe ich mir fest vorgenommen, es beim nächsten Mal auch zu bestellen.«

Jared legte die Kamera auf den Tisch und sagte die nächsten Worte absichtlich sehr sanft, um sie nicht zu verärgern. »Ich begreife noch immer nicht, wie du mit Jim zusammen sein konntest.«

Sie legte die Speisekarte zur Seite. »Damals in der Highschool war Jim der ältere Junge, auf den alle Mädchen abfuhren, und er war Feuerwehrmann, was seinen Sex-Appeal noch weiter steigerte. Als ich zurück nach Lion's Bay gezogen bin, war meine kindliche Bewunderung für ihn noch nicht ganz verflogen.

Anscheinend hatte er sich auch schon die ganze Zeit für mich interessiert, nur dass ich damals noch minderjährig gewesen war. Wir hatten also noch einiges nachzuholen und haben das getan. Aber es war nie etwas Ernstes.«

»Hast du schon mal eine feste Beziehung gehabt?« Ihm war klar, dass irgendetwas der Auslöser dafür gewesen war, dass sie nach Lion's Bay zurückgekehrt war.

Sie schürzte die Lippen, als sie über die Frage nachdachte. »Ich hatte schon längere Beziehungen, aber ich war nie verlobt. Was ist mir dir?«

Er lehnte sich auf seinem Stuhl zurück und schüttelte den Kopf. »Ich habe immer viel um die Ohren, Darcy. Ich arbeite zwar meist in der Gegend, aber ich bin auch SOG Deputy, also bei der Gruppe für Spezialoperationen des US-Marshals-Service, was bedeutet, dass ich jederzeit irgendwohin geschickt werden kann. Ich hatte noch keine richtige feste Beziehung. Meine letzte Freundin hatte ich in der Highschool, und die Beziehung hat nicht einmal ein Jahr gehalten. Ich habe kein Problem damit, mich zu binden. Aber ich habe noch nie jemanden kennengelernt, der die Mühe wert war, sich auf eine Beziehung einzulassen.« Er holte tief Luft. »Bis jetzt.«

Sie starrte ihn an, und ihr Blick wanderte über sein Gesicht. Der Kellner kam an ihren Tisch, und Darcy bestellte, um danach die Serviette auf ihrem Schoß anzustarren, während er dasselbe tat.

Er sagte auch dann nichts, als sie wieder alleine waren, weil er ihr den Ball seiner Meinung nach zugespielt hatte, und sie konnte ihn entweder zurückspielen oder fallen lassen. Vielleicht war sie nur bereit, sich mit ihm auf eine Affäre einzulassen, bis der Fall abgeschlossen war. Er fragte sich, ob es ihm letzten Endes leichter oder schwerer fallen würde, sie zu verlassen, wenn sie nicht mehr miteinander schliefen. In einer derartigen Situation hatte er sich noch nie befunden. Daher fragte er sie, weil er vermutete, dass sie es wusste. Vielleicht nicht aus eigener Erfahrung, aber aus der Perspektive der anderen Männer in ihrem Leben, die ein Stück von ihr hatten haben wollen, das sie ihnen jedoch nicht gegeben hatte.

»Wenn ich nicht mehr mit dir schlafe«, sagte er leise, »wird es mir dann einfacher fallen, dich nicht mehr zu begehren?«

Sie drehte sich auf ihrem Stuhl zu ihm um. »Ich weiß nicht genau, was du von mir willst, Jared. Willst du mehr hiervon?« Sie machte eine Handbewegung, die das Innere des Restaurants mit einbezog. »Mehr Verabredungen? Oder nur die Abmachung, dass wir gelegentlich miteinander schlafen, wenn uns gerade danach ist und wir nicht zu weit voneinander entfernt sind? Eigentlich ist doch beides dasselbe, wenn eine Beziehung zu unberechenbar ist, um fest sein zu können, oder? Bei Ersterem hat man was zu essen und/oder Unterhaltung, während man bei Letzterem die Zeit einfach zum Vögeln nutzt.«

»Woher zum Teufel soll ich wissen, was ich will? Ich habe so etwas noch nie gemacht.« Er trommelte mit den Fingerspitzen auf dem Tischtuch herum und versuchte, sich selbst darüber klar zu werden.

»Jared.« Ihre Stimme hatte diesen langsamen, versöhnlichen Klang, als ob sie ihm etwas Schlimmes mitzuteilen hätte. »Ich bezweifle, dass wir eine lockere Beziehung haben können. Die Anziehungskraft zwischen uns … ist viel zu groß.«

»Das habe ich auch gedacht, als ich dich zum ersten Mal gesehen habe und beinahe umgefallen bin. Pass mal auf … Ich schlage nicht vor, dich irgendwie in mein Leben zu integrieren, so wie es jetzt ist. Ich will vielmehr alles ändern, um es an dich anzupassen.«

»Du willst mir den Vorrang einräumen?«

»Ja.« Er sah ihr in die Augen. »Unter der Voraussetzung, dass du dasselbe für mich tust.«

»Vielleicht solltest du mit dieser Entscheidung noch ein paar Tage warten, nicht, dass du mich auf einmal nicht mehr so anziehend findest.«

»Spiel hier bloß keine Spielchen. Damit tust du uns beiden weh.«

Sie stieß die Luft aus. »Entschuldige. Du machst mir Angst. Aber das eigentlich Erschreckende ist, dass mir das egal ist. Ich bin zwar völlig durcheinander, aber das reicht nicht aus, um dich aufzugeben.«

»Gut.« Er war derart erleichtert, dass ihm fast schwindlig wurde. »Dann versuchen wir es.«

»Es wird funktionieren. Zumindest der Großteil. Wir sind viel zu heiß aufeinander. Und zu gierig.«

»Es ist, als hätte man unstillbaren Durst«, stimmte er ihr leise zu. »Nur dass man ständig etwas trinkt und es besser schmeckt als alles, was man jemals zuvor getrunken hat. Wenn das die Mühe nicht wert ist, was dann?«

Darcy legte die Hand auf ihren Bauch und strahlte ihn an. »Ja. Ich schätze, da hast du recht.«

Während des Essens begannen sie langsam herauszufinden, wer der andere war. Jared sprach über die SOG, die Shadow Stalker, wie sie genannt wurden, und einige seiner Erlebnisse, über die er reden durfte. Er erzählte ihr von seiner Schwester Casey, die sich jeden Tag aufs Neue verliebte und nicht in der Lage war, ein Geheimnis für sich zu behalten.

Darcy berichtete, wie sie in Lion's Bay aufgewachsen war, und in den meisten ihrer Anekdoten kam ihre Schwester Danielle vor. Er fand recht schnell heraus, dass er die Schwestern richtig eingeschätzt hatte. Darcy war die Unruhestifterin und Danielle das brave Mädchen.

Jared bedauerte es einerseits fast schon, dass das Essen irgendwann vorbei sein würde, während er sich andererseits wünschte, dass es bald Abend wäre, damit er wieder mit ihr ins Bett gehen konnte. Er war den ganzen Tag ein wenig erregt, aber er sehnte sich nach dem Gefühl, das er hatte, wenn er wirklich in ihr war, wenn sie sich liebten. Sie war immer kühl und gefasst … nur nicht, wenn sie miteinander schliefen. Wenn er in ihr war, dann wusste er alles über sie. Er kannte jeden faszinierenden Zentimeter von ihr.

»Ich muss mich noch frisch machen, bevor wir gehen«, sagte sie, als die Rechnung kam.

»Treffen wir uns draußen?«

»In Ordnung.«

Er kämpfte sich gerade durch die Schlange vor dem Eingang hindurch, als sein Handy klingelte. Die Nummer auf dem Display kam ihm nicht bekannt vor. »Cameron.«

»Deputy Cameron, hier ist Special Agent Michelle Kelley. Ihre Partnerin hat mir eine Nachricht hinterlassen, dass Sie einige Fragen an mich haben.«

»Agent Kelley, genau. Danke, dass Sie mich so schnell zurückrufen. Ich wollte Sie nach Ihrem Eindruck von Lion's Bay und den Einwohnern fragen, und ob Ihnen da irgendetwas merkwürdig vorgekommen ist.«

Sie schnaubte. »Das ist eine Kleinstadt, Deputy. Da ist jeder auf die eine oder andere Weise merkwürdig.«

»Genau. Eine Kleinstadt. Wie groß ist die Wahrscheinlichkeit, dass die Feds gleich zweimal dorthin gerufen werden, um Verbrechen mit bekannter Vorgehensweise zu untersuchen?«

»Gleich null«, erwiderte Kelley offen. »Aber das Vorgehen unseres Verdächtigen war auffällig. Die Grundlagen waren wie aus dem Lehrbuch, aber die Details wichen auf inakzeptable Weise davon ab. Ich mochte den geheimnisvollen Freund, aber wir konnten ihm nie etwas nachweisen. Es kam nicht einmal ein Name ins Spiel. In einer so kleinen Stadt, in der jeder alles von jedem weiß, wusste niemand, dass das Opfer einen Freund hatte. Nicht einmal ihre Schwester, die ihr überaus nahe stand. Aber sie wusste auch nicht, dass das Opfer in der sechsten Woche schwanger gewesen war.«

»Großer Gott.«

»Ja, das hat mir auch zu schaffen gemacht. Aber ich wüsste nicht, wie Ihnen das weiterhelfen könnte.«

»Vielleicht tut es das auch nicht.« Er nahm seine Kamera fester in die Hand. »Aber der Brandstifter kennt sich in der Gegend aus. Er könnte ein Einheimischer sein, doch es gibt noch keinerlei Hinweise. Ich dachte, dass Ihnen vielleicht irgendetwas aufgefallen sein könnte, was mir weiterhilft.«

»Tut mir leid, Deputy. Ich wünschte, ich hätte etwas für Sie, aber die Einwohner dieser Stadt haben mir nicht weitergeholfen. Dieser Fall verfolgt mich bis heute. Was man dem Opfer angetan hat … Sie war so jung und hübsch. Und auch noch Tierärztin. Sie hat ihr ganzes Leben in Lion's Bay verbracht …«

»Sie war Tierärztin?« Jared konnte den Verkehr und die Gespräche um sich herum nicht mehr hören, sondern war wie betäubt. »Michaels?«

»Ja. Dr. Danielle Michaels.«

9

Darcy setzte sich hinter das Steuer ihres Wagens, und Jared schloss die Tür hinter ihr. Dann ging er um das Heck herum und nahm auf dem Beifahrersitz Platz.

»Wollen wir bei deiner Schwester vorbeifahren?«, fragte er und sah nach vorne durch die Windschutzscheibe. »Sie ist doch in Seattle, oder nicht?«

Sie atmete tief ein und stieß die Luft dann wieder aus. »Okay.«

Als sie aus der Parklücke fuhr und sich in den Verkehr einfädelte, hielt sie das Lenkrad viel zu fest, aber sie konnte sich einfach nicht entspannen. In ihrem Magen schien sich alles zu einem dicken Knoten zusammenzuballen, und es schnürte ihr die Kehle zu. Sie hatte Danis Grabstein schon so oft gesehen, aber dennoch zerbrach jedes Mal etwas in ihr, wenn sie wieder davorstand.

Sie fuhren durch das Eisentor des Friedhofs, und Jared legte ihr die Hand auf den Oberschenkel. Der Knoten in ihrem Bauch löste sich ein wenig. Sie legte ihre Hand darauf und drückte seine. »Du bist nicht überrascht.«

»Ich war überrascht, als ich es herausgefunden habe.« Er schaute sie an und schob die Sonnenbrille hoch, damit sie seine Augen sehen konnte. »Jetzt bin ich einfach nur froh, dass du mich daran teilhaben lässt.«

»Aus diesem Grund sind wir hier.«

Er verschränkte die Finger mit ihren. »Ist das denn so schlimm, mit jemandem darüber zu sprechen?«

»Nein. Eigentlich bin ich sogar dankbar dafür. Es ist nur so …
Ich kann nicht mit meinen Eltern hierher kommen. Sie brauchen eine starke Tochter. Und ich versuche, für sie stark zu sein.«

»Aber du bist es nicht.«

»Dani war meine andere Hälfte.«

Sie folgte dem Weg einige Kilometer lang und parkte dann.
Nachdem sie ausgestiegen waren, führte sie Jared über den
Rasen zur Grabstätte ihrer Familie. Jared schwieg, als sie vor
Danis Grab standen, und merkte, dass Darcy die Tränen in die
Augen stiegen. Er stellte sich hinter sie, legte die Arme um sie
und stützte das Kinn auf ihre Schulter. Sie standen sehr lange
Zeit einfach nur da, lange genug, damit sie ihre Stimme wie-
derfinden und ihm von dem Anruf am frühen Morgen erzählen
konnte, der ihr Leben für immer verändert hatte.

»Es hieß, sie hätte einen Freund gehabt«, sagte er mit sanfter
Stimme. »Weißt du, wer er war?«

»Ich wusste von ihm«, antwortete sie mit bedrückter Miene.
»Ich kenne nur seinen Namen nicht. Als mir Dani zu verstehen
gegeben hat, dass es ein Geheimnis ist, wusste ich, dass es jemand ist, den ich kenne, und dass sie nicht von mir deswegen
aufgezogen werden wollte. Das ist auch der Hauptgrund, warum ich nach ihrem Tod nach Lion's Bay zurückgezogen bin.
Ich wollte herausfinden, wer er ist und was er weiß. Ich hatte gehofft, dass ich inzwischen herausgefunden hätte, wer ihr
Freund war … dass er sich zu erkennen gibt, wenn er mich jeden Tag sieht und dadurch an sie erinnert wird.«

»Ist dir eigentlich klar, wie verdammt gefährlich das ist?«
Seine Stimme war vor Zorn ganz heiser. Er drehte sie zu sich
herum und sah ihr wütend ins Gesicht. »Nach allem, was er mit
ihr gemacht hat?«

Sie hatte die Leiche ihrer Schwester identifiziert, auch wenn
jeder in der Stadt wusste, wer Dani war, und man Darcy nur

ansehen musste, um es anhand ihrer Ähnlichkeit festzustellen.
Der Gerichtsmediziner hatte Danis Leiche vom Hals abwärts
mit einem Laken verdeckt, aber Darcy wusste, wofür der Prophet bekannt war … dass er seine Opfer auf widerliche Weise
verstümmelte. »Ich kann Dani nicht gehen lassen, solange ihr
Mörder da draußen noch frei herumläuft, Jared. Und ehrlich
gesagt, ist mit ihr auch ein Teil von mir gestorben.«

»So ein Blödsinn. Ich war in dir. Wenn ich dich berühre …
wenn ich mit dir schlafe … dann bist du so lebendig, dass du
mich fast verbrennst. Ich sehe doch, wie du versuchst, aus dieser Hülle auszubrechen, die du kaum noch ertragen kannst, aus
diesem Leben, das nicht im Geringsten zu dir passt.« Er legte
ihr die Hände an die Wangen. »Ich werde ihn kriegen, Darcy.
Er wird für das bezahlen, was er dir angetan hat. Das verspreche ich dir. Lass mich meinen Job machen. Und ich werde dich
beschützen.«

Sie atmete schneller. »Dann glaubst du auch, dass er sich
noch in Lion's Bay aufhält?«

»Ich halte es für sehr wahrscheinlich. Dieser Süßigkeiten-
laden, war deine Schwester öfter dort?«

Darcy runzelte die Stirn. »Sie hat da regelmäßig eingekauft.
Sie war eine richtige Naschkatze. Sie ist fast jeden Tag dort gewesen, um für einen oder zwei Dollar etwas Süßes zu kaufen,
das sie in ihrem Arztkittel dabeihatte. Und wir haben unseren
zwölften Geburtstag dort gefeiert. Warum?«

»Der Brandstifter hat an Orten zugeschlagen, die irgendwie
mit deiner Schwester zu tun haben. Ich würde behaupten, dass
deine Anwesenheit in Lion's Bay den Täter tatsächlich wachge-
rüttelt hat. Er versucht systematisch, deine Schwester aus dem
Bild der Stadt zu tilgen. Zuerst hat er sie ermordet, und jetzt
brennt er die Gebäude nieder, die etwas mit ihr zu tun hatten.«

Sie hielt seine Hände fest. »Wenn er Dani vergessen will,

warum schaltet er dann nicht die Frau aus, die genauso aussieht wie sie?«

Jareds Miene wurde grimmig. »Wenn ich mich nicht ganz irre, hebt er sich dieses Vergnügen bis zum Schluss auf.«

»Ich weiß, wie sich das anhört«, sagte Jared in sein Handy, als sie Darcys Haus betraten.

Sie beobachtete, wie er durch die Küche in ihr Wohnzimmer marschierte und dort auf und ab ging. Irgendetwas in ihr veränderte sich, als sie ihm zusah, wie er mit kraftvollen, raubtierartigen Schritten umherlief und keinen Ton von sich gab. Er war bewaffnet und gefährlich. Ein erfahrener Jäger. Und er war auf der Jagd nach dem Mann, der Dani ermordet hatte. Die Vielzahl an Empfindungen, die sich in ihrem Bauch ballten, konnte nicht aus ihr heraus, und sie wusste nicht, wie sie damit umgehen sollte. So hatte sie sich noch nie gefühlt.

Denn er war auch hinter ihr her. Bewusst. Systematisch. Er würde keine Ruhe geben, bis er sie eingefangen hatte. Sie würde auch nicht zulassen, dass er damit aufhörte.

Was immer das auch war, was sie für ihn empfand, es war wichtig. Wenn sie sich nur ein wenig Zeit gab und ein paar Kompromisse einging, könnte sie sich mühelos in ihn verlieben. Und ein Teil von ihr wollte das wirklich sehr. Sie wollte die Magie erleben, die sie nur andeutungsweise jemals gespürt hatte. Mit ihm könnte sie es schaffen. Er wollte es ebenfalls.

»Was hast du jetzt vor?«, fragte er seine Partnerin und fuhr sich mit der Hand durchs Haar. »Okay. Gut. Ruf mich an, wenn du wieder im Hotel bist, dann treffen wir uns da. Wir können uns Pizza bestellen und alles durchgehen.«

Er beendete das Gespräch, als sie gerade an ihm vorbei ins Schlafzimmer ging, und sie sahen sich lange bedeutungsvoll an. Sie lächelte sogar fröhlich, weil sie nicht wollte, dass er sich noch größere Sorgen machte, als er es ohnehin schon tat. Seitdem sie den Friedhof verlassen hatten, wirkte er noch angespannter als sonst, und er hatte schon genug um die Ohren.

Sie weinte lautlos, noch bevor sie das Schlafzimmer betreten hatte. Dann drückte sie die Tür so weit zu, dass sie nicht mehr durch den Türspalt zu sehen war, aber sie schloss sie nicht ganz. Er sollte ihr Bedürfnis nach Privatsphäre nicht so auslegen, als wollte sie ihn ausschließen. Sie zog sich aus und ging ins Badezimmer. Auch wenn ein Bad sehr verlockend gewesen wäre, ging sie unter die Dusche und begrüßte den Schwall kalten Wassers, bevor es schließlich warm wurde.

Jetzt hielt sie die Tränen nicht mehr zurück, die sich mit dem Wasser vermischten. Darcy stand direkt im Wasserstrahl, der ihr wie ein Schleier ins Gesicht fiel, und hoffte, auf diese Weise keine verquollenen Augen zu bekommen. Sie hatte das letzte Mal im Flugzeug geweint, das sie nach Hause zu Dani ins Leichenschauhaus brachte. Ihr war klar, dass es längst überfällig gewesen war, was diesen Gefühlsausbruch jedoch nicht erträglicher machte.

Sie spürte, wie er hinter ihr in die Duschkabine trat, und war dankbar dafür, dass er nicht sehen konnte, wie sie innerlich zerbrach. Während sie die Hände gegen die Fliesen vor sich presste, senkte sie den Kopf und ließ das Wasser auf ihren Nacken strömen.

Jared legte die Arme um sie und drückte die Brust an ihren gekrümmten Rücken. Er sagte kein Wort, als sie auf einmal erschauderte und schluchzte.

Sie versuchte, ihn abzuschütteln, und kam sich töricht vor. »Gib mir einen Moment.«

»Nimm dir so viel Zeit, wie du brauchst.«

Als er sie nicht losließ, verzog sie den Mund und drehte sich um. »Du bist echt ein Quälgeist.«

Er zuckte mit den Achseln. »Ich wurde dazu ausgebildet, jeden Vorteil auszunutzen.«

Als sie die Belustigung in seinen Augen sah, zog sie ihre Mundwinkel hoch und ihre Trauer ließ ein wenig nach. Sein attraktives Gesicht war ernst, und sein wundervoller Mund sah unnachgiebig aus. In vielerlei Hinsicht war er ein harter Mann, und doch konnte er so zärtlich sein. Sie war gespannt darauf, ihn zusammen mit seiner Schwester zu erleben, von der er spöttisch, aber auch sehr liebevoll erzählt hatte, und mit seinen Eltern, die er ganz offensichtlich bewunderte und liebte.

Seine Hände umfingen ihr Gesicht, und er strich mit den Daumen über ihre Wangen. »Ich kann mir nicht einmal vorstellen, was du durchgemacht haben musst.«

»Gut. Das würde ich auch niemandem wünschen.«

Ich weine noch immer, erkannte sie, als seine rauen Finger wieder über ihr Gesicht strichen. »Du solltest wissen«, sagte sie mit heiserer Stimme, »dass ich dir nur den Anblick einer verheulten Frau ersparen wollte.«

»Tu das nicht. Mein Job wird sowieso schon dafür sorgen, dass zwischen uns eine Menge unausgesprochen bleiben muss. Bei dem Rest müssen wir völlig ehrlich sein, sonst hat unsere Beziehung keine Chance.«

»Für einen Mann, der noch keine richtige Beziehung hatte, scheinst du aber ganz gut zu wissen, wie so etwas funktioniert.«

»Ich weiß einfach, was ich brauche.« Seine blauen Augen schienen sie zu durchbohren. »Und ich erwarte, dass du mir immer sagst, was du willst.«

Ihre Hände glitten über seinen feuchten Rücken und liebkosten die harten Muskeln. Um sie herum stieg Dampf auf, aber die Wärme, die sie spürte, kam aus ihrem Inneren. »Ich weiß nicht, was ich brauche. Es ist verdammt lange her, dass ich das letzte Mal darüber nachgedacht habe.«

»Dann tu es heute Abend, wenn ich nicht da bin. Aber vergiss nicht, mich in deine Gedankengänge mit einzubeziehen.«

»Ich werde mir wünschen, dass du in mir wärst.« Sie umfing mit einer Hand seine Erektion. »Du bist selbst schon eine tödliche Waffe, ist dir das klar, Deputy?«

Er schnaubte und legte die Hände fester um ihre Hüften.

»Ich könnte wetten, dass dir noch keine Frau einen Korb gegeben hat. Vermutlich bin ich nur eine von vielen, die deinem unwiderstehlichen Charme verfallen sind.«

»Das sagt gerade die Richtige. Du bist doch selbst eine wahre Männerfresserin.«

Darcy strich mit beiden Händen über seinen Schwanz. Sie musterte sein pralles Glied, und ihr Herz schlug schneller, als sie seine Ausmaße und die dicken Venen, die sich darauf abzeichneten, bewunderte. Es war ein brutales Instrument der Lust und passte vollkommen zu Jareds Sexualität. Diese Gegensätzlichkeit – sein kräftiger, eleganter Körper und das Gesicht eines gefallenen Engels zusammen mit dem schroffen Temperament und der wilden Sinnlichkeit – faszinierte sie.

»Das ist eine gute Idee«, murmelte sie.

Dann machte sie einen Schritt nach hinten und setzte sich auf den gekachelten Rand der Duschwanne. So war sie auf Augenhöhe mit dem Objekt ihrer Begierde, das ein heißes Flattern in ihrem Magen auslöste. Sie leckte sich die Lippen und war überrascht, wie erregt sie war.

»Was hast du vor?«, fragte er heiser. »Du wirst mir jetzt keinen blasen.«

Sie zog die Augenbrauen hoch. »Und ob ich das tun werde.«

Er schob ihre Hand weg, als sie ihn näher zu sich hinziehen wollte. »Großer Gott, Darcy. Du hast dir gerade noch die Augen ausgeweint. Ich bin bloß nackt, weil ich nichts anderes zum

Anziehen hier habe und meine Klamotten nicht nass machen wollte, wenn ich dich in den Arm nehme.«

Ihre Mundwinkel zuckten. Er sah so beleidigt aus. Auch wenn der Sex in ihrer Beziehung eine große Rolle spielte, war das nicht alles, was er von ihr wollte. Es beruhigte sie, das zu wissen. Eigentlich war es sogar wunderbar. Denn sie begehrte zwar seinen Körper, aber sie wollte auch noch sehr viel mehr von ihm.

Sie deutete auf seinen Schwanz. »Er ist aber einsatzbereit.«

»Das solltest du doch bereits wissen. Seitdem ich dich kenne, habe ich ständig einen Steifen. Schon seit dem Moment, als ich dich das erste Mal gesehen habe.«

»Wenn ich für dieses Problem verantwortlich bin, muss ich mich auch darum kümmern.«

»Es ist kein Problem, und ich will nicht, dass du dich darum kümmerst«, fauchte er. »Ich möchte mich um dich kümmern.«

»Mir geht es gut.« Darcy sah ihm in die Augen, damit er in ihnen die Bestätigung für ihre Worte finden konnte. Der Schmerz in ihrer Brust würde nie ganz verschwinden, das war ihr klar, aber er war jetzt leichter zu ertragen als noch an diesem Morgen. Dass sie jetzt anders empfand, glich einem Wunder, nachdem sie so lange damit gelebt und schon geglaubt hatte, der chronische Schmerz würde nie mehr verschwinden. Himmel … Es war so schön gewesen, sich auf dem Friedhof an jemanden anlehnen zu können, der ihre Trauer vorbehaltlos akzeptierte. »Du wolltest, dass ich mich besser fühle, und das tue ich.«

»Verdammt.« Er sah sie finster an. »Ich bin ein Oberegoist und wollte nur, dass ich mich selbst besser fühle. Dich leiden zu sehen hat mich fast umgebracht. Wenn ich jetzt mit ansehen muss, wie du an meinem Schwanz lutschst, macht das die Sache noch schlimmer. Ich bin doch kein kaltherziger Mistkerl.«

»Habe ich dir je den Eindruck vermittelt, dass ich in sexueller Hinsicht etwas tun würde, wenn ich es nicht selber will?«

Er sah sie noch grimmiger an.

»Okay.« Ihr Blick wanderte wieder zu seinem Schwanz, und ihre Erregung stieg. »Du hast einen wirklich perfekten Schwanz, Jared. Ist dir das klar? Er ist wirklich wunderschön.«

»Du weißt doch gar nicht, was du da redest.«

»Eigentlich bin ich eher verdammt froh über das, was mir gelungen ist. Ich habe mir die Exklusivrechte auf deinen großartigen Körper gesichert, und die werde ich jetzt ausüben.«

Doch er legte die Hand um sein Glied und strich darüber. »Ich muss arbeiten.«

»Dann hör auf, die Sache hinauszuzögern, und lass mich tun, was ich tun will.«

Widerstrebend nahm er seine Hand weg, machte einen Schritt nach vorn und umfing ihr Gesicht mit beiden Händen. Er sah ihr aufmerksam ins Gesicht, und sein Blick wurde sehr sanft. »Geht es dir gut, Darcy? Geht es dir wirklich gut? Oder bist du noch immer angeschlagen?«

Sie ergriff seine Hände. »Vermutlich hat es dich mehr mitgenommen als mich. Ich hatte drei Jahre Zeit, um die Sache zu verarbeiten. Du bist derjenige, der hier ahnungslos über einen kalten Fall gestolpert ist.«

»Und über eine heiße Frau.« Er strich zärtlich mit den Daumen über ihre Wangen. »Du bist ein Berufsrisiko.«

»Komm noch etwas näher, dann bringe ich dich auf andere Gedanken.«

Sein Daumen glitt nun über ihre leicht geöffneten Lippen. »Das hast du längst.«

Als sie erneut nach seinem Schwanz griff, hielt er sie nicht davon ab. Er stützte sich mit einer Hand über ihrem Kopf gegen die Kacheln und verringerte mit der anderen die Wassertemperatur. Der Strahl traf seine rechte Seite, und das Wasser lief über seinen muskulösen Oberkörper und seinen Waschbrettbauch. Dort fing sie an und zog die Rillen mit der Zunge nach, während sie mit den Händen sanft und zärtlich über seinen Schwanz strich.

Jared presste die Handflächen an die Wand und senkte den Kopf, während sich seine Atmung beschleunigte. Während seine Haut unter ihren Händen wärmer wurde, schien er mehr und mehr in Flammen zu stehen. Sie konnte den Rauch beinahe sehen, der sie umgab und berauschte. Eine primitive Begierde brannte in ihrem Blut und ließ ihre letzten Hemmungen verglühen. Bei ihm war sie wie eine läufige Hündin, und das gefiel ihr. Sie mochte die lüsterne Freiheit, die er ihr in seiner direkten Art gewährte.

Sie legte die Faust enger um sein Glied, drückte zu, und er erschauderte. Dann strich sie mit den Wangen über seinen Schwanz und wanderte mit den Lippen zu seinen Hoden.

»Verdammt«, stieß er keuchend aus, als sein Schwanz in ihren Händen zuckte.

Darcy nahm einen der prallen Hoden in den Mund, saugte zärtlich daran und umspielte ihn mit der Zunge. Er war überall so groß, hart und männlich. Sie genoss das sehr und konnte es kaum fassen, dass sie einen derart potenten und begehrenswerten Mann für sich gewonnen hatte.

Seine Beine begannen zu zucken, und er atmete immer schneller. »Rache ist süß, Darcy. Und jetzt hör auf, mich zu quälen, und nimm ihn in den Mund. Saug meinen Schwanz mit deinem heißen kleinen Mund.«

Sie stöhnte und rieb ihn mit beiden Händen. Am liebsten hätte sie ihn aufgefressen, jeden Zentimeter seines wundervollen Körpers verschlungen.

Er legte ihr eine Hand in den Nacken und verspannte die Finger in ihren feuchten Locken. »Nimm ihn zwischen die Lippen, Darcy. Ja … So ist es gut.«

Sie drückte den Mund auf seine Eichel und schloss die Augen, um dieses Gefühl und seinen Geschmack zu genießen. Warmer Satin auf Stein. Ihre Zunge zuckte über die empfindliche Unterseite, und sie war mit allen Sinnen auf seine Reaktionen konzentriert. Auf sein tiefes Stöhnen. Die Spannung in seinem Körper. Wie er mit den Zähnen knirschte.

»Das ist so gut«, stieß er hervor. »Dein Mund ist so verdammt gut … heiß … einfach perfekt. Du bist perfekt.«

Sie saugte fester an der breiten, empfindlichen Eichel und stöhnte, als sich ein heißer Schwall Präejakulat auf ihre Zunge ergoss und ihre Lust noch steigerte. Sie strich mit den Händen über seine Länge und drückte ihn, und er legte auch die andere Hand auf ihren Kopf. Dann bewegte er die Hüften, während er sie mit den Händen festhielt. Er nahm ihren Mund so tief und schnell in Besitz, wie er wollte, und sein Becken bewegte sich in einem raschen Tempo, während er die Bauchmuskeln anspannte und lockerte, als er immer wieder in ihren Mund eindrang.

Darcy hob den Kopf, und sie sahen sich in die Augen. Der Moment schien ewig anzudauern. Trotz dieser rauen Sexualität, bei der sein Schwanz ihren Mund ausfüllte, sein Bauch nass von Wasser und Schweiß war und er immer wieder die Muskeln anspannte, war diese Situation auch äußerst intim. Seine Lust war auch die ihre, und sie war heiß und süß. Und wild.

Er zischte, als sie zu saugen begann. Als er dadurch noch größer wurde, zog sich ihre Scham zusammen und sehnte sich danach, ihn tief in sich zu spüren. »Ja, Süße, so ist es gut. Saug mich … Ich werde ungeheuer hart für dich kommen.«

Sein Geschmack wurde intensiver, und ihr Innerstes begann zu zucken. Sie stöhnte und wand sich, da sie dieser Akt erregte wie nie zuvor. Bisher hatte sie es zwar gerne gemacht, doch es hatte sie nie so unfassbar erregt, sie nie allein aufgrund dieser erotisierenden Wirkung fast zum Zerfließen gebracht.

Er krümmte die Finger in ihrem Haar und verzog das Gesicht. »Ja, Baby … Gleich komme ich.«

Gierig saugte sie wie eine Besessene an ihm. Ihr Kopf wackelte wild. Sie bearbeitete sein pulsierendes Glied mit dem Mund und den Händen. Drängte ihn, loszulassen. Jared stieß einen Fluch aus, und sein ganzer Körper zuckte, als er seinen heißen Samen über ihre ihn noch immer liebkosende Zunge ergoss und seinen bebenden Schwanz tief in ihren Mund hineinstieß.

Seine Hände zitterten, als er fertig war und sich aus ihr herauszuziehen versuchte. Doch sie saugte weiter und wollte alles, was er ihr geben konnte. Jeden Tropfen seiner Lust. Sie stöhnte triumphierend auf, als sie noch einen letzten Schwall aus seinem noch immer steifen Schwanz lockte.

Doch dann keuchte sie überrascht auf, als er sie hochzog und gegen die kühlen Fliesen drückte. Er legte eine Hand auf ihren Venushügel und stieß zwei Finger tief in sie hinein. Dabei eroberte er ihren Mund und stieß die Zunge tief hinein, um das zu schmecken, was sie ihm entlockt hatte. Sein Stöhnen ließ ihre Lippen vibrieren.

Er legte ihr Bein über seines, stellte den Fuß auf den Rand der Duschwanne, stützte sie und öffnete sie noch weiter. Seine Finger rieben sie, glitten durch die seidigen Fäden ihrer Lust und fanden alle zarten Stellen, sodass sie vor Lust in seinen Mund hineinstöhnte.

Darcy klammerte sich an seinen Armen fest und presste die Fingernägel in seine Schultern, während sie an nichts anderes als an ihn denken konnte. »Jared …«

»Du bist so verdammt heiß«, knurrte er, zog die Finger aus ihr heraus und drückte sie gegen ihren Anus. »Du machst mich so an. Ich habe noch keine Frau so begehrt, noch nie das Gefühl gehabt, ich müsste sterben, wenn ich sie nicht berühren kann. Sie schmecken kann. Sie dazu bringen kann, meinen Namen zu schreien.«

Sie schrie leise auf, als er mit einem Finger in ihren Anus eindrang, diesen sofort wieder herauszog und sie mit zwei Fingern penetrierte. Ungezügelte Lust strömte durch ihren Körper und ließ ihr Herz rasen.

Er sah sie mit seinen blauen Augen an, stieß die Finger tief in sie hinein und zog sie wieder raus. »Nur du schaffst das, Darcy, du bist die Einzige, in deren Haut ich kriechen möchte, wenn ich meine verlassen würde.«

»Ja«, keuchte sie. »Tu es.«

Seine Finger brachten sie um den Verstand, sie drangen in einem stetigen, genau richtigen Rhythmus wieder und wieder in ihren Anus ein. Sie kreiste mit den Hüften und versuchte, ihn tiefer in sich zu spüren. Sie waren sich so nah, aber es war noch nicht nah genug.

»Oh, ich werde in dir sein, Süße«, versprach er ihr mit unheilvoller Stimme, während sein Atem heiß und schnell gegen ihr Ohr wehte. »Ganz tief in dir. Ich werde dich ganz ausfüllen, so, wie du es gerade noch ertragen kannst, bis ich nicht mehr weiß, wo ich ende und du anfängst. Du machst mich zu einem Tier, Darcy. Du bringst mich dazu, neue Arten zu erfinden, auf die ich dich nehmen kann, damit ich jeden Zentimeter von dir besitze.«

Jared schob einen Daumen in ihre Spalte, und sie schrie auf, da sie dem Höhepunkt so nahe war, dass es schon fast schmerzte. Selbst das kalte Wasser konnte das Fieber in ihrem Blut nicht lindern, ein Verlangen nach ihm, das mit jeder Stunde, die sie ihn kannte, stärker zu werden schien.

Er nahm ihre Brust in die andere Hand und drückte sie derart zärtlich, dass es gar nicht zu seiner wilden Leidenschaft zu passen schien. Als sie sich um seine Finger zusammenzog, stieß er ihren Namen aus, und ihr Körper zitterte so heftig, dass sie schon glaubte, in tausend Stücke zu zerspringen.

Doch Jared hielt sie fest, als die Lust wie eine elektrische Ladung ihre Nervenenden traf. Er setzte sich auf den Wannenrand, nahm sie auf den Schoß und legte die Arme um sie, während sie zitternd die letzten heißen Nachbeben ihres Orgasmus erlebte.

10

Jared hatte die Liste der üblichen Paketunternehmen, die sie überprüfen mussten, fertiggestellt und suchte die Dinge zusammen, die er mit ins Motel nehmen musste. Als es an Darcys Haustür klingelte, stand er auf und ging hin, wobei er ihr zu verstehen gab, dass er die Tür öffnen wollte.

»Mir ist in den letzten drei Jahren auch nichts passiert«, rief sie ihm in Erinnerung, aber sie ließ ihn gewähren.

Als Jim Ralston mit einem Sechserpack Bier auf der Türschwelle stand, wurde Jared augenblicklich sauer. Er war noch nie ein besitzergreifender Mann gewesen, und es hatte ihn auch nie interessiert, mit wem seine Liebhaberinnen früher geschlafen hatten. Doch der animalische Trieb, Darcy ganz und unwiderruflich für sich zu beanspruchen, ging über das Schlafzimmer hinaus, und er kam einfach nicht gegen seine Gefühle an.

»Inspektor«, begrüßte er den Mann.

»Deputy«, erwiderte Ralston, dessen Augen amüsiert funkelten. Er trug schwarze Jeans und ein Hemd, dessen Ärmel er hochgerollt hatte und dessen oberster Knopf offen stand. In Zivilkleidung sah er jünger aus, und Jared hatte auf einmal eine leichte Ahnung, wieso Darcy eine lockere Beziehung mit diesem Mann geführt hatte.

Darcy ging lächelnd um Jared herum. »Komm doch herein, Jim. Ah, und du hast auch noch ein Geschenk mitgebracht. Deputy Cameron geht mit seiner Partnerin Pizza essen, was mich auf den Geschmack gebracht hat. Was hältst du davon?«

Ralston betrat das Haus und ließ die Fliegengittertür hinter sich zufallen. »Da muss ich leider passen, ich bin mit der Versicherungsvertreterin verabredet, die sich Nadines Laden angesehen hat. Sie hat mich angerufen, als ich bereits das Haus verlassen hatte, um mir zu sagen, dass sie sich etwas verspätet, und ich dachte mir, ich schaue mal bei dir vorbei, anstatt wieder umzukehren.«

Ihre Augen strahlten. »Okay, ein heißes Date ist besser als Pizza. Freut mich für dich.«

Jared ging um den Esstisch herum und packte alles ein, was er mitnehmen musste, sowie die Schlüssel ihres BMW. »Ich werde nur ein paar Stunden weg sein. Aber ich melde mich, falls es später werden sollte.«

Darcy, die in ihrer Stretchhose und dem T-Shirt mit V-Ausschnitt ebenso heiß aussah wie zuvor in dem roten Kleid, kam auf ihn zu. »Du weißt ja, wo du mich findest.«

»Bringst du mich raus?« Er sah zu Ralston hinüber und fühlte sich ein wenig besser bei dem Gedanken, dass der Mann an diesem Abend mit einer Frau verabredet war. »Wir sehen uns dann morgen, Inspektor. Ich würde gern ein paar Dinge mit Ihnen besprechen.«

»Aber klar.« Ralston nickte ihm kurz zu. »Rufen Sie einfach an, dann machen wir einen Zeitpunkt aus.«

Als sie zu Darcys Wagen kamen, warf Jared seine Sachen durch das offene Verdeck auf den Rücksitz, drehte sich dann zu ihr um und nahm sie in die Arme. Er küsste sie und murmelte: »Schließ die Tür ab, wenn Ralston gegangen ist.«

Sie sah erst so aus, als ob sie ihm widersprechen wollte, schien es sich dann jedoch anders zu überlegen. »Okay.«

»Danke.« Er küsste ihre Nasenspitze. »Für alles.«

»Es war mir ein Vergnügen, Deputy.«

»Ich komme so schnell zurück, wie ich nur kann.« Er gab ihr

mit beiden Händen einen Klaps auf den Hintern und drückte ihre Pobacken. Dann zog er sie an sich. »Stell schon mal Gleitmittel auf den Nachttisch. Und eine Wasserflasche.«

»Du bist ein Tier.«

Mit geröteten Wangen und vom Küssen leicht geschwollenen Lippen sah sie aus wie eine Frau, die eine heiße Nacht hinter sich hatte. Das stand ihr. Wenn es nach ihm ging, dann würde sie von jetzt an jeden Tag so aussehen.

Sie lächelte, als hätte sie seine Gedanken gelesen. »Du hast Glück, dass ich damit leben kann.«

Er drückte sie an sich und wünschte sich nichts sehnlicher, als dass sie in Sicherheit, glücklich und in seiner Nähe war. Es würde noch einige Zeit dauern, bis er die Verbindung zwischen ihnen, die sowohl auf körperlicher als auch auf emotionaler Ebene bestand, genauer ergründet hatte.

Dann machte Jared einen Schritt nach hinten und musste sich eingestehen, dass er von dem Erlebnis unter der Dusche noch immer ziemlich aufgewühlt war. Sie ging ihm längst tief unter die Haut. »Ja, ich bin ein echter Glückspilz.«

Darcy winkte Jared hinterher, als er in dem Wagen davon fuhr, der der letzte Überrest ihres früheren Lebens war. Genau aus diesem Grund hing sie auch daran, und sie war froh, dass ihren Eltern das Haus gehörte und sie keine Miete zahlen musste. Von dem Geld, das sie momentan verdiente, hätte sie sich den Wagen sonst nicht mehr leisten können.

»Das ging ja ziemlich schnell mit euch beiden«, meinte Jim, der mit einer offenen Bierflasche in jeder Hand im Türrahmen stand.

Sie nahm ihm eine Flasche ab und grinste ihn an. »Schnell ist noch untertrieben.«

Sie gingen zusammen auf die Veranda und setzten sich auf

die Hollywoodschaukel. Sie zog ein Bein an, stützte das andere auf den Boden und setzte sich sacht in Bewegung.

»Er sagt, es hätte ihn einfach umgehauen«, berichtete sie. »Bei mir war es eher so, als hätte ich einen Schlag in die Magengrube bekommen.«

»Ich habe gehört, dass viele Frauen in der Stadt von ihm schwärmen. Angeblich finden sie ihn alle sehr attraktiv.«

»Das lässt sich nicht leugnen. Aber das ist noch lange nicht alles.«

»Stimmt.« Er setzte die Flasche an die Lippen und trank einen großen Schluck, wobei sich die Muskeln an seinem gebräunten Hals bewegten.

Sie wandte den Blick ab. Am Himmel zeigte sich das Abendrot. Der Wind nahm zu, wurde etwas kühler und brachte den salzigen Geruch des nahen Ozeans mit sich. »Es wird bald wieder brennen, denkst du nicht auch?«

»Ja«, bestätigte er. »Und wir sitzen einfach nur rum. Ich werde stinksauer bei dem Gedanken, dass der Kerl da draußen ist und wir nichts dagegen tun können.«

»Deputy Cameron glaubt, dass der Mord an Dani und die Feuer etwas miteinander zu tun haben könnten.«

Jim erstarrte und riss die Augen auf. »Was? Wieso das?«

»Er kann es besser erklären als ich, und ich glaube, das ist auch der Grund dafür, dass er sich morgen mit dir treffen will.«

»Unglaublich.« Er schüttelte den Kopf. »Ich bin sprachlos. Auf diese Idee wäre ich niemals gekommen.«

»Ich auch nicht.« Darcy trank einen Schluck Bier. »Das ist alles völlig verrückt.«

Er legte ihr eine Hand auf das angewinkelte Knie. »Das alles tut mir so leid. Es muss sehr schwer für dich sein.«

Sie sah zu der Stelle hinüber, an der ihr Wagen eben noch gestanden hatte, und dachte an Jared. Das Wissen, dass er an Danis Fall arbeitete, beruhigte sie, und zum ersten Mal seit langer Zeit spürte sie einen Hauch von Optimismus. Sie drückte seine Hand. »Mir geht es gut. Es ist verdammt lange her, dass ich das sagen konnte, und es ist mein völliger Ernst.«

Ihr Lächeln verblasste, als der Wagen des Sheriffs vor ihrem Haus vorfuhr. Sie beobachtete, wie Chris ausstieg, seinen Hut aufsetzte und zu ihnen hinübersah, während er die Wagentür schloss und um die Motorhaube herumging. »Hey, Darcy. Jim.«

Jim erwiderte den Gruß, aber sie wartete, bis Chris die Veranda betrat und seine schweren Stiefel über die Holzplanken donnerten, während sein Lederholster knarrte.

»Was willst du hier?«, fragte sie.

»Ich muss mit Cameron sprechen.«

»Er ist nicht hier.«

Chris fluchte leise. »Wo steckt er denn?«

»Er ist bei seiner Partnerin. Sie arbeiten an dem Fall.«

»Verdammt. Wusstest du, dass er glaubt, Danis Mörder würde mit eurem Brandstifter zusammenarbeiten?«

»Ja.«

»Er ist erst seit zwei Tagen in der Stadt und will schon einen alten Fall mit den Bränden in Verbindung bringen? Das ist doch Blödsinn.«

Sie zog die Augenbrauen hoch, als er sein Geschimpfe losließ, war jedoch nicht sonderlich überrascht. Chris mochte es nicht, wenn sich andere in seine Fälle einmischten, und sie konnte es ihm nicht verdenken. Sie wusste genau, wie es ihr an seiner Stelle gehen würde. »Es ist nur ein Ansatz, und auch nicht der einzige. Ich habe zugesehen, wie er die Informationen zusammengetragen hat. Er betrachtet den Fall aus mehreren Blickwinkeln.«

Jim beugte sich vor, stützte die Ellenbogen auf die Knie und hielt sein Bier mit beiden Händen fest. »Chris.«

Etwas an der Art, wie Jim den Namen aussprach, irritierte Darcy.

»Was?«, fauchte Chris.

Jim starrte ihn an.

»Sieh mich nicht so an, Ralston. Du weißt doch überhaupt nichts.«

Darcys Blick wanderte zwischen den beiden Männern hin und her. »Was weiß er nicht, Chris?«

Chris starrte Jim an. »Nichts. Rein gar nichts.«

Sie stand auf. »Das ist doch Unsinn. Lüg mich nicht an. Nicht, wenn es um diesen Fall geht.«

Jim richtete sich ebenfalls auf. »Dani hat es mir erzählt.«

»Unsinn.« Chris riss sich den Hut vom Kopf. »Das ist doch totaler Schwachsinn.«

»Dani hat dir was erzählt?«, verlangte sie zu erfahren und wurde immer aufgebrachter.

Jim starrte Chris weiterhin an. »Sie werden wieder auf den Verdächtigen zurückkommen.«

»Verdammt, Ralston«, fluchte Chris und drehte sich um.

Darcy starrte Jim an. »Jim?«

Als er gerade antworten wollte, klingelte sein Handy. »Verdammt. Augenblick, Darcy.« Er ging auf die andere Seite der Veranda, um den Anruf anzunehmen.

Sie stellte ihre Bierflasche auf den kleinen Glastisch und sah Chris nach, der zu seinem Wagen zurückging. »Was zum Teufel geht hier vor?«

Dann kam ihr die Erleuchtung. Es hatte in Danis Fall nur einen Verdächtigen gegeben …

»Du warst es, nicht wahr, Chris? Du warst Danis Freund.«

»Nein. Verdammt.« Er stand mitten auf der Auffahrt und wirbelte mit rotem Gesicht und grimmigen Augen zu ihr herum. »So war das nicht.«

Darcys Herz raste. »Wie war es dann, Chris?«

Er starrte sie an, als sie sich vor ihm aufbaute, und sein attraktives Gesicht wirkte jetzt angespannt. »Sie hat sich sehr verändert, nachdem du weggegangen warst, Darcy. Sie trug andere Kleidung, benahm sich anders, hatte eine neue Frisur und schminkte sich intensiver.«

»Du hast dich zu ihr hingezogen gefühlt.«

»Nein, das ist nicht wahr.« Er verschränkte die Arme vor der Brust und starrte sie trotzig an. »Ich wollte immer nur dich. Keine ist so wie du, Darcy. Das, was wir miteinander hatten … Du kannst mir nicht erzählen, dass du nie daran denken musst. Wir konnten nicht genug voneinander bekommen.«

»Großer Gott, Chris.« Sie stieß die Luft aus. »Wir waren noch Kinder, Teenager, um Himmels willen. Im Rausch der Hormone, und selbst du musst zugeben, dass man in dieser Stadt auch nicht viel anderes tun konnte.«

»Ich kriege noch immer einen Steifen, wenn ich an die Dinge denke, die wir gemacht haben. Wie ich deinen Mund und deine Hände auf meiner Haut gespürt habe … Welche Geräusche du von dir gegeben hast …«

»Was zum Henker hat das mit Dani zu tun?« Ihre Schwester war nicht wie sie gewesen, sondern viel weicher und sanfter. Sex war für sie etwas sehr Persönliches gewesen. Darcy konnte den Sex nur um seinetwillen genießen, aber bei Dani hatte er auch immer etwas mit emotionaler Bindung zu tun gehabt.

»Sie ist eines Nachts zu mir gekommen. Sie hat ausgesehen wie du und auch so gerochen. Sie hat mich völlig aus dem Konzept gebracht, weil ich den Gedanken nicht aus dem Kopf bekommen habe, dich vor mir zu haben.«

»Großer Gott …« Darcy wandte sich ab, und ihr wurde übel.

»Ich weiß, dass du mir nicht glaubst. Du denkst, Dani wäre nicht so gewesen. Sie war die Ruhige, das brave Mädchen. Aber sie hat sich verändert, nachdem du weggegangen warst. Es war fast so, als wollte sie deinen Platz einnehmen.«

Sie lachte humorlos auf. »Jetzt hör aber auf. Dani war völlig zufrieden damit, sie selbst zu sein.«

Er packte ihren Arm und drückte so fest zu, dass es wehtat, als er sie zu sich herumdrehte. Seine Miene war so hart und wütend, dass sie davor zurückschreckte.

»Hey«, schrie Jim von der Veranda herüber. »Lass das, Miller.«

»Ich war nicht der Einzige, mit dem sie ins Bett gegangen ist«, stieß Chris hervor und ließ ihren Arm los. »Denn ich war nicht derjenige, der sie geschwängert hat.«

Sie hatte ihm eine Ohrfeige verpasst, bevor sie überhaupt wusste, was sie tat.

»Das machst du nicht noch mal.« Seine Stimme klang tief und bedrohlich, und er starrte sie zornig an. Der Abdruck ihrer Hand zeichnete sich rot auf seiner Wange ab und ließ ihn noch wütender erscheinen.

Sie bekam es mit der Angst zu tun.

»Es gab noch einen anderen«, beharrte er. »Ich habe ihr in dieser Nacht gegeben, was sie wollte, und auch danach noch einmal. Aber dann hat es mir gereicht. Sie war nicht wie du, sie kam bei Weitem nicht an dich ran. Die Sache war sechs Wochen vor ihrem Tod schon lange vorbei.«

»Du bist ein Arschloch. Ein echter Widerling.«

»Deshalb, weil ich das annehme, was mir angeboten wird? Mehrfach? Fühlst du dich besser, wenn du dir selber etwas vormachst?«

»Nichts kann diese Sache besser machen.« Sie rückte von ihm ab.

»Sieh mich nicht so an, verdammt.« Er ging auf sie zu. »Du kennst mich und weißt, dass ich ihr nie so etwas hätte antun können.«

Eigentlich konnte sie sich bei niemandem, den sie kannte, vorstellen, dass er Dani auf diese Weise wehgetan hatte. Aber was wusste sie schon über andere Menschen, wenn Chris ihr so etwas die ganze Zeit verheimlicht hatte?

Jim stand auf einmal neben ihr und nahm sie beim Ellenbogen. »Du solltest jetzt gehen, Miller«, sagte er mit grimmiger Miene. »Geh zu Deputy Cameron und sag ihm, was er wissen sollte.«

»Darcy …« Chris starrte sie noch eine Minute lang an und fluchte dann leise. »Wir reden noch darüber. Daran führt kein Weg vorbei.«

Sie wandte ihm den Rücken zu und ging zum Haus zurück.

»Das ist die verrückteste Theorie, die ich seit langer Zeit gehört habe«, sagte Trish offen und ehrlich. »Vielleicht sogar jemals in meinem Leben. Du glaubst, ein brutaler Mörder und ein Brandstifter wären ein und dieselbe Person, obwohl Jahre zwischen den Verbrechen liegen. Das ist äußerst unwahrscheinlich.«

Jared sah ihr in die Augen und nickte mit ernster Miene. »Ich weiß. Aber es gibt einige Gemeinsamkeiten bei beiden Fällen. Als ich mir Kelleys Aufzeichnungen angesehen habe, ist mir aufgefallen, dass Danis Tierarztpraxis ganz in der Nähe der Telefonzelle lag, von der der anonyme Anruf kam.«

»Das könnte bloßer Zufall sein.« Sie lehnte sich auf ihrem Stuhl zurück und rieb sich den Nacken, während sie ein grimmiges Gesicht machte. »Was wäre das denn für ein Vorsatz, wenn der Täter sowohl die Vorgehensweise des Propheten als auch die von Merkerson kopieren würde.«

»Ich habe ein Gesuch an alle Büchereien rausgegeben, dass sie überprüfen sollen, ob jemand die Bücher über beide Verbrechen ausgeliehen hat. Das ist nur ein Schuss ins Blaue, aber zumindest wissen wir es dann genau.« Er sah auf den Bildschirm seines Laptops, auf dem die Fallakten angezeigt wurden, die Kelley ihm geschickt hatte. »Sie hatten die DNS des Embryos, aber nicht ein Einwohner der Stadt, nicht ein einziger, hat sich freiwillig gemeldet, um eine Speichelprobe abzugeben. Nicht ein einziger! Und es gab auch keine Indizien, die eine Zwangsanordnung gerechtfertigt hätten, da niemand einen anderen beschuldigte. Hier in der Stadt weiß jeder über jeden Bescheid, und trotzdem bekommt niemand mit, wer mit der Tierärztin schläft, einer Frau, die ihr ganzes Leben hier verbracht hat?«

»Sie glauben nicht, dass es einer von ihnen gewesen sein könnte. Wenn alle unschuldig sind, kann man niemanden verdächtigen.« Sie seufzte und nahm sich noch ein Stück Pizza aus der Schachtel, die sie auf dem Bett abgestellt hatten. »Kleinstädte. Wenn jeder alles über den anderen weiß, kann man sich nicht vorstellen, dass es irgendwas geben könnte, was einem entgangen ist.«

»Das klingt ganz so, als würdest du aus Erfahrung sprechen.«

»Ich bin in einer Kleinstadt aufgewachsen. Einige Dinge sind überall gleich.«

Er speicherte diese Information in seinem Gehirn ab. »Unser Täter hat keine Fantasie. Er hat sich nicht jahrelang vorgestellt, wie er jemanden umbringt oder ein Feuer legt, wie wir es zuerst vermutet haben, und er hat auch kein eigenes Muster und keinen eigenen Stil. Stattdessen borgt er sich alles von anderen, und zwar bis ins kleinste Detail. Und wenn er das getan hat, was er tun wollte, dann unterdrückt er diesen Drang wieder. Er wird wieder er selbst und vergisst das Ganze. Offenbar ist er völlig verrückt, aber seine Verrücktheit ist nicht jeden Tag offensichtlich. Sie wird erst durch irgendetwas ausgelöst.«

»Also müssen wir herausfinden, was der Auslöser ist. Vielleicht war es beim ersten Mal die Schwangerschaft. Vielleicht ist der Kerl verheiratet und musste die Beziehung deshalb geheim halten. Ich werde die Männer aus dieser Stadt einmal unter die Lupe nehmen, die zum Tatzeitpunkt verheiratet waren, möglicherweise bringt uns das weiter.«

Er warf ihr einen kurzen Blick zu. »Wir müssen auch herausfinden, was im letzten Jahr passiert ist, das die Feuer ausgelöst hat, wobei wir einen Puffer für die Zeit einplanen müssen, in der er die Herstellung der Brandsätze erlernt hat. Dann können wir versuchen, diesen Fall mit dem Mord in Verbindung zu bringen. Ich habe bereits angefangen, das Archiv der Lokalzeitung im Internet durchzugehen, aber das reicht keine drei Jahre zurück, daher muss ich mir die Mikrofiches in der Bücherei ansehen, wenn ich so weit zurück will.«

»Das ist ein verdammt weites Netz, das wir da auswerfen.« Trish wischte sich den Mund mit einer Serviette ab.

»Inspektor Michaels stellt eine Liste der Stadtbewohner zusammen, die eine enge Beziehung zu ihrer Schwester hatten oder ihr etwas bedeutet haben. Auf alle drei Orte, an denen es gebrannt hat, trifft dieses Kriterium zu.« Er klappte seinen Laptop zu. »Wir müssen Miller bitten, die Orte, die uns am wahrscheinlichsten erscheinen, zu überwachen.«

Sie schnaubte. »Das wäre ein bisschen zu viel verlangt. Unser freundlicher Sheriff hat unsere Theorie nicht gerade begeistert aufgenommen.«

»Er wird drüber hinwegkommen.« Jared schob seinen Stuhl zurück und stand auf. »Ich werde mich morgen mit ihm treffen und ihn schon überzeugen.«

»Fährst du zurück zum Haus der Inspektorin?«

Er warf ihr einen verärgerten Blick zu.

»Hey.« Sie hielt grinsend die Hände in die Luft. »Ich bin nur überrascht, das ist alles. Du benimmst dich völlig anders bei ihr, und das gefällt mir. Ich drücke euch die Daumen, dass es funktioniert.«

Er würde tun, was immer nötig war, damit es auf jeden Fall funktionierte.

Als er seinen Laptop gerade einsteckte, glaubte er auf einmal, ein leises Zischen zu hören. Er versteifte sich, als sich seine Nackenhärchen warnend aufstellten. Seine Nase zuckte, und sein Blick raste erst zur Tür und dann zum Ventilationsschacht an der Wand. Dünne Rauchschwaden glitten wie die Finger eines Skeletts in den Raum und krümmten sich. Er riss die Tagesdecke vom Bett, sodass die Pizza durch die Luft flog, und warf sie Trish und sich selbst über den Kopf.

»Was soll denn das, Cameron?«, keuchte sie, als die Sprinkleranlage an der Zimmerdecke losging. Sie hob die Decke über ihrer beider Köpfe an und schirmte damit den Tisch ab, während er alles, was darauf lag, in seine Tasche schleuderte.

Er hatte gerade die Tür aufgerissen, als der Raum hinter ihnen explodierte.

11

Darcy zwang sich, die Finger zu lockern, mit denen sie ihr Handy festhielt. »Wieso hat niemand etwas von Chris und Dani gewusst, Nadine?«

»Woher soll ich das wissen? Ich kann es ja selbst kaum fassen. Auf die Idee wäre ich nie gekommen.«

»Ich auch nicht.«

»Aber Chris ist der Sheriff. Wenn jemand seine Spuren verwischen kann, dann er. Was nicht heißen soll, dass er sie umgebracht hat. Das kann ich mir nicht vorstellen. Wenn überhaupt, dann hat er es nur verschwiegen, weil er wusste, dass er nie wieder mit dir zusammengekommen wäre, wenn du herausgefunden hättest, dass er mit Dani geschlafen hat.«

Darcy holte tief Luft und wischte sich die Tränen von den Wangen. Es war unglaublich schmerzhaft, zu erfahren, dass Dani sich so verändert hatte. Sie konnte es noch immer nicht glauben und es sich erst recht nicht vorstellen. »Was hat sie sich nur dabei gedacht? Hat sie ihn geliebt? So muss es gewesen sein ... Wie lange sie wohl schon in ihn verliebt gewesen ist? Und wenn er wirklich die Wahrheit gesagt und die Sache lange vor ihrem Tod beendet hat, wen hat es dann noch in ihrem Leben gegeben?«

Nadine seufzte. »Keine Ahnung. Vielleicht hat sie dich vermisst. Oder sie war schon länger eifersüchtig auf dich. Das kann eine Frau schon dazu bringen, den Verstand zu verlieren. Oder sie wollte einfach mal ein bisschen experimentieren und hat deinem Vorbild nachgeeifert. Ich bin keine Psychiaterin,

Schätzchen, und auch keine Hellseherin. Ich kann dir deine Fragen nicht beantworten, so leid es mir tut.«

»Ich muss jetzt auflegen.«

»Soll ich rüberkommen? Oder ist dein heißer Deputy bei dir?«

»Ich komme schon klar. Danke, Nadine. Wir reden später weiter.« Sie legte auf, schnappte nach Luft und befürchtete schon, erneut in ihrer Trauer zu versinken, als hätte sie Dani ein zweites Mal verloren. Sie hatte Jim zu seiner Verabredung geschickt und sich im Haus eingeschlossen, da sie außer Jared, dem sie ihre Seele bereits entblößt hatte, niemanden sehen wollte.

Sie hielt ihr Handy noch in der Hand, ging auf und ab und versuchte, den Drang zu unterdrücken, ihn anzurufen. Er hatte im Moment wichtigere Dinge zu tun als sich ihre Sorgen anzuhören. Außerdem war ihre Beziehung noch so frisch und hatte schon genug Probleme zu überstehen. Da konnte sie ihm wenigstens ein bisschen Zeit gönnen, die er ohne sie verbrachte, um seinen Job zu machen.

Als das Handy in ihrer Hand klingelte, zuckte sie zusammen und sah auf das Display. Ihr Magen zog sich beim Anblick der Nummer zusammen.

Noch ein Feuer.

»Michaels«, meldete sie sich. »Wo diesmal?«

Ihr Herz setzte einen Schlag aus, um dann umso schneller weiterzuschlagen. »Großer Gott …«

Darcy sah den Rauch und die Blaulichter schon, bevor sie den Tatort erreichte. Sie parkte den Feuerwehrtruck am Straßenrand und stieg aus. Ihr Herz schlug noch immer so schnell wie vor zwanzig Minuten, als sie den Anruf entgegengenommen hatte. Da sie Jared ihren Wagen geliehen hatte, war sie zu ihren Nachbarn gelaufen, um sich deren Auto auszuborgen.

Jared.

Sie schnappte sich ihre Ausrüstung und zwang sich, nicht loszurennen oder in Panik auszubrechen, obwohl ihr danach war. Es wäre nicht fair, ihn jetzt zu verlieren. Das war viel zu früh. Sie hatte doch erst einen Vorgeschmack darauf bekommen, wie er ihr Leben bereichern konnte. Das war noch lange nicht genug …

Ihre Zurückhaltung war vergessen, als sie ihn in einem Krankenwagen sah, wo er gerade von einer Rettungssanitäterin untersucht wurde. Sie ging schneller.

Er konnte sie bei all dem Chaos, das um ihn herum herrschte, unmöglich gehört haben, doch er hob den Kopf und sah zu ihr herüber. Dann stand er auf und sagte etwas zu der Rettungssanitäterin, ohne den Blick seiner blutunterlaufenen Augen von Darcy abzuwenden. Er war mit Ruß bedeckt, aber am Leben, und sie hatte das Gefühl, noch nie etwas Schöneres gesehen zu haben.

Sie drückte ihre Ausrüstung einem Feuerwehrmann in die Hand, dankte ihm kurz und rannte los. Jared kam ihr entgegen, nahm sie in die Arme und drückte sie fest.

»Mir geht es gut«, sagte er mit rauer Stimme. »Es ist alles in Ordnung.«

»Du hast mich zu Tode erschreckt.« Sie klammerte sich an ihn. »Ich kann dich wohl keine Minute aus den Augen lassen.«

Er umfing ihren Kopf und drückte sie an sich. Sie umarmten sich einen Augenblick lang, während ihre Herzen im Einklang schlugen. Der Knoten in ihrem Bauch löste sich auf, als sie seinen warmen, kräftigen Körper spürte.

Dann rückte sie ein Stück von ihm ab und musterte ihn. »Wie geht es deiner Partnerin?«

»Gut genug, um schon vorne im Büro einen Bericht zu schreiben. Sie ist ziemlich aufgebracht.« Er strich mit den Fingerspitzen über Darcys Augenbrauen. »Mach zusammen mit mir die Tatortbegehung. Je eher wir das hinter uns bringen, desto schneller können wir von hier verschwinden.«

Darcy riss sich zusammen und holte tief Luft. Dann trat sie einen Schritt zurück und machte sich auf die Suche nach ihrer Ausrüstung. Ihre Hände zitterten, als sie danach griff.

Chris unterbrach sie dabei. »Wo ist Jim?«

»Bei seiner Verabredung. Er weiß, was passiert ist. Ich habe ihm gesagt, dass ich mich darum kümmere und mich bei ihm melde, wenn es Probleme gibt.«

Er nickte, nahm seinen Hut ab und strich sich durchs Haar. »Heilige Scheiße. Fünf der Zimmer waren bewohnt. Ein halbes Dutzend Menschen hätte hier heute das Leben verlieren können.«

»Wurde jemand schwer verletzt?«

»Aus dem Lüftungssystem strömte Tränengas aus, das sie alle ins Freie getrieben hat, bevor das Feuer ausgebrochen ist.«

Jared kam auf sie zu. »Haben Sie Tränengas in Ihrer Waffenkammer, Sheriff?«

»Ich lasse bereits jemanden nachsehen.«

Darcy blickte zu dem zweistöckigen Gebäude hinüber und musterte die Stellen mit den schwersten Schäden. »Das Feuer ist in Morales' Zimmer ausgebrochen?«

Jared legte ihr seine rußverschmierte Hand auf die Schulter und drückte sie. »Ja.«

Chris verengte die Augen. »Da will jemand Ihren Tod, Deputy.«

»Wäre nicht das erste Mal.« Als sie Jareds schroffen Tonfall hörte, zuckte sie vor Mitgefühl zusammen.

»Lass mich meine Arbeit machen«, sagte sie. »Vielleicht finden wir ja etwas, das uns dabei hilft, herauszufinden, wer unser Brandstifter ist.«

Sie ging mit schnellen Schritten auf den Ausgangspunkt des Feuers zu.

Jared lief neben ihr her. »Du bist wütend auf ihn.«

»Es ist etwas passiert, nachdem du weg warst.«

»Ach ja?«

»Lass uns darüber reden, wenn wir zu Hause sind.«

Es war schon kurz nach Mitternacht, als sie wieder in Darcys Haus waren. Jared sah ihr an, wie erschöpft sie war, und er wusste, dass ihr mehr als nur der anstrengende Tag zusetzte. Doch er beschloss, nicht nachzubohren und sie entscheiden zu lassen, wann sie bereit war, es ihm zu erzählen. Sie war in vielerlei Hinsicht eine Einzelgängerin, und er würde Zeit und Geduld brauchen, bis er ihr Vertrauen ganz gewonnen hatte. Letzteres gehörte nicht gerade zu seinen Stärken, aber er würde sich Mühe geben. Er hatte auch keine andere Wahl, da er sie viel zu sehr begehrte.

Also duschte er und bereitete ihnen Sandwiches zu, während sie einen ersten Bericht für Ralston abfasste. Als sie kurz nach zwei ins Bett gingen, drehte sie sich zu ihm um und kuschelte sich an ihn. Mit ineinander verschränkten Beinen, ihren Händen an seinem Rücken und ihrem Gesicht an seinem Hals schlief er ein.

Als er aufwachte, lag sie nicht mehr im Bett. Er sah auf die Uhr und stellte fest, dass es kurz vor sechs war. Da er sich Sorgen um sie machte, stand er auf und verließ das Schlafzimmer. Er entdeckte sie im Wohnzimmer, wo sie sich auf der Couch unter einer Decke zusammengerollt hatte. Der Fernseher lief, aber sie hatte den Ton ausgestellt. Unter ihren Augen zeichneten sich dunkle Ringe ab. Neben dem Wohnzimmertisch stand eine offene Schachtel auf dem Boden, in der sich verschiedene Gegenstände befanden, darunter gerahmte Fotos von Darcy und Danielle.

»Hey«, sagte er sanft. »Rutsch mal ein Stück zur Seite.«

Sie setzte sich auf, und er ließ sich aufs Sofa sinken und zog sie an sich, sodass ihr Rücken an seiner Brust lehnte. Das Gefühl, ihre nackte Haut auf seiner zu spüren, beruhigte ihn. Als er von der Explosion auf den Parkplatz geschleudert worden war, hatte er nur an Darcy denken können, und er hatte beschlossen, sich nicht von diesem kranken Idioten in die Hölle befördern zu lassen, bevor er herausgefunden hatte, was aus ihrer Beziehung werden konnte.

»Möchtest du darüber reden?«, fragte er leise.

Sie drehte den Kopf und drückte die Wange an seine Brust. »Ich weiß nicht mal, wo ich anfangen soll.«

»Wo immer du willst.« Er küsste ihren Scheitel und litt, weil sie so unglücklich aussah und er nichts dagegen tun konnte. »Ich kann mir später einen Reim darauf machen.«

»Wie viel Mist kann ich dir zumuten, bevor du schreiend wegläufst, Jared?«

»Ich schreie nie, und ich laufe auch ganz bestimmt nicht weg.« Er legte die Hände auf ihre Schultern und unterdrückte den Drang, sie zu schütteln. »Also raus damit.«

Mit leiser, stockender Stimme erzählte sie ihm von Millers Besuch und ihrem darauf folgenden Telefonat mit Nadine. »Mir war klar, dass ich ihren Freund kennen würde, aber Chris ... Ich kann es nicht fassen, dass sie nichts gesagt hat. Ich hätte mich nicht darüber aufgeregt.«

»Viele Menschen führen ein Doppelleben, und die Menschen, die sie lieben, sind schockiert, wenn es ans Licht kommt. Das hat nichts mit dir zu tun.«

»Ich denke immer wieder, dass ich irgendwann Mist gebaut haben muss und dass sie mir das aus diesem Grund nicht anvertraut hat.«

»Für mich klingt es eher so, als wäre das eine Affäre gewesen. Vielleicht war es ihr peinlich. Eine spontane Entscheidung, die sie hinterher bereut hat.«

»Dann hätte sie es mir erst recht erzählen können. Wir hätten darüber gelacht und es vergessen.« Sie stieß die Luft aus. »Und Chris … meine Güte. Er hätte das den Feds erzählen müssen. Warum hat er das nicht getan, wenn er nichts zu verbergen hatte?«

»Das ist ein ganz anderes Problem. Aber wenigstens können wir jetzt eine DNS-Probe von ihm verlangen.«

»Ich kenne ihn schon eine Ewigkeit. Wir waren in der Highschool zusammen. Ich habe immer geglaubt, ich würde ihn kennen.« Sie erschauderte förmlich. »Ich hätte mich am liebsten übergeben, als er sagte, er hätte nur an mich gedacht, als er mit Dani geschlafen hat. Das ist so krank.«

»Wie weit würde er gehen, um zu verhindern, dass die Sache ans Licht kommt? Und erst recht, wenn er sie wirklich geschwängert hat?«

Sie drehte sich um und sah ihm in die Augen. Ihr Blick sah so gehetzt aus, dass er ihn wie ein stumpfes Messer durchbohrte.

»Ich gebe es nur ungern zu, aber darüber habe ich auch schon nachgedacht«, flüsterte sie. »Er war mir mal sehr wichtig. Wie kann ich mich so sehr in zwei Menschen getäuscht haben, die ich zu kennen glaubte? Die Dani, die ich kannte, hätte nie einfach so mit jemandem geschlafen. Sie musste einen Mann schon sehr mögen, um mit ihm ins Bett zu gehen. Und Chris … Er ist der Sheriff, um Himmels willen.«

Jared strich ihr mit den Fingerspitzen über die Wange. »Ich

kann dich nicht leiden sehen, und es bringt mich fast um, dass ich dir nicht helfen kann.«

»Du bist hier. Das hilft mir mehr als alles andere.« Sie presste die Wange seufzend an seine Hand. »Wir werden die Antworten darauf schon finden. Davon bin ich überzeugt.«

»Hatte sie eine schlimme Trennung hinter sich, kurz bevor sie sich mit Miller eingelassen hat?«

Ihr Blick wurde sanfter. »Du hörst deiner Schwester wirklich gut zu, was? Ja, sie hat auf einer Konferenz einen anderen Tierarzt kennengelernt, und sie waren eine Zeit lang zusammen. Doch dann fand sie raus, dass er verheiratet war und sie nur für ein bisschen Spaß nebenher haben wollte. Das hat sie schwer getroffen. Ich dachte schon, sie würde den Männern ganz abschwören.«

»Oder sie hat beschlossen, ihnen zu beweisen, dass sie ihr gar nichts anhaben können.«

Darcy setzte sich auf, und die Decke rutschte auf ihren Schoß herunter. »Und dafür hat sie mich als Vorbild genommen? Was zum Henker hat das denn zu bedeuten?«

»Dass sie Probleme hatte«, erwiderte er ruhig, »und dass sie dich doch nicht so gut kannte. Du magst Männer durchaus, hattest aber nur noch nicht den Richtigen kennengelernt, mit dem du es ernst gemeint hast.«

»Bis du mir begegnet bist.«

Er schnappte bei diesem Geständnis nach Luft, da ihm klar war, wie viel ihr das bedeutete. Ebenso wie ihm.

Sie stand auf und baute sich in ihrer wundervollen Nacktheit vor ihm auf, während die Wut in Wellen von ihr auszugehen schien.

Er streckte sich, warf die Decke zur Seite und sah ihr in die Augen. »Das alles ist nicht deine Schuld, Darcy.«

»Stimmt.« Sie ging auf und ab, und die geschmeidigen Muskeln an ihren Oberschenkeln und Pobacken spannten sich an. »Ist dir klar, dass ich Schmetterlinge im Bauch habe, sobald du das Wort ›Beziehung‹ aussprichst?«

»Du hattest schon früher Beziehungen. Diese hier macht dir bloß Angst, weil es die letzte ist, die du haben wirst.« Er stützte die Ellenbogen auf die Knie und verschränkte die Finger miteinander. Zwischen seinen gespreizten Beinen war sein erigierter Schwanz zu sehen, der sich beim Anblick dieser Frau sofort gierig aufrichtete. »Das macht mir auch ein wenig Angst.«

Sie erstarrte und sah ihn an. Er sah, wie sie langsam Luft holte und sich ihre Augen vor Trauer und Verlangen umwölkten. Der in ihr tobende Konflikt war fast schon spürbar und kaum zu ertragen, daher stand er ebenfalls auf. Sie warf sich so stürmisch an seinen Hals, dass er beinahe wieder aufs Sofa gefallen wäre. Dann legte sie ihm die Hände um den Nacken und drückte ihren Mund auf seinen. Seine Zähne pressten sich gegen seine Unterlippe, und der Geschmack von Blut erregte ihn noch mehr.

Sie waren füreinander bestimmt. Der Blitz hatte in dem Moment, in dem sie sich zum ersten Mal gesehen hatten, bei ihnen beiden eingeschlagen. Als sexuelle Wesen hatten sie es zuerst als Lust angesehen, und diese bestimmte auch größtenteils das, was sie bisher über den anderen wussten. Aber Lust konnte besänftigt und befriedigt werden. Das, was sie hatten, reichte viel tiefer und war viel größer als bloße Begierde.

Jared zog sie an den Ellenbogen zu sich hoch, sodass sie auf den Zehenspitzen stand, und übernahm die Führung. Er drückte die Lippen auf ihre und neigte ein wenig den Kopf. Die Berührung ihrer Zunge war ebenso erregend, als hätte sie ihm über den Schwanz geleckt.

Sie packte seine Pobacken und rieb sich an ihm, wobei sie sein Glied über ihren weichen Bauch rieb. »Schlaf mit mir.«

»Darcy.« Es gab nichts, was er lieber tun würde, aber ihre schnellen Stimmungsschwankungen gaben ihm zu denken. Er wollte die Sache mit ihr nicht verderben. Sie war im Moment derart zerbrechlich, dass die Intensität ihres Liebesspiels möglicherweise zu viel für sie war. »Ganz ruhig, Süße. Ich werde mich schon um dich kümmern.«

»Ich will dich in mir spüren, Jared.«

Er legte ihr die Hände an die Wangen. »Lass mich das Tempo bestimmen. Ich weiß genau, was du brauchst und wann du es brauchst.«

Ihre Fingernägel gruben sich in seine Haut. »Ich brauche es jetzt.«

Sie ging auf die Knie und nahm seinen Schwanz in den Mund. Die feuchte Hitze und ihr Saugen hätten ihn beinahe sofort kommen lassen. Ihre Zunge flatterte um sein Glied herum, und sie saugte fest daran. Ihr Verlangen nach seinem Körper bewirkte, dass sich seine Hoden fest zusammenzogen und der Drang, seinen Samen in sie zu ergießen, fast unerträglich wurde.

Er legte ihr die Hände unter die Achselhöhlen und zog sie hoch. Wenn er sie nicht bald unter Kontrolle hatte, würde er sie gleich wieder auf der Couch besteigen und die Frau, in die er sich mehr und mehr verliebte, wie ein wildes Tier bespringen. An jedem anderen Tag hätte er damit kein Problem gehabt, heute jedoch schon. Heute brauchten sie beide mehr als einen wilden, heißen Orgasmus.

»Dieses Mal machen wir es im Bett«, murmelte er, hob sie hoch und trug sie ins Schlafzimmer. Sie legte die Beine um seine Hüften und rutschte unruhig hin und her. Als ihre weichen, feuchten Schamlippen seine Eichel berührten, blieb er stehen und stöhnte laut.

Darcy küsste ihn und saugte seine Zunge in ihren Mund. Seine Knie gaben nach, und er fluchte leise und lehnte sich an die Wand, um nicht umzufallen. »Benimm dich, verdammt noch mal. Sonst muss ich dich gleich hier auf dem Boden vernaschen.«

»Ja … Tu es!«

Fluchend stolperte er ins Schlafzimmer und ließ sich mit ihr aufs Bett fallen. Als sie sich wieder auf seinen Schwanz stürzen wollte, nahm er seine Handschellen vom Nachttisch und hatte ihr die Hände hinter dem Rücken gefesselt, bevor sie wusste, wie ihr geschah.

Sie lag wie erstarrt bäuchlings auf dem Bett und atmete schwer. »Was machst du da, Deputy?«

»Ich zügele uns, Inspektor.« Er wollte ihr die Liebe und Zärtlichkeit schenken, die sie verdient hatte, und dazu würden ihm notfalls alle Mittel recht sein.

»Nein.«

»Nein?« Er strich mit dem Zeigefinger über ihre Wirbelsäule und stellte fest, dass der Anblick der Handschellen auf ihrem nackten Rücken verdammt erotisch war.

»Ich will dich jetzt.« Ihre Stimme klang sogar noch heller als sonst und stellte seltsame Dinge mit ihm an. Beinahe hätte er völlig die Beherrschung verloren.

»Du wirst mich jetzt auch bekommen, Süße. So viel du vertragen kannst und noch mehr.«

12

Darcy fragte sich, wie sie das Gefühl des schweren Metalls an ihren Handgelenken finden sollte.

Jared hatte sie vorsichtig so hingelegt, dass ihre Füße auf dem Boden standen und ihr Oberkörper auf der Matratze lag. Da ihre Hände gefesselt waren, konnte sie sich in dieser Position nicht wehren. Er erschauderte vor Wonne und bekam am ganzen Körper Gänsehaut.

Seine Lippen wanderten von ihrer Schulter hinunter bis zu den Fingerspitzen. »Du siehst mit den Handschellen unglaublich heiß aus.«

Als sie die Begierde in seiner Stimme hörte, wurde ihr Verlangen noch größer. Ihre Brüste spannten, und die Brustwarzen rieben leicht über die zerknitterten Laken. Ihre Scham war feucht und geschwollen, und sie sehnte sich nach ihm, nach seinem Schwanz, der sie ausfüllte.

»Jared ... Ich brauche dich.« Ihr war innerlich ganz kalt. Sie fühlte sich irgendwie zweigeteilt, als hätte sich ein Teil von ihr abgespalten und zurückgezogen, wie damals nach Danis Tod. Jared hatte sie dazu gebracht, wieder in die Zukunft zu blicken, sich einen Tag vorzustellen, an dem sie Danis Tod verwunden hatte und ihr eigenes Leben zurückbekam. Sie wollte, dass er das wieder tat, dass er sie dazu brachte, wieder etwas zu empfinden.

»Ich weiß.« Seine Hände glitten unter ihren Körper und umfingen ihre Brüste. Er küsste sie hinter ein Ohr. »Ich brauche dich auch.«

Er rieb ihre Brustwarzen zwischen Daumen und Zeigefinger und zog zärtlich daran. Sein Schwanz berührte ihre Hände, und sie griff danach und schloss die Augen, als er stöhnte und sich ihrer Berührung hingab.

Sein Schwanz war hart und heiß. Sie presste die Oberschenkel zusammen und spürte, wie es in ihrem Schritt zu pochen begann. Sie wollte, dass er in ihrem Mund kam, sie wollte seine Lust hören. Schmecken. Trinken.

»Lass mich dir einen blasen«, bat sie mit einer Stimme, die fast wie ein Flehen klang.

»Später.«

Darcy hörte, wie er sich hinter ihr bewegte, und dann spürte sie seine Hände an der Rückseite ihrer Oberschenkel direkt unter den Pobacken. Sein Atem strich sanft über ihre Schamlippen. Sie verspannte sich vor Vorfreude.

»So schön«, murmelte er. »Ich werde dich bei jeder Gelegenheit lecken, und zwar für den Rest deines Lebens, Darcy. Ich werde mit meiner Zunge so oft in dir sein, dass es dir komisch vorkommen wird, wenn mein Mund mal nicht zwischen deinen Beinen ist.«

Wieder einmal war sie erstaunt über das Ausmaß seiner Leidenschaft. Es schien fast so etwas wie Schicksal im Spiel gewesen zu sein, auch wenn ihr rationaler Geist mit diesem Begriff nichts anfangen konnte. Aber es ließ sich nicht leugnen, dass sie sich bei Jared wie die Hälfte eines Ganzen fühlte. Sie waren zwei Individuen, die von einer nahezu unwiderstehlichen magnetischen Anziehungskraft zueinander hingezogen wurden.

Sie biss sich auf die Lippen und zitterte heftig, als er sanft über ihre Spalte leckte und so langsam und zärtlich mit der Zunge über ihre Schamlippen wanderte, dass sich die Berührung fast schmetterlingsartig anfühlte. Instinktiv bewegte sie kreisend die Hüften, aber er ließ sich nicht hetzen. Als er endlich wie versprochen in sie eindrang, stöhnte sie laut und war so kurz vor dem Höhepunkt, dass sie es kaum noch ertragen konnte.

Jared drückte ihre Beine weiter auseinander und stieß seine Zunge tiefer in sie hinein. Er bewies ihr mit seiner Gier und Wildheit, wie sehr er es genoss, sie zu lecken, und wie viel Freude ihm diese sinnliche Intimität machte. Sein Stöhnen erregte sie nur noch mehr. Er klang wild und heiß. Seine Bartstoppeln kratzten über ihre zarte Haut, und sein Haar strich gleichsam besänftigend über sie. Sie keuchte und zuckte, und ihre Haut war mit Schweiß bedeckt, während sich seine Zunge gnadenlos in sie hineinstieß und sie so feucht werden ließ, dass es an ihren Beinen herunterlief.

»Küss mich«, flehte sie ihn an, während ihre Muskeln zu zittern begannen. »Küss mich dort.«

Doch anstatt ihrer Bitte nachzukommen, bewegte er sich in die andere Richtung und umkreiste ihren Anus mit der Zungenspitze. Darcy kreischte auf und spannte reflexartig den Muskel an. Stöhnend gab er ihr einen feuchten Kuss und drückte die Zunge tief in sie hinein.

Erregter, als sie es je für möglich gehalten hatte, lag sie zitternd auf dem Bett und ballte immer wieder die Fäuste. Sie drückte die Zehenspitzen auf den Fußboden und presste sich seinem Mund entgegen, damit er ja nicht aufhörte. Ihr ganzer Körper schien unter Strom zu stehen und vor sinnlicher Elektrizität zu knistern.

»Ja«, keuchte sie. »Oh … Das ist so gut. Ich komme …«

Er drückte ihre Pobacken mit den Daumen auseinander, hielt sie so fest und brachte sie mit schnellen Zungenstößen zum Höhepunkt. Sie drückte ihr schweißnasses Gesicht ins Laken, das ihre Schreie dämpfte, als sie so heftig kam, dass ihre

Nervenenden in Flammen zu stehen schienen und sie am ganzen Körper errötete.

Dann waren auf einmal seine Finger da, mit Gleitmittel benetzt, und bereiteten sie mit tiefen Stößen in ihren Anus auf das Kommende vor. Sie drückte sich gegen seine Hand und ritt die beiden frechen Finger mit kaum gezügelter Gier. Sie glitten in sie hinein, streichelten sie, drehten sich und drückten, bis sie es kaum noch ertragen konnte und endlich von ihm ausgefüllt werden wollte.

Er stand auf und küsste sie auf die Schulter, als er die Finger aus ihr herauszog. »Wie geht es dir? Tun dir die Arme weh?«

»Hör nicht auf«, flehte sie mit heiserer Stimme.

»Das werde ich auch nicht. Erst wenn du mich darum bittest.«

Sie hörte Folie knistern und wie er sich das Kondom überstreifte. Als er in sie eindrang, zuckte Darcy überrascht zusammen.

»Ganz ruhig«, murmelte er und hielt sie mit einer Hand an der Hüfte fest. Als er halb in sie eingedrungen war, hielt er inne und atmete tief ein. Dann stieß er sich mit einer ruhigen, kräftigen Bewegung ganz in sie hinein.

Der Orgasmus übermannte sie sofort, und sie schrie seinen Namen, während sie sich um ihn herum zusammenzog. Er fühlte sich in ihr an, als wäre er aus Stein, als würde er sie bis an ihre Grenzen ausdehnen und noch etwas mehr …

»Großartig«, hauchte sie, schloss die Augen und spürte, wie sich seine Wärme in ihr ausbreitete und sie besänftigte, so wie sie es gebraucht hatte.

Die schreckliche Nervosität, die sie seit Chris' Besuch am Vortag nicht mehr losgeworden war, wurde ersetzt durch die felsenfeste Gewissheit, dass sie den einen Mann gefunden hatte, dem sie sich ganz öffnen konnte. Jared war in einer schrecklichen Zeit zu ihr gekommen und hatte das akzeptiert, hatte sie akzeptiert, während sie das alles durchmachen musste. Er unterstützte und tröstete sie genau so, wie sie es brauchte. Seine ruhige Kraft und Entschlossenheit ließen sie hoffen, dass Danis Mörder doch noch gefasst wurde und dass sie ein Leben ohne Dani führen konnte, das sie dennoch erfüllte und ihr einen Grund gab, um sich jeden Tag aufs Neue anzustrengen.

Aber noch wichtiger als all das war, dass Jared der Mann war, dem sie dasselbe anbieten wollte, dem sie alles geben wollte, was sie hatte, und noch viel mehr. Sie würde lernen, für ihn zu wachsen. Sie wollte alles für ihn sein, alles, was er brauchte und wollte.

»Großartig«, stimmte er ihr zu und küsste sie auf die Schläfe. »Das ist so gut, Darcy. Spürst du es?«

»Ich spüre es. Ich spüre dich …«

»Ja.« Jared stöhnte und legte die Hände fester um ihre Hüften. »Spüre mich.«

Er drang mit langsamen, tiefen Stößen in sie ein, und sein Rhythmus war völlig kontrolliert und gleichmäßig. Sein Schwanz bohrte sich mit atemberaubender Raffinesse in sie hinein. Jared wusste, wie man einer Frau damit Vergnügen bereitete, aber noch besser wusste er, wie er sie damit befriedigen konnte. Er achtete auf die Nuancen ihrer unterschiedlichen Reaktionen und konzentrierte sich auf das, was sie zum Höhepunkt brachte. Er strich mit der breiten Eichel wieder und wieder über diese empfindliche Stelle in ihr, die ihre Erregung ins Unendliche anstachelte.

»Das fühlt sich so gut an …«, stieß sie hervor und gab sich mit lautlosem Schrei dem nächsten verzehrenden Orgasmus hin. Er presste die Hüften gegen sie, berührte ihre tiefste Stelle und verlängerte ihre Wonnen.

»Ich bekomme einfach nicht genug von dir, wie du um mich herum kommst.« Er spannte die Finger um ihre Hüften an und stieß sich erneut in sie hinein. »Noch einmal, Süße. Lass mich dich spüren.«

Aber einmal war ihm nicht genug. Er brachte sie noch zweimal zum Höhepunkt, bevor er sich aus ihr herauszog und ihr die Handschellen abnahm. Dann drehte er sie sanft auf den Rücken, legte die Lippen um eine ihrer schmerzenden Brustwarzen und saugte daran, während seine Zunge über die empfindliche harte Spitze schnellte.

Darcy wimmerte und hatte ein Gefühl, als hätten sich ihre Knochen aufgelöst. Sie hatte kaum noch die Kraft, mit den Fingern durch sein schweißnasses Haar zu streichen. Er schwitzte am ganzen Körper und hatte sich offenbar fast völlig verausgabt, während er sie mit dieser selbstlosen Zärtlichkeit geliebt hatte. Dabei war er nicht einmal gekommen, sondern hatte ihre Bedürfnisse vor seine eigenen gestellt.

»Nimm dir, was du brauchst«, drängte sie ihn. »Und wie du es brauchst.«

Sie rieb mit einem Knie gegen seine Seite, um ihn zum Weitermachen zu drängen. Er wandte den Blick nicht von ihr, als er das Kondom herunterrollte, in ein Taschentuch einwickelte und in den Mülleimer warf, der neben dem Nachttisch stand. Dann hob er ihr Bein hoch in die Luft und legte es über seine Schulter, um dasselbe mit ihrem anderen Bein zu machen.

Er starrte auf sie herab, mit vor Lust verzerrtem Gesicht, die blauen Augen dunkel und voller Gefühle. »Ich bin verrückt nach dir, Inspektor.«

Dann drückte er seinen Schwanz gegen ihren mit Gleitmittel benetzten Anus und stöhnte, als sie sich ihm einladend öffnete. Sie hielt die Luft an, als er vorsichtig in sie eindrang.

Ihre Füße schwebten in der Luft und ihre Pobacken lagen auf seinen Händen, als er langsam tiefer in die enge Passage eindrang und das Gesicht vor quälender Lust verzog, während sie sich eng um ihn herum zusammenzog.

»Darcy, Süße, du bist so eng.« Ihm lief der Schweiß an der Schläfe herunter und über die angespannten Bauchmuskeln. »So verdammt heiß. Du verbrennst mich.«

Sie bog den Hals durch und drückte den Kopf ins Kissen, als er tief in sie eindrang und sie kapitulierte.

»Jared.« Sie stöhnte, da sich der Schmerz mit ihrer Lust vermischte. Dieses Gefühl toste durch ihren Körper, ihre Brust zog sich zusammen und sie atmete schneller.

»Ich bin bei dir«, stieß er heiser hervor. »Oh Gott, ich komme schon, bevor ich überhaupt ganz in dir bin.«

»Bitte …« Sie wollte es. Sie wollte es fühlen. Sie wollte wissen, dass es keine körperlichen Barrieren zwischen ihnen gab, ebenso wenig wie emotionale.

Er umfasste ihre Hüften neu und drängte sich noch tiefer in sie hinein, wobei er hochempfindliche Nervenenden berührte. Sie ballte die Fäuste und warf den Kopf hin und her. Es fühlte sich an, als würde etwas Wildes versuchen, aus ihrer Haut auszubrechen. Sie gab sich ganz diesem Gefühl hin, ebenso wie ihrem hemmungslosen Liebhaber, der die Sexualität, die sie schon immer genossen hatte, in völlig neue Bahnen lenkte. Der sie für sich eroberte.

Darcy stützte sich auf die Ellenbogen und blickte zu der Stelle, an der sie sich vereinigten, wobei ihr beim Anblick der dicken Venen, die entlang seiner Erektion pulsierten, der Mund offen stand. Er war kurz davor, die Kontrolle zu verlieren, und doch hielt er sich noch zurück. »Jared.«

Sein Blick war wie Feuer, als er sie ansah. Sie drückte sich um ihn herum zusammen, und er zuckte wild und glitt noch etwas weiter in sie hinein. Dann stöhnte er laut und drang bis zur Wurzel in sie ein und vergoss im nächsten Augenblick seinen heißen Samen in ihr.

Sie wand sich und schrie auf, als er den Daumen auf ihre Klitoris legte und sie rieb, bis sie mit ihm zusammen kam. Stöhnend stürzten sie sich in die wilde Ekstase, und Jared stieß sich wild in sie hinein, während er seinen Samen in ihren willenlosen Körper entlud.

Als die Anspannung nachließ und sie erschlafft auf das Bett sackte, spürte Darcy, wie seine noch immer beachtliche Erektion aus ihrem Hintern herausglitt und sich wieder hineinstieß. Sie starrte ihn unter schweren Lidern an, während seine zärtliche Stimulation ihre überempfindlichen und hypersensitiven Nerven aufs Neue reizte.

»Hast du nicht …«

»Doch.« Seine Stimme war rau und unglaublich sexy. »Aber ich kann dir noch mehr geben. Alles, was ich bin, Darcy. Alles, was ich habe. Es ist alles dein.«

Sie berührte seine Hände, die noch immer an ihren Hüften lagen. »Gib es mir. Alles.«

13

Jared strich mit den Fingerspitzen über den Arm, den Darcy um seinen Bauch geschlungen hatte, während er zum hundertsten Mal im Kopf die gesammelten Daten durchging und sich fragte, was er übersehen hatte.

Als sich Darcy ohne Vorwarnung ruckartig aufsetzte, griff er reflexartig nach seiner Waffe.

Sie atmete schwer und starrte die Waffe an, mit der er auf die Tür zielte. Dann sah sie ihm in die Augen. »Dani hat mir nie etwas von Chris erzählt, aber sie hat mit Jim darüber gesprochen. Ich wusste nicht, dass sich die beiden so nahe standen. Nah genug, dass sie ihm ihr Geheimnis anvertraut hat.«

»Okay«, meinte er und steckte die Waffe wieder ins Holster. »Deine Gedankengänge gehen in dieselbe Richtung wie meine. Ich habe Agent Kelley Ralstons Namen geschickt. Möglicherweise möchte sie ihm ein paar Fragen stellen.«

Darcy strich sich das Haar aus dem Gesicht. »Ich möchte nicht, dass er Schwierigkeiten bekommt. Das hat er nicht verdient.«

Er stopfte sich ein paar Kissen in den Rücken. »Du brauchst Antworten auf deine Fragen, und ich werde dafür sorgen, dass du sie bekommst.«

»Du glaubst doch nicht wirklich, dass er etwas mit der Sache zu tun hat?«

»Er gehörte nicht zu den Verdächtigen, die die Feds verhört haben, daher kann man nicht behaupten, er hätte sie angelogen, aber es ist auch nicht gut, Informationen für sich zu behalten. Da kommt man auf den Gedanken, dass er etwas zu verbergen hat.«

»Oder jemanden beschützen will.«

Er griff nach ihrer Hand und verschränkte die Finger mit ihren. »Steht er Miller sehr nahe?«

»Eigentlich nicht. Aber ich glaube, dass er das gestern erwähnt hat, um Chris zu schützen. Wenn du die Brände und den Mord miteinander in Verbindung bringst – darüber wollte Chris gestern übrigens mit dir reden –, dann ist Chris' Beziehung zu Dani unwichtig. Er hat ein wasserdichtes Alibi für den ersten Brandanschlag, da er schon drei Tage zuvor die Stadt verlassen hatte, weil seine Schwester ein Baby bekommen hatte. Und in der Nacht, in der das Tierheim brannte, war er auf dem Revier und hat gearbeitet. Du wirst mir zustimmen, dass er weder das Feuer gelegt noch von Seattle aus angerufen haben kann.«

Er zog sie an sich. »Kannst du mal mit Ralston reden?«

»Ja, klar.« Sie drückte die Wange an seine Brust. »Als ich gestern mit Nadine gesprochen habe, sagte sie, Eifersucht könne einen Menschen in den Wahnsinn treiben. Wenn Chris nicht der Vater von Danis Baby war, dann gab es noch einen anderen Mann in ihrem Leben. Möglicherweise hat Chris das herausgefunden und ist durchgedreht.«

»Das Tatmotiv werden wir schon noch herausfinden, wenn wir erst einmal wissen, wer der Täter ist. Es wird sich alles aufklären, Liebling.«

Sie sah ihm in die Augen. »Ich würde das Ganze gern hinter mir lassen.«

»Wo hast du gewohnt, bevor du hierher zurückgekommen bist?«

»In Albuquerque. Ich wollte nach dem ganzen Regen hier an einem trockenen Ort leben.«

»Das kriegen wir hin.«

Ihr Blick wurde sanfter. »Wirklich?«

»Natürlich. Ich kann mich versetzen lassen.«

»Als ich New Mexico verlassen habe, hatte ich schon vermutet, dass es eine Weile dauern würde, bis ich woandershin ziehen kann. Ich habe meinen Job gekündigt, meine Wohnung verkauft …« Sie strich durch sein Brusthaar. »Ich kann überall neu anfangen.«

»Mir ist völlig egal, was wir machen, solange wir zusammen sind.«

»Erst habe ich Dani verloren und dann, letzte Nacht … hätte ich auch dich verlieren können. Wäre nur eine Kleinigkeit anders verlaufen, dann wärst du jetzt nicht mehr hier. Ich will diese Chance nicht vergeuden, Jared.«

Er drückte sie an sich. »Und das werden wir auch nicht. Versprochen.«

Darcy bog auf den Parkplatz der Feuerwache ein und winkte Trish zu, die zusammen mit Ralston neben der offenen Tür zum Geräteraum wartete.

Als sie aus dem Wagen aussteigen wollte, hielt Jared sie auf. »Ich möchte, dass du die Stadt nicht verlässt. Selbst das Tierheim ist zu weit weg. Und ich will nicht, dass du bei jemand anderem im Auto mitfährst. Triff dich auch privat vorerst mit niemandem. Schick mir eine SMS, wenn du woandershin gehst, damit ich weiß, wo du dich aufhältst.«

»Okay. Ich werde mich noch einmal mit Jim am Motel umsehen, dann komme ich zur Feuerwache zurück und schreibe meinen Bericht. Wenn sich dieser Plan irgendwie ändert, sage ich dir Bescheid.«

Sie trug nun wieder ihre Uniform und hatte das Haar zu einem Pferdeschwanz gebunden, sodass sie der unersättlichen

Frau, die ihn nur Stunden zuvor völlig ausgelaugt hatte, kaum noch ähnelte. Bis auf die Augen. Die Art, wie sie ihn ansah, ließ sein Herz schmelzen.

»Pass du aber auch auf dich auf«, sagte sie leise.

»Mach ich doch immer.«

Sie trennten sich, und wenige Minuten später sah er, wie sie im Pick-up mit Ralston auf dem Beifahrersitz wegfuhr.

»Ist alles okay?«, erkundigte sich Trish.

»Könnte besser sein.« Er sah sie an. »Und bei dir?«

»Ich bin auf hundertachtzig und will den Kopf dieses Scheißkerls in der Schlinge sehen.«

Seine Mundwinkel zuckten. »Ich wollte mich hier mit dir treffen, weil ich mit einem freiwilligen Feuerwehrmann namens Mitch Quinn reden will. Es hat einige verdächtige Lieferungen an die Feuerwache gegeben, und sie gingen immer an ihn. Inspektor Michaels sagte, dass er heute hier sein müsse.«

»Okay, dann reden wir mal mit ihm.«

Sie entdeckten Mitch in der Küche, wo er gerade Obst wegräumte. Als sie hereinkamen, sah er auf, und seine finstere Miene wurde zu einem breiten Lächeln. Mit seinem hellblonden Haar und den blassblauen Augen sah er aus wie ein Surfer, und dieser Eindruck wurde noch durch die Muschelkette verstärkt, die unter seinem geöffneten Uniformkragen zu sehen war.

»Hi«, begrüßte er sie. »Suchen Sie Inspektor Michaels?«

Trish erwiderte sein Lächeln, hatte aber ihr Pokergesicht aufgesetzt und sah ihn mit wachsamen, ausdruckslosen Augen an. »Wir haben Sie gesucht, Mitch.«

Er hielt kurz inne und schloss dann die Kühlschranktür. »Wie kann ich Ihnen helfen?«

Jared trat näher. »Wir müssen über einige Lieferungen reden, die kürzlich hier angekommen sind …«

Quinn packte das Obst, warf es in Jareds Richtung und rannte los.

»Ach, Scheiße«, fluchte Trish.

Jared sprang über die Äpfel und Orangen hinweg, die auf den Boden rollten, und setzte ihm nach.

Darcy sah sich in den verkohlten Überresten des Motels um, während Jim sich Notizen machte.

»Du hast gute Vorarbeit geleistet, Darcy.«

»Danke.«

Er klappte den Ordner entschlossen zu. »Wann willst du mich fragen, warum ich dir nie etwas über Miller und deine Schwester erzählt habe?«

Sie drehte sich zu ihm um. »Ich wollte damit warten, bis wir hier fertig sind.«

»Okay. Wir sind vorerst fertig. Da ich die ganze Nacht unterwegs war, muss ich noch mit Columbo Gassi gehen. Wie wäre es, wenn wir ihn abholen und uns auf dem Weg unterhalten?«

»Klingt gut.« Sie gingen zurück zum Wagen. Während sie die Beweismittelkisten auf die Ladefläche stellte, meinte sie: »Dann ist dein Date gestern gut verlaufen?«

»Ja … Es war nicht übel. Ich bin dir sehr dankbar, dass du dich gestern um alles gekümmert hast.«

»Du hast eine Pause gebraucht, und ich wusste, dass wir erst bei Tageslicht alles genauer in Augenschein nehmen können.« Sie setzte sich hinter das Lenkrad und fuhr zu seinem Haus.

»Du weißt aber, dass Chris nicht für das verantwortlich ist, was Danielle zugestoßen ist, oder?«

Darcy warf ihm einen Seitenblick zu. »Ich kann mir auch nicht vorstellen, dass er das getan hat. Eigentlich kann ich mir bei keinem Menschen, den ich kenne, vorstellen, dass er so etwas tun könnte.«

Jim stützte einen Ellenbogen auf den Fensterrahmen, den Kopf in die Hand, und seufzte. »Aber er hatte recht, als er sagte, dass sie sich verändert hatte. Ich weiß nicht, wie ich es dir sagen soll …«

»Sprich es einfach aus.«

»Sie hat … sich mit mehreren Männern getroffen.«

Darcy legte die Finger fester um das Lenkrad. Die Erkenntnis, dass der Graben zwischen ihr und Dani größer gewesen war als gedacht und dass sie es nicht bemerkt hatte, war sehr schmerzhaft. »Sprich weiter.«

»Einer der Männer war Mitch.«

»Was?« Doch in dem Moment, in dem sie die Frage aussprach, merkte sie schon, dass sie eigentlich gar nicht überrascht war. Mitch war einer der hart arbeitenden, humorvollen Männer, zu denen sich Dani hingezogen gefühlt hatte. »Okay.«

»Als er mitbekommen hat, dass er nicht der Einzige war … Das hat ihn schwer getroffen. Sie hat ihm sehr viel bedeutet, und ihm war nicht klar gewesen, dass dieses Gefühl nicht auf Gegenseitigkeit beruhte. Daher habe ich sie aufgesucht und wollte mit ihr reden, damit sie ihm reinen Wein einschenkt. Dabei hat sich herausgestellt, dass er ihr gefolgt war. Wahrscheinlich wollte er sie auf frischer Tat ertappen. Sie hat mir erzählt, dass sie bereits seit Wochen versuchte, ihn davon abzubringen. Wenn ich mir wirklich Sorgen um ihn machte, dann sollte ich ihm sagen, dass er das lassen solle, oder sie würde ihn von Miller verhaften lassen.«

Darcy spürte, dass sein Blick schwer auf ihr ruhte. »Darcy … Ich habe geblufft, als ich gesagt habe, ich wüsste von ihr und Miller. Da war irgendetwas in ihrer Stimme, das mich nachdenklich gemacht hat. Als er bei dir aufgetaucht ist und so aufgeregt gewirkt hat, weil ihr die Brände mit dem Mord in Verbindung bringt, da habe ich einfach mal einen Schuss ins Blaue gewagt.«

Sie parkte vor seinem Haus und drehte sich zu ihm um. Dann fiel ihr auf einmal ein, dass Jared sie an diesem Morgen nach Miller gefragt hatte, und sie hätte zu gern gewusst, wie er auf diese Idee gekommen war. »Glaubst du, dass Mitch meine Schwester umgebracht hat?«

»Nein! Ganz bestimmt nicht.« Er schüttelte heftig den Kopf. »Wenn ich davon ausgehen würde, dann hätte ich ihn schon längst beim Sheriff abgeliefert. Danielle ist oft in Seattle gewesen. Vielleicht hat sie den Kerl dort kennen gelernt, wer immer er auch sein mag.«

Sie stieß die Tür auf und stieg aus dem Wagen, weil sie dringend Bewegung und frische Luft brauchte. »Dann lass uns mal einen Spaziergang machen.«

»Das war eine wirklich dumme Idee, Mitch.« Trish umkreiste seinen Stuhl, der vor dem Metalltisch im Verhörzimmer des Polizeireviers stand. »Dass Sie versuchen, vor einem Marathonläufer wie Deputy Cameron wegzulaufen.«

Jared sah durch den einseitigen Spiegel mit an, wie Mitch Quinn auf seinem Stuhl herumlümmelte und den Kopf schüttelte. »Ich wollte nicht vor dem Deputy weglaufen, sondern nur das Eis aus dem Wagen holen.«

»Ah ja, Eis. Welche Geschmacksrichtung?«

»Vanille.«

»Wie schade, ich esse lieber Schokolade.« Sie setzte sich ihm gegenüber auf den Stuhl. »Dann lassen Sie uns über die Pakete reden, die für Sie an die Feuerwache geschickt wurden.«

Quinn sah ihr direkt in die Augen. »Alle Pakete an die Feuerwache sind an mich adressiert. Früher ist immer einiges verloren gegangen, aber ich sorge für Ordnung.«

»Sie sind ziemlich gründlich, nicht wahr, Mitch?«

»Ja, das bin ich.«

Trish nickte. »Ich könnte mir vorstellen, dass der Bau eines präzisen Brandsatzes für einen entschlossenen, gut organisierten, gründlichen Feuerwehrmann wie Sie ein Kinderspiel wäre.«

Er setzte sich ruckartig auf. »Augenblick mal! Mir hängen Sie die Brände nicht an. Ich lösche Feuer und lege keine.«

»Aber für eine Stadt dieser Größe reicht das Budget für noch mehr fest angestellte Feuerwehrleute nicht aus, nicht wahr? Es sei denn, es brennt auf einmal häufiger. Ein Brandstifter, der in der Gegend sein Unwesen treibt, wäre fast schon ein Segen für einen seit Langem ausharrenden Freiwilligen.«

»Das ist doch krank.«

»Ganz meine Meinung. Hier im Sheriffbüro wurde eine Dose Tränengas aus dem Lager entwendet. Wussten Sie, dass bei dem Feuer letzte Nacht im Motel Tränengas eingesetzt wurde? Unser Brandstifter hatte kein Problem damit, mich und Deputy Cameron zu grillen, aber er wollte die anderen Gäste vorher aus dem Gebäude haben. Sie wurden gestern im Lager gesehen, Mitch. Was hatten Sie da zu suchen?«

»Es war eine Nachricht an der Infotafel in der Feuerwache für mich, dass ich eine mit ›LBFD‹, Lion's Bay Fire Department, beschriftete Kiste abholen soll.«

»Wer hat die Nachricht geschrieben?«

»Das weiß ich nicht.«

»Sie haben die Handschrift nicht erkannt? Ein so gründlicher Kerl wie Sie?«

Quinns Blick war eisig. »Ich habe mir die Nachricht nicht so genau angesehen.«

»Okay.« Sie holte ihr Handy heraus. »Ich schicke Deputy

Cameron eine SMS, damit er ein Foto davon macht und es herbringt.«

»Ich habe die Nachricht weggewischt, als ich es erledigt hatte«, erwiderte er. »Das sollen wir so machen, damit niemand eine Sache erledigt, um die sich bereits ein anderer gekümmert hat.«

»Das ist aber schade. Oder sollten wir es in Ihrem Fall vielleicht lieber praktisch nennen?«

»Das ist doch eine Hexenjagd. Sie suchen sich einen Sündenbock, damit Sie den Fall zu den Akten legen können, und haben mich dazu auserkoren. Aber da spiele ich nicht mit. Ich sage keinen Ton mehr. Und ich will einen Anwalt.«

»Verdammt«, murmelte Miller leise, der neben Jared stand und das Verhör beobachtete. »Darum wollte ich ihn verhören. Mir vertraut er genug, um ohne Anwalt mit mir zu reden.«

»Das ist zu riskant«, sagte Jared, auch wenn er sich damit wiederholte. »Wenn die Brände in irgendeiner Form mit dem Mord an Danielle Michaels zu tun haben, gibt es bei uns beiden einen Interessenskonflikt. Auf diese Weise bleibt die Sache wenigstens halbwegs sauber.«

Sein Handy vibrierte, und er holte es aus der Tasche. Darcy hatte ihm eine SMS geschickt, dass sie zu Ralstons Haus gefahren seien und dass Mitch Quinn Jims Worten zufolge einer von Danielles Liebhabern gewesen wäre.

Trish schob ihren Stuhl nach hinten. Sie trug an diesem Tag eine Jeans, eine Bluse und die Windjacke des Marshals Service, aber sie hatte dennoch nichts Sanftes an sich. »Vielleicht kann uns Ihr Anwalt ja erklären, warum Sie drei Bücher über Reginald Merkerson aus der Stadtbücherei von Seattle ausgeliehen haben.«

»Das ist eine gottverdammte Lüge!« Quinn sprang auf und warf dabei seinen Stuhl um, dass Jared schon Angst um die Sicherheit seiner Partnerin bekam. Quinn hatte die Augen aufgerissen und war kreidebleich geworden. »Ich bin in meinem ganzen Leben noch nie in der Bücherei von Seattle gewesen.«

Sie zog eine Kopie der Ausleihbestätigung aus dem Ordner, den sie in der Hand hielt, und legte sie auf den Tisch. »Hier steht etwas anderes.«

»Irgendjemand will mich reinlegen!«

»Erzählen Sie das Ihrem Anwalt.« Sie griff nach dem Türknauf.

»Warum in aller Welt sollte ich nach Seattle fahren und mir Bücher über Merkerson ausleihen, wenn Jim Ralston Kopien der echten Fallakten in seinem Büro hat?«

»Sehen Sie sich die Daten auf dem Zettel an, Mitch. Diese Bücher wurden ausgeliehen, bevor die Feuer ausbrachen. Monate früher. Sie hatten genug Zeit, um herauszufinden, wie man die widerlichen kleinen Spielzeuge baut, für die Merkerson bekannt war.«

Er sah sie grimmig an. »Jemand will mir etwas anhängen.«

»Wer würde einem netten Kerl wie Ihnen so etwas antun?«

»Keine Ahnung. Ich weiß nur, dass ich diese Feuer nicht gelegt habe. Ein entschlossener, organisierter, gründlicher Mann wie ich würde keine derart offensichtliche Spur hinterlassen.«

»Sind Sie mal mit Dr. Danielle Michaels ausgegangen?«

Dieser unerwartete Themenwechsel schien Mitch zu verblüffen. »Ein- oder zweimal. Warum?«

»Wollen Sie jetzt reden?«

Er lehnte sich auf seinem Stuhl zurück und verschränkte die Arme. »Ich will einen Anwalt.«

14

»Hey, mein Kleiner.« Darcy ging in die Knie und umarmte Columbo. »Du siehst gut aus. Hast du mich vermisst?«

Der aufgedrehte Schäferhund begrüßte sie bellend und leckte ihr die Wangen. Sie fuhr ihm mit beiden Händen liebevoll durchs Fell.

Jim legte seinen Notizblock auf den Esstisch und nahm die Leine vom Haken neben der Wand. »Natürlich tut er das. Ich sage ihm immer, dass er dich öfter sehen wird, wenn sich hier alles wieder beruhigt hat.«

Sie stand auf. »Darüber wollte ich auch noch mit dir reden.«

»Ach ja?« Er leinte Columbo an. »Dann schieß mal los.«

»Ich weiß, dass ich auf der Feuerwache eigentlich überflüssig bin …«

Er sah sie missbilligend an. »Das stimmt doch gar nicht.«

»Okay, ich übertreibe«, gab sie zu, steckte die Hände in die Hosentaschen und verlagerte ihr Gewicht auf die Fußballen. »Es wäre auch nicht anders, wenn ich unverzichtbar wäre. Worauf ich hinaus will, ist, dass du langsam die Fühler nach einem Ersatz ausstrecken solltest, falls du wirklich jemanden brauchst, der das macht, was ich tue.«

»Warum?«

»Weil …« Sie holte tief Luft. »Weil es Zeit ist, dass ich das Leben wieder aufnehme, das ich zurückgelassen habe.«

Mit der Leine in der Hand lehnte er sich lässig an die Wand und verschränkte die Fußknöchel. »Liegt das an Deputy Cameron?«

»Er war der Auslöser, aber das hatte ich schon länger vor.«
Sie setzte sich auf einen der Esszimmerstühle. »Die Zeit ist an
mir vorbeigerauscht, ohne dass ich es mitbekommen habe. Ich
glaube, ich war seit Danis Tod wie benommen.«

»Und das hat sich nach einigen Nächten voll heißem Sex geändert?«

Sie zuckte mit den Achseln und lächelte dann ein wenig ver-
legen. »Der Sex ist wirklich heiß, aber guten Sex hatte ich auch
schon früher. Da ist noch etwas anderes, verstehst du? Etwas,
das tiefer geht.«

»Ja, das verstehe ich.« Er setzte sich neben sie. »Und, was hast
du jetzt vor? Willst du alles stehen und liegen lassen und mit einem Kerl weglaufen, den du erst seit einigen Tagen kennst?«

»Ich habe auch alles stehen und liegen gelassen, um hierher
zu kommen. Aber ich hatte immer vor, irgendwann mein altes
Leben weiterzuleben, nur hatte ich dieses Ziel für eine Weile
aus den Augen verloren …«

»Ich glaube, du verlierst eher aus den Augen, was du hier
hast.«

»Ich bin in Lion's Bay nie wirklich glücklich gewesen, Jim«,
rief sie ihm mit sanfter Stimme ins Gedächtnis. »Darum bin ich
damals auch weggegangen.«

»Und Deputy Cameron hat nichts mit deiner Entscheidung
zu tun?«

»Diese Frage habe ich bereits beantwortet.«

Er kraulte Columbo hinter den Ohren. »Wann wirst du endlich erwachsen, hörst auf, so flatterhaft zu sein, und wirst endlich sesshaft?«

»Wie bitte?«

»Ein Mann nach dem anderen, eine Stadt nach der nächsten.
Ohne Rücksicht auf die Menschen, denen du am Herzen liegst
oder die für dich Opfer bringen.«

»Du klingst ja wie Chris.« Darcy stand auf, da ihr seine un-
erwarteten und provozierenden Bemerkungen auf die Nerven
gingen. »Wir reden später weiter, wenn wir beide wieder klar
denken können.«

»Setz dich.«

»Das werde ich nicht tun.«

»Setz dich hin, verdammt noch mal!«

Sie starrte ihn an und war irritiert, weil die groben Worte
nicht zu seiner ruhigen Stimme und seinem freundlichen Verhalten zu passen schienen. Ihr lief es eiskalt den Rücken herunter. »Was zum Teufel ist nur los mit dir?«

»Ich habe verdammt viel für dich getan.« Er lächelte sie spöttisch an. »Findest du nicht, dass ich deshalb das Recht habe,
sauer zu sein, wenn du mich wegen eines dahergelaufenen Deputys sitzen lässt, der deine Möse vergessen haben wird, sobald
er die Stadt verlassen hat?«

Darcy wandte sich ab und wollte um den Esstisch herum zur
Haustür gehen.

Columbo fing an zu bellen. Sie bemerkte kaum, dass auf einmal noch eine dritte Stimme zu hören war, als sich die Leine
auf einmal um ihren Hals wickelte und sie nach hinten zerrte.

Ihr Kopf knallte gegen die Tischkante, und ihr wurde schwarz
vor Augen …

Jared sicherte gerade den Inhalt von Mitch Quinns Spind, als
sich die Härchen in seinem Nacken plötzlich ohne Vorwarnung
aufstellten. Er hielt inne und wusste, dass er Zeit damit ver-
geudete, diese Spur weiter zu verfolgen. Irgendetwas stimmte
nicht. Er hatte da dieses unbestimmte Gefühl und wusste, dass
er es nicht ignorieren durfte.

Er holte sein Handy aus der Tasche und rief Darcy an. Nachdem zweimal nur ihre Mailbox angesprungen war, ging er zur

Telefonliste der Feuerwehrleute, die an der Wand der Feuerwache hing, und rief Ralston an. Doch auch der ging nicht ans Telefon, daher kehrte Jared zum Polizeirevier zurück und betrat den Verhörraum, um mit Quinn zu reden.

Er stützte die Handflächen auf den Tisch. »Warum sind Sie weggelaufen?«

»Ich bin nicht weggelaufen, ich wollte nur …«

»Hören Sie mit diesem Scheiß auf, Quinn. Der Recorder nimmt nicht auf. Hier sind nur Sie und ich.«

Mitch musterte ihn skeptisch. »Halten Sie mich für einen Idioten?«

»Sie sehen aus wie jemand, der reingelegt wurde. Es gibt niemanden, der Ihr Alibi für die Nächte, in denen es gebrannt hat, bestätigen kann, sie haben Kabel in Ihrem Spind, die dem Typ ähneln, den Merkerson benutzt hat … Das alles sieht nicht gut für Sie aus.« Als Jared sah, wie Quinns Miene trotzig wurde, beschloss er, seine Taktik zu ändern. »Sie sehen Darcy Michaels doch als Ihre Freundin an, oder nicht? Ich weiß, dass sie darauf hofft, dass Sie bald eine Vollzeitstelle bekommen. Sie legt bestimmt bei jeder Gelegenheit ein gutes Wort für Sie ein. Bedeutet Ihnen das denn gar nichts? Oder sind Sie wirklich nur ein gottverdammter Egoist?«

»Ich mag Darcy«, sagte Mitch, dessen Unterkiefer zuckte.

»Ich halte es für möglich, dass die Person, die die Feuer gelegt hat, auch für den Mord an Dr. Danielle Michaels verantwortlich ist. Es ist außerdem sehr wahrscheinlich, dass Darcy Michaels irgendwann auch in Gefahr sein wird. Und ich halte es für verdammt unwahrscheinlich, dass Sie irgendetwas mit alldem zu tun hatten, aber irgendjemand will die Aufmerksamkeit von sich ablenken und Ihnen alles anhängen. Jemand, der etwas über Sie weiß, das Sie nervös macht, das Sie dazu bringt wegzulaufen und sofort einen Anwalt haben zu wollen, sodass Sie verdächtig aussehen und ich mit Ihnen meine Zeit vergeude. Wer weiß, dass Sie in irgendetwas drinstecken, Mitch? Wer kennt Ihren Dienstplan? Geben Sie mir einen Namen. Helfen Sie Darcy, nach allem, was sie schon für Sie getan hat.«

Mitch rieb sich mit der Hand über das Gesicht. »Ich traue Ihnen nicht.«

»Das müssen Sie auch nicht.« Jared beugte sich vor und senkte die Stimme. »Miller? Ralston?«

»Nie im Leben. Die stehen doch beide total auf sie.« Er stützte den Kopf in die Hände. »Der Chief macht meinen Dienstplan. Er weiß immer, wann ich im Dienst bin.«

Jared richtete sich auf und erinnerte sich daran, dass ihm der Mann kurz vorgestellt worden war. »Chief Sendak?«

»Er ist schwul, Mann. Er hat bestimmt nicht mit Dr. Michaels geschlafen.«

»Aber er hat Zugang zu Ihrem Spind, zu Ihrem Dienstplan und dem Postraum?«

»Hören Sie.« Mitch beugte sich vor und sprach jetzt ebenfalls leiser. »Gelegentlich, wirklich ganz selten, lässt einer der Jungs mal was an die Feuerwache schicken, wovon seine Frau nichts erfahren darf. Abgesehen davon geht da nichts Zwielichtiges vor sich. Die sind alle sauber.«

»Scheiße.« Jared stürmte aus dem Raum und versuchte noch einmal, Darcy zu erreichen. Während es klingelte, ging er in Millers Büro, das jedoch leer war, und dann durch das Großraumbüro zum Empfang und der blonden Deputy dahinter. Er legte auf, als Darcys Mailbox ansprang.

»Hi, Deputy«, grüßte ihn die Blonde.

Er lächelte sie abwesend an. »Wo ist Miller?«

»Er ist gegangen, als Sie auf der Feuerwache waren.«

»Wo wollte er hin?«

Sie zuckte mit den Achseln und lächelte ihn an. »Keine Ahnung. Er sagte, er habe etwas zu erledigen.«

»Rufen Sie ihn über Funk. Bitte.« Er beobachtete, wie sie es einige Male versuchte, jedoch keine Antwort bekam. Dann drehte er sich um und machte sich auf die Suche nach Trish. Sie holte sich gerade einen Kaffee, schien seinen Blick jedoch zu spüren, da sie sich mit einem Stirnrunzeln umdrehte, die Kaffeekanne wegstellte und auf ihn zukam.

»Was ist los?«, erkundigte sie sich.

»Ich weiß es nicht. Irgendetwas stimmt nicht. Ich muss Darcy finden.«

»Ich begleite dich.«

Er widersprach nicht, da er wusste, dass ihre Sinne genauso geschärft waren wie seine. »Ich brauche die Privatadresse von Chief Inspector Ralston«, sagte er zu der Blonden am Empfang. »Und die von Sheriff Miller.«

Trish fuhr, während Jared weiter versuchte, Darcy zu erreichen. Als er einen Anruf auf der anderen Leitung bekam, sah er Kelleys Namen auf dem Display aufleuchten.

»Cameron«, meldete er sich.

»Cameron, hier ist Kelley. Ich habe Ihre E-Mail wegen Sheriff Miller bekommen. Danke, dass Sie mich auf dem Laufenden halten.«

»Es ist Ihr Fall, Kelley. Ich hoffe, Sie können ihn abschließen.«

»Ich bin gerade auf dem Weg zum Flughafen. Ich werde heute Abend vor Ort sein und Miller persönlich befragen, aber da wir momentan zusammenarbeiten, wollte ich Ihnen noch mitteilen, dass ich mich heute Morgen über ihn erkundigt habe. Sein Cousin zweiten Grades war Assistent des Detectives, der den Propheten-Fall in Memphis bearbeitet hat.«

»Ach du Scheiße.« Jared warf Trish einen Blick zu. »Miller.«
Trish gab die Adresse ins Navigationsgerät ein.

»Danke«, sagte er zu Kelley. »Und guten Flug.«

»Versuchen Sie, sich nicht in die Luft sprengen zu lassen, bis ich da bin. Ich würde mich freuen, Sie an einem Stück kennenzulernen.«

Darcy kam stöhnend wieder zu sich. Ihr Kopf schmerzte. Sie blinzelte, versuchte, sich zu bewegen, und stellte fest, dass ihre Hände gefesselt waren. Auf einmal fiel ihr alles wieder ein, und ihr Herz raste. Ihr Kiefer schmerzte, da man ihr einen Knebel in den Mund gesteckt hatte. Etwas Feuchtes berührte ihre Wange, dann leckte eine weiche Zunge darüber.

Columbo. Der Schäferhund lag neben ihr auf dem Boden in einem Schlafzimmer, in dem sie noch nie gewesen war. Sie drehte sich um und versuchte herauszufinden, wo sie sich aufhielt. Doch sofort drehte sich alles und ihr Magen rebellierte. Ihr wurde übel, aber sie wusste, dass sie sich mit einem Knebel im Mund nicht übergeben durfte. Sie lehnte sich mit dem Rücken an das Bett und atmete tief durch die Nase ein wie eine Taucherin, die zu lange unter Wasser geblieben war. Ihr Blick fiel auf eine Dienstmarke, die neben einer antiken Kommode auf dem Boden lag.

Chris' Sheriffstern.

Ihr wurde eiskalt, als sie sich an seine wütende Stimme erinnerte, die sich in ihre Unterhaltung mit Jim eingemischt hatte, kurz bevor um sie herum alles schwarz geworden war.

Darcy schaffte es, sich aufzusetzen, und sah, dass man ihr Handschellen angelegt hatte. Chris' Handschellen. Ihre Angst nahm zu.

Sie zuckte zusammen, als sie hörte, wie irgendwo im Haus eine Tür geöffnet und wieder geschlossen wurde, gefolgt von schweren Schritten auf dem Holzboden, die lauter wurden, je näher sie kamen. Es klingelte an der Tür, und die Schritte waren nicht mehr zu hören.

Sie rappelte sich mühsam auf, bis sie auf den Knien war und schließlich auf den Füßen stand, und versuchte, zur Tür zu kommen und Hilfe zu holen.

Es klingelte erneut, und die Fliegengittertür wurde geöffnet. Dann klopfte jemand an die Tür.

»Miller? Hier ist Deputy Cameron.«

Als sie Jareds Stimme hörte, stiegen ihr die Tränen in die Augen. Sie fummelte am Türknauf herum, als die Tür auf einmal geöffnet wurde, sie nach hinten taumelte und auf das Bett fiel. Erleichtert stellte sie fest, dass Jim das Zimmer betreten hatte.

Dann sah sie die Waffe in seiner Hand.

»Keinen Mucks«, sagte er, »oder ich erschieße Cameron, sobald er das Haus betreten hat. Hast du verstanden?«

Jared klopfte wieder und rief irgendetwas. Darcy liefen die Tränen über die Wangen, während sie versuchte, das fiebrige Leuchten in Jims Augen zu begreifen. So hatte sie ihn noch nie gesehen, und er hatte sie auch noch nie so kalt angesehen wie jetzt …

»Ohne Durchsuchungsbefehl kann er das Haus nicht betreten«, erklärte Jim so ruhig, als hätte er keine tödliche Waffe in der Hand. »Wenn du ruhig bist, geht er wieder und darf noch etwas länger am Leben bleiben.«

Es schien eine Ewigkeit zu dauern, bis Jared endlich aufgab.

Darcy schnappte nach Luft und hatte schwarze Punkte vor den Augen.

Jim drückte ihr die Waffe an die Brust. »Nach allem, was ich für dich getan habe … Verdammt. Es bricht mir das Herz, dich noch einmal umbringen zu müssen.«

Jared starrte den Streifenwagen an, der vor Millers Haus am Straßenrand stand, und fuhr sich mit einer Hand durch das Haar. Er rief auf dem Revier an und erkundigte sich, welchen Privatwagen der Sheriff fuhr.

Trish stand auf dem Bürgersteig und stemmte die Hände in die Hüften. »Miller will uns nicht hier haben, aber wieso haut er ab, sobald wir einen Verdächtigen in Gewahrsam haben?«

»Er weiß etwas, das wir nicht wissen.«

»Glaubst du, er hat etwas mit der Sache zu tun? Mit den Bränden oder dem Mord? Oder mit beidem?«

Er ging zum Streifenwagen und legte prüfend die Hand auf die Motorhaube. Sie war noch warm, was bewies, dass der Wagen noch vor Kurzem gefahren worden war. »Was denkst du?«

»Könnte sein.« Sie sah zum Haus hinüber. »Ich glaube jedenfalls nicht, dass es dieser Quinn war.«

»Lass uns mal zu Ralstons Haus fahren.«

Als sie losfuhren, hatte er ein ungutes Gefühl im Magen und wählte erneut Darcys Nummer.

Darcy wandte den Blick vom Lauf der Waffe ab und sah Jim in die Augen. Die Angst breitete sich wie Eiswasser in ihren Adern aus, und sie fror plötzlich. Sie zuckte zusammen, als er einen Schritt näher kam.

»Wenn du schreist, schieße ich.« Er nahm ihr mit einer Hand den Knebel aus dem Mund.

Sie wackelte mit ihrem schmerzenden Kiefer. »Was hast du vor, Jim? Wo ist Chris?«

»Hast du vor, wieder was mit ihm anzufangen? Nachdem er dich wie eine Hure abblitzen ließ?«

Sie runzelte die Stirn. Chris hatte sich nicht von ihr getrennt, vielmehr hatte sie die Beziehung so sanft wie möglich beendet.

Das war allgemein bekannt. »Wir sind in seinem Haus, nicht wahr? Dann ist er in der Nähe.«

»Er ist hier.«

Sie holte tief Luft. »Könntest du mir bitte die Handschellen abnehmen?«

»Raspel jetzt kein Süßholz. Du hast alles ruiniert, als du den Marshals Service gerufen hast. Wenn du den Dingen ihren Lauf gelassen hättest, wäre nichts von alldem passiert.«

»Was genau? Die Brände?« Ihre Unterlippe zitterte heftig. »Dani?«

»Die Feuer haben uns wieder näher gebracht. Du hast eine Nacht in meinem Haus geschlafen … Wir haben tagsüber zusammen an dem Fall gearbeitet …«

Sie gab ein ersticktes Geräusch von sich, als sich ihre Brust schmerzhaft zusammenzog. »Du hast Gebäude in Brand gesteckt, die mir etwas bedeutet haben. Du wolltest mich verletzen, damit ich mich dir wieder zuwende?«

»Cameron hatte nicht das Recht, einfach herzukommen und mich zu verdrängen.« Jim lehnte sich gegen die Kommode und sah völlig entspannt aus. Sein Verhalten beunruhigte sie noch mehr, als wenn er sich wie ein tobender Verrückter benommen hätte.

»Die Menschen, denen diese Häuser gehören, sind deine Freunde. Sie haben darauf vertraut, dass du sie beschützt. Du hast ihr Leben zerstört, ihnen den Lebensunterhalt genommen …«

»Nein, das habe ich nicht. Ich weiß genau, was die Versicherung bei jedem dieser Gebäude bezahlt. Sie können alles schöner aufbauen, als es gewesen ist.«

Sie starrte den Mann an, mit dem sie geschlafen hatte, den sie aber offenbar überhaupt nicht kannte. »Du bist ja verrückt.«

Seine Miene verhärtete sich. »Wenn ich das wirklich bin, dann ist das deine Schuld. Ich habe dir alles gegeben. Ich wollte mit dir sesshaft werden, und dann wirst du von einem anderen Kerl schwanger. Was glaubst du eigentlich, wer du bist, dass du so mit anderen Menschen umgehen kannst? Nach der Abfuhr, die du von Miller bekommen hast, solltest du doch wissen, was das für ein Gefühl ist.«

»Ich war in meinem ganzen Leben noch nicht schwanger«, schoss sie zurück, während ihre Angst langsam der Wut wich. »Ich bin nicht Danielle. Hast du meine Schwester ermordet, Jim? Hast du sie aufgeschnitten und ihr all diese schrecklichen Dinge angetan?«

»Ich weiß, wer du bist«, fauchte er und wedelte aufgebracht mit der Hand in der Luft herum. »Und Dani hat sich selbst umgebracht. Sie ist mit jedem ins Bett gegangen, vor allem mit Männern, mit denen du schon mal was gehabt hast. Als ich herausgefunden habe, dass sie mit Mitch schläft, habe ich sie zur Rede gestellt. Wir hatten eine Beziehung. Ich hatte erwartet, dass du treu bist. Ich war es jedenfalls.«

Darcy stand langsam auf, aufs Höchste alarmiert, da er offenbar nicht immer zu wissen schien, wer sie war.

Er straffte sich, und ihm war auf einmal anzumerken, wie angespannt er war. »Wenn du nicht versucht hättest, wegzulaufen, dann hätte ich nichts unternommen. Du hättest dich mir nicht entziehen sollen. Wärst du da geblieben, wo du gewesen bist, dann wärst du nie gestürzt und hättest dich am Kopf verletzt.«

Sie war sich nicht sicher, was sie tun sollte, ob es klüger war, bei seinen Wahnvorstellungen mitzuspielen oder ihn an die Realität zu erinnern. »Und was jetzt?«, fragte sie schließlich.

Er stieß die Luft aus. »Du zwingst mich dazu, das zu tun. Wir waren zusammen glücklich. Ich begreife nicht, warum dir das nicht gereicht hat.«

»Es liegt an dieser Stadt.« Sie versuchte zu schlucken, aber ihr Mund war zu trocken. »Es liegt an Lion's Bay. Ich ertrage es hier nicht länger, Jim. Das ist auch der Grund, warum ich Zeit mit Deputy Cameron verbringe … Er wird von hier weggehen und mich mitnehmen. Aber vielleicht gehst du ja stattdessen mit mir weg? Wir können überall glücklich sein, und nach den Bränden … wäre es besser, wenn wir fortgehen.«

»Ich bin nicht dumm. Versuche nicht, mich zum Narren zu halten.«

»Ich versuche nur, einmal in meinem Leben praktisch zu denken. Ich weiß, dass du mich glücklich machen kannst. Ich kenne Cameron doch überhaupt nicht.«

Jim verzog grimmig den Mund. »Dafür ist es jetzt zu spät. Ich vertraue dir nicht mehr. Du hast viel zu oft in fremden Betten gelegen.«

»Du gräbst dir selbst eine Grube, aus der du nicht mehr herauskommen wirst«, warnte sie ihn und hoffte, dass sein Selbsterhaltungstrieb noch vorhanden war.

»Niemand verdächtigt mich, Dani.« Sein Finger am Abzug zuckte. »Und wenn sie deine Leiche zusammen mit der von Miller finden und die Brände Quinn anhängen, dann ist das alles vorbei, und ich kann mein Leben weiterleben.«

Da Darcy der Ansicht war, dass ihr Leben ohnehin an einem seidenen Faden hing, ging sie das Risiko ein und stürzte sich auf ihn.

»Halt den Wagen an«, sagte Jared.

Trish trat auf die Bremse. »Was ist?«

Jared sprang raus. »Wir müssen nicht beide bei Ralston vorbeifahren. Ich gehe zurück zu Millers Haus. Wenn du Darcy findest, sag ihr, dass sie mich anrufen soll, und zwar sofort.«

»Sei vorsichtig«, rief sie ihm nach und fuhr weiter.

Jared lief die drei Kilometer schnell wieder zurück, da er das Gefühl hatte, dass er sich beeilen musste, auch wenn er den Grund dafür nicht kannte. Er war noch zwei Blocks von dem Haus entfernt, als er einen Schuss hörte. Er rannte los. Sobald er das Haus sehen konnte, zog er seine Waffe und lief an neugierigen Nachbarn vorbei, die auf dem Bürgersteig standen.

»Gehen Sie wieder in Ihre Häuser«, rief er. »Und rufen Sie die Polizei.«

Er rannte gerade die Auffahrt hinauf, als Millers Haustür aufgerissen wurde und Darcy herauskam, deren Hände mit Handschellen gefesselt waren. Er atmete erleichtert auf, doch im nächsten Moment durchströmte ihn Angst.

Schnell lief er zu ihr, fing sie ab und zog sie an die Hauswand und somit aus der Schusslinie. »Bist du verletzt?«

»N..., nein ... nein, mir geht es gut.«

»Wo ist Miller?«

»Keine Ahnung.« Ihre Unterlippe zitterte. »Es ist Jim. Er ist für alles verantwortlich. Für alles.«

Er warf einen Blick um die Ecke auf die Veranda. »Wo ist er?«

»Ich habe ihn in einem Schlafzimmer auf der rechten Seite des Flurs gegen einen Schrank geschleudert.«

Er musterte sie, während sein Herz langsam wieder normal schlug. »Das war verdammt unklug.«

Sie schnappte nach Luft. »Ich freue mich auch, dich zu sehen.«

Ein weiterer Schuss durchschnitt die Stille.

»Oh nein ...«, hauchte sie. »Columbo.«

Er sprang sofort auf. »Ist da noch jemand drin?«

»Ja. Nein. Das ist Jims Hund. Ich bin auf dem Flur über einen Läufer gestolpert, und Jim lief mit der Waffe in der Hand hinter mir her … Columbo hat ihn zu Fall gebracht. Die Waffe ging los, aber die Kugel traf nur die Wand, doch Columbo hatte seinen Arm gepackt und knurrte …«

Jared legte ihr beruhigend die Hand in den Nacken und drückte ihr einen Kuss auf die Lippen. »Bleib in Deckung.«

Schnell und leise lief er an der Hauswand entlang und sah in jedes Fenster. Die Stille machte ihm zu schaffen. Als er an einer Fensterscheibe Blut und eine graue Masse sah, wusste er, was er in dem Zimmer vorfinden würde.

Dem Hund ging es gut. Von seinem Besitzer allerdings waren nur noch unkenntliche Spuren übrig.

Darcy beobachtete das Chaos auf dem Polizeirevier mit seltsamer Distanziertheit. Jared beugte sich über einen Schreibtisch und sprach mit den Bundesagenten, die wenige Minuten zuvor eingetroffen waren. Draußen war es bereits dunkel geworden, und sie fror, aber sie vermutete, dass die Kälte eher von innen kam.

»Kaffee?« Deputy Morales setzte sich neben sie und reichte ihr einen Pappbecher, der zur Hälfte mit dampfendem Kaffee gefüllt war.

»Danke.«

»Ich habe im Krankenhaus nachgefragt. Sheriff Miller geht es gut. Er hat eine schwere Gehirnerschütterung, daher werden sie ihn über Nacht dabehalten, aber er braucht nur ein paar Tage Ruhe, dann ist er wieder ganz der Alte.«

Darcy atmete auf, und ihr stiegen die Tränen in die Augen. »Das freut mich.«

»Cameron wird Sie bald nach Hause bringen.« Morales musterte sie. »Geht es Ihnen gut? Ich meine, so gut es unter diesen Umständen nun mal möglich ist?«

Es dauerte einen Moment, bis Darcy sich ein wenig gefasst

hatte. »Ich weiß nicht, was ich von dem halten soll, was Jim heute getan hat.«

»Es war eigentlich unvermeidlich, dass er sich selbst richten würde. Ich weiß nicht, ob Sie das tröstet. Sie hätten nichts daran ändern können. Aber Sie sind am Leben, und das ist alles, was jetzt zählt.«

Darcy rollte den warmen Becher zwischen ihren eiskalten Händen hin und her. »Ich hatte erwartet, es würde sich ein Gefühl von ausgleichender Gerechtigkeit einstellen, wenn ich Danis Mörder finde. Stattdessen kann ich noch immer nicht fassen, dass Jim das getan hat. Ich weiß nicht, ob ich es je verstehen werde. Und Columbo … Der Hund hat Jim geliebt, aber er hat ihn angegriffen, als ob er ein Fremder wäre.«

»Hunde sind klüger als wir. Sie spüren Dinge, die wir nicht bemerken.«

»Dani hat immer gesagt, sie würde Menschen nicht trauen, die keine Tiere mögen, aber noch weniger würde sie Menschen trauen, die nicht von Tieren gemocht werden.«

Morales tätschelte ihr Knie und entschuldigte sich dann, da sie wieder an die Arbeit musste.

Einige Minuten später kam Jared zu Darcy. Er ging neben ihrem Stuhl in die Hocke und nahm ihre Hand in seine, um mit dem Daumen über die kleinen Kratzer und blauen Flecken zu streicheln, die Chris' Handschellen hinterlassen hatten. »Lass uns nach Hause fahren.«

Sie sah ihm in die Augen, und ihr wurde ganz warm ums Herz. »Bist du hier fertig?«

»Ich muss noch einmal wiederkommen, aber du brauchst ein heißes Bad und musst ins Bett. Ich werde mich beeilen und so schnell es geht wieder bei dir sein.«

Sie lächelte. »Meinetwegen musst du dich nicht beeilen. Ich weiß, was du für einen Job hast.«

»Das weiß ich, und ich weiß auch, dass deiner dich häufig von mir wegführt. Das ist einer der Gründe dafür, dass wir so gut zusammenpassen.«

»Ach ja?« Ihr Lächeln vertiefte sich und verriet, dass ihre Gedanken dabei waren, eine ganz andere Richtung einzuschlagen.

Er stieß die Luft aus und schien erleichtert zu sein. »Du bist bald wieder ganz die Alte.«

Jetzt wurde ihr erst bewusst, dass er sich große Sorgen um sie gemacht hatte. »Ja. Mir geht es bald wieder gut.« Sie stand auf. »Bring mich nach Hause, damit du endlich deine Arbeit machen kannst.«

Jared verschränkte die Finger mit ihren, und sie gingen zur Tür. »Keine Sorge, ich werde dich trotzdem nicht aus dem Kopf bekommen.«

»Gut. Genau da möchte ich auch sein.«

Epilog

Die Metalltür des Umzugswagens fiel an diesem stillen Nachmittag mit einem lauten Knall ins Schloss, als alles eingeladen war. Darcy lehnte sich an Jared, und er legte ihr einen Arm um die Schultern, während sie dem Wagen hinterhersahen.

Er drückte ihr einen Kuss auf die Schläfe. »Musst du noch etwas aus dem Haus holen?«

»Nur noch ein paar Kisten.« Sie sah zu dem Haus hinüber, in dem sie aufgewachsen war und vor dem nun das Schild eines Immobilienmaklers stand. »Ich bin froh, dass ich wegziehe, aber an diesem Haus hängen auch einige Erinnerungen.«

»Geht mir ähnlich«, murmelte er und musste lächeln.

Sie lachte leise und zuckte dann zusammen, als er sie an sich zog und fest in den Arm nahm.

»Es ist schön, dich lachen zu hören, Liebling.«

»Ich schaffe das schon.«

»Wir schaffen das schon.« Er strich ihr mit der Hand übers Haar. Seine blauen Augen sahen sie warm und zärtlich an, und in ihnen loderte ein Feuer, das ihr jedes Mal unter die Haut ging. »Wir sollten uns langsam beeilen. Wir wollen in ein paar Stunden bei deinen Eltern sein.«

Darcy ergriff seine Hand und rief Columbo mit einem Pfiff zu sich. Gemeinsam gingen sie ins Haus, um die letzten Kisten zu holen.

Danksagung

Ich hoffe, dass all meine Leser, die die *Shadow-Stalker*-Reihe bis hierher verfolgt haben, auch diese Geschichte mochten! Danke, dass ihr meine Bücher kauft, mir Briefe und E-Mails schickt und auch sonst einfach großartig seid. Was würde ich nur ohne euch machen?

Maya Banks

KGI
Dunkle Stunde

Roman

Ex-Navy-SEAL Ethan Kelly trauert um seine Frau Rachel, die vor einem Jahr spurlos verschwand. Da erhält er die Nachricht, dass Rachel noch am Leben ist, jedoch von Unbekannten gefangen gehalten wird. In seiner Verzweiflung bittet er die Sondereinsatzgruppe KGI um Hilfe, um seine Frau zu befreien. Doch Rachel hat ihr Gedächtnis verloren und kann sich an ihr früheres Leben nicht mehr erinnern …

Band 1: Dunkle Stunde
400 Seiten, kartoniert mit Klappe
€ 9,99 [D]
ISBN 978-3-8025-8674-3

Band 2: Tödliche Rache
336 Seiten, kartoniert mit Klappe
€ 9,99 [D]
ISBN 978-3-8025-8678-1

Band 3: Blutiges Spiel
ca. 400 Seiten, kartoniert
€ 9,99 [D]
ISBN 978-3-8025-9089-4

www.egmont-lyx.de

LYX
EGMONT

Katy Evans

Real
Nur für dich

Roman

Wunderbar, gefühlvoll, mitreißend!

Die junge Physiotherapeutin Brooke wird von ihrer besten Freundin zu einem Boxkampf mitgenommen. Dort begegnet sie dem Boxer Remington Tate – und ist augenblicklich von ihm fasziniert. Doch Remy ist wie Feuer und Eis: mal unnahbar, unberechenbar, gefährlich, mal leidenschaftlich, fürsorglich, romantisch. Er überwältigt Brooke, stellt ihre Welt auf den Kopf. Sie will Remy, nur Remy, für immer. Doch der verbirgt ein dunkles Geheimnis – ein Geheimnis, das ihre Liebe zerstören könnte …

»Wunderbar, gefühlvoll, mitreißend, stark – ganz einfach außerordentlich!«
Sinfully Sexy Book Reviews

Band 1 der Serie
384 Seiten, kartoniert mit Klappe
€ 9,99 [D]
ISBN 978-3-8025-9386-4

www.egmont-lyx.de

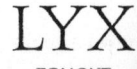

Michelle Raven
Tödliche Verfolgung
Roman

Eine gefährliche Jagd beginnt

Nur widerwillig nimmt Jack Tease die Hilfe Lissa Camerons an, als ihm in einer abgelegenen Gegend der Truck gestohlen wird. Auf Lissas Harley jagen sie den Dieb quer durch den Südwesten der USA. Was sie nicht wissen: Es sind noch andere Verbrecher hinter der Ladung des Trucks her, was die Suche nach dem Wagen zu einem lebensgefährlichen Unterfangen macht.

»Perfekt vereint Michelle Raven Action, mörderische Spannung, atemberaubende Naturbeschreibungen und eine ebenso sinnliche wie gefühlvolle Liebesgeschichte!« *LoveLetter*

448 Seiten, kartoniert mit Klappe
€ 9,99 [D]
ISBN 978-3-8025-9231-7

LYX
EGMONT

Shannon McKenna

Die McCloud-Reihe

Romantic Thrill

Agenten, Detektive, Söldner: Die McCloud-Brüder sind alles – nur nicht langweilig. Doch auch wenn sie sich vornehmen, in ihrem Job keinerlei Gefühle zuzulassen, gerät die harte Fassade der attraktiven Brüder immer wieder ins Wanken. Wie könnten sie auch cool bleiben, wenn das Leben der Frau auf dem Spiel steht, die sie so sehr fasziniert, dass sie alles – auch ihr eigenes Leben – aufs Spiel setzen würden? Atemberaubend spannende und mitreißend leidenschaftliche Geschichten sind hier garantiert!

„Eine tolle Mischung aus spannendem Krimi, heißer Erotik und anrührender Romantik. Das sollten Sie nicht verpassen!" *Romance Reviews Today*

Band 1-6 je ca. 500 Seiten
Band 7: 800 Seiten
kartoniert
mit Klappe

Band 1:
Die Nacht hat viele Augen
ISBN 978-3-8025-8330-8

Band 2:
In den Schatten lauert der Tod
ISBN 978-3-8025-8331-5

Band 3:
Blick in den Abgrund
ISBN 978-3-8025-8332-2

Band 4:
Sünden der Vergangenheit
ISBN 978-3-8025-8601-9

Band 5:
Spiel ohne Regeln
ISBN 978-3-8025-8604-0

Band 6:
Stunde der Vergeltung
ISBN 978-3-8025-8857-0

Band 7:
Die Macht der Angst
ISBN 978-3-8025-8858-7

Band 1: € 9,95 [D]
Band 2-6: € 9,99 [D]
Band 7: € 12,99 [D]

www.egmont-lyx.de

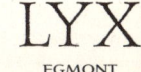